중국 현대 단편소설선 2

일러두기

· 이 책의 맞춤법이나 표준어 표기 등은 국립국어원의 원칙을 따랐으며, 일부
  문학적인 표현을 예외를 두었다.
· 중국어 인명과 '베이징'이나 '상하이'처럼 독자에게 익숙한 지명은 중국어로
  표기하고 처음에만 한자를 병기했다.
  그 외 지명은 한자음으로 표기하고 해당 한자를 병기했다.
· 중국어 발음 표기는 외래어 표기법을 따랐다.
· 본문 중 괄호 안 작은 글씨 설명은 옮긴이 주이다.
· 작품 시작 전에 작가 소개와 사진을 넣어 독자의 이해를 돕고자 했다.

중국 현대 단편소설선 2

이주노 옮김

러우스 · 류나어우 · 스저춘 · 수췬 · 돤무훙량 장광츠 · 훙링페이 · 마오둔 · 예쯔 · 라오서 · 지음

어문학사

역자 서문

　중국 현대소설을 전문적으로 연구하는 역자는 간혹 한국문학 혹은 외국문학 연구자들, 특히 현대소설 전공자들로부터 중국 현대소설을 폭넓게 접할 수 있는 소설선집 혹은 작품집을 추천해달라는 요청을 받는다. 물론 이러한 요청을 해오는 연구자들은 비교문학적 관점에서 본인이 전공하는 외국 현대소설의 비교대상으로서 중국 현대소설을 살펴보려는 경우가 대부분이지만, 때로 중국 현대소설에 대한 순수한 문학적 호기심에서 비롯된 경우도 적지 않다. 이러한 요청에 답하기 위해 기존에 번역되어 출판된 소설선집이나 작품집을 추천하지만, 이것만으로는 다양한 시대의 여러 작가와 상이한 창작 경향의 작품을 맛보려는 이들의 욕구를 충족시키기는 결코 쉽지 않았다.

　이러한 곤란은 아마도 우리나라에서 번역·출판된 현대소설이 대개 유명 작가 중심의 장편소설에 치우쳐 있다는 점과 깊은 관련이 있을 것이다. 다시 말해 현재까지 우리나라에 소개된 중국 현대소설은 일부 역자의 고군분투에 의한 몇몇 단행본을 제외하고는, 루쉰(魯迅)을 비롯한 일부 유명 작가의 작품, 게다가 장편소설이 대부분을 차지하고 있으며, 그나마 1980년대 이후 본격적으로 창작활동을 시작한 작가의 작품이 주류를 이루고 있다. 이러한 상황인지라 1920년대 이후에 활동했던 다양한 작가의 상이한 문제의식과 창작 경향을 보여주는 작품을 감상할 수 있는 기회는 매우 제한적이라고 할 수밖에 없다.

물론 이러한 편향은 주지하다시피 우리나라의 출판계가 안고 있는 불가피한 한계, 이를테면 출판 시장의 협소함, 장기적 출판 기획의 부재, 독서인구의 감소로 인한 수익 구조의 열악함 등의 요인에서 비롯되었다고 할 수 있다. 이러한 관점에서 본다면 이 역서 시리즈의 출판은 지금까지의 관행을 깨고 중국 현대소설의 다양성을 독자에게 선보이려는 시도라고 할 수 있다. 왜냐하면 이 역서 시리즈는 우리나라 독자에게 거의 알려져 있지 않은, 1920년대부터 1940년대에 활동했던 작가의 단편소설을 가능한 한 다양하게 소개하고자 하기 때문이다. 이 역서 시리즈를 통해 여러 작가의 다양한 문제의식과 창작 경향을 감상할 수 있기를 바란다.

이 역서 시리즈 가운데의 두 번째 권인 '중국 현대 단편소설선 2'는 1927년 4·12정변으로부터 1937년 7월 7일 중일전쟁이 발발하기까지 발표되었던 중단편소설 10편을 번역하여 실었다. 이 시기에는 국민당과 공산당 사이의 군사적 대립이 격화됨에 따라 '계급'과 '사회혁명'이 중국 사회의 주류 담론으로 자리잡았으며,

중국 사회 전반에 이데올로기적 대립과 긴장이 격심하였다. 또한 이 시기에는 전 세계적으로 자본주의의 위기가 대공황으로 폭발하면서 사회주의혁명의 도래가 임박했다는 믿음이 크게 고조되었으며, 이에 따라 프롤레타리아적 세계관을 강조하는 문화운동이 활발하게 전개되었다. 아울러 이 시기에는 1931년 9·18 만주사변과 이듬해의 1·28 상해사변을 통해 일본제국주의 군사적 침탈이 노골화하였으며, 이에 따라 민족주의적 담론이 크게 확산됨과 동시에 국공 간의 내전중지(內戰中止) 및 일치항일(一致抗日)을 요구하는 목소리 또한 드높아졌다. 이러한 정치적 혼돈과 사회적 동요 속에서 새로운 변혁을 길을 모색하는 논의가 더욱 활발하게 이루어졌으며, 이러한 사회문화적 분위기는 갖가지 창작 방법에 기반한 다양한 빛깔의 작품을 생산하도록 만들어주었다.

1920년대 말부터 1930년대 초까지 이른바 '프로(pro)소설'이 크게 성행하였다. 프로소설은 프롤레타리아혁명을 위한 투쟁적 삶을 중심으로 계급의식의 각성을 형상화하였다는 점에서 중국 현대소설의 지평을 새로이 개척하였다고 볼 수 있다. 그러나 일부 프로소설은 계급의식의 각성을 둘러싼 뻔한 공식화와 인물의 빈약한 형상화로 말미암아 정치 해설서처럼 개념화하는 폐단을 드러내기도 했다. 특히 '혁명＋연애'로 특징 지워지는 일부 작품은 맹목적 낙관주의와 과장된 역사적 전망을 보여주는데, 취추바이(瞿秋白)는 이러한 경향의 작품을 '혁명적 로맨스(革命的Romantic)'라고 개괄하면서 쁘띠 부르주아의 혁명에 대한 환상을 드러냈다고 비판하였다. 이 역서에서는 프로소설의 대표작으로 장광츠(蔣光慈)의 〈들제사(野祭)〉와 홍링페이(洪靈菲)의 〈격류 속에서(在洪流中)〉를 실었다.

　프로소설의 폐단을 극복하기 위해 작가들에게 요구되었던 것은 현실에 대한 객관적 태도와 유물변증법에 대한 정확한 이해였다. 1930년대 초에 새로운 창작 방법으로 제기되었던 신사실주의(新寫實主義)나 유물변증법적 창작 방법은 대체로 이러한 점에서 일치하였다. 작가들은 계급적 관점에 의거하여 사회현상 이면에 감추어져 있는 본질을 파헤치고자 하였다. 특히 일부 작품은 계급분석적 각도에서 사회 현실을 파악함과 아울러 사회주의적 전망을 담아내기도 하였는데, 이러한 경향의 작품을 '사회해부소설'이라 일컫는다. 사회해부소설 가운데 '풍년이 재앙이 되는(豊收成災)' 현실을 반영한 작품은 농촌사회를 폐쇄된 자족적 공간이 아니라 세계 경제 및 도시와 닿아있는 열린 공간 속에서 파악하고 있다는 점에서 매우 의미가 있다. 이 역서에서는 사회해부소설 가운데 마오둔(茅盾)의 〈봄누에(春蠶)〉과 예쯔(葉紫)의 〈풍작(豊收)〉을 실었다.

　프로소설과 사회해부소설은 이데올로기적 경향성을 짙게 띠고 있다는 사실을 부인할 수 없다. 이들과 달리 이데올로기적 경향성을 전혀 띠지 않으면서도 도시와 농촌의 기층 민중의 비참한 삶을 차분하면서도 리얼하게 그려낸 작품들이 있다. 이들 작품은 현실에 대한 예리한 관찰과 인간에 대한 따스한 시선으로 사회 현실 속에서 주변화된 인물들의 삶, 특히 가난의 굴레에서 벗어나지 못한 채 비인간화하는 양상을 치밀하게 그려내고 있다. 이들 작품들은 작가 자신의 주관적 감정이나 이념적 지향이 과도하게 표출되지 않는다는 점이 커다란 미덕이라 볼 수 있다. 이 역서에는 특별

히 여성문제와 관련지어 라오서(老舍)의 〈초승달(月牙兒)〉과 러우스
(柔石)의 〈노예가 된 어머니(爲奴隸的母親)〉를 실었다

사회 현실의 반영에 중점을 두고 있는 이들 소설과 달리, 상하
이를 배경으로 기형적 도시 문명 속에서 자라나는 병태적 심리를
주로 다룬 작가들도 있다. 흔히 해파(海派)로 일컬어진 이들은 현
대 도시 문명을 향유함과 동시에 이에 대해 환멸감을 느끼는 아
방가르드적인 의식을 보여주는데, 해파 작가들 가운데 일군의 작
가는 일본의 신감각파를 모방하였다고 하여 '신감각파(新感覺派)'로
일컬어진다. 이들은 상하이 조계지라는 특수한 현대 도시의 화려
하고 번화한 겉모습 속에서 공허한 삶과 단절된 인간관계를 읽어
냈다. 이들의 작품은 중국 최초의 진정한 의미의 모더니즘 소설로
평가받는데, 주관 정서를 순간적이고 감각적으로 표출하는 데에서
의식의 흐름과 심리 분석에까지 나아가기도 한다. 이 역서에는 류
나어우(劉吶鷗)의 〈두 명의 시간 불감증자(兩個時間的不感症者)〉와 스
저춘(施蟄存)의 〈장맛비 내리는 저녁(梅雨之夕)〉을 실었다.

1931년 9·18 만주사변으로 인해 만주를 비롯한 동북 지역은
일제에게 점령된 후 괴뢰정권 만주국(滿洲國)이 들어섰다. 동북 지
역에서 활동하던 많은 작가들은 일제의 폭압을 피해 상하이 등지
로 남하하여 작가로서의 활동을 계속하였는데, 흔히 동북 작가군
(東北作家群)이라 일컬어지던 이들은 주로 나라를 빼앗긴 동북지방
인민들의 간고한 삶과 일제에 대한 투쟁을 그려냈다. 이들의 작품
에는 선명한 시대적 특징이 체현되어 있음과 동시에 동북지방의
풍속과 민정(民情)이 짙게 배어 있는데, 이 양자가 잘 어울려 동북

작가 특유의 분위기를 연출하고 있다. 이 역서에는 수췬(舒群)의 〈조국이 없는 아이(沒有祖國的孩子)〉와 돤무훙량(端木蕻良)의 〈츠루호의 우울(鴛鷺湖的憂鬱)〉을 실었다.

더욱 많은 작품을 소개하려 하였음에도 지면의 제한으로 말미암아 뜻을 이루지 못하였으나, 이 작품만으로도 1930년대 중국 현대소설의 다양한 문제의식과 창작 경향을 맛볼 수 있으리라 기대한다. 번역 중의 미비한 점이나 그릇된 점은 모두 역자의 불민함으로 말미암은 것인 바, 제현의 질정을 기다린다. 여러 가지 어려움에도 불구하고 이나마 책 꼴을 갖춘 것은 어문학사 편집부의 정성 덕분이기에 고마움을 표하지 않을 수 없다.

2019년 1월
역자

역자 서문 · 4

목
차

장광츠蔣光慈

들제사野祭 · 15

훙링페이洪靈菲

격류 속에서在洪流中 · 105

마오둔茅盾

봄누에春蠶 · 123

예쯔葉紫

풍작豊收 · 161

라오서老舍

초승달月牙兒 · 229

러우스 柔石

노예가 된 어머니 爲奴隸的母親 · 279

류나어우 劉吶鷗

두 명의 시간 불감증자 兩個時間的不感症者 · 317

스저춘 施蟄存

장맛비 내리는 저녁 梅雨之夕 · 331

수췬 舒群

조국이 없는 아이 沒有祖國的孩子 · 353

돤무훙량 端木蕻良

츠루호의 우울 鴛鷺湖的憂鬱 · 387

장광츠는 안후이성(安徽省) 류안현(六安縣)에서 태어났다. 본명은 장샤썽(蔣俠僧), 필명은 광츠(光赤), 화시리(華希理) 등이다. 1921년 소련의 모스크바동방대학에 진학하였으며, 1922년에 중국공산당에 가입하였다. 혁명문학을 제창한 작가의 한 사람으로서 혁명적 격정으로 충만된 작품을 창작한 프로소설가이자 시인으로 활동하였다. 시집으로 ≪새 꿈(新夢)≫, ≪중국을 슬퍼하다(哀中國)≫ 등이 있고, 소설집으로 ≪떠돌이 소년(少年漂泊者)≫, ≪압록강 위에서(鴨綠江上)≫, ≪포효하는 대지(咆哮了的土地)≫ 등이 있다.

　　이 책에 실린 〈들제사(野祭)〉는 1927년 11월 창조사(創造社)출판부에서 초판이 발행되었다.

장광츠

(蔣光慈, 1901~1931)

들제사 野祭

머리글

떠돌이 생활이 몸에 밴 나는 올해 다시 우한(武漢)에서 몇 달을 지냈다. 이 몇 달 동안 이룬 게 뭐냐고 묻는다면 한 일이 하나도 없다. 요행히 천지샤(陳季俠)라는 친구를 만나 아침저녁으로 오가는 동안에 그의 장점을 많이 배웠다. 우리는 나이가 젊은데다가 문인이었던지라 당연하게도 수많은 연애담을 화제로 즐겨 삼았다. 천군은 내게 자신이 겪었던 연애 이야기를 들려주었는데, 흥미를 느낀 나는 그에게 이 연애 이야기를 글로 써보라고 권했다. 그 역시 흔쾌히 동의하여 며칠 만에 써냈다. 그의 글을 읽은 후, 나는 그의 이 자그마한 책이 대단한 거작은 아니지만 요즘 유행하고 있는 연애소설 중에서 남다른 면이 있다고 여겼다. 이 책이 보여주는 것은 무슨 삼각연애나 사각연애, 멋진 오빠나 귀여운 누이 따위가 아니라, 지금 이 시대를 살아가는 상이한 두 여성이다. 이 책이 보여주는 게 심오하지는 않지만, 하지만 …… 아! 나는 잠시 비평은 접어두겠다. 독자 여러분이 비평할 수 있을 터이니. 나의 책임은 이 책을 출간하여 세상에 내보내는 것이다. 나는 본래 연애소설을 전문적으로 써대는 작가를 좋아하지 않지만, 연애소설이 유행하고 있는 마당이니 천 군의 이 자그마한 책을 보탠들 무슨 대수이랴?

1

"수쥔(淑君)! 그대에게 정말 면목이 없소! 그대의 영전에 참회하여 나의 무정함과 죄를 용서해달라고 빌어야 마땅하오. …… 이제 간절한 마음으로 그대의 무덤 앞에서 통곡하여 그대의 의로운 혼─ 그대의 혼은 참으로 의롭다 할 만하오! ─을 추모하고 나의 비분을 토해내고 싶소. 하지만 그대의 무덤은 도대체 어디에 있소? 그대가 죽은 지 벌써 넉 달이나 지났는데도 여태껏 그대의 시신이 어디에 묻혀 있는지 나는 물론이거니와 그대의 부모님조차도 알지 못하오. 아마 물고기 밥이 되었거나 들짐승의 포식거리가 되었을지도 모를 터, 시신마저도 없어지고 말았구려. 그대의 죽음은 장렬하였으나 너무나 비참하였소. 그대가 죽임을 당할 때의 정경을 떠올릴 때마다 나는 억장이 무너진다오. 하지만 나의 존경하고 사랑하는 수쥔! 내가 정말 잘못했소, 잘못했소! 그대가 살아 있을 적에 나는 그대의 사랑을 애써 외면하였으며, 그대를 사랑하리란 생각을 해본 적이 없었소. 아마 어쩌다 그런 생각을 해보기는 하였으나 끝내 그대를 사랑한 적은 없었다오. 이제 그대가 죽고 나서야 그대를 추모하고 애통해하니, 아 어찌 커다란 잘못이 아니겠소? 아아, 엄청난 죄! 그대는 나를 원망하겠지요? 그래요, 당신에게 내가 너무 무정했소. 나를 원망해도 싸지요. 나를 깊이깊이 원망하시오. 내게는 오직 한없는 비통함과 절실한 참회뿐이라오……"

생각해보면, 나는 정말이지 수쥔을 저버렸다. 하지만 이제 그녀는 죽었으니, 내가 장차 어떻게 그녀를 대할꼬? 영원히 그녀를 마음속에 간직하련다! 영원토록 나의 마음을 그녀의 무덤으로 삼으리라! 영원히 그녀의 향기로운 이름 ― 수쥔을 나의 마음속에 새겨놓으리라! 수쥔이 죽어서도 알아준다면, 나의 죄과의 만 분의 일이라도 용서해줄 것이다. 하지만 나는 참으로 무정했다. 용서해달라고 빌 자격이 있을까? 아! 정말 나의 잘못, 잘못이다! ……

2

작년 여름, 상하이(上海)의 무더위는 수십 년간 일찍이 없었던 정도였다. 온도가 높을 때에는 40도에 육박하여, 번잡한 대도시 상하이는 찜통으로 변해 도저히 견딜 수가 없었다. 부자들이야 선풍기에 얼음, 드라이브할 차량, 툭 트이고 서늘한 양옥 등 …… 더위를 피할 수단이 있지만, 이런 수단이 전혀 없는데다가 쉴 새 없이 일을 해야 하는 가난뱅이들은 더위에 지쳐 쓰러지기 전에는 일을 멈출 수가 없었다. 개미떼마냥 공장 안에서 일하다가 폭염으로 죽은 노동자들이 몇이나 되는지 거들떠보는 사람도 없었다. 찌는 듯한 열기로 가득한 한길에서는 수레를 끌다가 갑자기 땅바닥에 엎어진 인력거부가 금방 숨이 끊어지는 일이 자주 있었다. 무더위로 인해 목숨을 잃는 참상을 우리는 끊임없이 듣고 보았다. 상류층 가운데에서도 더위를 먹어 죽은 이가 있다고 하지만, 가뭄에 콩 나듯 아주 예외적인 일이었다.

부르주아지는 아니지만 빈곤 계급이라고도 할 수 없는 나는 이 무렵 M리의 어느 안채에 살고 있었다. 이 안채는 아주 좋은 편은 아니지만 새로 지어진 건물인지라 제법 깔끔했다. 하지만 이 안채는 서향이라 뜨거운 햇살에 달구어지면 도저히 가까이 다가갈 수가 없을 정도였다. 이때에는 그야말로 집에 있을 수가 없었다. 나는 낮에는 늘 집에 있지 않고 여기저기 시원한 곳을 찾아다니다가 밤이 깊어서야 조용히 돌아오곤 했다.

나는 본래 이사할 생각이 없었다. 내게 전세를 내준 주인 부부는 매일 아편굴에서 지내면서 바깥일에 간섭하지 않은지라 매우 조용하였다. 그런데 뜻밖에 나의 옆방, 즉 안채 뒤편에 부부인 듯한 배우 두 명이 이사와 나의 조용한 생활을 깨뜨렸다. 그들은 노래 부르기를 즐기는데다가 걸핏하면 말다툼을 벌이거나 때리고 욕하여 몹시 불안하게 만들었다. 내가 묵는 방이 너무도 무더웠는데, 이제 이 두 '별난 사람들'의 소란까지 더해지고, 게다가 늦은 밤이면 정숙을 준수한다는 규칙마저 지키지 않았기에 어쩔 수 없이 이사할 계획을 세우지 않을 수 없었다. 프롤레타리아나 진배없는 내가 상하이에서 한 해에 여러 차례 이사를 하는 거야 아주 예

사로운 일이었으며, 가진 게 낡은 책 몇 권이었기에 이사하는 건 식은 죽 먹기였다.

C로와 A로의 길모퉁이 T리에서 나는 제법 바람이 잘 통하고 서향이 아닌 다락방을 구했다. 방세는 제법 비싼 편이었지만, 위치가 좋고 주인 노부부도 교활해 보이지 않은지라 선뜻 정하고 말았다. 이사를 하고 나서야 주인 일가가 모두 일곱 명 — 노부부 두 명에 젊은 부부 두 명과 아이 두 명, 그리고 내가 마음에 새기려는 수췐이 있음을 알게 되었다. 그녀는 이 노부부의 딸이었다.

수췐의 아버지는 성실하기 그지없는 상인으로, 모 양행(洋行)에서 일하고 있었다. 그녀의 오라비는 올해 스물 몇 살의 타자수(직장은 어느 전차역?)로, 부지런하지만 야무진 꿈은 없는 젊은이였다. 이런 젊은이는 상하이에 아주 흔했는데, 자기가 하는 일 외에는 아무것에도 관심을 보이지 않았다. 수췐의 새언니, 아, 솔직히 말해 그녀에게 나는 꽤나 주의를 기울였다. 그녀는 평범한 가정주부였지만 그녀의 다정하고 얌전한 태도, 그리고 남과 이야기할 때의 자연스러운 미소가, 얼굴이 썩 아름다운 편은 아니었지만 귀여운 여성임을 드러내주었기 때문이다.

수췐과 처음 만났을 때 내가 받은 느낌은 그녀가 서글서글하고 소박한 여성이라는 점뿐이었다. 그녀의 짙은 눈썹, 커다란 두 눈, 희고 깨끗하지만 아름답지는 않은, 둥글고 넓적한 얼굴, 그리고 말할 때의 목소리와 동작은 특별하거나 유쾌한 느낌을 불러일으키지 않았다. 수췐은 그야말로 평범한, 특이한 점이 전혀 없는 여자로 보였다. 아! 그렇다고 이제 수췐에 대한 나의 이러한 평가가 잘못되었다고 말해서는 안 되리라. "사람은 겉모습만으로 판단해서는 안 되고, 바닷물은 말로 되어서는 안 된다"는 말처럼, 진정으로 사랑스러운 여인은 아마 겉모습이 아니라 속마음에 달려있는 법이다! 아! 내가 잘못 생각했다! 수줜에 대한 나의 불공정한 평가는 나를 깊은 잘못으로 빠뜨렸으며, 이 잘못은 나의 마음에 영원히 지워지지 않는 상처가 되었다.

수줜의 집으로 이사한 후 나는 평온함을 느꼈다. 수줜의 아버지와 오라비는 낮에 하는 일이 있는지라 아침 일찍 집을 나서 저녁 늦게야 돌아왔다. 두 어린아이들은 네댓 살밖에 되지 않았지만 별로 소란스럽지 않았다. 녀석들이 수줜의 어머니인 할머니에 이끌려 놀러 나가 집안에 그림자 하나 얼씬하지 않은 때도 있었다. 수줜의 새언니, 다정하고 얌전한 여인은 진종일 아무 소리 없이 집안일을 했다. 수줜 역시 늘상 집에 있지 않았다. 소학교 교사였던 그녀는 당연히 학교에 있을 때가 더 많았다. 정신노동에 종사하던 나는 이런 차분한 환경이 아주 만족스러웠다. 찌는 듯한 무더위가 차츰 가신데다가 나의 방이 원래 바람이 잘 통하는 곳인지라, 나는 밖으로 돌아다니는 일이 매우 드물었다.

갓 이사한 며칠간 우리는 서먹서먹했다. 그들은 내게 유독 깍듯이 예의를 차렸는데, 드나들 때마다 인사를 건넸다. 아마 나를 대학교수라고 여겼기 때문이 아닐까? 모리배가 판치는 상하이에서 대학교수란 게 대단한 명예는 아니지만, 어쨌든 이른바 '선생님', '지식인'은 일반인보다 존경을 받기 마련이다. 수줜은 내게 지나칠 정도로 깍듯하지는 않았다. 그녀는 내게 말을 건네는 일이 거의 없었다. 어쩌다 수줍게 말을 붙였다가도 겸연쩍은 듯 외면한 채 말을 그쳤다. 이런 순간이면 그녀의 순진한 처녀티가 완연히 드러났다. 그녀가 내게 말을 건넬 때면 언제나 수줍은 미소를 띤 채 '천 선생님!'이라고 불렀다. '천 선생님!'이라고 부르는 목소리는 따스하고 상냥했다. 그녀는 옥처럼 새하얀 이를 지니고 있었다. 그녀의 사랑스러운 이를 나는 여러 차례 눈여겨본 적이 있었다. 우리가 그녀의 몸에서 별다른 아름다움을 찾아내지 못한다면, 그녀의 이가 틀림없이 그녀를 빛내줄 것이다.

나는 위층에, 그리고 수쥔은 아래층에 지내고 있었다. 그녀는 일요일이나 학교에 가지 않아 집에 있을 때에는 늘 풍금을 쳤으며, 풍금 소리에 맞춰 노래를 부르기도 했다. 그녀의 풍금 소리는 노랫소리보다 은은하여 듣기 좋았다. 그녀의 음조와 그 안에 담긴 정감은 비장하면서도 처량한 느낌을 내게 안겨주었다. 아주 드물기는 하지만 가슴을 쥐어짜게 만드는 애절한 음조를 내비치기도 하였다. 그녀가 부를 줄 아는 가곡은 아주 많았다. 그녀가 풍금에 맞춰 자주 불렀던 노래로서 내가 기억할 수 있는 것은 다음의 몇 구절이다.

세상에 날 알아주는 이 없네,
세상에 날 사랑하는 이 없네.
나도 날 알아줄 이 원치 않네,
날 사랑해줄 이 원치 않네.
이 혼탁한 세상을 내던지고

저 인적 없는 곳에서 살고파라.

이 노래 가사 몇 구절이 원래 있는 것인지, 아니면 그녀가 지은 것인지는 지금까지도 난 알지 못한다. 그녀가 이 노래를 부를 때면 그녀의 음조가, 마치 그녀의 온몸이, 모든 핏줄이, 영혼 전체가 떨리듯, 감동적으로 떨린다는 느낌이 들었을 뿐이다. 그녀의 정서는 서글픔에 격앙되고, 그녀의 가슴속은 슬픔의 물결로 가득한 듯했다. 이 노래를 들을 때 내가 그녀를 동정하는 건지, 아니면 짜증을 내는 건지 나도 분명히 알지 못했다. 듣고 있노라면 그녀의 서글픔에 감동하면서도 이 서글픔이 마땅찮다는 느낌이 들기 때문이었다. 나는 비록 가난한 떠돌이 문인으로 이 세상, 이 추악하고 혼탁한 세상을 증오하지만, 이 세상을 떠나고 싶지는 않으며 세상에 대해 꽤나 밝은 희망을 품고 있었기 때문이다. ……

나는 애초에 바깥의 식당을 정해놓고 식사를 해결했다. 그러나 식대가 만만찮을 뿐만 아니라 정갈하지도 않아 마음이 몹시 편치 않았다. 시간이 흐르자 수췬 식구와 허물없이 지내게 되어 처음의 깍듯한 태도는 차츰 사라졌으며, 수췬과도 가까워져 이야기를 나눌 기회가 많아졌다. 어느 날 수췬의 어머니가 내게 말했다.

"천 선생! 보아하니 바깥 식당에서 밥을 대어먹는데 썩 편치 않는 모양이구려. 가격도 비싸고 반찬도 별로지요? 오랫동안 말하고 싶었는데, 우리 집 식사가 내키지 않는 게 아니라면 우리와 함께 먹읍시다. 어때요?"

"아이구, 그렇게 해주신다면야 좋지요. 제 생각도 그렇습니다!

내일부터 함께 식사할게요. 한 달에 얼마를 드려야 할지 말씀해주십시오" 수췐 어머니의 제안에 나는 얼굴 가득 웃음을 띤 채 대꾸했다. 이때 곁에 있던 수췐이 내게 미소를 지은 채 말했다.

"아마 천 선생님은 우리 집 반찬을 드시지 못할 텐데요."

"무슨 그런 말씀을! 여러분이 드실 수 있다면 저도 먹을 수 있지요. 무슨 반찬이든 다 잘 먹습니다. ……"

내 말을 듣더니 수췐은 만족스러운 표정을 지었다. 이때의 그녀는 보통 때보다 훨씬 아름다워 보였다. 수췐 어머니의 이 제안이 수췐의 동의를 얻은 것인지는 알 수 없었으나, 수췐이 이 제안에 흔쾌히 찬성했으리라 단정했다. 아마 다정다감한 수췐이 밖에서 밥을 대어먹는 내 궁색한 처지를 헤아려서, 혹은 매일 함께 식사하면서 나와 좀 더 친근해지고 싶어서 어머니에게 이런 제안을 해보라고 권했을 것이다. …… 이튿날 나는 수췐의 가족들과 함께 식사를 하기 시작했다. 식사를 할 때마다 그녀가 집에 있을 때면 언제나 내 밥을 퍼담은 다음 식사하러 내려오라고 나를 불렀다. 내 옷이 찢어지거나 꿰매야 할 일이 생기면 늘 깔끔하게 기워주었다. 집안 식구처럼 챙겨주는 그녀에게 나는 고마움을 느끼지 않을 수 없었다. 하지만 나 역시 그저 고마워할 뿐, 사랑의 감정을 느낀 적은 없었다. 아! 이게 나의 죄이다. 이제 참회한들 무슨 소용이 있으랴! 하늘이시여! 만약 수췐이 다시 살아날 수만 있다면, 내 온 생명을 바쳐 그녀를 사랑하여 지난날 나의 무정함을 보상하겠습니다. ……

나와 수췐은 차츰 가까워졌다. 그녀는 자주 내게서 책을 빌려

갔으며, 국가나 정부, 사회의 갖가지 문제를 묻곤 했다. 하지만 그녀는 내게 여전히 거리를 두고 있었다. 그녀는 선뜻 내 방에 들어서지 않았으며, 어쩌다 내 방에 들어올 때면 어린 조카를 안은 채 흘끔 곁눈질하고서 곧바로 내려갔다. 나는 그녀를 조금 더 붙잡아두고 싶었지만, 그녀는 그러길 원치 않았다. 아무래도 의심을 사고 싶지 않은 모양이었다. 솔직히 말해 나도 의심을 사지 않도록 늘 조심하였다. 내가 홀몸의 총각이었기 때문이고, 또 그녀와의 관계가 너무 가까워지면 뒤얽히는 일이 일어날까봐 걱정스러웠기 때문이다. ― 최근 수쥔의 어머니가 내 눈치를 보더니 왜 결혼을 하지 않느냐고 누차 물었던 것이다. …… 설마 날 사윗감으로 보는 건 아니겠지? 내가 수쥔을 사랑한다면야 그래도 무방하겠지만, 사랑하지 않는다면 어떻게 해야 할 것인가? 그렇다, 수쥔과 너무 가까워져서는 안 돼. 밋밋하게 대해야 한다.

어느 날 오후, 밖에서 돌아오니 수쥔이 마침 혼자서 아래층에 앉아 바느질을 하고 있었다. 그녀는 나를 보자 곧장 일어서지 않은 채 미소를 띠고서 물었다.

"천 선생님! 어디를 다녀오셨어요?"

"쓰마로(四馬路)에 책을 사러 갔는데 서점에 새 책이 없더군요. 집에 혼자 계세요? 모두들 외출하셨나요?"

"네. 모두 외출하고 저 혼자만 집을 보고 있어요."

"아이구, 적적하셨겠네요."

"괜찮아요. 천 선생님! 어떤 사람에 대해 물어볼 게 있어요." 그녀의 볼이 계면쩍은 듯 약간 달아올랐다. "혹시 아세요?"

"누군데요, 미스 장? 알 수도 있지요."

"유명한 문학가라는데요. 이름이 천지샤(陳季俠)라고." 이 말을 하는 순간 그녀의 볼이 더욱 붉어졌다. 그녀의 커다란 두 눈은 마치 심문하듯 나를 똑바로 쳐다보았다. 나는 천지샤라는 이름을 듣고서 놀라움을 감출 수 없었다. 게다가 나를 쳐다보는 그녀의 표정에 나도 모르게 두 귓불이 빨개졌다. 수췬의 집으로 이사올 적에 나는 성이 천(陳)이고 이름은 위춘(雨春)이라고 알려주었을 뿐인데, 이제 내가 천지샤라는 걸 어떻게 알게 되었을까? 기이한 일이야! 기이해! …… 놀란 나머지 미처 대답하기도 전에 그녀는 크게 웃으면서 말했다.

"하하하! 천 선생님! 정말 너무 했어요, 감쪽같이 속이시다니! 함께 산 지 한 달이 넘도록 당신이 그 명성 높은 문학가인 천지샤인 줄을 몰랐다니! 오늘에야 당신이 어떤 사람인지 알게 되었어요. 당신, 설마 부인하는 건 아니겠지요?"

"미스 장, 무슨 말씀이세요! 난 천위춘이에요. 천지샤가 어떤 사람인지 알지도 못해요. 문학가인지 무학가(武學家)인지. 참 이상하네요, 당신 오늘 ……"

"이상하긴 뭐가 이상해요!" 그녀는 품속에서 편지 한 통을 꺼내 내게 보여주었다. "여기 증거가 있는데도 잡아떼실래요? 하하하! …… 천 선생님! 무엇 때문에 저를 속이려고 하세요? …… 사실 오래전부터 당신의 행동이 의심쩍긴 했어요. ……"

더 이상 잡아뗄 수가 없어서 나는 인정하고 말았다. 그건 친구인 H군이 보낸 편지였으며, 봉투 겉면에 '천지샤 선생께'라고 적혀 있었다. 수췐 앞에서 잡아떼 보아야 아무 소용이 없게 되었던 것이다. 내가 순순히 인정하자 수췐의 얼굴에 승리의 유쾌한 표정이 떠올랐다. 그녀는 그저 멍하니 의기양양한 웃음을 지었다. 그녀의 웃음 띤 입 속에서 백옥처럼 하얀 이가 눈길을 끌었다.

"천지샤가 문학가라는 걸 어떻게 아셨습니까?" 한참이 지나서야 나는 다시 미소를 띠고서 물었다. "설마 제 책을 읽으신 건 아니겠지요?"

"물론이구 말구요! 당신의 대작을 읽었지요. 당신이 문학가라는 것 말고도 혁—명—당—원이라는 것도 알고 있어요! 그렇지요?"

"아니, 미스 장! 난 혁명당원이 될 자격이 없는 사람이에요. 나 같은 사람이 무슨 혁명당원이랍니까? 아니, 아니에요, 미스 장! …… 아이구, 미안합니다! 아직까지 당신 이름도 모르다니. 성함을 알려주시겠습니까?"

"성함이라니요!" 그녀의 볼이 다시 달아올랐다. "저 같은 사람의 이름이야 천명(賤名)이라 하지요. 제 천명은 장수췐이에요."

"아주 좋네요! 수췐이라는 이름이 고상하면서도 아주 좋네요. 당신의 모습과 딱 어울려요! ……"

나의 말이 채 끝나기도 전에 수췐의 새언니가 아이를 안고 들어왔다. 그녀는 우리 두 사람의 표정을 보더니 웃음을 흘리면서 몹시 수상쩍다는 눈빛으로 우리를 흘끗 곁눈질하였다. 그녀의 모습에 우리는 난처해졌다. 멋쩍어진 나는 억지로 수췐의 새언니에게 몇 마디를 건네고 나서 그녀 품안의 아이를 놀린 후 위층으로 올라왔다.

이날 밤 나는 책을 보거나 글을 쓸 염두가 조금도 나지 않았다. 머릿속 가득 어지러운 생각이 솟구쳐 올랐다. 야단났군! 뜻밖의 편지 한 통으로 내 신분이 알려지다니. …… 내가 혁명당원이란 게 알려졌으니 위험하지 않을까? 그러기야 하겠어? 그녀는 결코 내게 불리한 일을 하진 않을 거야. …… 내게 호감이 있으니까 밥을 챙겨주고 옷도 기워 주면서 살갑게 구는 거겠지 …… 정말로 내게 잘해 주니 고마워해야 마땅해. 하지만, 하지만 …… 난 그녀를 사랑하진 않아. 그녀가 사랑스럽다고 생각하지는 않아. …… 짙은 눈썹, 커다란 눈, 거칠고 예쁘진 않아 …… 그녀가 마음에 드는 건 아니야 …… 하지만 내겐 정말 잘 해! ……

휘영청 밝은 달이 하늘에 둥실 걸려 있었다. 번잡하고 분주하던 대도시 상하이는 차츰 밤의 정적에 휩싸이고 밝은 달빛 바다에 어슴푸레 잠겼다. 때는 벌써 11시가 넘었지만, 나는 여전히 창문에 엎드려 밝은 달을 마주한 채 골똘히 생각에 잠겨 있었다. 이따금 얼굴을 스치는 가을바람이 서늘한 느낌을 안겨주고 한없는 그리움을 불러 일으켰다. 나는 내 처지를 생각하고, 내가 창조하려는 여성을 그려보았다. 가장 많이 생각나는 것은 수쥔이 자주 부르던 그 노래, 그리고 나에 대한 그녀의 은근한 정이었다. 나 역시 도무지 알 길이 없다. 내가 이때 왜 그토록 만감이 교차했는지는. 그런데 뜻밖에도 수쥔 역시 이때 나와 마찬가지로 잠을 이루지 못했는지, 아래층에서 풍금을 치기 시작했다. 고요한 달밤에 그녀가 치는 풍금 소리는 한낮의 낭랑함과 달리 맑고 은은했다.

본래 달을 마주하여 그리움에 젖은 채 만감이 교차하던 나는 이미 말로 표현할 수 없는 분위기에 빠져 있었는데, 이제 이러한 분위기는 수쥔의 풍금 소리에 이끌려 더욱 형언할 수 없게 되었다.

나는 온 신경을 모아 그녀가 무슨 곡을 연주하는지 조용히 귀를 기울였다. 뜻밖에도 그녀가 오늘밤 연주하는 곡은 내가 이전에 들어본 적이 없는 것이었다. 선율에 드러나는 분위기는 지난날과 사뭇 달랐다. 마침내 풍금을 치면서 나지막이 부르는 노랫소리가 들려왔다.

> 내 마음과도 같은 밝은 달,
> 나의 마음은 달보다 더 밝네.
> 나의 마음, 나의 마음이여!
> 나 그대를 나의 지기(知己)에게 보내리.

아, 참으로 부끄럽구나! 수쥔의 마음은 참으로 밝은 달처럼 밝고 맑건만, 내겐 그걸 받아들일 행운이 없다. 수쥔은 나를 자신의 지기로 오해하고 있다! 나는 그녀의 지기도 아니고, 나는 밝은 달과 같은 그녀의 마음을 받아들인 적도 없다. 이건 그녀의 불행이며, 나의 우둔함이다! 나는 이제 나의 우둔함을 깨달았지만, 지난날의 일은 이미 돌이킬 수 없다! 내겐 비통함만, 참회만 있을 뿐이다! ……

밤이 깊었다. 수쥔의 노랫소리와 풍금 소리도 고요해졌다. 그녀는 이 밤 꿈나라에 들었을까? 꿈속에서 무엇을 보았을까? 그녀가 풍금을 칠 때 내가 위에서 창문에 엎드린 채 있었다는 걸 알고나 있었을까? …… 이에 대해 나는 전혀 알 길이 없다. 난 이날 밤 거의 눈을 붙이지 못했다. 엎치락뒤치락 끝내 잠을 이루지 못했다. 이건 결코 수줜이 내게 안겨주었던 깊은 자극 때문이 아니라, 반쯤은 다감했던 나로 말미암은 것이었다. 꽃 피고 달 밝아 아름다운 철에는 늘 이렇듯 마음이 뒤숭숭했었으니까.

3

이날 이후로 나에 대한 수줜의 태도는 훨씬 친밀해졌으며, 위층으로 올라와 책을 빌리고 이야기를 나누는 횟수 역시 많아졌다. 언젠가 그녀가 나의 책꽂이에서 책을 뒤적이고 있었다. 나는 그녀 가까이에서 어느 책은 볼 만하고 어느 책은 재미없다는 등을 알려주고 있었다. 내 입장에서는 아주 자연스러운 일인지라 다른 생각은 추호도 없었다. 그런데 나와 가까워질수록 그녀의 숨결이 가빠지고 그녀의 피가 뜨거워지며, 그녀의 가슴이 두근거리고, 그녀의 말소리가 확연하게 불안하고 급박해진다는 느낌이 들었다. 그녀에게서 오늘과 같은 기색을 나는 여태껏 본 적이 없었다. 이 일로 나 역시 불안감이 엄습해왔다. 나는 조금씩 그녀에게서 멀어졌다. 나는 책상 옆에 앉아 일부러 펜을 들어 글을 썼다. 이렇게 해서 그녀가 평정한 상태를 회복하고 그녀가 느끼는 성적 자극을 누그러뜨리려 하였다. 그런데 내가 이렇게 하자, 그녀의 벌개진 얼굴이 더욱 긴장되었다. 그녀는 열정으로 가득 찬 커다란 두 눈으로 나를 여러 차례 지켜보았다. 나는 고개를 들어 그녀를 바라볼 엄두가 나지 않았다. 그녀의 두 입술은 몇 번이나 떨리는 듯하였지만, 끝내 입을 열지는 않았다. 그녀의 이런 모습을 보면서 나는 어떻게 해야 좋을지 몰랐다. 그저 고개를 숙인 채 글을 쓸 따름이었다. 별안간 그녀가 길게 터뜨리는 한숨 소리가 들렸다. 이 한숨은 나를 원망하는 표시일까? 아니면 다른 이유가 있어서일까? 나는 알 길이 없었다.

그녀는 여전히 나의 책꽂이에서 책을 뒤적이고 있었다. 나는 글을 쓸 뿐 그녀에게 신경을 쓰지 않는 척 했다. 하지만 나의 가슴은 쉬지 않고 두근거렸다. 나는 진정시킬 힘이 없었다. 두근거리는 심장의 박동은 수췬에게 성적 충동을 느껴서가 아니라 두려움 때문이었다. 일시적인 불찰로 수췬과 무슨 관계라도 생겨 장래 좋지 못한 결과를 낳을까 염려했던 것이다. 내가 만약 수췬을 사랑했다면 아마 오래전에 벌써 그녀에게 애정 표현을 했겠지만, 나는 그녀에게 눈곱만큼도 사랑의 감정을 느껴본 적이 없었다. 그녀를 사랑하지 않았지만, 나는 그녀를 존중하였다. 나는 일시적인 성적 충동 때문에 수췬의 처녀의 순결함을 더럽히는 행위를 원하지도, 차마 하고 싶지도 않았던 것이다.

"천 선생님! 이 책 두 권을 가져가 볼래요……." 그녀는 돌연 다급하게 이 한마디를 남기고는 몸을 돌려 아래층으로 내려갔다. 고개를 돌아보지도 않은 채. 그녀가 내려간 뒤 나의 콩닥거리던 가슴도 서서히 진정되기 시작했다. 마치 무거운 짐을 내려놓은 듯했다. 하지만 나는 다시 생각에 잠겼다. 나의 냉담한 태도에 대해 너무 무정하다고 원망하지 않을까? 그러나 이것 말고 달리 무슨 방법이 있겠는가? 억지로 그녀를 사랑할 순 없지 않은가? …… 수쥔! 날 용서하오!

세월은 살같이 흘러갔지만, 수쥔에 대한 나의 태도는 전혀 변함이 없었다. 수쥔은 자주 내게 연애 문제를 꺼냈지만, 나는 독신주의자라서 혼자 사는 게 자유롭다는 따위의 허튼소리로 늘 얼버무리곤 했다. 나는 이런 기회에 은근히 나에 대한 그녀의 생각을 단념시키고 싶었다. 그녀는 또한 정치문제를 곧잘 화제로 끄집어냈다. 그녀는 국민당이 왜 좌우 두 파로 나누어졌는지, 여자는 혁명에 참가해야 하는지 어떤지를 물었다. …… 나는 그녀에게 입에서 나오는 대로 몇 마디 지껄여주었을 따름이다. 나는 나의 참된 정치적 면모를 드러내고 싶지 않았기 때문이다. 아! 난 그녀를 속였어! 난 밤낮으로 만족스러운 연애생활을 몽상하면서도 독신주의를 지킨다고 떠들어댔으니, 이 어찌 귀신이 곡할 노릇이 아닌가? 내 비록 떠돌이 문인이고 혁명 활동에 실제로 참가한 적은 거의 없지만, 혁명당원이라 자처하는 내가 어찌하여 나의 주의를 수쥔에게 선전하지 않았단 말인가? …… 아! 나는 수쥔을 속였다!

나의 창문 맞은편은 병원의 양옥인데, 그 주위에 넓은 빈터가 있고 빈터 안에는 높이 자란 나무가 여러 그루 있었다. 내가 지금 살고 있는 이곳으로 막 이사왔을 때에는, 병원 주위의 나뭇잎이 무성하여 병원 입원실을 거의 모두 가리고 있었다. 하지만 책상 곁에 앉아 있는 지금은 푸르고 무성하던 나뭇잎이 누렇게 시들더니 말라 떨어졌다. 시간은 살같이 흘러 눈 깜짝 할 사이에 수쥔의 집으로 이사온 지도 어느덧 서너 달이 되었다. 요 몇 달 동안 나의 고독한 삶은 조용히 지나갔고, 수쥔의 삶도 내가 보기엔 크게 변한 것이 없었다. 우리는 친근했지만, 또 서먹서먹하기도 했다. ― 날마다 한 식탁에서 밥을 먹고 좋을 대로 몇 마디 나누는 것 외에는, 각자 자신의 일을 할 뿐이었다. 그녀는 때로 비관적인 이야기, 이를테면 사는 게 재미가 없어 아예 죽어버리는 게 낫겠다는 …… 등의 이야기를 하였다. 그녀가 나로 인해 고통을 겪고 있다는 걸 알고 있었지만, 그녀를 위로해줄 방법이 내겐 없었다.

어느 날 저녁의 일이었다. 수쥔의 새언니와 어머니가 친척 집에 갔는데, 여섯 시가 넘어서도 돌아오지 않은 바람에 저녁밥을 지을 사람이 없었다. 위층에 누워 책을 보던 나는 뱃속의 꾸르륵 소리가 요란한지라 하는 수 없이 거리의 요깃거리를 사러 아래층으로 내려갔다. 부엌을 지나는데, 수쥔이 마침 허리를 굽힌 채 밥을 짓고 있었다. 평소 매일의 세끼는 수쥔의 새언니가 마련해 온 터라, 오늘 수쥔의 손놀림이 능숙하지 않다는 것은 한 눈에도 알 수 있었다.

"미스 장, 밥 짓고 있어요?"

"네, 천 선생님! 새언니가 무슨 일로 아직까지 돌아오지 않는지 알 수 없네요. 배고프시지요?" 그녀는 몸을 일으키고서 웃음 띤 채 내게 물었다. 그녀의 몹시 피곤한 모습을 보면서 나도 웃음을 띤 채 그녀에게 대꾸했다.

"정말 수고가 많으시군요! 제가 좀 도와 드릴까요?"

"밥 한 끼 짓는 게 수고라면, 하루 종일 뛰어다니는 인력거꾼이나 매일 쉬지 않고 열 몇 시간씩 일하는 노동자들은 어떨까요? 천 선생님! 솔직히 말한다면 우린 너무 편한 거지요. ……"

"미스 장! 말투를 들어보니 그야말로 급진적인 혁명당원이 되었군요. …… 우리가 좀 편한 게 잘못인가요? ……"

"천 선생님! 전 이런 편안한 삶이 정말 무미건조하다고 생각해요! 천 선생님! 알고 계세요? 전 가 …… 가려구요…… "그녀의 볼이 붉어졌다. 그녀의 말을 들으면서 나는 놀라움을 금치 못했다. 그녀가 완전히 변했던 것이다. 그녀의 말이 끝나기도 전에 그녀에게 물었다.

"무얼 하러 가겠다는 겁니까?"

"저, 전"그녀는 수줍어하면서 머뭇거렸다. "혁명하러 떠날 거에요. …… 천 선생님, 찬성해주실 거지요? …… 이렇게 밋밋하게 사느니 차라리 장렬하게 죽는 게 의미 있다는 생각이 들었어요, 천 선생님! 당신의 생각은 어떠세요? 찬성해주실 거지요?"

"미스 장! 아가씨로 사는 게 싫어서 혁명하러 가서 무얼 하려구요? 당신 생각에 찬성한다고는 말씀드리지 못하겠네요. 당신 부모님이 아신다면 당신이 내 선전을 받았다고 하실 텐데, 그렇게 되면 곤란해지겠지요. 미스 장! 아가씨로 사는 게 나을 거예요!"

"아가씨는 무슨 아가씨예요!" 그녀는 약간 화를 냈다. "천 선생님! 제게 그런 허튼 소릴랑 하지 마세요. 남은 당신에게 진지한 이야기를 하는데, 당신은 허튼소리나 떠들어대다니요 ……"

"아아, 화 내지 말아요! 다시는 허튼소리 하지 않겠습니다." 나는 그녀에게 사과하고서 말을 이었다. "그렇다면 진짜로 혁명하러 가겠다는 겁니까?"

"진짜가 아니라면 가짜란 말이에요?" 그녀는 고개를 돌려 아궁이 속의 불을 바라보더니 손으로 장작불을 고른 후 다시 나를 돌아보면서 말했다. "다시 이야기하지만, 불은 금방 꺼져버릴 거예요. 저녁밥은 먹지 못하게 되겠지요."

"혁명하러 떠나도 괜찮아요." 나는 슬쩍 웃으면서 대꾸했다.

"천 선생님! 입당하도록 소개해주실 수 있어요? 입당하고 싶은데 ……"

"어느 당에 들어가시려구요?"

"혁명당이지요 ……"

"전 어느 당에도 속해 있지 않은데 어떻게 입당을 소개해드릴 수 있겠어요?"

"거짓말하지 말아요! 난 알아요, 당신이 …… 제가 혁명할 수 없으리라고 생각하시는 건 아니겠지요?"

"미스 장! 그런 뜻이 아닙니다. 제겐 정말 당이 없어요!"

"아이구! 알았어요! 알았어! 절 소개해주지 않으시겠다면 됐어요. 누군가 소개해줄 사람이 있겠지요. 동창이 있는데 그녀가 틀림없이 저를 소개해줄 거예요!" 이 말을 하면서 그녀는 노기를 띠는 한편 도도한 표정을 지었다.

"그렇다면 아주 잘 됐군요……"

이때 마침 뒷문에서 '쿵쿵' 소리가 들렸다. 누군가 문을 두드렸다. 나는 부엌을 나와 뒷문을 열었다. 수쥔의 어머니가 돌아왔던 것이다. 내가 문을 여는 것을 보고서 그녀는 수쥔이 집에 없느냐고 서둘러 물었다. 나는 수줸이 부엌에서 밥을 짓고 있노라고 말했다.

"아, 밥을 짓고 있다고? 어서 식사 준비하라고 일러 주세요, 난 옆집에 갔다가 금방 돌아올테니." 수줸의 어머니는 이렇게 말하면서 고개를 돌려 웃음을 보이더니 나갔다. 그녀의 이런 모습에 나는 불현듯 이런 생각이 들었다. "무슨 생각을 하시는지 모르겠네. 자기 딸과 달콤한 밀어를 속삭이고 있다고 생각하시는 건가? 돌아왔다가 무엇 때문에 다시 나가는 거지? 기회를 주겠다는 건가? ……" 나도 모르게 쓴웃음이 나왔다.

나는 다시 부엌으로 가서 어머니의 말씀을 수줸에게 전해주었다. 수줸은 이때 걸상에 앉아 잠자코 아궁이의 불을 바라보고 있었다. 수줸 어머니의 표정이 떠올라 쑥스러워진 나는 어물어물 몇 마디를 건네고서 위층으로 올라왔다. 위층으로 올라온 나는 풀썩 침대 위에 누워 검은 그림자로 희뿌연 천장을 쳐다보았다. 머릿속에 한 가지 의문이 끓어올랐다. "수줸의 생각이 지금 이렇게까지 변한 까닭이 뭐지? ……"

이번에 이야기를 나눈 이후 수줸에 대해 나는 더욱 감탄하게 되었다. 그녀는 알고 보니 패기 넘치는, 혁명사상을 지닌 여성이었다! 나는 내가 어떤 사람인지 사실대로 알려주고 싶었지만, 그녀의 부모와 오빠 부부가 알게 되면 불편한 일이 있을까 염려스러웠다. 그들은 혁명당원이란 말만 들어도 골치 아파했으며, 내 앞에서 혁명당원이 얼마나 못됐는지 자주 악담을 퍼부었다. 그럴 때면 나도 맞장구를 치면서 나 역시 온건하며 신중한 사람임을 드러내곤 했다. 수췬은 때로 내가 맞장구치는 모습을 바라보면서 불만스러운 기색을 드러냈지만, 나의 속마음을 안다는 듯 나의 반혁명적인 말을 들으면서 말없이 웃음을 짓기도 했다.

이제 수췬은 나의 동지가 되었다. 하지만 나는 여전히 그녀를 사랑하지는 않았다. 때로 나를 쳐다보는 그녀의 눈빛에서 나에 대한 깊은 사랑과 함께 어찌할 수 없는 원망을 느끼기도 했다. 이런 느낌을 눈치챘지만, 내게 이를 피할 길이 뭐가 있었을까? 나는 그저 모르는 체 하여 그녀가 자신의 감정을 드러내놓지 못하게 하였을 뿐이다. 난 도대체 왜 그녀를 사랑할 마음을 갖지 못했을까? 그녀에게 좋지 못한 점이 있었던가? 지금까지도 난 도무지 모르겠다. 그녀가 예쁘지 않았기 때문일까? 아마 그랬을 것이다. 만약 단지 이 때문만이라면, 아! 그녀를 사랑하지 않은 것은 죄악이다!

나는 차츰 수췬의 행동을 눈여겨보게 되었다. 이전외 일요일이나 매일 밤에 그녀는 늘 집에 있었지만, 이젠 그렇지 않았다. 일요일 오후에는 거의 집에 없었다. 밤에는 12시가 되어서야 돌아올 때도 있었다. 그녀는 친구 집에서 놀다가 친구들에게 붙들린 바람에 어쩔 수 없었노라고 식구들에게 둘러댔다. 평소 그녀의 행동거지가 반듯하고 성격이 유순하였던지라 식구들은 그녀를 별로 의심하지 않았다. 하지만 나는 그녀의 표정을 보거나 그녀가 요즘 읽는 주의에 관한 서적이나 잡지, 그리고 내게 하는 이야기들을 통해, 그녀가 최근 비밀스러운 혁명 공작을 진행하고 있다는 걸 알았다. 나는 남몰래 그녀에게 부끄러움을 느꼈다. 나는 혁명당원이라고 자처하지만 낭만에 젖어 질서 정연한 공작에 익숙하지 않고 혁명에 그다지 열성적이지 않기 때문이었다. 난 참으로 부끄러웠다! 어쩌면 수쥔은 열성적이지 않은 나의 행위를 보면서 나를 경멸했을 것이다.

한 사람의 생각과 행위의 변화는 정말로 예측하기 어렵다. 내가 처음으로 그녀를 만났을 때, 그녀의 너무나 평범한, 소박하면서도 신중한 성격으로 인해 나는 오늘의 그녀를 꿈에도 생각지 못했다. 하지만 오늘, 오늘의 그녀는 이미 이른바 '위험인물'이 되어 있었다.

4

눈 깜짝할 사이에 북풍이 소슬하고 낙엽이 우수수 지더니 차가운 겨울날씨가 되었다. 최근 상하이를 떠돌던 나는 더욱 할 일이 없었다. S대학은 적화 혐의를 받아 문을 닫은지라 나의 교직도 중지되고 말았다. 나는 성미가 괴팍한 편이라 망망한 상하이에서 사귀고 왕래하는 벗이 많지 않았다. 게다가 이 많지 않은 친구들 가운데 대부분은 이른바 위험인물로, 일이 바빠 나와 한가하게 노닥거릴 틈이 없었다. 아주 심심하고 고민스럽거나, 아니면 정세에 대해 도무지 알 수 없을 때 그들을 찾아가 이야기를 나누는 것 외에는, 나는 거의 혼자서 이리저리 돌아다니거나 집에서 조용하게 책을 읽고 글을 쓰는 생활을 보냈다. 수쥔은 이야기를 나누는 나의 벗이었지만, 심각한 이야기를 나눌 만한 벗은 아니었다. 그

건 첫째로 그녀가 나를 사랑하는 마음을 먹지 않도록 그녀와 접
촉하지 않고 싶었기에, 그리고 둘째로는 그녀가 나의 이야기를 나
누려는 욕구를 충족시킬 수 없었기 때문이다. 그런데 최근 그녀가
몹시 바빠졌다. 거의 집에 있지도 않았지만, 설사 집에 있더라도
손에 책을 들고서 열심히 읽고 있는지라 그녀를 귀찮게 할까봐 신
경이 쓰였다. 그녀는 요즘 풍금도 거의 치지 않았으며 노래도 부
르지 않았다. 때로 나는 진심으로 그녀가 고맙기도 했다. 어쩌다
가 은은하지만 구성지지 않은 그녀의 풍금 소리와 노랫소리를 듣
고 있노라면 나의 고요한 심경이 깨뜨려지기도 했으니까.

　최근 나에 대한 그녀의 태도는 약간 편안해진 듯했다. 나는 때
로 그녀의 표정과 동작을 곁눈질하면서 그녀의 속마음을 헤아려
보았다. 하지만 그녀의 커다란 두 눈이 나를 향해 반짝일 때, 나
는 곧바로 그녀의 눈길을 피해버렸다. 아! 나는 그녀의 반짝이는
눈빛이 참으로 두려웠다! 그녀의 반짝이는 눈빛이 나의 몸을 쏘
아보는 순간, 나는 이런 느낌이 들었다. "말해요! 말하라구요!
이 무정한 사람아! 왜 절 사랑하지 않는 거예요? ……" 이건 그
야말로 나에 대한 처벌이어서 나는 그 눈빛을 피하지 않을 수 없
었다. 하지만 이제와 생각해보니, 나를 바라보는 그녀의 반짝이
는 눈빛 속에서 그녀는 얼마나 진지한 사랑을 내게 주었던가! 이
토록 진지한 사랑을 받는 이라면 행복을 느껴야 마땅하리라. 하지
만 나는 당시 극력 피하려고만 하였다. …… 아! 나의 이 우둔함
이여! 꾹 참고서 그럭저럭 살아가는 오늘, 감옥과 같은, 새장과도
같은 이 조그마한 방에서 진지한 사랑의 눈빛으로 나를 바라볼 이

가 또 누구이랴? 아! 나의 이 우둔함이여! ……

자동차가 쏜살같이 달리고 발자취가 어지러운 상하이의 한길 가운데에서 A 대로는 깨끗한 편이다. 한길 양쪽에는 높이 솟구친 포플러가 늘어서 있고, 건축물 대부분은 띄엄띄엄 독립된 주택이다. 이 커다란 양옥들은 봄여름에는 무성한 녹음에 뒤덮인 채 도시 속 별장의 풍미를 물씬 풍기고 있다. 이 양옥 안에 거주하는 이들은 물론 상상할 수 있듯이 우리나라 자본가와 관료가 아니면 중국에서 안락함을 누리는 외국 코쟁이들이다. 영락하여 이리저리 떠도는 나 같은 사람이야 이런 양옥의 정교한 시설이나 화려한 치장, 그리고 그 안에 사는 사람들의 쾌적한 생활을 상상할 수야 있겠지만, 꿈속에서라도 이런 집에서 단 하루라도 지낼 수 있으리라 생각해본 적이 없다. 내겐 밖에서 구경하는 행복밖에 없다.

어느 날 오후, 집안에 있기에 너무나 무료하여 밖에 나가 A 대로를 따라 산책하였다. 얼굴에 불어오는 따가운 서북풍에 나는 고개를 들 수 없었지만, 다행히 값싸고 허름한 두루마기라도 걸친 덕에 한기를 막아낼 수 있었다. 나는 마침 고개를 숙인 채 '양옥과 띠집', '여우 가죽옷을 걸친 자본가와 가릴 것 하나 없는 거지' …… 등의 문제를 골똘히 생각하고 있었는데, 별안간 누군가 등 뒤에서 나를 부르는 소리를 들었다.

"지샤!"

고개를 돌려보니, 반년이나 만나지 못했던 위(兪) 군과 그의 여자 친구였다. 위 군은 예전처럼 궁상스러운 기색이 여전하였는데, 남색 천의 까만 양가죽 두루마기 차림에 러시아식 털모자를 쓰고 있는 모습이 영락없는 장사꾼이었다. 그의 여자 친구는, 아, 정말 내게 놀라움 그 자체였다! 보기 드물게 아리따운 여인이었던 것이다. 훤칠한 키에 살진 하얀 얼굴, 주홍 같은 입술, 가을물이 가득 찬 듯한 예쁜 눈. 바로 이 두 눈이 한 눈에 영혼을 빨아들일 것만 같았다! 그녀는 꽃무늬가 있는 검푸른 치파오 차림에 목에는 장밋빛 머플러를 두르고 있었는데, 여러모로 돋보여 마치 무성한 푸른 잎새에 활짝 피어난 모란과 같았다. 잠시 그녀를 쳐다보다가 나도 모르게 위 군이 신기하게 느껴졌다. 궁상맞기 짝이 없는 위 군이 이런 여자 친구를 두고 있다니 ……

"이쪽은 내가 이야기한 적이 있는 천지샤 선생이야." 위 군은 나를 여자 친구에게 소개한 후 다시 내게 말했다. "이쪽은 미스 황으로, 내 고향 사람일세."

"아아, 그러세요! ……" 나는 그녀를 다시 한 번 살펴보았다. 그녀도 나를 훑어보았다.

"지샤! 이렇게 추운 날 혼자서 여기서 뭘 하나?"

"일 없이 한가로이 걷고 있는 거지 뭐. 그런데 C 지역에서는 언제 상하이로 왔나?"

"돌아온 지 일주일 남짓 되었네. 상하이에 오자마자 보고 싶었는데, 어디에 사는지를 알아야지. 어디 살고 있나?"

"여기에서 멀지 않아. 우리 집에 잠깐 가보겠는가?"

"아니야. 날이 너무 추우니 우리 술이나 한 잔 하세. 한 잔 마시고 보세, 어떤가?" 내게 말하고서 그는 얼굴을 돌리더니 웃음을 흘리면서 여자 친구에게 말을 건넸다. "미스 황! 어때?"

"좋아요." 미스 황은 미소를 머금은 채 고개를 끄덕였다.

우리 세 사람은 인력거를 함께 타고서 다스제(大世界: 상하이의 유명한 유락 센터) 이웃의 텐진(天津)주점으로 갔다. 이 주점은 나와 위 군이 반년 전에 자주 다니던 곳으로, 크지는 않지만 소란스럽지 않고 요리가 맛깔스러웠다. 땅딸막한 주인은 단골손님이 오는 걸 보자 유난스럽게 친절했다. 아마 미스 황 덕분이 아닐까?

우리는 되는대로 요리 몇 가지를 주문하고 술을 들이켰다. 폐결핵을 앓고 있는 위 군은 여전히 화끈하게 술을 마셨는데, 자신의 건강은 전혀 신경쓰지 않았다. 아리따운 미스 황이 술을 들이키자 나는 놀라움을 금치 못했다. 뜻밖에도 그녀는 나 못잖은 술고래였던 것이다. 술을 몇 잔 들이키자 그녀의 두 볼에 분홍빛 홍조가 감돌면서 더욱 더 요염하게 보였다. 나는 내심 위 군에게 흐뭇한 마음이 들었다. "잘 한다! 좋아! 네가 이런 미인을 얻다니 뜻밖인 걸 …… 행운아야! ……" 하지만 동시에 나는 그를 걱정했다. "아! 이 궁색한 문인아, 조심해야 해! 네가 어찌 이렇게 귀티가 나는 여인과 즐길 수 있겠어? ……"

하지만 내 신세에 생각이 미치자 길게 한숨을 쉬지 않을 수 없었다. 떠돌이 신세인 나는 지금껏 나를 사랑하는, 마음에 드는 여인을 만나지 못했어. 이런 말을 하자니 정말 낯 뜨겁구만! 위 군처럼 궁상맞은 친구도 이런 미인을 가졌는데, 난 ……! 난 위 군만도 못한 인간이야! …… 수퀀이 아름다운 여인이라면 내게 얼마나 커다란 영광이겠어! 하지만, 그녀는 나의 사랑을 불러일으키지 못해 …… 아! 평생을 고독하게 지낼 팔잔가 봐! …… 생각하면 할수록 불만이 솟구쳐 얼굴의 피가 술김에 달아오르더니 홍조가 심하게 번지기 시작했다.

이야기를 나누던 중에 나는 먼저 C 지역의 상황을 물어보았다. 위 군은 몹시 불만스럽다는 듯이 말했다. 혁명은 무슨 개뿔, 그야말로 난장판이야. 이렇게 혁명을 해서는 천 년이 흘러도 제대로 혁명할 희망이 없어! 무슨 좌파니 우파니, 죄다 투기꾼에 몽땅 가짜투성이야 …… 그의 말을 듣던 나는 그의 사상의 급진성에 놀라면서 이른바 혁명 근거지의 참된 상황 또한 상상해보았다. C 지역의 상황에 대해 일찍이 잘 알고 있었던 터라, 오늘 무당파인 위 군의 이야기를 듣고서 나는 더욱 더 확신하게 되었다. 혁명에 대해 낙관적이었지만, 위 군의 실의에 빠진 비관적인 설명을 들으면서 나는 그의 의견에 공감할 수밖에 없었다.

중국문단의 상황에 이야기가 미치자, 최근에 창작한 글이 있는지 서로 물었다. 술을 들이킬수록 더욱 흥겨워지고, 흥겨워질수록 쓸데없는 일까지 화제에 올랐다. 조용하고 쓸쓸한 삶에 시달리던 나는 갑자기 이렇게 좋은 기회를 만나자 술기운에 평정심을 잃고 말았다. 게다가 동석한 미스 황의 아리따운 자태가 술기운을 돋우는 바람에 몇 잔을 더 마시게 되었다. 술이라면 사족을 못 쓰는 위 군은 물론 흥이 더욱 올랐다.

"오늘 안타깝게도 미스 정(鄭)이 이 자리에 없군." 위 군이 느닷없이 미스 황에게 말했다. "그렇지 않다면 오늘 훨씬 재미있을 텐데 말이야!"

"미스 정이라니? 누구?" 내가 끼어들어 물었다.

"미스 황의 친구야. 아주 그지없는 사람이지." 여기까지 말하고서 그는 얼굴을 돌려 미스 황에게 말했다. "미스 황! 내가 보기에 미스 정이 천 선생과 아주 잘 어울리는데, 두 사람을 엮어주면 어떨까? 아주 딱 맞는 짝인데 ……"

"설마 천 선생님에게 아직 없을라구요 ……?" 미스 황은 고운 눈매로 나를 힐끔 곁눈질하더니 웃음을 머금은 채 위 군에게 의미심장하게 말했다. "천 선생님이 원한다면야 제가 힘껏 도와드리지요."

나는 얼굴이 더욱 붉어지는 느낌이 들었다. 미스 황의 말을 듣자 짓궂은 위 군은 손뼉을 치면서 연신 외쳤다. "아주 좋아! 아주 좋아! ……" 이런 상황에 나는 무슨 말을 해야 좋을지 몰랐다. 나는 쑥스러워서 그저 얼굴을 붉힌 채 웃음만 지었다. 하지만 내심 이렇게 생각하였다. "이번에야 마음에 쏙 드는 여인을 만날 모양이군! 나의 행운이 찾아온 거야 …… 저 두 사람의 말투로 볼 때 미스 정이란 사람이 괜찮은 모양이군. ……" 나는 남몰래 기분이 좋아져 자신을 축하했다. 이때 나는 수쥔을 떠올리고 싶지 않았지만, 어찌된 일인지 수쥔의 그림자가 홀연 내 머릿속에 섬광처럼 스쳐갔다. 그녀는 커다란 부릅뜬 두 눈에 번쩍이는 빛을 내뿜으면서 내게 화난 표정으로 희미하나마 욕을 하고 있는 듯하였다. "머저리 같은 인간! 똥인지 된장인지도 모르는 인간. 나처럼 순결한 사랑을 바치는 사람은 내팽개치고 아무나 사랑하다니 …… 당신은 죄를 짓고 있는 거야! ……" 나의 정신에 보이지 않는 엄한 처벌이 가해지는 듯했다.

"그렇다면, 미스 황!" 위 군이 마침내 제안을 했다. "우리 내일 저녁에 둥야(東亞)여관에 방을 빌려 미스 정을 모셔서 천 선생과 인사를 시키기로 하세."

미스 황은 고개를 끄덕여 찬성한다는 뜻을 나타냈다. 나는 물론 거절하지 않았다. 이러고서야 우리는 대충 술자리를 파하여 술값을 낸 다음 헤어졌다. 위 군과 여자 친구는 누군가를 찾아가고, 나는 외로이 홀로 내 방으로 돌아와 내일 저녁 약속을 기다렸다. 내가 문을 들어설 때는 벌써 여섯 시가 넘었으며, 수쥔과 식구들이 마침 저녁을 먹고 있었다. 내가 들어서는 걸 보고서 수쥔은 곧장 몸을 일으켜 식사 했는지를 물었다. 나는 먹었노라고 대충 얼버무렸지만, 웬일인지 고개를 들어 그녀를 바라보기가 두려웠다. 나는 가슴이 요동치기 시작했다. 마치 그녀에게 몹쓸 짓을 저지른 것만 같았다.

"천 선생님! 또 술 드셨어요?" 수쥔이 느닷없이 물었다.

"아 …… 아니 ……"

수쥔의 말을 듣자, 나는 내심 더욱 부끄러워 도망치듯 위층으로 뛰었다. 평소라면 술을 많이 마신 날에는 침대에 쓰러져 금방 잠이 들었지만, 오늘 저녁은 사뭇 달랐다. 취기가 몹시 올라오고 온몸이 나른했지만, 도무지 잠을 이룰 수가 없었다. "미스 황은 예쁘긴 하지만 귀티가 나서 나 같은 떠돌이가 감당하기가 어려워. …… 미스 정은 대체 어떨까? …… 괜찮을 것 같은데? 아! 어쨌든 내일 저녁에 만나봐야지. …… 수쥔? 불쌍한 수쥔! ……" 어지러운 생각에 사로잡혀 나는 12시가 넘어서도 눈을 붙이지 못했다. 차가운 달빛이 베개에 비쳐들었다. 나는 이불을 여민 채 모로 누워 달빛을 물끄러미 바라보았다. ……

5

상하이에서는 요즘 여관방을 빌리는 게 유행하고 있었다. 상하이에 와본 적이 없는 사람들은 여관을 나그네가 묵는 곳으로서 여행자만이 투숙한다고 알고 있다. 하지만 상하이의 여관, 특히 유명한 서양식 여관은 이러한 원칙에 맞지 않았다. 그들의 최근 영업의 대부분은 상하이 거주민의 이용에 의지하고 있었다. 그들은 여관을 오락장이나 교제 장소, 간통 장소로 여겼다. 이곳에는 정교한 스프링 침대에 푹신한 소파와 멋들어진 탁자, 깨끗한 욕실, 서비스 만점의 종업원이 있었다. 중산가정에는 없는 설비들이 없는 것이 없을 정도로 이곳에는 모두 마련되어 있었다. 그래서 몇몇 친구들은 방 한 칸을 빌려 모여 노는 곳으로 이용했는데, 이런 일이 최근에 아주 보편화되었다.

그러나 나 같은 가난뱅이는 이런 곳에 들어갈 수도, 들어가고 싶지도 않았다. 수중의 돈이 넉넉하고 돈을 물 쓰듯 하는 위 군은 이런 일을 곧잘 벌이곤 했다. 그는 미스 정을 나와 엮어주기 위해 아낌없이 둥야여관의 제법 비싼 방을 빌렸다. 이 일로 나는 기분이 흡족하고 그의 성의에 감사하기도 하였지만, 다른 한편으로 이처럼 호화로운 환경이 거북스럽기도 했다. 이건 아마 내가 시골 촌놈이기 때문일 게다. …… 기이하게도 설비가 정교하고 치장이 화려한 양옥에 들어설 때마다 나의 머릿속에는 비바람도 가리지 못하는 인력거꾼의 초막과 꾀죄죄한 빈민굴이 꼭 떠오르곤 했다. 이럴 때면 유쾌함을 느끼기는커녕 징벌을 받고 있다는 느낌이 들었다. 이러한 나의 습관이 남의 비웃음을 받으리란 걸 잘 알고 있지만, 이걸 없애버릴 방법이 없었다. ……

우리가 빌린 방은 3층에 있었다. 방 안에 들어서자 위 군과 두 여자 친구 — 한 명은 미스 황이고, 다른 한 명은 미스 정임에 틀림없다 —가 이미 와 있었다. 그들은 흰 천이 덮인 둥근 탁자에 둘러 앉아 이야기를 나누고 있다가, 내가 들어오는 것을 보자 모두들 일어섰다. 위 군이 먼저 입을 열었다. 그는 내가 늦은 것을 책망한 뒤 우리를 소개했다. 소개가 끝난 후 모두들 자리에 앉았다. 나도 자리에 앉으면서 슬쩍 미스 정을 곁눈질했는데, 뜻밖에도 우리 두 사람의 눈길이 마주치는 바람에 얼른 고개를 숙였다. 약간 쑥스러운 기분이 들었다.

스무 살 남짓의 수더분한 여인이었다. 그녀의 복장인 검은 비단 치파오는 미스 황만큼 화사하지 않았으며, 머리카락은 흐트러진 채 미스 황만큼 윤기 나지 않았다. 그녀의 두 눈은 얌전하였지만 미스 황만큼 영특해 보이지 않았으며, 얼굴빛은 약간 거무스름하여 깨끗하고 불그스레한 미스 황에 비하면 전혀 시선을 끌 정도는 아니었다. 그녀의 콧날은 높고 입술은 도톰하였으며 이는 깨끗하지 않았다. 수쥔의 희고 가지런한 이에 비한다면 예쁘지 않은 게 분명했다. 요컨대 아주 수수한 여인이었다. 첫눈에 남의 마음을 흔들 만한 특색은 전혀 두드러지지 않았다. 하지만 보면 볼

수록 차츰 귀여운 느낌이 들었다. 그녀에게는 자연스럽고 수수한 아름다움이 있었다. 그녀의 얼굴은 따로따로 떼어놓으면 마음 설레게 하는 점이 없었지만, 전체적으로 보면 단정하고 오목조목 귀염성이 있었다. 그녀의 통통한 두 볼은 팔자가 사나운 상이 아님을 드러내주었으며, 아주 자연스럽고 온화한 태도는 경박한 느낌이 들지 않았다. 그녀의 미소와 말할 때의 표정은 모두 천진난만한 처녀티를 드러내주었다.

이야기를 나누는 중에 위 군이 나를 과찬하는 바람에 지나치다는 느낌이 들긴 했지만, 나는 그에게 고마움을 느꼈다. 그의 칭찬 덕분에 미스 정의 호의를 많이 얻을 수 있었기 때문이다. 그녀가 끊임없이 나를 곁눈질하고 있다는 느낌이 들어 내게 호감이 있다는 걸 알아차렸다. 그러자 나는 무척이나 기분이 들뜨고 행복해졌다. 계속해서 살펴보는 중에 나는 이미 그녀를 사랑스러운 아가씨로 여겼으며, 내게는 미스 황보다 훨씬 귀엽게 느껴졌다. 내가 보기에 미스 황은 비록 아리땁긴 하지만 지나치게 요염한데다 귀티까지 넘치는지라, 미스 정의 소박한 아름다움 속에 스며있는 깊은 보통 사람의 분위기만 못했다. 그래서 미스 황을 처음 만났을 때에는 그저 그녀의 아리따움에 놀랐지만 그녀와 사귈 엄두도 내지 못했다. 그러나 오늘 미스 정을 보는 순간, 나는 그녀에게 매력이 있다는 것을 알았다. 나는 그녀가 마음에 들었다! ……

"미스 정은 아주 혁명적이고, 천 선생 또한 혁명적 문학가요. 내 생각이오만 당신 두 사람은 틀림없이 좋은 친구가 될 것이오." 위 군이 말했다.

"천 선생님! 위쉬안(玉弦)이 존경하고 있다는 걸 아세요? 내 소개로 당신의 작품을 읽어본 후 당신의 패기에 감탄하여 일부러……" 미스 황이 나를 마주하여 말했다. 그녀의 말을 듣고서 나는 마음속으로 생각했다. "알고 보니 이제야 알게 되었구나, 나의……"

"나와 위쉬안은 동창이에요." 미스 황이 말을 이었다. "오랜 친구라 사람 됨됨이가 뛰어나다는 걸 잘 알고 있지요. 두 사람이 잘 사귀어보기를 바랍니다. 그리고 앞으로 잘 이끌어주세요."

"아, 네네……" 나는 뭐라 말하기가 계면쩍었다. 나는 미스 정과 많은 이야기를 나누고 싶었지만, 그녀는 웃음을 짓거나, 이렇게 말해도 괜찮을지 모르지만 그저 멍하니 입을 다문 채 좀처럼 입을 열지 않았다. 나도 물론 억지로 그녀와 이런저런 이야기를 나누는 게 어색하기 그지없었다. 처음 만난 자리인지라 모두가 낯설고 서먹서먹하였던 것이다. 그저 그녀가 날 곁눈질하고 있다는 느낌만 들었다. 나도 그녀를 곁눈질하는 것 외에는 달리 가까이할 길이 없었다. 환한 등불 아래에서 나는 그녀를 찬찬히 살펴볼 수 있었다. 보면 볼수록 소박한 그녀의 아름다움이 마음에 꼭 들었다. 나는 늘 외모의 표정이 내면의 표현이라고 여겨왔다. 그래서 미스 정의 외모만큼이나 그녀의 내면세계도 틀림없이 그러하리라고 단정했다. 나는 어느덧 그녀를 이상화하였다. 그녀는 틀림없이 나의 사랑을 받을 만한 아가씨라고 생각했다. 그러나 나는 이제야 깨달았다. 만약 외모로 남의 내면을 판단한다면, 돌이킬 수 없는 착오를 저지를 것이라고. 특히 여인에 관해서는……

우리는 차례대로 목욕을 하였다. 위 군은 여관에서 목욕하기를 아주 좋아했다. 그는 친구 몇 명이 돈을 모아 여관방을 빌려 목욕하는 게 목욕탕에 가는 것보다 훨씬 이익이라고 늘 말하곤 했다. 위 군이 종업원에게 몇 가지 요리를 배달해오라고 하여 술을 마시자고 제안했다. 나는 흔쾌히 그의 의견에 찬성했고, 두 여인도 이의가 없었다. 나는 내심 생각했다. 그래, 오늘이야말로 기분 좋게 실컷 마시자. 오늘 같은 날 기분 내지 않는다면, 언제 내겠는가? …… 이렇게 생각하고서 나는 슬쩍 나의 미래의 연인을 훔쳐보았다.

미스 정은 전혀 술을 마시지 못했다. 이게 약간 나의 흥을 깨긴 했지만, 미스 황의 주량은 대단했다. 술잔을 연거푸 비우면서 사양하는 법이 없었다. 술을 마시면서 나는 술기운을 빌려 이런저런 문제를 닥치는 대로 이야기했으며, 마침내 일부러 문학가의 운명을 꺼냈다. 동서양의 문학가, 특히 위대한 천재 문학가의 대다수는 평생 가난뱅이를 면치 못하고 세속의 비방과 질투를 당한다는 둥, 문학에 종사하는 우리 같은 사람은 창작에 방해가 되므로 관리가 되거나 부자가 될 환상은 아예 접어야 하니, '시는 곤궁한 이후에 공교로워진다(詩窮而後工)'는 옛사람의 말이 지당한 명언이라는 둥, 위대한 문학가는 위대한 반항정신을 지녀야 한다는 둥 …… 내가 이런 이야기를 꺼냈던 것은 미스 정의 의견을 떠보기 위함이었다. 그러나 그녀는 나의 이야기를 경청하는 듯한 태도를 보이고 있었지만, 그다지 귀 기울이고 있지 않다는 느낌이 들었다. 나는 매번 슬쩍 웃으면서 그녀의 의견을 구했지만, 그녀는 웃기만 할 뿐 대꾸하지 않았다. 오히려 미스 황이 자기 의견을 내세웠을 뿐이었다. 나는 적이 실망했지만, 마음을 바꿔 먹었다. 아마 수줍음을 타는데다가 소심한 탓이겠지? …… 처음 만났으니 당연한 일이야. …… 이렇게 그녀를 용서하고 그녀에 대한 바람이 너무 컸음을 자책한 후, 마침내 그녀에 대한 실망을 거두었다.

술자리가 파했을 때는 벌써 11시가 넘었다. 위 군은 여관에 투숙하기로 하였으며, 이미 거나하게 취한 상태였다. 나는 두 여인을 S로 여학교에 바래다준 후 — 미스 정은 S로 여학교의 교사이고, 미스 황은 잠시 그녀의 숙소에 거주하고 있었다. — 내 숙소로 돌아왔다. 이때 밤이 이미 깊어 한길 위의 찬바람이 살을 에는 듯 매섭게 얼굴에 불어와 도저히 견딜 수가 없었지만, 술의 힘을 빌려 간신히 집에 돌아왔다.

주인집 식구들은 모두 깊이 잠들어 있었다. 세차게 문을 몇 번 두드리고서야 응접실에서 인기척이 들려왔다. "누구세요?" 나는 얼른 대답했다. "접니다." 이어 마루 위로 퉁탕거리는 발걸음 소리가 들려오고, 문 틈새로 전등빛이 새어나왔다.

"누구세요?" 수퀸의 목소리였다.

"접니다."

"천 선생님?"

"네. 미안해서 어쩌지요?"

내 말이 끝나기도 전에 대문이 삐그덕 소리와 함께 열렸다.

"정말 미안해요, 미스 장. 이렇게 추운 날씨에 문 열어달라고 폐를 끼쳤으니 죄송하기 그지없습니다! ……" 문을 들어서면서 나는 사과했다. 그녀는 졸음에 못 이겨 왼손으로 눈을 비비면서 오른손으로 문을 잠그더니 나른한 목소리로 내게 말했다.

"괜찮아요, 천 선생님."

응접실로 들어간 나는 전등빛에 비친 그녀의 모습을 찬찬히 살펴보았다. (이때 그녀는 내 앞에 있었다.) 그녀는 아랫도리에 얇은 꽃무늬 바지에 윗몸에는 붉은색 비단 내의를 걸치고 있고, 앞가슴에는 두 개의 둥그런 젖가슴이 불룩 튀어나와 있었다. 나는 순간 손으로 만져보고 싶다는 생각이 들었다. 솔직히 말해 이때 이미 육욕이 발동해 있었다. 게다가 전등빛이 그녀의 붉은 내의와 얼굴에 비쳐 그녀의 얼굴에 분홍빛 물결이 어른거리는지라 평소보다 한층 예뻐 보였다. 정말이지 어여쁘고 고운 자태였다. 한순간 다가가 그녀를 껴안고서 입맞춤하고 싶은 생각이 간절했다. ……그러나 나는 끝내 감각의 충동을 멈춘 채 허물어지지 않았다.

"천 선생님! 또 술 드셨군요?" 수쥔은 어여쁜 미소를 지으면서 내게 물었다. "아유, 술 냄새가 지독해요. 힘들지 않으세요?"

"네, 오늘밤 술 한 잔 했습니다." 나는 창피하다는 듯 대꾸했다.

"천 선생님! 왜 그리 술을 많이 드세요? 지난번에 말씀하셨잖아요, 다시는 술을 드시지 않겠다고? 오늘은 왜 또 ……?" 그녀는 마치 심문하듯이 나를 빤히 쳐다보았다. 나는 정말이지 부끄러워서 뭐라 대답해야 좋을지 몰랐다.

"나도 모르겠습니다, 왜 이리 술을 마시는지 …… 아! 정말 왜 이러는지! ……"

"술 많이 드시면 몸 상해요, 천 선생님! ……"

이 말을 할 때의 그녀의 내심에는 모르긴 해도 깊고 깊은 정이 담겨 있으리라! 그녀의 마음 씀씀이에 감격하지 않을 수 없었다. 어머니를 빼놓고 이처럼 내게 관심을 기울여준 이는 지금껏 없었다. 떠돌이 생활이 몸에 밴 나는 진지한 충고를 받아본 적이 거의 없었다. 하지만 수쥔이 이렇듯 나에게 관심을 기울이고 깊은 온정을 베풀어주니, 내 아무리 목석처럼 무정한 사람일지라도 감격하지 않을 수 없었던 것이다. 그러나 머저리 같고 무정한 나는 고마워하기는 하지만 그녀를 사랑한 적이 없다. 오늘 이전에 그녀를 사랑한 적이 없고, 오늘 이후로도 물론 그녀를 사랑하지 않을 것이다. 미스 정이 나의 마음을 가져가버렸고, 이미 나의 사랑을 그녀에게 주기로 마음먹었으니까.

"미스 장! 정말 고마워요! 앞으로 당신의 충고를 잘 듣겠습니다. 술은 정말 사람을 망치는 물건이에요!" 나는 힘주어 이렇게 말했다.

"앞으로 제 말씀대로 하시길 바래요 ……"

"아이구! 시간이 늦었네요." 나는 시계를 보고 깜짝 놀라 말했다. "벌써 12시가 넘었네요. 날이 이리 차가운데 감기 걸리면 안 되지요. 내일 뵈어요!" 나는 몇 마디 말을 건네고 몸을 돌려 위층으로 가려고 했다. 두어 발자국을 떼었는데, 갑자기 수쥔의 떨리는 목소리가 들려왔다.

"천 선생님!"

"왜요, 미스 장?" 나는 고개를 돌려 그녀에게 물었다.

그녀는 고개를 숙인 채 아무 소리 없이 잠시 망설이더니, 고개를 쳐들고서 부끄러운 듯 입을 열었다. "아무것도 아니에요. 내일 말씀드릴게요. ……"

수췐이 하려던 말이 무엇인지 알지 못했지만, 나는 그녀가 몹시 흥분하여 가슴이 두근거리고 있음을 느꼈다. 어쩌면 그녀는 나를 불러 이렇게 말했을지도 모른다. "천 선생님! 당신을 …… 사랑한다는 걸 …… 알고나 있나요? ……" 만약 그녀가 이렇게 터놓고 말해주었다면, 나는 어떻게 대답했을까? 하느님! 정말이지 어떻게 대답했을까? 사랑한다고? 아니면 사랑하지 않는다고? 그도 아니면 말도 안 되는 다른 이유를 들어 거절했을까? …… 그래도 그게 낫겠지! 다행히 그녀는 끝내 하고 싶은 말을 하지 않았다.

"잘 자요!" 이 말을 남기고 나는 얼른 위층으로 올라왔다. 계단을 올라갈 때 나는 수췐이 길게 탄식하는 소리를 들었다.

6

창밖에는 차가운 비가 처량하게 내리고 매서운 찬바람이 창틈으로 새들어와 소름이 돋았다. 눈을 들어 창밖을 바라보니 흐릿한 안개만 자욱할 뿐, 온 상하이는 잿빛의 죽은 분위기에 빠져 있었다. 참으로 수심에 젖게 만드는 적막한 날씨였다. 나는 이런 날씨를 제일 싫어했다. 이런 날씨를 만나면 늘 까닭 없는 번민에 시달린 채 아무 일도 하지 못했다. 고등학교 다닐 적에야 이런 날에는 붓을 들어 불만 가득한 시 몇 편을 즐겨 지었지만, 지금은 그런 흥취도 옛일이 되고 말았다.

아침 일찍 일어나 창밖을 바라보니 이상하게 찌뿌듯한 느낌이 들었다. 어젯밤 둥야여관에서 모여 놀았던 상황이 여전히 머릿속을 맴돌았다. 오늘 날이 흐리고 비 내리지 않으면 미스 정을 만날 수 있을 텐데라고 내심 생각하였다. 하지만 이렇게 날이 흐리고 비까지 내리니, 정말 짜증나구먼! …… 생각하면 할수록 도와주지 않는 하늘이 원망스러웠다. 어젯밤에 만난 사랑스러운 여인을 만날 수 없게 하다니.

아침을 먹은 후 나는 아래층 응접실에서 수췬의 조카 두 녀석과 장난을 치고 있었다. 수췬의 어머니는 마작을 하러 이웃집에 건너가고, 수췬과 함께 집에 남아 있는 사람은 그녀의 새언니뿐이었다. 수췬은 등나무 의자에 누운 채 ≪미래의 부녀≫를 손에 쥐고서 읽고 있고, 새언니는 고개를 숙인 채 아이들의 옷을 꿰매고 있었다. 그들을 방해하고 싶지 않아 그들이 먼저 입을 떼지 않는 이상 나는 말을 건네지 않았다. 수췬은 요즘 들어 더욱 열심인 듯, 시간만 나면 늘 틈틈이 책을 읽었다. 몇 달 전만 해도 꽃무늬를 수놓고 옷을 꿰매기 좋아하던 여공이 이제는 이런 일을 하지 않았다. 최근 말수가 적어진 게 분명했다. ― 이전에는 식사를 할 때 식구들과 별 뜻 없이 토론을 벌이고 쓰잘 데 없는 이야기를 즐겨 했는데, 이젠 거의 이야기를 꺼내지 않았던 것이다. 어쩌다가 몇 마디를 하지만, 이 몇 마디 속에서도 이전과 달라졌음을 엿볼 수 있었다.

"천 선생님!" 수쥔이 다가와 앉더니 먼저 입을 열었다. "여성문제를 즐겨 연구하시지요? 여성문제에 관한 좋은 책이 있으면 소개해주세요."

"여성문제에 대해선 별로 연구한 게 없어요." 나는 가볍게 웃음을 띠고 대꾸했다. "저보다는 당신이 그 문제에 대해선 더 많이 알고 있을 걸요. 미스 장! 지금 여성문제를 연구하고 있지요?"

"연구랄 게 뭐 있나요? 그저 책 몇 권 보고 싶을 뿐이에요. 내일 집회가 ……" 그녀는 새언니를 바라보면서 말머리를 돌려버렸다. "아, 아니, 내일 친구 몇 명이 '여자는 어떻게 해방될 수 있는가'라는 보고를 해달라고 하는데 막막해서요 ……" 그녀의 얼굴이 약간 붉어졌다.

"여자는 어떻게 해방될 수 있는가라구요? 당신의 생각을 듣고 싶은데요?"

"제 생각으론, 현재의 경제제도를 뒤엎어 근본적으로 개조하지 않는다면, 여자는 영원히 해방될 희망이 없다고 봐요. …… 천 선생님! 그렇지요? 여성문제와 노동문제는 떼려야 뗄 수 없다고 생각해요. ……"

"미스 장! 당신의 말을 들어보니 학문이 정말 많이 늘었군요! 당신의 의견이 옳습니다. 현재의 경제제도를 뒤엎지 않는다면, 여자의 해방은 물론 우리 남자들의 해방도 이루어질 수 있을까요?"

나의 말을 듣더니 수쥔은 만족스러운 표정을 지었다. 그녀의 새언니가 '여자'니 '남자'니 하는 말을 듣더니 고개를 쳐들어 우리를 의심스러운 눈으로 쳐다보았다. 하지만 무슨 말인지 알아듣지 못한 듯 다시 고개를 숙인 채 하던 일을 계속했다. 오늘 나눈 이야기를 통해 나는 수쥔의 진보에 깜짝 놀랐다. 그녀의 사상이 명료해진 게 분명했다.

"현재의 시국이 매우 긴박해요." 잠시 뜸을 들이던 그녀가 화제를 돌렸다. "듣자 하니 국민당이 곧 상하이로 온다던데, 선생님 생각엔 ……?"

"그렇다고 들었습니다만" 나는 느릿느릿 대답했다. "하지만 국민당이 오더라도 상황이 좋아질지 어떨지는 알 수 없지요. ……"

"하지만 전 어쨌든 지금보다는 나아지리라고 생각해요! 현재의 시국은 숨이 콱콱 막혀 그야말로 죽을 지경이잖아요! …… 요 며칠 또 사람을 죽이고 있다던데요?"

"어이구! ……" 나는 길게 한숨을 내쉬었다.

뜨락에 내리는 빗줄기가 한층 굵어졌다. 나는 응접실 문 앞으로 걸어가 하늘을 흘끗 쳐다보고서 한숨을 내쉬면서 말했다.

"비가 다시 세차게 내리네요! 이런 날씨가 참 견디기 힘들지요. 집에 틀어박혀 있자니 짜증만 나구요! 어쩔 수가 없어요!"

"천 선생님!" 수쥔의 새언니가 갑자기 나를 불렀다.

"무슨? ……" 나는 영문을 모른 채 고개를 돌려 그녀를 바라보았다. 그녀는 고개를 들더니 잠시 하던 일을 멈추고서 웃음을 띤 채 내게 말했다.

"천 선생님! 선생님 혼자만 거북하고 쓸쓸하신 모양인데요. 왜 마나님을 들이시지 않나요? 마나님을 들이시면 보살펴도 주고 마음 터놓고 이야기도 나눌 수 있는 사람이 생길 테니 얼마나 좋아요! 혼자라면 얼마나 견디기 힘들다구요! ……"

수쥔은 새언니의 이야기를 듣고서 다시 의자 위에 몸을 누이더니 얼굴을 벽으로 향한 채 다시 책을 읽기 시작했다. 나는 어떻게 대꾸해야 좋을지 몰랐다. 게다가 수쥔의 표정을 보니 곤란한 지경에 빠졌다는 느낌이 들었다. 내가 난처해 할 때 마침 누군가 문을 두드리는 소리가 들렸다. 나는 비를 무릅쓰고 뜨락으로 달려가 문을 열었다. 문을 열고서 나는 놀람과 기쁨이 교차하지 않을 수 없었다. 알고 보니 미스 정이었다. 정말이지 전혀 뜻밖이었다! 그들과 이야기를 나누면서 미스 정을 떠올리지 않은 것은 아니지만, 이런 우중에 나를 만나러 오리라곤 전혀 생각지 못했다. 그녀의 출현은 나에게 놀람과 기쁨, 그리고 감격을 안겨주었다. 이 한순간 나는 수쥔을 까맣게 잊고 있었다. 아! 가련한 수쥔! ……

"아이구! 당신이로군요! 이런 빗속에 ……"나는 의아한 눈빛으로 말했다. 내 눈에는 우산을 받쳐든 두 손, 반쯤 비에 젖은 바지, 그리고 구두와 양말을 신고 있는 두 발만이 보일 따름이었다. 완전히 비에 흠뻑 젖은 생쥐꼴이었다. 그녀는 내가 문을 열자 얼른 응접실로 들어서더니 우산을 접고서 발을 굴러 물기를 털었다. 그녀는 숨을 몰아쉬면서 내게 말했다.

"내가 집을 나설 땐 가랑비가 내렸는데, 누가 알았겠어요? 이 골목 모퉁이를 돌아서자마자 갑자기 쏟아져내릴 줄을! 아이고, 엉망이로군요! 꼴이 말이 아니네요!"

"허허! 소개해드릴게요." 이때 수쥔이 자리에서 일어나 손님을 응시하였다. 그녀의 얼굴에 의혹과 실망의 표정이 피어올랐다.

"이쪽은 미스 장, 이쪽은 미스 장의 새언니이구요, 이쪽은 미스 정입니다."

"아, 예! 미스 정 ……" 수췐은 억지웃음을 띠고서 입을 열었다. 이때 수췐과 새언니가 어떻게 생각할지 전혀 신경 쓰지 못한 채, 나는 미스 정의 우산을 손에 받아들고서 그녀에게 말했다.

"위층에 제 방이 있으니, 제 방으로 가시지요!"

이렇게 미스 정은 처음으로 내 방에 왔다. 내 방에 들어서자 그녀는 사방을 슬쩍 훑어보았다. 내 방 안의 꾸밈새에 만족하는지 여부는 알 수 없었지만, 나는 그녀의 의견을 묻지 않았다. 그녀에게 책상 곁의 나무 의자에 앉도록 권하고, 나는 그녀를 마주보고서 책을 읽거나 글을 쓸 때 사용하는 의자에 앉았다. 그녀는 오늘도 검은색 복장에 자태는 어제와 별반 다름없었으나, 바람을 쏘인 두 볼이 두 송이 작약꽃처럼 발그레했다.

"오늘 오전에는 수업이 없어서" 그녀가 입을 열었다. "천 선생님을 뵈러 왔어요. 학교 문을 나설 때에는 가랑비가 내렸는데, 뜻밖에 지금은 세차네요." 그녀는 고개를 숙여 자신의 다리를 바라보았다. 온몸이 젖어 꼴이 말이 아니었다.

"이런 빗속에 저를 만나러 수고를 아끼지 않으셨으니, 저의 죄가 큽니다! …… 미스 황은 학교에 남아 있나요?"

"위 선생을 만나러 나갔어요."

우리는 이렇게 이야기를 나누기 시작했다. 나는 먼저 그녀 학교의 상황, 미스 황과의 관계를 물었다. 그녀는 설명을 한 후 내 생활형편을 물었다. 나는 가난뱅이에 떠돌이 문인이며 생활이 썩 불안정하다고 알려주었다. 그녀는 내 말에 전혀 개의치 않은 듯 신경 쓰지 않았다. 나는 나의 작품과 사상, 생활형편에 대해 평가해주기를 바랐지만, 그녀의 생각이 어물어물하고 시사에 대해서도 별로 아는 게 없다는 느낌이 들 뿐이었다. 그녀의 상식은 수쥔보다 한참 뒤떨어져 있었다. 이야기를 하면서 그녀는 학식도 별로 없고 명쾌하지도 않으며 바깥일에 관심이 없는 초등학교 교사이자 평범한 아가씨임을 드러낼 따름이었다. 하지만 나는 이때 이른바 소박한 아름다움에 사로잡혀 있던 터라 그녀의 이러한 내면적 자질에 주의를 기울이지 않은 채, 그저 처음으로 함께 이야기를 나누는지라 서로 어색하여 제대로 말하지 못한 부분이 많으리라고만 여겼다. 그녀가 마음에 들었기에 그녀의 모든 걸 용인하였던 것이다. ……

"이렇게 쏟아지는 빗속에 날 만나러 온 걸 보아 내게 호감이 있는 게 분명해. 잘 됐어, 그녀에게서 나의 연애 문제를 해결보자구. 이번에도 안 된다면 정말 지긋지긋해! …… 총명한 기가 있으니 잘 지도할 수 있을 거야. ……" 나는 이렇게 남몰래 생각했다. 비를 무릅쓴 그녀의 방문은 그녀에 대한 애정을 돈독하게 해주었다. 보면 볼수록 귀여운 그녀를 보면서 충실한 여인이라고 느꼈다. 나를 사랑하게 된다면 그녀의 미래는 어떤 변동도 없을 터이며, 내가 원하는 것은 충실함뿐이었다. 그녀가 충실하게 나를 사랑한다면, 나 역시 만족할 것이며 더 이상 다른 생각은 하지 않을 것이다. …… 이렇듯 나는 진정으로 그녀를 사랑하는 기분이 들었다.

우리 두 사람은 두 시간이 넘도록 이야기를 나누었다. 아래층의 괘종시계가 11시를 알리고서야 그녀는 학교로 돌아갔다. 내가 식당에 가서 점심을 대접하겠다고 했으나, 그녀는 오후 한 시에 수업이 있어서 늦지 않을까 싶어 가지 못했다. 나는 물론 억지를 부리지 못했다. 떠날 때, 그녀는 동료들이 험담을 좋아하는지라 학교로 그녀를 찾아오는 건 거북하며 짬이 나는 대로 자기가 나를 만나러 오겠노라고 말했다. 그녀가 하는 말에 나는 약간 이상한 생각이 들었다. "선생인데 뭐가 거북하다는 거지? 무슨 험담을 한다는 거야? …… 아하! 그럴 수도 있겠구나. 그녀가 내 숙소로 자주 찾아준다면 됐지 뭐. ……"

그녀를 배웅하느라 아래층으로 내려와 수줸의 곁을 지날 때, 수줸은 여전히 등나무 의자에 비스듬히 누워 벽을 향한 채 책을 보고 있었다. 그녀는 우리를 아랑곳하지 않았다. 마치 우리의 존재를 전혀 알아차리지 못하는 양했다. 이때 그녀의 새언니는 부엌에서 밥을 짓고 있었는데, 내가 미스 정을 문밖에서 배웅하고 돌아서서 응접실을 지날 때에 새언니가 부엌에서 황급히 뛰쳐나와 내게 물었다.

"누구에요? 당신 제자에요, 아니면 ……?"

"아, 아니에요. 제자가 아니라 알고 지내는 친굽니다." 나는 얼굴이 달아오는 걸 느끼면서 대꾸했다. 나는 슬쩍 수줸의 동태를 살폈다. 그녀는 우리가 나누는 이야기를 듣고 있지 않는 듯했다. 그녀는 우리를 쳐다보지도 않았다. 이때 내 마음은 고통스러웠다. 마치 누군가 남몰래 나를 책망하는 것만 같았다. 나는 수줸에게 몇 마디 건네려 하였지만, 무슨 말을 해야 좋을까? 그녀는 조용히 책만 보고 있는데, 정말로 책을 보고 있는 걸까? …… 이어 수줜의 새언니가 마치 심문하는 어투로 내게 또 물었다.

"여자 친구가 많나요?"

"아, 아뇨. 여자 친구는 별로 없어요."

"천 선생님! 여자 친구가 많은 건 좋은 일이 아니에요. 상하이에는 여자 사기꾼들이 많으니 조심하세요! ……" 여기까지 말하고서 수줜을 슬쩍 살피는 모양이 수줜을 대신하여 불평을 털어놓는 게 분명했다. 나는 그녀의 눈길을 따라 수줜을 흘끗 쳐다보았다. 수줜은 아무 소리도 없이 책만 보면서 미동도 하지 않았다.

"여자 친구를 사귀든 마나님을 얻든" 그녀가 말을 이었다. "양심 있고 믿을 수 있는 사람을 골라야 해요. 천 선생님, 아시겠어요? 예쁜 여잔 대개가 믿을 수 없어요! ……" 그녀는 말을 마치고선 곧장 고개를 돌리고 부엌으로 가버렸다.

그녀는 그야말로 날 훈계, 아니, 수줜을 대신하여 불평을 터뜨렸다. 그녀의 말을 듣고 있노라니 슬그머니 화가 치밀어 올랐지만, 그렇다고 내색하지는 않았다. 나는 두 눈을 부릅뜨고서 부엌으로 가는 그녀를 쳐다보았다. 이때의 기분은 형용할 수가 없었다. 분노인지, 창피함인지, 부끄러움인지 …… 나는 한순간 허수아비와 같은 상태에 빠져 눈을 부릅뜬 채 무슨 말을 해야 할지 몰랐다. 한참이 지나서야 나는 고개를 돌려 수줜을 바라보았다. 수줜은 여전히 책을 보면서 나를 거들떠보지도 않았다. 내가 어쩌다가 이런 괴로움을 맛보는가! 나는 그녀에게 몇 마디 하고 싶었지만, 말을 꺼낼 수도 없고 입을 열 엄두도 나지 않았다. 마치 무슨 큰 죄나 저질러 수쥔에게 처벌을 당하고 있는 것만 같았다. 비록 이 처벌은 침묵이란 무형의 것이긴 하였지만, 욕설을 퍼붓는 것보다 훨씬 가혹하였다. 나는 마침내 풀이 죽은 채 위층으로 올라갔다. 반 시간 전에 미스 정이 안겨준 유쾌함, 편안함과 환상은 이제 완전히 사라지고, 한 가닥 생각의 실마리만이 수쥔과 뒤얽혀 있었다. 이게 무슨 까닭인지 몰라 나 자신도 이상하다는 생각이 들었다. 수쥔과 애정 관계가 있는 게 아니니 그녀에게 책임을 질 게 아무것도 없는데, 오늘 수쥔의 냉담한 태도에 내가 왜 이리 속상해해야 하는가? ……

위층으로 올라오자마자 나는 곧바로 침대 위에 누웠다. 머릿속 가득 생각이 어지러운 가운데 어느덧 점심때가 되었다. 이전이라면 식사를 할 때에 수쥔이 집에 있는 날에는 대개 수쥔이 식사하라고 내게 알려주었지만, 오늘은 그렇지 않았다. "내려와 식사하세요, 천 선생님!" 이건 수쥔의 목소리가 아니라 그녀 새언니의 목소리였다! 왜 오늘은 수쥔이 부르지 않을 걸까? 이상한데! …… 수쥔의 목소리가 아니라는 걸 알자 내 가슴은 두근거리기 시작했다. "오늘은 밥 먹으러 내려갈까, 내려가지 말까? ……" 머뭇거리는 내 모습은 무언가 두려워서일 게다. 끝내 나의 뱃속이 내게 내려가라고 명령을 내렸다. 나는 진즉부터 몹시 배가 고파 있었던 것이다.

우리는 이전처럼 함께 식탁에 앉아 식사를 했다. 수쥔의 어머니는 위쪽 끄트머리에 앉아 있는데, 기색이 언짢아 보였다. 돈을 잃어서일까, 아니면 ……? 수줜 새언니는 아래쪽 끄트머리에 앉아 말없이 어린아이에게 밥을 먹였다. 수줜은 내 맞은편에 앉았는데, 그녀의 표정이 내게 한없는 고통을 안겨주었다. 그녀의 얼굴빛은 창백했다. 실망으로 가득 찬 그녀의 커다란 두 눈은 애처로우면서도 원망을 품은 표정을 담고 있었다. 나는 그녀를 똑바로 쳐다볼 엄두가 나지 않았다. 입을 열어 그녀를 위로하고 싶었지만, 무슨 말을 할 수 있을까? 우리 세 사람은 이렇게 침묵에 빠져 있었다. 젓가락 소리 외에는 온 집안의 분위기는 이상하리만큼 적막에 잠겨 마치 아무도 없는 것만 같았다. 이런 일은 일찍이 없었다.

이토록 고요한 분위기는 나를 몹시 짓눌렀다. 나는 도저히 참을 수 없어 억지로 입을 뗐다.

"할머니! 오늘 마작은 어땠어요? 돈 좀 따셨어요?"

"따기는 뭘 따." 쌀쌀맞은 대꾸가 돌아왔다. "그냥 장난삼아 하는 건데." 모두들 다시 침묵에 빠져들었다.

"천 선생님!" 수줜이 느닷없이 떨리는 소리로 불렀다. 마치 수없이 고심하고 망설이고 참았다는 듯 간신히 입을 열었다. "오늘 외출하세요?"

"아니요, 미스 장." 나는 의아한 눈길로 그녀를 바라보았다. 그녀의 얼굴에 슬쩍 홍조가 돌았다. 그녀의 두 눈은 나를 차마 바라보지 못한 채 떨리는 목소리로 물었다.

"오늘 찾아온 여자 친구는 성이 뭐에요?"

"정씨입니다."

"무슨 일을 하시는데요?"

"지금 여자초등학교 교삽니다."

"그래요? ……" 그녀는 다시 말이 없었다.

"요즘 여학생들은 정말 대단해." 수쥔의 어머니가 개탄하듯 말했다. "제 발로 남자 친구를 찾아와 사통하다니. 정말 꼴불견이야! ……"

수쥔이 어머니를 슬쩍 쳐다보았다. 그녀의 말에 터무니없다는 생각이 들었지만 반박할 말이 마땅치 않았다. 노인네들 하는 말이 늘 그렇기에 오늘은 잠자코 있는 게 묘수라고 나는 생각했다.

"엄마, 무슨 말도 안 되는 소릴! 여학생이라고 모두가 사통한단 말이에요? 좋은 사람도 있고 그렇지 않은 사람도 있지, 모두가 똑같진 않아요." 수쥔은 어머니의 의견에 맞장구치지 않았다. 그러자 수쥔의 새언니가 끼어들었다.

"요즘 남녀학생들이 자유연애를 한다던데, 이게 멋대로 사통하는 게 아니고 뭐에요? 작년 우리 위층에 살던 리(李) 선생도 처음엔 마누라가 없었는데 나중에 어디선가 단발머리 여자를 데려와 슬그머니 함께 살았잖아요? 우리에겐 부부간이라고 말했지만, 사실은 아무 절차도 밟지 않았으니 사통한 거나 다름없지요. 나중에는 뭔가로 틀어져 한바탕 싸우더니 여자가 나가버렸지."

"자유연애야 원래 할 수 있는 거예요." 수쥔은 이렇게 말하면서 더 이상 밥 먹고 싶지 않다는 듯 밥그릇을 놓아버렸다. 그녀는 오늘 조금밖에 먹지 못했는데! "하지만 요즘은 난리굿이 되어버렸어요. 여자들은 얼굴이 반반하기만 하면 연애를 식은 죽 먹기로 생각하고, 남자들은 반반한 여자이기만 하면 다른 건 따지지도 않지요. 남자가 여자에게 원하는 건 반반한 생김새이고, 여자가 원하는 건 남자의 돈과 권세예요. …… 뭐 자유연애?! 구식 결혼 못지않게 엉망진창이지 않아요? ……"

수쥔은 말을 마치고서 식탁을 떠나 등나무 의자에 앉았다. 그녀는 다시 책을 집어들어 보기 시작했다. 그녀의 말을 듣고서 나는 아무 말도 할 수 없었다. 그녀는 날 욕하는 걸까? 아니면 날 타이르는 걸까? 그도 아니라면 아무 편견 없이 불평을 털어놓는 걸까? ……

나는 그녀 앞에서 변명하고 싶었지만, 끝내 입을 다물고 말았다. 그래, 그녀의 말을 내게 주는 가르침으로 생각하지 뭐!

7

시간은 쏜살같이 흘러갔다. 나와 미스 정의 정분은 날로 돈독해졌다. 서로 사귀게 된 지도 어느덧 두 달이 넘었다. 두 달 사이에 우리 두 사람은 매일 만나진 않았어도 길어도 사나흘은 넘기지 않았다. 우리는 때로 공원을 산보하기도 하고 영화를 보기도 하였으며, 위 군과 미스 황과 함께 술을 마시기도 했다. …… 요컨대 나의 삶은 무미건조함에서 윤택함으로, 쓸쓸함에서 유쾌함으로 바뀌었다. 비록 미스 정은 내 앞에서 입을 다문 채 거의 말을 하지 않고 — 미스 황의 이야기에 따르면 이건 그녀의 천성이다. — 자신의 사상이나 추구, 욕망, 삶의 태도를 진지하게 내게 털어놓은 적이 없었지만, 나는 시종 그녀를 이해해주면서 충실한 아가씨이니 내가 잘 이끌어주기만 하면 틀림없이 나의 바람을 충족시켜 줄 수 있으리라 생각했다. 나는 그녀가 나를 진지하게 사랑하고 있으며, 내가 결혼하자고 청하면 결코 거절하지 않으리라 여겼다. 만약 그녀가 나를 사랑하지 않는다면, 뭐 하러 나를 가까이하고 위 군과 미스 황 앞에서 나에 대한 호감을 적극적으로 표시하겠는가? 그래, 틀림없이 나를 사랑하고 나를 이해하고 있을 거야 ……

이즈음 나에 대한 수쥔의 태도는 날로 소원해졌다. 아니, 소원해진다는 말은 옳지 않았다. 사실 그녀는 나에 대한 원래의 태도를 억지로 유지하고 있었지만, 자주 실망과 원망의 표정을 내비쳤다. 나는 그녀를 동정하고 있는 힘껏 그녀를 위로하고 싶었지만, 그녀를 사랑할 수 없고 나의 마음을 그녀에게 바칠 수 없으니, 어째야 좋단 말인가? 아! 그녀의 진정을 저버렸으니 참으로 면목이 없다. 어떤 처벌도 달게 받아야 하리라!

시국은 날로 심각해졌다. 상하이의 혁명대중은 현지의 군벌에 맞서 무장폭동을 준비하고 있었다. 경탄스럽게도 수쥔은 이제 비밀공작을 수행하느라 지치고 바빠 거의 집에 붙어있지 않았다. 그녀는 노조활동을 하고 있을까? 여성 노동자 활동을 하고 있을까? 당내 공작을 하고 있을까? 공개적인 사회사업을 하고 있을까? …… 이들에 대해 나는 그녀에게 묻지 않았으며, 물어볼 필요도 없다고 생각했다. 언젠가 우연히 그녀의 책 속에서 여성노동운동의 강령이 적힌 유인물을 본 적이 있는데, 그제서야 그녀가 어떤 일을 하고 있는지 짐작할 수 있었다. 그녀의 열성적인 모습을 그려보면서 나는 부끄러움을 느끼지 않을 수 없었다. 아마 그녀가 군중 속에서 목이 쉬도록 외치고 있을 때 나는 미스 정과 산책하거나 영화를 즐기고 있었을 것이다. …… 아! 입으로만 혁명을 떠들어대는 사람아! 여자만도 못한 사람아! 나는 부끄러워해야 마땅하다!

미스 정은 이제 나에게 위쉬안이라 부르게 하였다. 그녀는 혁명이라는 것에 대해 전혀 관심이 없었다. 비록 혁명에 대한 반대를 드러낸 적은 없지만, 이성적으로 판단해 볼 때 "미스 정이 혁명적"이라는 위 군의 말은 맞지 않았다. 그러나 감정적으로는 위쉬안이 날 이해해주고 사랑하기 때문에 비혁명적이진 않으리라고 생각했다. 날 이해해주고 사랑하는 여인이라면 절대로 비혁명적이진 않을 것이다. 그래서 나는 위쉬안의 사상이 나와 같으며, 적어도 내가 가려는 길로 이끌려 오리라고 생각했다. 그랬다. 나는 정말로 이렇게 생각하고 있었다! 하지만 천하의 일이란 진정코 감정적으로 판단해서는 안 되는 법! 위쉬안이 진정 나를 사랑했을까? 나를 이해하였기에 나를 사랑했을까? 이게 문제겠지? 이 문제에 대해 지금까지도 나는 분명하게 판단하지 못한다. ……

세월은 살같이 흘러 눈 깜짝 할 사이에 봄이 한창이었다. F공원 안에는 봄 내음이 물씬 풍겼다. 초목은 푸른 옷을 걸쳐 입고, 갖가지 꽃들은 보조개를 머금기 시작하고 어떤 꽃들은 꽃봉오리를 맺기도 했다. 놀이객이 차츰 많아지고, 쌍쌍의 남녀가 화려한 옷차림으로 날아다니는 나비처럼 오갔다. 그들은 한겨울의 우중충

함을 벗어던지고서 봄의 온기를 마음껏 받아들였다. 그렇다, 지금 이야말로 연애의 계절이며, 음양이 어울리고 만물이 생기 넘치는 때이다.

이날 오후 5시가 넘어서자, F공원 안의 놀이객들이 차츰 드물어졌다. 나와 위쉬안은 연못가 근처의 의자에 앉아 있었다. 우리는 따스한 황금빛 석양을 마주하여 석양에 물든 물결을 바라보면서 이런저런 이야기를 나누다가 고요한 침묵에 빠져들었다. 그녀는 천천히 자신의 몸을 내게 밀착시켰으며, 나 역시 그녀 가까이 다가앉았다. 이렇게 하여 우리 두 사람의 몸은 마침내 서로 기대고 있는 자세를 취하게 되었다. 나는 가슴이 뛰기 시작했다. 나는 그녀의 오른손을 꼬옥 움켜잡았다. 그녀는 거부하지 않았다. 나는 처음에는 그녀의 얼굴을 바라볼 엄두가 나지 않았지만, 나중에는 고개를 치켜들었다. 우리 두 사람의 눈길이 마주쳤다. 이때 그녀의 눈빛은 분명 열정과 흥분으로 가득 차 있었으며, 그녀의 입술은 가볍게 떨렸다. 나는 평온한 침묵의 상태를 견딜 수 없어 먼저 입을 열었다.

"위쉬안! 절 사랑하세요?"

"사랑해요, 천 선생님!" 그녀의 목소리가 떨렸다.

"아니에요. 더 이상 절 천 선생님이라 부르지 마세요. 지샤, 사랑하는 지샤 …… 라고 불러봐요."

"사랑하는 지샤!"

"나의 사랑 위쉬안! 나의 귀여운 누이! ……"

"……"

"정말로 날 사랑하는 거지요?"

"정말이구 말구요."

"난 가난한 문인에 가난뱅이 혁명당원인데, 당신이 연루되어도 괜찮겠어요?"

"아니에요, 겁나지 않아요. ……" 그녀는 잠시 말을 끊었다가 대꾸했다.

"아! 나의 사랑 위쉬안!"

"사랑하는 지샤!"

나는 힘껏 그녀를 가슴속에 끌어안고서 그녀와 달콤한 키스를 나누었다. 유쾌함과 흥분으로 나는 극도의 환희를 맛보았다. 마치 선경의 유토피아에 들어선 것만 같았다. …… 열렬한 키스와 포옹을 나눈 후, 열애의 불길에 타버린 나의 마음은 차츰 평정을 되찾았다. 그녀를 나의 것이라 마음먹자, 그녀는 진정 나를 사랑하는 사람이 되었다.

석양의 금빛 그림자가 대지에서 사라지고, 공원 안 나무숲 사이의 드문드문한 전등에 하나하나 불이 들어오기 시작했다. 밤의 장막이 온통 펼쳐졌다. 나와 위쉬안은 공원을 걸어나와 자그마한 식당에 가서 저녁을 먹은 다음, 나는 그녀를 학교로 바래다주었다. 그녀의 학교는 나의 숙소에서 그리 멀지 않았다. 그녀가 학교 교문을 들어서는 걸 보고서 나는 곧장 집으로 돌아왔다. 이때 나의 마음은 온통 유쾌함, 희망과 환상으로 가득 차 있었다. 나는 우리가 어떤 형식으로 결혼식을 치를 것인지, 미래의 가정을 어떤 모습으로 꾸릴지, 그녀를 어떻게 이끌지, 어떻게 하면 영원히 변치 않는 애정을 나눌 수 있을지 …… 등을 꿈꾸었다. 나는 행복한 사람, 나의 미래는 한없는 광명이라는 느낌이 들어 가슴이 벅차올랐다. 나를 사랑하는 위쉬안이 내게 많은 도움을 줄 것이며 나의 삶을 영원히 행복한 품속으로 인도하리라는 확신이 들었다. 나는 이 밤 달콤한 꿈을 꿀 수 있으리라 기내했나. 이곳서곳을 떠돌아다니던 내가 뜻밖에 나를 위로해줄 수 있는 여인을 만났으니, 나의 심정이 어찌 유쾌하지 않겠는가? 지금껏 이토록 기분 좋은 적이 없었지!

행복한 **환상 속**에 나는 어느덧 집안 대문에 이르렀다. 내가 문고리를 막 **흔들려는** 순간, 갑자기 집안 응접실 안에서 다투는 소리가 들려왔다. 나는 문을 두드리려다 말고 조용히 멈춰선 채 무슨 일이 일어났는지 귀를 기울였다.

"이렇게 다 큰 너를 위해 중매를 섰는데 하지 않겠다니! 말해봐, 도대체 어쩌자는 거야? 이 집에서 평생 살래?" 주인 할머니의 목소리였다.

"여자라고 꼭 시집을 가야한단 말이에요? 시집을 가든 안 가든 다 제 일이에요 ……"

"어이구! 어이구! ……" 이건 수췬 아버지의 탄식 소리일 게다.

"요즘 시국이 심상치 않은데, 너는 매일같이 쏘다니니 도대체 무얼 하는 게냐? 이 보따리에 든 건 어디서 가져온 거니, 말해봐! 다 큰 아가씨가 이런 일이나 하고 다니니, 너 대체 생각이 있는 애니 없는 애니? 너 정말로 그놈들과 무슨 혁명당인가 지랄인가를 하겠다는 거냐? …… 하이구! …… 네 자신만 생각하지 말고 우리 가족도 생각해야지! 일이 터지면 우리는 어쩌라고! …… 에이! 네가 이렇게까지 변할 줄은 몰랐다! …… 시집을 가든 안 가든 그건 중요치 않아. 하지만 무슨 혁명을 하겠다고 깝죽대는 것만은 안 돼! ……"

이 말을 듣자 나도 모르게 이런 생각이 들었다. "맙소사! 수쥔의 일을 아버지가 눈치 채셨구나. 이 일을 어떻게 한담? ……"

"별 것 아닌 일에 왜들 그러세요! 누가 무슨 혁명을 하겠다고 그래요? 이 보따리는 동료가 맡긴 것이니 내일 가져다줄 텐데, 왜 그리 호들갑이에요? …… 아이구! 참말로 ……"

"이게 누굴 속이려고! …… 네가 장차 어찌 되려고 …… 네가 이 …… 이렇게 변할 줄은 꿈에도 생각 못했다 ……" 주인 할머니가 울음을 터뜨렸다.

"그래, 책 따위가 무슨 소용이냐? 쓸 돈도 없는데. 넌 집안일이나 도와라, 앞으론 나가지 말고 ……"

"그건 안 돼요! 집에 있다가 숨 막혀 죽으라구요? 무엇이든 괜찮지만 집에 붙잡혀 있는 건 싫어요. 난 죄수가 아니라구요! …… 한길에서 외국인에게 두들겨 맞아 죽어도 괜찮고 경찰에게 붙잡혀 총살당해도 괜찮지만, 집에 죄수처럼 갇혀 지내는 건 죽어도 안 돼요. …… "

"……"

여기까지 듣고 있자니 더 이상 듣고 싶은 생각이 사라졌다. 나는 수쥔의 불굴의 정신에 남몰래 탄복했다. 들어가서 그녀를 변호

하고 그녀의 곤경을 풀어주고 싶은 마음이 굴뚝같았지만, 나는 돌이켜 생각했다. "아니야, 내 자신이 사주의 혐의를 받고 있는데. 진즉부터 혁명당원이라는 의심을 받아왔으니, 형편상 잠시 들어가지 않는 게 나아 ……"그래서 나는 골목을 빠져나와 A로를 따라 정처 없이 거닐다가, 심심하여 전차를 집어타고 S로에 사는 친구를 찾아갔다. 다행히 C군은 집에 있었는데, 그는 나에게 최근의 정국에 관한 소식을 알려주었다. 어제 계엄사령부가 파업을 선동한 학생 몇 명을 총살했으며, 오늘 또 다시 시위를 모의한 노동자를 체포했다는 것이다. 그의 이야기를 들은 후 부끄러움과 분노의 감정이 일시에 끌어 올랐다. 나의 마음은 오직 수췬에게 쏠려 있었다. 한두 시간 전에 내가 위쉬안과 F공원에서 즐겼던 정경은 완전히 사라지고 말았다.

8

이런 이야기를 하자니 정말 부끄럽다! 나도 이전에 명소라면 여러 곳을 떠돌아다녔지만, 서호(西湖: 항저우杭州 서쪽에 위치한 커다란 호수)는 한 번도 가본 적이 없다. 상하이에서 여러 해 살았고, 상하이는 서호와 아주 가까운 곳이라 기차로 하룻밤이면 갈 수 있었지만, 끝내 가지 못했다 …… 아! 정말이지 부끄럽기 짝이 없다. '서호에 가보자! 서호에 가보자!' 나도 몇 번이나 이런 생각을 해보았는지 모른다. 하지만 서호에 놀러가려고 마음먹었을 때마다 늘 골치 아픈 일이 일어나는 바람에 뜻을 이루지 못했다. 나의 몽상 속의 서호는 정말이지 아름답고 고상하며 멋진 곳이다. 맑고 고운 물, 수려하고 그윽한 풍월, 영웅과 미인의 발자취, 산언덕과 봉우리의 색다른 정취 …… 아리따운 자태로 웃음을 머금은 서시 (西施: 춘추시대 월越나라의 미인. 서호를 서시에 비유하여 서자호西子湖라 부른다.) 역시 유람객의 영혼을 얼마나 사로잡았던가! "서호에는 꼭 가봐야지! 서시 품속의 따스함을 내 반드시 받아보리라! 아름다운 산과 호수와 내 반드시 다정한 입맞춤을 맞추리라! ……"나는 늘 이런 꿈을 꾸어왔지만, 오늘에 이르도록 서시와 손을 맞잡을 인연을 갖지 못했다.

자동차와 마차가 요란스럽고 매연이 눈을 가리는 상하이의 생활에 나는 진절머리가 났다. 나는 오래전부터 공기가 맑고 인적이 드문 곳에 가서 피로에 지친 마음을 달래고 싶었다. 위쉬안과 연애를 하고서부터 나는 자주 그녀와 함께 서호로 여행을 떠나고 싶었다. 그녀와 몇 차례 상의한 끝에 그녀의 동의를 얻었다. 본래 항저우(杭州)에서 학교를 다닌 적이 있던 그녀가 나그네의 발길을 붙들어 매는 서호의 아름다움에 대해 여러 번 이야기해주었던 터라, 나는 서호에 대한 그리움이 더욱 커졌다. 그리하여 우리는 봄방학을 틈타 며칠간 서호를 다녀오기로 결정했다.

하지만 이미 밝혔듯이 빈털터리 문인인 내가 어디 가서 여행비를 마련하겠는가? 서호로의 첫 여행에는 적지 않은 돈을 마련해야 신나게 놀 수 있을 터이며, 하물며 위쉬안과 함께 가는데 ……? 이리저리 계산해보니 적어도 100원은 들 터였지만, 이 돈을 마련하는 게 쉬운 일이 아니었다. 글을 써서 먹고 사는 나에게 뾰족한 수가 있을 리 만무했다. 나는 물론 심혈을 기울여 글을 쓰는 수밖에 없었다. 그래서 있는 힘껏 글을 써서 소설 한 편의 대가로 서호 여행비를 충당하고자 했다. 나는 먼저 어느 출판사와 계약을 맺었다. 출판사측은 소설 한 편을 완성하면 100원의 인세를 선지급하겠노라고 약속했다. 글을 쓴다는 건 고통스러운 일인데, 급전을 마련하기 위한 글쓰기는 더더욱 그러했다. 하지만 이번만큼은 나의 기대가 그 고통을 압도했다. 100원을 마련한 이후의 일을 나는 상상했다. 위쉬안과 함께 서호의 품속에서 한없는 따사함을 누리리라. 우리 두 사람은 호숫가에 조용히 앉아 호수의 애교스러운 웃음을 말없이 바라보거나, 호수에 배를 띄워 풍월의 그윽함을 맛보거나, 옛 유적에 기대어 영웅호걸과 미인의 지난 일을 이야기하리라. …… 아! 얼마나 기분이 상쾌할까! 이루 형언할 수 없겠지! 그래, 그때에 난 세상에서 가장 행복한 사람일 거야. ……

장편소설이 드디어 완성되었다. 나의 소설이 완성되었을 때, 중국의 시국은 돌연 일변하였다. 노동자·농민의 봉기는 군벌의 잔재를 쓸어버리고 곳곳에 청천백일기가 펄럭였다. 혁명군이 곧 들어온다는 소식에 온 상하이는 탈바꿈한 듯 온통 혁명의 분위기에 뒤덮였다. 나는 소설이 마침내 완성되어 곧 위쉬안과 함께 떠나는 행복한 서호 여행에 들뜨는 한편, 앞으로 상하이가 조금이나마 더 누릴 수 있는 자유를 경축했다.

"천 선생님! 앞으로는 두려워할 필요가 없어요. 상하이는 머잖아 혁명당원의 천하가 될 거에요! 하하하!" 수쥐안은 신이 난다는 듯 내게 말했다.

"미스 장, 요즘 일이 많이 바쁘시지요?" 내가 물었다.

"예, 너무 바빠요. 회의하랴, 시위하랴, 전단 뿌리랴, 강연하랴. …… 정말 몸이 두 개라도 모자랄 지경이에요! 하지만 바쁘긴 해도 신이 나요!"

그래, 나도 기쁘고, 수쥔도 기쁘고, 우리 모두가 기쁘고, 거대한 상하이도 날아갈 듯 기뻤다. 하지만 나의 기쁨은 두 가지였다. 하나는 수쥔의 기쁨과 똑같은 것이었다. 다른 하나는 수쥔이 전혀 예상치 못한 것, 즉 위쉬안과 함께 서호로 여행을 떠나 서시와 따스한 입맞춤을 나누는 것이었다. …… 그러나 나는 이 기쁨을 수쥔에게 드러내고 싶지 않았다.

"우리에게 이런 날이 오리라곤 생각지 못했어요!" 수쥔이 마치 승리의 주인공이나 되는 양 의기양양 말했다. 나도 그녀를 따라 말했다.

"우리에게 이런 날이 오리라곤 생각지 못했어요!"

요 며칠 수쥔은 어찌나 바쁜지 집에 붙어 있는 때가 없었다. 그녀의 부모 역시 어쩔 도리가 없다는 듯 내버려둘 수밖에 없었다. 나는 정국의 변화가 있기 이전과 마찬가지로 여전히 한가했으며 어떤 정치 활동도 하지 않았다. 때로 몹시 부끄러운 생각이 들기도 했다. 수쥔은 나보다 저렇게 열성적인데! 아! 나는 아무 힘도 보태지 못하다니! ……

나는 그저 봄방학이 어서 와 위쉬안이 나와 함께 서호를 유람하기만을 기다렸다. 저 아름답고 따스한, 오래도록 꿈꾸어온 서호를.

나는 하루하루 손꼽아 기다리는데, 시간이라는 이 녀석은 참으로 기이했다. 기다리지 않을 때에는 그토록 빨리 지나가건만, 어서 오라 손짓하니 흐느적흐느적 거드름을 피우면서 남의 애를 태웠다. "어서 오너라, 나의 시간의 신이여. 어서 봄방학을 보내주렴, 시간의 신이여! 오! 아름다운 서호여! 달콤한 여행이여! ……" 나는 초조해 죽을 지경이었다! 시간의 신이 나를 성가시게 하는 것만 같은 느낌이 듦과 동시에, 100원짜리 지폐를 오래도록 간직할 참을성이 없을까봐 조바심이 들었다. 왜냐하면 나에겐 돈을 상자에 넣어 두고 엉뚱한 일에 쓰지 않는 습관이 없었기 때문이다.

마침내 기다리고 기다리던 봄방학이 다가왔다. 하지만, 아! 불행한 사건이 터지고 말았다. 신문지상에는 이러한 소식이 실렸다.

"H 지역에 사변 발생 …… 적군의 반격 …… 건달들의 노조 파괴 …… 불순분자 체포 …… 시 전역의 질서 문란 …… 철도 노동자 파업 ……"

맙소사, 서호 여행은 또 글렀구나! 아이구! 서호의 꿈은 깨져 버렸군!

나는 참으로 실망스럽기 그지없었다. 이번만큼은 서호 유람의 아름다운 꿈이 깨지리라고는 생각지 못했던 것이다. 여비도 마련해놓았고 사랑하는 쉬안이 함께 가는데다가, 정치 상황도 예전만큼 위험하지 않으니 …… 나를 가로막는 일이 뭐가 있겠는가? 하지만 지금, 아아! 지금 또 다시 불행한 일이 터지고 말았다. 세상사 예측 불허라더니, 아아! 나의 아름다운 서호여, 나의 불행한 중국이여! ……

아침 일찍 일어나 세수를 한 후 요기조차 하지 않은 채 신문을 집어드니, 불행히도 이런 실망스러운 소식을 보게 되었다. 나는 이 소식을 되풀이하여 서너 번 읽었다. 나는 신경이 마비된 듯하였다. 서호의 아름다운 꿈은 저멀리 사라져버리고, 위쉬안에게도 생각이 미치지 않았다. 엄청난 비극이 닥쳐올 것이며, 이 소식은 이 비극의 시작에 지나지 않는다는 느낌이 들었다. 그래서 나의 온 몸과 마음이 덜덜 떨렸다.

"쿵쿵쿵 ……" 누군가 위층으로 올라오는 소리가 들렸다.

창백한 얼굴로 덜덜 떨고 있는 수쥔이 나의 눈앞에 섰다. 그녀는 다급한 목소리로 말했다.

"천 선생님! H 지역의 일 들으셨어요? 이거 정말 어디서부터 말씀드려야 하나!"

나는 멍한 눈으로 그녀를 바라보면서 고개를 끄덕였다.

"이게 무슨 일이에요? 이번 혁명은 잘 되어 왔잖아요!"

"하아!" 나는 한참 후에야 한숨을 쉬며 말했다. "미스 장! 이일이 기이하다고 생각합니까? S 지역도 곧 그렇게 될 겁니다. …… 믿기지 않으시겠지만 두고 보세요 ……"

수쥔의 두 눈이 이때 붉어지더니 반짝 격정의 빛을 번쩍였다. 그녀는 격분한 나머지 거의 울음을 터뜨릴 것만 같았다. 나는 그녀의 표정을 보고 싶지 않아 고개를 숙였다. 몇 마디 말로 그녀를 다독이고 싶었지만, 나 자신도 형언할 길 없이 격분한지라 그녀를 위로할 말을 찾지 못했다.

"아아! …… 후유!" 그녀는 한숨을 쉬면서 아래층으로 내려 갔다.

수줜이 떠나자마자 나는 침대 위에 벌렁 누웠다. 뭔가 요기 할 생각도 나지 않았다. 나는 다시 서호와 위쉬안을 떠올렸다. 서호 여행은 물거품이 되었군, 제길! 호사다마라더니! …… 위쉬안 은 오늘 신문을 보았을까? 이 소식을 보고서 나처럼 실망했을까? …… 오늘 오전에는 수업이 없으니, 어쩌면 이곳으로 올지도 모 르겠군 …… 사랑하는 위쉬안 …… 아름다운 서호 …… 비참한 중국 …… 가련한 수줜 ……

나는 이상하리만치 분노하고 실망했다. 나는 위쉬안이 어서 와 서 나를 위로해주길 원했다. 위쉬안과 껴안고서 키스하노라면 혹 잠시나마 번민을 잊을 수 있으리라 기대했다. 나는 그녀가 오기를 바라고 그녀의 위로와 포옹, 키스를 갈망했지만, 기이하게도 그녀 는 끝내 오지 않았다. 오늘 언짢은 일이라도 있는 건가? 오늘 일 이 바쁜 모양이지? 아니야, 틀림없이 올 거야! 오늘 와야만 해! 시간은 1초, 1분 흘러가 점심참이 되었지만, 이상하게도 끝내 오 지 않았다.

이튿날 오전에 위쉬안이 찾아왔다. 그녀는 여전히 검정색 옷차 림이었지만, 얼굴빛은 지난날처럼 유쾌하지 않은 채 실망하고 우 울하며 약간은 놀란 기색이 역력했다. 나는 전과 다름없이 그녀를 반겨 맞았다. 그녀가 방 안에 들어서자마자 얼른 다가가 그녀의 손을 잡고서 끌어안아 키스했다. 하지만 그녀의 태도는 몹시 차가

왔다. 나는 불쾌했지만 대수롭지 않게 생각했다. 몸이 불편한가? 혹 항저우에 사건이 터져 서호를 유람하지 못한 실망감으로 기운이 빠진 걸까? 아니면 다른 일로 심사가 편치 않은 걸까? …… 요컨대 나는 그녀를 위해 온갖 상상을 다해보고 그녀를 이해하기로 했다.

우리는 나란히 침대가에 앉았다. 나는 그녀의 두 손을 붙들고 있었다. 나는 계속 그녀에게 키스하려 했지만, 그녀는 일부러 얼굴을 숙인 채 나를 등졌다.

"어제 왜 오지 않았소?" 내가 그녀에게 물었다.

"……"

그녀는 아무 대꾸도 하지 않았다. 나는 다시 그녀에게 물었다.

"오늘은 무슨 언짢은 일이라도 있는 모양이군요. 무슨 걱정이라도? 내게 말해주시오. 위쉬안!"

"걱정거리가 뭐 있겠어요?" 그녀는 다시 침묵에 빠져들었다.

"그렇다면 왜 시무룩합니까? H 지역에 일이 발생하여 서호에 가지 못하게 되어서인가요?"

"서호에 가고 안 가고가 뭐가 중요하겠어요?"

"그렇다면 무엇 때문에 기분이 좋지 않은 거에요?"

위쉬안은 잠시 뜸을 들이더니 떨리는 목소리로 말했다.

"정말 모르고 계세요? 요 며칠 ……"

"최근에 무슨?"

"최근 소문이 무성하던데요? 학살이 행해지고 시국이 아주 위험하다고 ……"

"그게 뭐 대단한가요?"

"당 …… 당신은 무섭지 않단 말이에요? ……"

"무섭긴요! 난 아무 활동도 하고 있지 않은데, 제게까지 무슨 일이 있을라구요? 안심하세요."

그녀는 아무 대꾸도 하지 않았다. 나는 등지고 있는 그녀의 얼굴을 손으로 내 쪽으로 돌렸지만, 그녀는 다시 되돌려 버렸다. 나는 이때 이게 무슨 의미인지 전혀 눈치채지 못했다. 내가 위험해질까봐 두려워하고 염려하는 것이라면, 나를 위한 대책을 마련해야 마땅할 터이니 결코 이렇게 화내지는 않을 것이다. 만약 격분한 탓이라고도 할 수 있겠지만, 그녀에게는 격분한 모습은 전혀 없었다. …… 참으로 짐작할 수가 없었다! 잠시 말이 없던 그녀가 입을 열었다.

"고향으로 돌아갈래요. ……"

"지금 고향에 돌아가 무얼 하려구요?"

"엄마가 돌아오래요."

"어머님이 돌아오라구요? 날 버려두고 돌아가겠다구요? 지금의 내 삶이 이렇게 고민스럽고 시국 또한 좋지 않은데, 당신이 가버리면 난 어떻게 견디라구요?"

"……"

"그렇게 냉정할 수 있어요? 나의 위쉬안! ……"

"달리 생각할 길이 없어요. 돌아가야겠어요."

"그럼 언제 상하이로 돌아오실래요?"

"아마 두 주일쯤 지나서요."

나는 더 이상 할 말이 없었다. 삶이 이토록 고통스럽고 시국도 험악한 터에, 그녀까지 돌아가겠다니 …… 아! 나는 할 말이 없었다. 나는 더 이상 그녀를 붙들지 않았다. 그녀의 뜻이 이미 굳었으며, 만류한다한들 효과가 없으리라는 것을 알았기 때문이다. 사랑하는 연인! …… 위안! …… 달콤한 환상! … 이제 내게 남은 것은 가없는 슬픔, 말할 수 없는 실망뿐이었다.

"시간이 늦었으니 이젠 가봐야 해요. 오후에 수업도 있고 ……"

그녀가 몸을 일으켰다. 나도 그녀를 따라 몸을 일으켰지만, 한 마디 말도 하지 않았다. 마치 쓸모 있는 물건을 잃어버렸는데도 이름을 말하지 못하는 듯한 기분이 들었다. 나는 평소처럼 아래층으로 내려와 문밖으로 그녀를 배웅하였다. 그러나 이전에는 그녀가 떠날 때면 꼭 그녀에게 키스를 하고 언제 다시 올 거냐고 물었지만, 오늘은 이런 것들을 모두 망각해버렸다. 고개를 돌려 응접실을 지날 때, 수쥔이 웃음을 머금고서 물었다.

"천 선생님! 미스 정의 학교는 여전히 수업을 하나요?"

"아마 하는 모양이네요." 나는 기운없이 대꾸했다.

"요즘 소문이 무성해요. 시골로 도망친 사람이 많다네요."

"그래요. 미스 정도 고향으로 돌아가겠다더군요."

"그녀도 두려운가 보지요? 하하! 두려울 게 뭐가 있다고?"

"두려워하는지 어떤지 난 모르지만, 어쩌면 두려움 때문일지도 모르지요."

"천 선생님! 오직 우리만이 두려움 없이 ……"

이 말을 할 때 수줜의 얼굴에 자긍심이 넘쳐흘렀다. 득의의 미소가 번지는 그녀의 얼굴이 이전보다 훨씬 사랑스러워 보였다.

9

사흘이 지나 위쉬안으로부터 한 통의 간단한 편지를 받았다. 편지에는 일로 인해 부득이 고향으로 돌아왔으나, 총망한지라 작별 인사를 하지 못해 몹시 미안하다면서 용서해달라는 내용이 씌어 있었다. 아! 고작 이토록 간단한 몇 마디뿐이던가! 난 정말 예상치 못했다. 이 편지가 내게 안겨준 것은 한없는 슬픔과 말로 다할 수 없는 실망뿐이었다.

위쉬안이 떠난 이튿날, 일찍이 없었던 대학살이 시작되었다. ……

나는 떠돌이 문인인지라 평소 실제적인 혁명 활동을 한 적이 없었다. 이치대로라면 두려워 숨을 필요가 없었다. 몇 마디 뒷공론을 하고 몇 편의 소설과 시를 지었을 뿐이니, 이게 설마 법을 어긴 것인가? 그러나 중국에는 법률이 존재하지 않으며, 각하의 뜻이 곧 법률이다. 체포되거나 총살을 당하더라도 어느 법률에 저촉되었는지조차 알지 못한다. 중국인 노릇이란 참으로 어렵다. 우리와 같은 문인은 본래 각국에서 특별한 대우를 받는 법이지만, 중국에서는 쓸데없는 한마디로 인해 사형을 당할 수도 있다. 아! 무법천지의 중국이여! 잔혹한 중국인이여! …… 하지만 기왕 이런 바에야 조심하지 않으면 안 되며 대비하지 않으면 안 된다. 나야 바른 도리를 주장하는 문인이지만, 내가 살고 있는 곳은 정의가 존재하지 않는 중국이다. 나의 잔혹한 중국을 떠올리자 나도 모르게 통곡하고 말았다. 중국인은 참으로 평화를 사랑하는 민족인가? 이보시오! 풀을 베듯 사람을 죽이는데, 무슨 인의와 박애, 왕도, 평화를 입에 올리는가! 내가 중국인이 아니라면, 내가 억압받는 중국 민중을 동정하지 않는다면, 나는 장차 …… 아! 장차 영원히 중국의 대지를 밟지 않으련다.

나는 부득이 숨지 않을 수 없었다. 내 거처의 주소를 아는 이가 많았는데, 이는 위험한 일임에 분명했다. 나는 거처를 옮길 계획이었다. 그렇다. 나는 남들이 알지 못하는 안전한 곳으로 이사하기로 했다. 하지만 수쥐의 가족, 특히 수쥐에게 어떻게 설명해야 할까? 이 집에 거처한 지가 벌써 오래되어 정분이 도타운지라 내 집에서 지내는 것처럼 편안했는데, 이제 하루아침에 아무 까닭 없이 이사하는 걸 어떻게 이야기한단 말인가? 기분이 상해서라고? 지내기가 불편해서라고? 이런 이유가 아니라면 무엇 때문이라고 할까? 이사하는 이유를 어떻게 말할 수 있단 말인가? 이리저리 생각한 끝에 수쥐의 가족은 물론 수쥐을 속일 수 있는 그럴듯한 거짓말을 지어냈다. 아! 만약 수쥐이 이걸 알게 된다면, 틀림없이 나를 비겁자, 사기꾼이라 욕할 것이다.

낮에 나는 S로에 있는 안채에 세를 들기로 계약을 맺었다. 이 새로운 거처는 비교적 안전한 곳이라 여겨졌다. 그날 밤 나는 곧바로 수쥐의 가족들에게 — 수쥐은 집에 있지 않았다. — 상하이를 떠나 서호로 가서 반년 남짓 지낼 것이며, 그래서 부득이하게 나의 책과 일체의 물건들을 친구에 집에 맡겨두겠으며, 그리고 다시 상하이로 돌아와 그들의 이 집이 그때까지 들어와 사는 사람이 없으면 집주인과 세든 손님 사이의 교분이 좋으니 다시 이사해오겠으며, 이곳 집주인만큼 더 좋은 분은 없다고 생각한다고 이야기했다.

"서호로 가서 지내겠다고요? 왜 서호로 가세요? 상하이에서 지내시는 게 낫지 않아요? 이제 허물없이 지내게 되었는데, 뜻밖에 갑자기 이사를 하겠다니 ……"

수쥔의 새언니가 이사하겠다는 나의 말을 듣더니 이상하다는 듯 실망을 감추지 못한 채 내게 물었다. 나는 학교가 휴교하여 월급을 받을 수 없는데다 지금 상하이 물가가 급등하여 100원으로도 혼자 생활하기가 팍팍하여 상하이를 떠날 수밖에 없으며, 서호의 생활수준은 약간 낮아 매달 3,40원이면 충분하기에 서호로 가서 반년 살다가 상하이가 평온해지고 학교가 문을 열면 다시 상하이로 돌아오겠노라고 대답했다.

나의 대답은 그들에게 만류할 여지를 전혀 주지 않았다. 수쥔의 어머니는 아무 소리 없이 언짢은 기색을 비쳤으며, 수쥔의 아버지는 내 말을 들은 후 나의 계획이 옳다면서 극력 칭찬했다. 수쥔은 이때까지도 돌아오지 않았는데, 아마 어디선가 일하고 있는 모양이었다. 이사한다는 말을 그녀가 들었다면, 어떤 반응을 보였을까? 틀림없이 그러길 바라지 않았을 것이다. …… 그래, 지금 그녀가 집에 있지 않은 게 내게는 마음 편한 일이야. ─ 나는 나를 말릴 게 분명한 그녀의 얼굴 표정을 보고 싶지 않았다. 그녀의 가족 가운데 누가 만류하든 거절하기 어렵지 않았지만, 수쥔이 말리는 표정을 짓는다면 곤혹스러웠을 것이다.

이튿날 아침 일찍 나는 짐을 꾸렸다. 수쥔은 평소 늦게 일어나는 편인데, 뜻밖에도 오늘은 일찍 일어났다. 나는 본래 떠날 때 그녀와 마주치지 않으려 했다. 그녀의 얼굴을 보게 되면 두 사람 모두 말할 수 없이 고통스러울 테니까. 그런데 오늘 일부러 일찍 일어난 게 나를 배웅하기 위해서일까? 아니면 다른 일이 있어서일까? 나는 그녀를 피하고 싶었지만, 그녀는 그러지 않았다. 아! 나의 다정스러운 수쥔, 영원히 당신에 대한 고마움을 잊지 않겠다!

수쥔의 아버지와 오빠는 일찌감치 회사로 출근한 상태였다. 수쥔의 어머니는 아직 일어나지 않았다. 내가 떠날 때 오직 수쥔과 새언니만이 나를 배웅했다. 그들의 얼굴은 실망의 표정으로 가득 차 있었다. 내가 대문을 나서는 순간, 수쥔이 아쉬움을 감추지 못한 채 내게 물었다.

"첸 선생님! 이제 떠나시는 거예요?"

"……"

나는 고개를 끄덕일 뿐 아무 말도 할 수 없었다.

"서호에 가신 후에도 상하이에는 자주 오시겠지요?"

"적어도 한 달에 한 번씩은 올 겁니다. 상하이에 오면 꼭 들를게요."

"별 말씀을. 하지만 상하이에 오시면 놀러오세요."

"꼭 그러지요 ……"

"천 선생님! 우릴 잊지는 않으시겠지요? ……"

이 말을 할 때 수쥔의 목소리는 목이 메고, 얼굴빛은 창백해졌다. 그녀의 이러한 기색에 나는 고통스럽기 그지없었다. 그녀의 머리를 부둥켜안고서 정성껏 입을 맞추고 위로의 몇 마디를 건네지 못하는 게 힌스리웠다. 그녀의 새언니는 원망하는 듯한 눈빛으로 그녀 곁에 묵묵히 서 있었다. 그 원망은 아마도 수쥔을 위해 품은 것이겠지? …… 나는 새언니를 바라보면서 어렵사리 입을 떼었다.

"그럴 리가요! 미스 장! 아주머니! 시간이 늦었으니 그만 가보겠습니다. 안녕히 계십시오! ……"

나는 떠났다. 골목 어귀에 이르러 뒤돌아보니, 수쥔과 새언니가 넋이 나간 듯한 눈으로 나를 배웅하고 있었다. 나는 고개를 돌려 그들에게 위로의 몇 마디를 하고 싶었지만, 짐꾼이 벌써 저만치 가고 있는지라 그를 뒤쫓아 갈 수밖에 없었다.

나는 수쥔과 연인관계를 맺고 있지는 않았지만, 이제 그녀와 헤어져 몇 걸음 내딛는 순간 마음속 깊은 고통으로 인해 콧날이 시큰거려 울음이 터질 것만 같았다. 내가 왜 이런지 나도 알 길이 없었다. 설마 나도 모르는 사이에 나의 마음이 그녀에게 묶여버렸던 걸까? 난 그녀를 사랑할 마음을 먹어본 적이 없었지만, 그녀와 헤어지는 이 순간 나와 그녀의 관계가 대단히 깊으며, 그녀에 대한 미련이 남아 있음을 깨달았다. 그녀를 떠난 후 장차 한없는 고독과 극심한 고뇌를 느끼리라. 아마 보이지 않는 가운데 나도 모르게 내 마음을 이미 그녀에게 빼앗겨 버렸던 것이다.

나는 새로운 거처로 이사했다.

새 방과 새 집주인이 마음에 들지 않은 점은 없었지만, 무언가 잃어버린 느낌이 들었다. 약간은 불만스러웠지만, 무엇이 불만이었을까? 구체적으로 집어낼 수는 없었다. 수췐은 정신적으로 내게 많은 격려와 위안을 주었지만, 이제 그녀는 내 앞에 있지 않았다. 내가 그녀를 떠났으니까. ……

새 거처로 이사해 온 이후 외출은 거의 하지 않았다. 시간은 하루하루 흘러가고, 나의 고민 역시 하루하루 늘어났다. 조용한 환경과 문밖출입을 거의 하지 않는 기회에 글은 많이 썼지만, 어쨌든 붓을 들 흥취가 나지 않았다. 한낮에는 책 보고 잠을 자고 한가로이 산책하고 환상에 잠겼으며, 밤에도 마찬가지인 채 외로운 등불만이 쓸쓸한 그림자를 비추었다. 적막함은 견디기 힘들 정도였다. "아! 만약 날 위로할 사랑하는 이가 있어 나와 함께 해줄 수 있다면, 이 고민을 덜어줄 수 있을 텐데 …… 이거야말로 감옥살이 아닌가! …… 위쉬안이 귀향하지 않고 매일 날 찾아와 이야기를 나누고 입맞춤해준다면, 조금이라도 낫겠지만, 그녀는 가버리고 …… 이곳에 없다. ……" 나는 자주 이런 상념에 빠지곤 했다. 나는 위쉬안이 어서 빨리 상하이로 돌아오기를, 적어도 나를 위로하는 편지를 보내주기를 바랐다. 세월이 하루하루 흐름에 따라 나의 고뇌도 하루하루 자라고 나의 희망 또한 하루하루 절실해졌다. 하지만 끝내 위쉬안의 편지는 받을 수 없었다. 위쉬안은 상하이로 돌아오기는커녕 편지 한 통 보내지 않았다. 편지를 보내오지 않으니, 내가 그녀에게 편지를 부칠 수도 없었다. 나는 편지

전달처를 그녀에게 알려주었지만, 그녀는 내게 주소를 알려주지 않았기 때문이다.

"그녀가 변심한 걸까? 설마 ……" 가끔씩 이런 생각이 들었지만, 나는 마음을 고쳐먹고서 의심하는 자신을 나무랐다. "그럴 리가! 그럴 리 없어! 절대로! 우리 두 사람의 관계가 그토록 깊었고 내가 잘못한 일도 없는데, 그녀가 어찌 변심하겠어? ……병이 난 걸까? 통신이 끊긴 탓이겠지. …… 충실한 여인인데, 절대로 이토록 무정할 리가 없어! ……" "병이 든 걸까?"라는 생각에 미치자, 나 자신의 고민은 저만치 사라져버리고 오히려 초조함이 엄습해왔다.

벌써 두 주일이나 지났건만 위쉬안의 소식을 듣지 못했다. 나는 더 이상 견디지 못하여 그녀의 학교로 찾아가보기로 마음먹었다. 그런데 학교 정문을 들어서는 순간 뜻밖에도 그녀와 맞부딪쳤다. 그녀는 나를 보는 순간 안절부절못하는 모습으로 얼굴빛이 잠시 빨개졌다. 나는 이때 망망한 안개 속에 빠진 듯했다. 도대체 어찌된 일이지? 고향으로 돌아가지 않았단 말인가? 고향으로 돌아간 후에 왜 내게 편지를 띄우지 않았지? 상하이로 돌아왔다면 왜 내게 한마디도 알리지 않았지? 오늘 날 만나 왜 기뻐하는 기색 없이 안절부절 못하는 걸까? 이상하군! 정말 이상해! …… 이런 의심이 뭉게뭉게 피어올랐지만, 나는 아무 내색도 하지 않은 채 웃음을 지으면서 그녀에게 말했다.

"아이구! 당신 소식을 알아보려고 왔는데, 뜻밖에도 당신을 만나게 되었군요. 언제 상하이로 돌아오셨나요?"

"어 …… 어제 상하이로 돌아왔어요." 그녀는 얼굴을 붉힌 채 더듬거리더니, 면회실로 안내했다. 나는 그녀를 따라 면회실로 들어섰지만, 의심은 더욱 짙어졌다. 어쩌면 돌아가지 않았을 지도 몰라?

"오는 길에 평안하셨지요?"

"네, 그런대로."

"당신이 떠난 후 편지 한 통 받지 못해 정말 보고 싶었어요. 당신 연락처를 남겨주지 않아서 편지를 써보내고 싶어도 그렇게 할 수가 없었습니다."

"아! 정말 미안해요!"

"제가 전에 살던 곳에 가보진 않으셨지요? 이사했거든요."

"이사하였군요!"

"새로 옮긴 거처에 함께 가보실래요?"

그녀는 고개를 떨구더니 잠시 후에 고개를 들고서 말했다.

"오늘은 짬이 나지 않으니 다음에 ……"

"언제쯤이면 편하시겠어요?"

"모레 오후에 제가 찾아갈게요."

"좋습니다. 모레 집에서 기다리겠습니다."

나는 거처를 그녀에게 알려준 후, 몹시 바쁜 듯한 그녀의 시간을 빼앗고 싶지 않아 그녀와 헤어져 집으로 돌아왔다.

이치대로라면 연인끼리 만났으니 한없는 기쁨과 위안을 얻어야 할 터이지만, 가슴 가득한 의심과 징조가 좋지 않다는 예감만을 안고 집에 돌아왔다. "죽이 되든 밥이 되든 그녀가 변심했는지 안

했는지는 모레가 되면 가려지겠지. 아아! 이제 쓸데없는 생각일랑 하지 말자! ……" 이리하여 나는 마음 편히 위쉬안이 오기를 기다리고 기다렸다.

하루가 지났다.

약속한 날짜가 되었다.

약속한 날 나는 일찍 일어나 방 안을 정리한 후, 밖에 나가 나의 귀한 손님을 대접할 과일을 사왔다. 나는 두 눈을 부릅뜨고서 시계를 바라보았다. 1분이 지나고 …… 한 시간이 지났다. 점심참이 되었지만, 위쉬안은 그림자도 보이지 않았다. "그래, 오전에 짬을 내지 못해 오후에야 오는 모양이지 뭐. 오후에 오나 안 오나 봐야지. ……" 나는 하는 수 없이 이렇게 생각했다. 나는 부릅뜬 눈으로 시계를 바라보았다. 1분이 지나고 한 시간이 지나 …… 날이 저물고 …… 어느덧 날이 어두워졌지만 위쉬안은 오지 않았다. 나는 이제서야 그녀가 오지 않을 것임을 알고서 그녀가 오리라는 쓸데없는 기대를 포기했다. 이때 내 마음이 어떠했을지 그 누가 상상할 수 있으랴? 나는 뭐라 형용할 적당한 형용사를 찾지 못했기에 말로 표현할 수 없었다.

나는 이날 밤을 뜬눈으로 지새웠다. 이날 밤은 한없는 실망과 슬픔 속에서 마모되었다. 그녀가 이미 변심하였기에 오지 않으리라 단정하진 못했지만, 우리 두 사람의 관계가 이전처럼 견고하지 않다는 것을 이미 깨달았다.

이튿날 오전 나는 위쉬안의 편지를 받았다. "지샤, 오늘 일이 있어 약속을 지키지 못해 참으로 미안합니다. 훗날 틈나는 대로 다시 편지 드릴게요. 시국이 어수선하니 외출하지 마시고 몸조심 하기를 ……" 이 편지는 그녀에 대한 나의 희망을 완전히 앗아가 버렸다. 그녀는 이미 내 것이 아니라고 느꼈다. 나는 실망하고 서글펐지만, 더 이상 희망을 품지 않았다. 이제야 나는 위쉬안을 제대로 알지 못했으며 내가 사람을 잘못 보았음을 깨달았다. 나는 이전에 그녀를 충실한 여인이며 나를 사랑하는 그녀의 마음이 영원히 변함없으리라 여겼지만, 지금은? 아아! 지금의 그녀는 나의 이상 속의 그녀가 아니었다!

나는 그녀를 원망하지 않는다. 사람을 잘못 본 나 자신을 원망할 따름이다. 나는 그녀를 미워하지 않는다. 오히려 가련한 사람이라 생각한다. …… 그녀의 영혼은 너무나도 왜소하구나! 영혼이 왜소한 여인이로구나. ……

그녀의 편지를 본 후 나는 잠시 깊은 생각에 잠겼다가 곧바로 그녀에게 편지를 썼다. 그녀를 마지막으로 떠볼 생각으로 그녀에게 물었다. 우리가 줄곧 친구 사이였는지, 아니면 부부의 연을 맺을 사이였는지? …… 이렇게 물어서라도 그녀의 확실한 대답을 요구하지 않을 수 없었다. 우린 약속했었고 난 이미 응낙했었는데도 만약 이렇게 어물쩍 넘어간다면 내게는 무의미하기 때문이었다. 이 편지를 쓰는 순간 그녀가 우린 단지 친구 사이였노라는 대답을 하리라고 난 이미 예상했지만, 정식으로 그녀에게 이렇게 물었던 것은 이로써 그녀에 대한 나의 태도를 결정하기 위함이었다.

결국 그녀의 대답은 나의 예상대로였다. 우리 두 사람은 성격이 맞지 않아 부부의 연을 맺기 어렵다는 것이었다. …… 아아!

그렇다! 우리 두 사람의 성격이 맞지 않은 건 분명하다! 지금 그녀도 말하고 있을 뿐더러, 나도 인정한다. 두 사람의 성격이 맞지 않는다면 어떻게 애정 관계를 유지할 수 있겠는가? 성격이 맞지 않으면 친구 관계도 유지하기 힘든데, 하물며 애정 관계임에랴? 맞다, 나는 위쉬안의 말이 옳다고 생각했다. 하지만 이상한 생각이 들었다. 사귄 지 몇 달이 지났는데 왜 이제 와서야 성격이 맞지 않다는 걸 발견했을까? 나는 왜 이제야 우리가 결합할 가능성이 없다는 걸 깨달았을까? 우린 맹세하지 않았던가? 아무 이야기도 나눈 적이 없었던가? 서로 껴안고 키스하지 않았던가? …… 그런데 이제야 '성격이 맞지 않는다'는 걸 알았다고! 이건 누구의 잘못인가?

나는 그녀의 답신을 읽은 후 곧바로 단호하게 몇 마디 답신을 보냈다. "당신의 말씀에 전적으로 동의합니다. 연애란 본래 상호 이해와 의기의 투합이란 바탕 위에 세워져야 하며, 조금이라도 억지로 해서는 안 됩니다. 우리의 성격이 맞지 않는다면, 물론 결합할 가능성도 없습니다. 안녕하시길! 영원히 행복하시길! 우리 지난날의 아름다운 꿈은 깨끗이 잊어버립시다! ……"

나는 소설을 읽을 때마다 누군가 연인에게 버림받았을 때 슬픔에 잠겨 고민하다가 때로 자살하고, 때로 미쳐버리는 걸 자주 봐왔다. …… 그런데 위쉬안의 절교 편지를 받았을 때 나의 마음은 그녀의 편지를 받기 전보다 훨씬 평온했다. 내가 모질기 때문일까? 내가 진심으로 그녀를 사랑하지 않았기 때문일까? 아, 아니야! 그건 나의 사랑을 그녀 스스로 거부했기 때문이야. 솔직히 말해 지난날의 위쉬안을 나는 뜨겁게 사랑했다. 이상 속의 위쉬안과 실제의 위쉬안을 섞어버렸기 때문이다. 지금은? 그녀는 나의 이상 속의 위쉬안을 때려죽였으며, 나는 실제의 위쉬안의 참모습을 알아차렸다. 그렇기에 나는 더 이상 그녀에게 구애하지 않으며, 그녀가 나를 거부했을 때 내 마음이 이상하리만치 평온했던 것이다.

F공원에서의 뜨거운 첫 키스, 봄바람에 도취한 포옹, 아름다운 서호의 달콤한 꿈, 모든 일체의 환상은 부끄러움 속에 무의미하게 사라져버렸다! ……

10

수쥔과 헤어진 뒤로 벌써 이주일이 되었으며, 그녀의 소식을 나는 전혀 몰랐다. 그녀의 집에 가보고 싶은 때도 있었지만, 그녀와 헤어질 때 내가 그렇게 말하지 않았던가? 서호로 떠나 한 달에 한 번씩 상하이로 오겠다고. 이제 한 달이 채 되지 않았는데 어떻게 찾아갈 수 있겠는가? 그녀에게 들키기라도 한다면, 앞으로 어떻게 그녀에게 뭐라 말하겠는가? 이상하게 들리겠지만, 그녀와 함께 살 때 나는 수시로 그녀를 떠올리곤 했지만, 이제 그녀와 헤어진 마당에 그녀를 끊임없이 그리워하고 나의 머릿속에 그녀의 모습이 자주 맴돌았다. 위쉬안과 결별한 후 — 사실 결별이라 할 만한 것도 아니었으니, 그녀와의 관계는 이렇게 특별한 이유 없이 중단된 것에 지나지 않았다. — 더욱 자주 수쥔이 생각났다. 이렇게 생각나는 게 무슨 연애의 의미가 담겨있는 것은 아니지만, 그녀와의 관계가 함께 살 때보다 한층 깊어진 느낌이 들었다. 나의 마음을 그녀에게 빼앗겼다는 느낌에 그녀를 잊으려 할수록 잊을 수가 없었다. 나는 그녀를 망각 속에 놓아둘 힘이 없었다.

만약 수췬이 이런 내 마음을 알았다면 이렇게 꾸짖었을 것이다. "이 무정한 사람아! 세상 물정 모르는 숙맥 같은 인간아! 남에게 버림받고서야 나를 그리워해? 누가 그리워해 달랬어요? 나를 그리워하다니 가당키나 해?……" 난 그저 공손하게 받아들일 수밖에 없을 것이다. 내가 받아 마땅한 죗값이니. 그녀가 나를 징벌하지 않는다면 그녀에게 저지른 죄를 영원히 씻어내지 못해 내 영혼의 고통이 영원무궁할 테니. 이제 나는 그녀 앞에 서서 그녀에게 징벌받기를 진정으로 원하지만, 비통하게도 이미 불가능해져 버렸다! 내 마음속의 커다란 상처는 영원토록 지워지지 않을 것이다.

신문에는 매일처럼 체포되고 총살당한 폭도에 관한 소식이 실렸다. 나는 불의의 재난을 당하지 않도록 외출을 삼갔다. 어느 날 오후 나는 답답하기 그지없어 이것저것 따지지 않은 채 한길로 나가 여기저기 거닐면서 약간의 물건을 샀다. 신세계(新世界) 모퉁이를 막 돌아섰을 때 세 명의 여학생이 내 앞에서 전단지를 뿌리고 있었다. 나는 급히 한 장을 집어들었는데, 당시 나는 살포자의 얼굴에 주의를 기울이지 않았다. 그런데 한 여학생이 웃으면서 내게 말을 건넸다.

"오호라, 천 선생님이시군요!"

"아! 미스 장, 오랜만이에요."

"언제 서호에서 오셨어요?"

"어제요, 미스 장!" 나는 사방을 두리번거리면서 깜짝 놀라 말했다. "전단 살포는 위험한 일이니 조심해야 해요!"

"괜찮아요." 그녀는 사방을 두루 살피더니 웃으면서 말했다. "잡혀가봐야 기껏 총살이겠지요. …… 천 선생님, 미스 정은 요즘 잘 지내세요?"

"그, 그 사람은 ……" 나는 얼굴이 약간 달아올랐다. "오랫동안 만나지 못했어요. 요즘 어떻게 지내는지 몰라요."

"설마 ……?" 그녀는 깜짝 놀란 눈으로 두루뭉술 물었다.

"그녀와의 관계는 진즉 끝났어요!"

"수쥔! 수쥔! 어서 도망가자! 경찰이 오고 있어 ……" 수쥔의 두 동료가 허둥지둥 그녀를 재촉하는 바람에 그녀는 내게서 멀어져갔다. 나는 하고 싶은 말이 많았지만, 말할 기회가 없었다. 나는 달아나는 그들을 선 채로 멍하니 바라보았다. 나는 그들을 뒤쫓아 그들과 함께 …… 체포되고 총살당하고 싶었지만, 끝내 발걸음 떼지 못했다. 아! 이 용기 없는 비겁한 자여! 장차 영원히 수쥔의 영혼 앞에 부끄러워하리라! ……

생각지도 않았지만, 이 다급한 짧은 만남이 영원한 이별이 되고 말았다! 하늘이시여! 일이란 이토록 헤아리기 어려우며, 인간은 이토록 잔혹한 법! 생기발랄하던 수쥔, 천사 같던 여전사는 뜻밖에 나와 만난 며칠 후 잡혀가 비밀리에 총살당하고 말았다!

아! 어디에서부터 이야기해야 하나? 세상에 정의란 없단 말인가? 참으로 이토록 정의와 인도가 사라져버렸단 말인가? 아! 나의 마음은 비통하기 그지없었다. 이번 만남이 영원한 이별이 되리란 걸 진즉 알았더라면 그녀와 함께 죽었을 것이며, 죽더라도 영광이었을 것이다. 이제 세상에 무슨 재미로 살 수 있을까? 참으로 양심과 용기 있는 사람들에게는 오직 분투와 죽음의 두 가지 길만이 있으니, 자유가 아니면 차라리 죽음을 달라!

수췐과 마주쳤던 그날 밤, 나는 이상스럽게도 마음이 안정되지 않았다. 수췐을 잊으려고 애써 보았지만 끝내 허사였다. 뭔가 재앙이 닥쳐오리란 느낌이 들었던 것이다. …… "사람 목숨이 파리 목숨이 되어 곳곳마다 테러가 벌어지는데 ……양심 있는 사람들 모두 살해당할 위험에 놓여 있으니 …… 수췐? 수췐도 모면하긴 어려울 듯한데! …… 아! 잔학무도한 세상 ……" 골똘히 생각에 잠겨 있노라니 수췐의 모습이 눈앞에 어른거렸다. 그녀는 내 몸에 착 달라붙은 듯 아무리 벗어나려고 해도 벗어날 수가 없었다.

도대체 어찌된 일일까? 나 자신도 속 시원히 알 길이 없었다.

나흘째 되던 날 오전에 수췐의 집에 찾아가 보기로 마음먹었다. 대문을 들어섰을 때, 수췐의 어머니는 응접실 왼쪽의 의자에 앉아 있었다. 그녀의 두 눈은 복숭아만큼 부어 있고, 얼굴빛이 창백했다. 그녀 곁에 앉은 새언니는 머리를 숙인 채 바느질을 하던 중이었다. 문을 들어서는 나를 보자, 일어서지도 않은 채 그저 명한 눈으로 말없이 나를 바라보았다. 고부 두 사람의 이런 모습에 불행한 일이 일어났는지 어떤지 잠시 갈피를 잡을 수 없었다. 나는 오른쪽의 걸상에 앉은 후 그들을 바라보면서 어떻게 이야기를 꺼내야 할지 몰랐다.

모두가 이렇게 몇 분간 아무 말이 없었다.

"천 선생님, 오셨어요?" 수쥐의 새언니가 먼저 입을 열었다.

"네, 여러분을 뵈러 왔어요."

"수쥐을 만나러 오셨나요?"

새언니가 이 말을 마치자마자, 수쥐의 어머니가 통곡하기 시작했다. 무슨 까닭인지 몰랐지만, 나는 무슨 일이 터졌음을 벌써부터 직감하고 있었다. 나는 잠시 견딜 수 없을 만큼 괴로와 눈물이 터져 나올 것만 같았다. 한참 동안 침묵에 잠겨 있던 나는 떨리는 목소리로 물었다.

"주인아주머니께서는 무슨 일로 마음 아파하시지요?"

"모 … 모르고 계셨어요? 수쥐에게 ……" 새언니 역시 울음을 터뜨렸다.

"무슨 일인데요?"

"아가씨는 이미 죽었어요, 비참하게 ……"

"언제 죽 …… 죽었는데요 ……?" 나도 울음을 터뜨렸다.

"그제 저녁에 총살당했다고 들었어요. …… 비밀리에 총살당했다고 …… 불쌍하게도 시신도 보지 못했어요. ……"

수쥐의 새언니와 어머니의 울음소리가 더욱 커졌다. 이때의 나, 아! 나의 마음이 어떻겠는가! 아, 나도 그들과 마찬가지로 그저 우는 수밖에 없었다. 비통함을 이루 말할 수 없었다.

하늘이시여! 세상에 도대체! 난 그야말로 미쳐버릴 것만 같았다! ……

마침내 나는 울음을 그치고서 그들에게 몇 마디 건넨 후 대문을 나섰다. 골목 어귀를 나설 때, 길거리는 평소와 다름없이 평온하고 사람들도 오가는 채 아무 변함이 없는지라 나의 마음은 더욱 망연해졌다. 어디로 갈까? 집으로 돌아갈까? 돌아가 뭘 하지? 수쥔을 찾아가야지, 수쥔의 영혼을 찾아서!

나는 장미주 한 병과 생화 한 다발을 사서 차를 타고 우쑹커우(吳淞口) 어귀의 들판으로 갔다. 나는 깨끗한 풀밭을 골라 넘실거리는 바다를 마주한 채 술병을 따고 생화 한 다발을 놓고서 하늘을 향해 제사를 올렸다. 나는 목 놓아 슬피 울었다. 지금껏 이렇게 울어본 적이 없었다. 울수록 가슴이 더욱 아팠으며, 마음이 아플수록 더욱 크게 울었다. 석양이 서쪽 하늘로 질 때까지.

그녀 생전에 나는 그녀를 저버렸으며, 죽은 후에야 울음으로써 이를 갚았다. 더 이상 울음이 나오지 않을 때까지 우는 동안, 내 가슴 속에 애도의 시 한 수가 이루어졌다. 나는 이 애도시를 나의 영원한 통곡으로 삼으련다.

> 곳곳마다 어둠과 날뛰는 맹수들,
> 어둠 속엔 빛을 찾는 한 마리 어린 양,
> 불행히 맹수의 마력이 너무 커져
> 반항하던 어린 양 목숨을 잃네.
> 오! 나의 아가씨!
> 나는 한없는 슬픔에 잠기네.

지난일 돌이켜보니 너무나 부끄럽네!
나는 그대의 사랑을 저버렸네.
이제 후회해도 때늦었고
그대 위해 마음 아파해도 허사라네.
오! 나의 아가씨!
나 오직 그대를 영원히 기념하리.

그대 영전에 경건한 제사 올리려 하나
그대의 주검 어디에 묻혔는지 모르겠네.
황량한 벌판 무덤 사이 금수에게 잡아먹혔는가,
물고기 밥이 되어 뼈조차 흔적이 없는 겐가?
오! 나의 아가씨!
그대를 나의 가슴에 묻게 해주오.

돌아오라, 그대의 의로운 혼이여!
돌아오라, 그대의 정령이여!
이곳에서 그대의 사랑하는 이가 제사 지내노니
나의 지난날 무정함을 용서하소서.
오! 나의 아가씨!
가져가오, 나의 이 마음을!

이 한 병의 술을 나의 피눈물 삼고
이 한 다발의 꽃 나의 맹세로 삼으오.

광명을 찾아 희생된 그대,

나 영원히 어둠에 맞서 싸우리라.

오! 나의 아가씨!

그대의 영혼이 나를 도와주길 바라노라 ……

홍링페이는 광둥성(廣東省) 차오안현(潮安縣)에서 태어났다. 필명으로 린만칭(林曼青), 린인난(林蔭南), 리톄랑(李鐵郎) 등이 있다.

1926년에 중국공산당에 가입하였으며, 1927년 4월 대혁명의 실패 이후 국민당정부의 수배를 피해 홍콩과 태국 등지를 떠돌다가 12월에 귀국하였다. 혁명문학을 제창한 프로 작가로 활동하였으며, 1930년에 창설된 좌익작가연맹에서 상무위원을 지냈다. 주요 작품으로 장편소설 ≪유랑(流亡)≫, ≪전선(前線)≫, ≪전변(轉變)≫ 등이 있다.

이 책에 실린 〈격류 속에서(在洪流中)〉는 1929년 4월 1일에 발간된 ≪신류월보(新流月報)≫ 제2기에 발표되었다.

홍링페이

(洪靈菲, 1902~1934)

격류 속에서 在洪流中

마을에 홍수가 밀어닥쳐 관병이 쉽게 들어오지 못하자, 아진(阿進)의 어머니는 시름이 놓이는지 요 며칠 노인네의 얼굴에 웃음꽃이 피었다. 원래 귀신마냥 야위었던 그녀였건만, 뼈가 앙상한 얼굴 위에 환한 웃음이 드리워져 오히려 음산하고 무서운 느낌을 풍겼다. 그러나 아진에게는 말할 수 없는 안도감을 안겨주었다. 그의 어머니가 웃음을 짓는 일이 너무나 드물었기 때문이다. 그의 어머니가 스물네 살 나던 해에 아진의 아버지는 지주의 둘째 나리에게 끌려가 현의 관아에 갇혔다가, 후에 토비로 몰려 참수당한 이후, 지금까지 ― 어머니는 벌써 예순 살이 되었다. ― 웃어본 일이 없었던 것이다. 이를 악문 채 굳세고 수심 찬 눈으로 사물을 바라보는 그녀의 표정은 늘 어두웠다. 그녀에게는 힘― 농촌 아낙 특유의 강인함 ―이 있었지만, 이 힘은 마치 깊고 깊어 겉으로는 평온한 듯 보이는 바닷물처럼 잘 드러나지 않았다. 이러한 힘이 있었기에 과부의 몸으로 서른 해가 넘도록 집안을 꾸려왔으며,

물난리와 가뭄, 지주의 착취, 관청의 핍박, 그 어느 것도 그녀를 쓰러뜨리지 못했다. 수없이 많은 고통을 겪었지만, 그녀는 훌쩍이는 일이 없었다. 고통은 그녀를 쇠붙이처럼 더욱 단단히 단련시켜 주었으며, 갖가지 험난한 파도 속에서 그녀는 오뚝이처럼 흔들리지 않았다. 그러나 이번만큼은 달랐다. 그녀의 아들이 이 사회에서 대역무도한 죄를 범했던 것이다.

재수에 무슨 옴이 붙었는지 모르지만, 삼십여 년 전에 남편이 토비로 몰려 머리가 잘리더니, 이젠 아들도 무슨 농촌 비적이라 하여 몸 둘 곳이 없어졌다. 그녀는 글을 알지 못한 터라 토비와 농촌 비적을 어떻게 설명하는지 잘 알지 못하였다. 그러나 지주와 관료의 극심한 착취에 맞서 일어나 몇 마디 지껄이거나 반대를 표시하면 토비 혹은 농촌 비적으로 몰리며, 이런 '토비'와 '농촌 비적'은 끌려가 참수를 당하거나 총살을 당한다는 것을 뼈저리게 느끼고 있었다.

그러나 지금 불행 중 다행으로 그녀의 아들은 최근 불타버린 농촌에서 돌아왔는데, 마을에 큰물이 제대로 졌던 것이다. 그러고 보니 거세게 굽이치는 홍수가 마치 자신의 아들을 보호하는 쇠 울타리인 것만 같아 더 이상 두렵지가 않았다. 그래서 요 며칠 밤 그녀는 단잠을 이루었다.

때는 6월이라 한낮의 태양이 끝없는 홍수위를 비추자, 옅은 물 안개가 피어올랐다. 마을의 주민들은 모두들 이층에서 지내고 있었다. 이층이 수몰되지 않았기 때문인데, 어떤 사람들은 용마루 위에 기어올라가 있기도 했다. 인간이란 필경 공기와 햇빛을 좋아하는 동물인지라 집집마다 용마루를 오가는 사람들이 특히 많았다. 서로 멀리 떨어져 있지 않은 용마루들 사이에는 나무판자를 걸쳐놓고, 이를 통해 집집마다 자유롭게 오갈 수 있었다. 이밖에도 나무나 대나무로 엮은 뗏목으로 가까이 혹은 멀리까지 돌아다녔다. 조금 젊은 축의 농민들은 이런 뗏목을 타고서 물건을 전달하거나 야외에서 과일을 따고 땔나무를 줍기도 했는데, 모두들 활기 넘치고 장난기 섞인 표정이었다. 이렇게 오래도록 지주와 관청의 압박 아래 묻혀 지내던 농촌에서 곤궁한 삶은 더 이상 그들에게 두려움을 안겨주지 못했으며, 곧 닥쳐올 재난조차도 그들을 낙심시키지 못했다. 그들이 보기에 큰물이 지는 거야 물론 고통스럽지만, 큰물이 지지 않더라도 생활이 더 나아질 리는 없었다.

마을 너머의 사탕수수와 삼은 끝없는 수면 위로 머리끝만 내민 채 마치 한숨을 내쉬는 양 흔들거렸다. 키가 작은 벼는 진즉 물속에 잠겨 버렸으며, 그나마 생기를 띠고 있는 것은 높다란 나무와 하늘 높이 솟구친 대나무뿐이었다. 이들 나무들은 마치 짙은 녹색 옷을 걷어올린 채 물속을 걷고 있는 것만 같았다. 날씨는 유난히 서늘하고, 닭 울고 개 짖는 소리도 사라진지라 온 마을에는 적막이 감돌았다.

한밤에는 휘황한 달빛과 별빛이 차갑게 수면 위를 비추고, 검은 그림자는 얇은 비단처럼 집집의 처마와 용마루 측면을 뒤덮었다. 하늘은 눈에 띄게 낮아지고, 홍수는 악의를 품은 듯 머지않아 그것을 집어삼킬 듯했다. 둘째 나리는 이미 세상을 떠나고, 그의 아들이 뒤를 이어받았다. 그는 무슨 고등학교를 마치고서 일찌감치 마을의 유일한 세도가 노릇을 했다. 그는 나이가 서른이 채 되지 않았는데, 벌써 팔자수염을 기르고 있었다. 들리는 말로는 세도가라면 수염이 있어야 권위가 있어 보인다는 것이었다. 요 며칠 그는 집에서 쉬지 않고 음악을 틀어대고 있었다. 그가 시내에서 사온 시첩(侍妾)은 아주 느끼한 '스바모(十八摸: 음탕한 내용의 민간가요)' 따위의 곡조를 흥얼거렸다. 그는 늘 약간 성긴 수염을 어루만지면서 그를 떠받드는 농민들에게 말하곤 했다.

"물난리가 나는 게 오히려 운이 좋은 거야. 모두들 일할 필요 없이 쉴 복을 누릴 수 있으니까."

아진의 집은 이층까지 물이 한 자 가까이 차올랐지만, 그는 용마루로 달아날 수가 없었다. 그에게 이럴 권리가 없었던 것이다. 한낮에는 줄곧 걸상을 대신한 상자 위에 앉아 지내다가 밤에는 들보에 줄을 매단, 너비가 한 자 가량인 나무판자 위에서 잠을 청했다. 매 끼니는 그의 어머니가 천장에서 용마루로 기어올라와 해결해주었다. 비바람이 내리치면 밥을 지을 수가 없어 꼼짝없이 배를 곯을 수밖에 없었다. 한 끼 굶는 일이야 아진의 어머니가 보기에는 대단찮은 일이었다. 그저 아들이 안전하기만 하다면 그 나머지 일은 문제도 되지 않았다.

본래 그녀는 머리 회전이 빠른 사람이었다. 그녀는 늘 아진을 위해 피신처를 마련해 놓았다. 언젠가 한 번은 관병이 정말로 오면 구석의 건초더미에 숨기려 하였으며, 또 한 번은 공기가 통하는 커다란 궤짝에 숨기려고도 했다. 나중엔 이도저도 마땅치 않았는지 그녀와 사이가 좋은 몇몇 시골 아낙에게 그녀의 눈과 귀 노룻을 해달라고 부탁하였다. 그리하여 관병이 배편으로 마을 앞에 오면 속히 그녀에게 알려주어 미리 아진을 이웃집으로 도피시키려 하였다.

밤이 되면 콩만 한 크기의 등유 램프 아래에서 사람의 그림자가 거인처럼 이층 위의 물속에 드리워졌다. 이 안에는 들보에 매달린 낡은 베자루와 잡다한 물건, 그리고 걸상 위에 쌓인 옷상자 외에 나머지 것들은 모두 물에 잠겨 있었다. 콩을 담아놓은 하얀 쇠깡통은 불어 터졌고, 미처 가져가지 못한 화로는 물에 흐물흐물해졌으며, 깜박 잊고 물속에 놓아둔 물 항아리는 뭔가에 깨져버렸고, 등유통은 뒤집어진 채 물 위에 둥둥 떠 있었다. 그러나 이 모든 것은 아진 어머니에게 슬픔을 가져다주지 않았다. 그런 것들이 없어지더라도 그녀는 살아갈 수 있었다. 그녀가 신경을 곤두세우는 것은 오직 아들 아진뿐이었다. 이젠 거의 관례처럼, 매일 밤 그녀는 조심조심 아진에게 다가가 이렇게 말할 것이다.

"애야! 하느님이 보우하사 안전하면 그만이다. 오늘 운세는 '입을 덜어 낼' 운세란다." 아들을 멍하니 바라보던 그녀의 눈가에 이슬이 맺혀 흘렀다. 그녀는 이어 말했다. "애야! 그런 일은 해봐야 헛수고란다. 에미가 보기에는 다 쓸데없는 일이니, 다시는 집을 떠나지 말아라."

이럴 때 아진의 마음은 몹시 괴로웠다. 차라리 어머니가 때리고 욕하는 게 마음 편했다. 그는 예전에 글방을 몇 년 다닌 적이 있고 요 몇 년간 훈련을 받았던 터라 왜 그 일을 해야 하는지의 이유를 잘 이해하고 있었지만, 그런 말로 어머니를 설득하는 게 쉽지 않음을 늘 느끼고 있었다. 어머니의 눈물을 보자 목이 메어 말이 나오지 않았다. 군중대회의 집회장에서는 그토록 시원시원하게 연설을 잘하였건만. ……

이날 밤 아진의 어머니는 옷상자를 뒤적이다가 무심결에 남편이 남겨놓은 낡은 홑옷 한두 가지를 끄집어내더니 한참 동안 멍하니 바라보았다. 그러더니 미친 듯 아진의 귀를 잡아당기고서 숨을 헐떡이면서 말했다.

"…… 온 식구가 다 이렇게 끝장나고 말거야! ……" 이어 그녀는 머리를 그 낡은 옷가지 속에 파묻었다. 마치 온몸을 느릿느릿 집어넣으려는 듯이.

아진은 창백하고 얇은 입술을 깨물었다. 그는 자그마한 머리를 흔들고 성긴 눈썹을 꿈틀거리면서 울먹이는 목소리로 말했다.

"어머니! …… 전 죽지 않아요!" 그는 어머니의 허리를 다정하게 토닥였다.

그러자 이번에는 그의 어머니가 목 놓아 울기 시작했다. 그녀는 정신이 아득한 가운데 마치 어린아이를 안듯이 아들을 꼭 껴안았다. "어머니, 부디 몸조심 하세요!" 아진은 어머니의 허연 머리카락을 쓰다듬었다.

아진 어머니의 울음소리가 더욱 커졌다. 아들이 건네는 따뜻한 말 한마디가 그녀의 온 몸을, 온 영혼을 서글픈 행복 속으로 녹여주었다.

"애야, 다시는 바깥으로 나가지 말거라!" 이 순간 그녀는 아들이 이미 망망한 세계에서 자신의 품속으로 돌아왔다는 느낌이 들었다.

바로 이때 약간 멀리서 총성이 무겁게 들려왔다. 아진은 무슨 일이 벌어진 줄 아는지 비분에 휩싸였다. 동시에 그의 어머니는 이 소리를 듣고서 동정 어린 태도로 말했다.

"애야! 들어보렴. 또 총소리로구나! 하느님의 도우심으로 무사하니 다행이다. 올해 운수가 '입을 덜어 낼' 운세란다. …… 물난리가 나는 게 그래도 낫지 ……"

홍수는 물이 붇지도 않고 물러가지도 않은 채 날마다 원래 모습을 유지하고 있었다. 모두들 두려움에 떨었으며, 매일같이 쌀과 음식을 파는 장사치들이 배를 저어 왔지만 많은 사람들이 먹을거리가 떨어졌다. 지주의 둘째 아들은 여전히 시첩과 함께 매일 '스바모'를 들었으며, 끼니마다 기름진 돼지고기를 먹었다. 그는 이웃 사람들을 구제할 방법을 생각해냈는데, 그건 담보로 잡을 수 있는 집과 전답을 가진 친족들에게만 '돈을 꾸어주는 것'이었다. 원금에 이자를 합쳐 열흘마다 복리로 계산하였다. 만약 1원을 빌려 한 달 내에 갚지 못하면 2원을 빚지게 되고, 두 달이면 4원, 석 달이면 8원이 되었다.

젊은 농민들은 이제 뗏목을 타고 마을 밖으로 나가지 않았다. 먹을거리를 다투는 아이들의 칭얼거리는 소리, 엄마들끼리 다투는 날카로운 소리가 한데 뒤섞였다. 이러한 모습은 온 마을에 더욱 참담한 느낌을 안겨주었지만, 그저 참담함에 지나지 않았다. 농민들의 마음속은 여전히 놀라거나 당황하지 않았다. 그들은 이 홍수

가 머잖아 물러날 것이며 그들은 앞으로 이전과 다름없이 살아갈
수 있으리라 믿었다.

아진의 집안은 이미 마지막 쌀 한 톨까지 깡그리 먹어치웠다.
그들은 끼니때마다 고구마를 쪄 먹고 있었다.

이날 정오쯤 아진의 어머니가 용마루의 화로 앞에 쪼그려 앉아
고구마를 찌고 있을 때, 루이칭(瑞淸)댁이 욕설에 눈물바람으로 건
너편 용마루에서 나무판자를 타고서 건너왔다.

"맙소사! …… 배 곯지, 두들겨 맞지! …… 사납다, 사납다,
저 놈의 '백호(白虎)'만큼 사나우랴. 발끝으로 내 가슴을 짓이겨 놓
는구만! …… 어이구, 어이구! ……"

시골에서 아낙들이 울고불고 하는 것이야 늘상 있는 일인지라
특별히 남들의 주목을 받지는 못했다. 루이칭댁이 아진 어머니의
곁으로 다가오자, 아진 어머니는 달래듯이 입을 열었다.

"루이칭댁, 무슨 일인데?"

루이칭댁은 아진 어머니 곁에 앉더니 목멘 소리로 말했다.

"무슨 일이긴요, 저 '바이후(白虎)'가 언제 날 받아 사람을 패
든가요? 아주머니, 여기 타박상에 바르는 고약 있나요? 아이구!
내 가슴에 손바닥만 한 멍이 들었어요."

"한 조각이 있긴 있을 거야. 어디다 두었더라. 잠깐만, 찾아볼
게." 아진 어머니는 어린애를 달래는 투로 대꾸했다.

루이칭댁은 너부데데한 얼굴에 육중한 체구를 지닌 서른 살 남
짓의 아낙이다. 머리 이마에는 큼지막한 상처가 나 있고, 그 위에
는 머리카락이 없어 잿가루를 검게 발라놓았다. 이때 마침 그녀

는 화로 앞에 앉아 아진의 어머니를 도와 순무를 아궁이에 집어넣고 있었다. 이젠 벌써 어느 정도 위안을 받은 듯, 흐느끼는 소리는 차츰 가라앉은 채 입으로 중얼중얼 욕을 퍼부었다.

"아줌마, 바이후 저 사람 하는 꼬락서니 좀 보세요? 서재에서 첸시(乾喜) 아저씨, 애꾸눈 어수(鵝叔), 아우(阿五), 아류(阿六)와 떼로 모여 이번에 둑이 무너진 이유를 두고 입씨름을 벌였답니다. 한나절이나 그렇게 다투었으니, 배가 불러 터졌던 모양이지요? 첸씨 아저씨는 이번 일은 완전히 후쯔향(湖子鄉)이 망쳐놓은 거라고 하고, 애꾸눈 어수는 시첸향(溪前鄉) 사람들이 게을러터져서 화를 불렀다고 하고, 아우는 씹할 놈의 '향신(鄉紳)'이 징을 제대로 치지 못한 탓이라 하고, 아류는 둑을 막는 새끼들이 제대로 힘을 쓰지 못한 탓이라고 하대요. '바이후' 저 사람은 지가 뭐 잘났다고 남들 하는 말이 틀렸노라 면박을 주면서, 둑이 무너진 건 둑 쌓으라고 남양에서 보내온 수십만 원의 기부금을 민단(民團) 총재와 각 마을의 세도가들이 빼먹은 바람에 둑 안에 용골(龍骨)을 박지 못해 쉽게 허물어졌다고 입에 거품을 물었답니다. '그 자'—둘째 나리 아들—도 한몫 챙겼다는 어림 반 푼어치도 없는 소린 하지 말았어야지. '바이후' 저 사람은 앞뒤를 가리지 않고 제멋대로 말을 한다니까요. 첸시 아저씨가 '그 자'의 앞잡이란 모른단 말이에요? 첸시 아저씨도 당연히 불쾌한 얼굴로 온갖 쌍욕을 '바이후'에게 퍼부었던 모양이에요! 저 사람은 분을 풀 데가 없었는지 집에 돌아오자마자 험상궂게 말하더군요. '씨부랄 놈! 아직 덜 당해보았어!' 내가 '누굴 욕하는 거야? 집엔 고구마 하나도 없는 판에!'라고 했더니, 그 작자가 다짜고짜 욕설을 퍼붓잖아요. '이런 씹할 년! 널 욕하는 거다. 어쩔래?' 나도 화가 치밀어 '급살 맞을 인간아! 한나절이나 거기에 자빠져서 고구마 한 톨도 빌려오지 못하냐'고 퍼부었지요. 그랬더니 저 작자가 죽은 돼지 눈깔 같은 눈을 치켜뜨고서 발을 쳐들어 '이 빌어먹을 년, 죽고 싶어 환장했어?'라고 악을 쓰면서 내 가슴을 질러대는 거예요. 나도 아픔을 눌러 참으면서 '그래, 죽여라, 죽여! 이 꼴 저 꼴 안 보게 죽여!'라고 맞받아쳤지요. '바이후' 저 작자, 인정사정없이 나를 몇 차례 짓밟더군요! 아주머니, 저 흉포한 인간 좀 보세요! 죽음! 내가 정말 죽어 저 작자가 지 새끼들 어떻게 건사하는지 볼 테에요! 두 살짜리, 네 살짜리, 여섯 살짜리, 여덟 살짜리를! ……"

그녀는 무슨 영문인지 말을 멈춘 채 더 이상 울지 않았다. 마치 가슴 가득한 슬픔과 원망을 다 털어낸 듯했다. 아진의 어머니가 그녀의 어깨를 토닥이면서 살갑게 말했다.

"어이구! 발길질을 해서야 되나! 다음엔 그래도 더 참아야지. 사내들 성깔이야 만만치 않지. 당장엔 호랑이 같더라도 조금 후에는 잘못했다고 빌 거야. 루이칭댁, 당신 남편이 성질은 좀 뭣 같아도 심지만큼은 아주 좋은 사람이야. 생각해봐, 평소엔 얼마나 잘해주는데!"

"'바이후' 저 인간이야 악독하진 않지요." 루이칭댁도 그 점에는 동의했다. "지 새끼들에게도 잘 하고 평소에 나를 때리지도 않았는데, 이번엔 제정신이 아닌 것 같아요."

"그래, 루이칭댁. 그렇게 생각하는 게 좋아." 아진 어머니의 얼굴에 한 시름 놓았다는 기색이 가득했다.

곧이어 루이칭댁이 소리를 죽여 아진 어머니에게 물었다.

"아진은 요즘 무슨 소식 없나요? 아이구! 올해 운수는 사람 노릇하기 참 어렵네요."

아진 어머니가 차분하게 말했다.

"소식이야 있기는 있지만, 집에 돌아오지는 못하지."

"맞아요! 집에 돌아온 걸 '그 자'가 알았다간 가만 두지 않을 거예요. 집에 있었을 적에 늘 '그 자'와 맞섰으니까요."

그들은 잠시 더 이야기를 나누었다. 고구마가 어느덧 다 익자, 아진의 어머니는 마다하는 루이칭댁에게 기어이 절반을 건네주었다. 루이칭댁은 고맙다면서 자신의 시커먼 여름 무명 옷자락을 들어 올려 고구마를 하나하나 담았다. 아진의 어머니는 고약을 찾으면 그녀에게 보내주겠노라 말했다. 루이칭댁은 고개를 끄덕이고서는 암퇘지마냥 느릿느릿 나무판자를 건너갔다.

이날 아진의 집은 고구마까지 떨어져 더 이상 버틸 수 있는 형편이 아니었다. 아침과 점심은 아진 어머니가 이웃에 가서 얻어왔다. 아진은 어찌 되든 이젠 더 이상 집에 머물러 있을 수 없노라고 어머니에게 단호하게 말했다. 그는 저녁에 뗏목을 타고서 이웃 마을의 친구에게 가서 쌀 한두 되를 빌려올 테니 허락해달라고 어머니에게 사정했다. 아울러 그가 돌아오지 못할 형편이 되면 그 쌀을 친구편에 보내겠노라고 말했다.

그의 말을 듣고서 어머니는 아들에게 처연한 표정으로 입을 열었다.

"밖으로 나가겠다고? 또 그 일을 하겠다는 거로구나? …… 돌아오지 않고!"

"밖에 나가 짐꾼을 하든 임시공을 하든 돈을 벌어 집안을 도우려구요." 아진은 목이 메이고, 눈시울이 뜨거워졌다. 마음속으로는 어떻게든 말을 잇고 싶었지만, 입안에만 뱅뱅 돌 뿐이었다.

마음 아파하는 아들을 바라보자니 아진의 어머니는 더욱 슬프고 괴로웠다. 그녀는 떨리는 손가락으로 아들의 손을 꼭 잡았다. 이가 빠진 볼이 위아래로 실룩거렸다. 그러나 이것도 오래 지속되지는 않았다. 그녀는 불현듯 평소의 침착하고 꼿꼿하던 모습을 되찾았다. 그녀는 아이를 구슬리는 투로 아들을 달래기 시작했다.

"애야! 가지 말거라! 바깥세상은 위험하기 짝이 없단다! 집안에서 죽은 듯이 일 년 반쯤 지내면 남들도 이전의 일들은 다 잊어버리고 더 이상 네게 앙심을 품진 않을 거야. 그때가 되면 시골에서 몇 떼기 밭이나 지으면서 조용히 지내려무나. …… 아, 애야! 우리 집이 가난하다고 고민하지 말아라. 가난한 게 대수겠니? 우리의 품행이 바르고 하늘과 땅에 부끄럽지만 않으면 저 악랄한 부자놈들보다 훨씬 편안하게 살 수 있을 거야. …… 집안에 비록 고구마 한 톨 먹을 게 없다만 별일 있겠니? 큰물이 물러나면 엄마가 비럭질을 해도 좋고 중매쟁이를 해도 좋으니, 어떤 짓을 해서라도 널 먹여 살리마. …… 애야, 네 에미 때문에 부끄

러워하지 말아라. 처신이 바르고 남의 것 훔치지 않고 남의 잘잘
못을 이러쿵저러쿵하지 않기만 하면, 비럭질을 하든, 중매쟁이를
하던 얼굴 깎일 일이 뭐가 있겠니?"

　이렇게 말을 이어가는 동안 그녀의 태도는 매우 침착하였으며,
침침하던 눈도 빛을 반짝였다. 참으로 그녀가 지내온 평생의 삶
은 비렁뱅이나 중매쟁이보다 더 나을 게 없었다. 그렇기에 그녀
가 생각하기에 비럭질을 하든 중매쟁이를 하든 불행이랄 것이 없
었다.

　아진은 죽은 사람마냥 한 시간이 넘도록 아무 말이 없었다. 눈
물도 흘리지 않았다. 사실 그는 더 이상 집안에 틀어박혀 지낼
수 없었다. 다만 어머니를 홀로 두고 떠나는 게 그로서는 못 견
디게 비통한 일이었다. 어머니 말씀대로 그렇게 지낼까? 어찌 그
렇게 할 수 있단 말인가? 젊고 기력이 왕성한 아들이 예순이 된
어머니가 비럭질과 중매로 먹여 살리기를 두고 보아야만 한단 말
인가! 이게 말이 된단 말인가? ……

　싸움터에서 총을 들어 쏘는 것보다 수천 수백 배나 힘든 용기
를 내어, 아진은 우물우물 어머니에게 설명하였다. 가난뱅이들의
유일한 살길은 앞으로 나아가는 것밖에 없으며, 그것만이 유일한
희망이라는 것을. 그게 아니라면 영원히 해방될 날이 없으며, 아
비된 자는 붙잡혀 목이 달아나고, 아들된 자 역시 잡혀가 총살당
할 것이라고.

　이어 그는 집에서 가만히 있는 것이 싸움터에 가는 것보다 훨
씬 위험하다고 어머니에게 말했다. 날이 길어질수록 그가 돌아

왔다는 것을 둘째 나리의 아들이 알게 될 게 틀림없으며, 그때가
되면 모든 게 끝장나버릴 거라고. ……

아들의 이야기를 들은 후, 아진 어머니는 처음에는 훌쩍이더니
차츰 마음을 진정시켰다.

"그렇다면 어서 달아나는 게 좋겠구나! 팔자 사나운 내 새
끼!" 그녀는 아들을 달래면서 힘줄이 불끈 솟은 손으로 그의 머
리를 쓰다듬었다.

이때 아진의 눈에 그의 어머니는 반신(半神)의 거인으로 변해
있었다. 이 거인은 재난에 굴하지 않으며, 내면에 지닌 위대한 힘
은 인류를 광명의 큰길로 나아가도록 재촉하고 있었다.

홍수는 어느새 두 자 가까이 물러나 있었다. 아진과 그의 어머
니는 이야기를 나누면서 마루판에 서 있을 수 있었다. 마루판에
는 진흙이 반치 남짓 두께로 쌓여 있었다. 부딪쳐 깨지고 부풀어
터지거나 뒤집어진 물건들 위에 한 겹의 진흙이 마치 여인의 얼
굴에 분을 바른 듯 엷게 덮여 있었다. 지붕의 창으로 쏟아져 들
어온 햇빛이 이 모든 것을 비추어 무지갯빛 옅은 안개를 피어올
리고, 동시에 사오싱주(紹興酒) 같은 시큼한 냄새를 뿜어냈다.

아마도 특별한 까닭이 있어서겠지만, 요 며칠 둘째 나리 아들
은 집에서 '스바모'를 부르지 않았다. 홍수가 물러나는 게 언짢아
서 그런지 어쩐지는 알 수 없는 노릇이었다.

젊은 농민들 가운데 나무 뗏목이나 대나무 뗏목을 타고서 마을
너머로 가는 이가 점점 많아졌다. 그들의 얼굴 가득 기쁨이 어려
있었다. 그건 하루 이틀만 지나면 단단한 대지 위를 치달릴 수

있다는 기쁨일 것이다. 그들은 분분이 그물을 쳐들고서 곳곳으로 물고기를 잡으러 다녔다. 그들의 경험에 따르면, 큰물이 물러날 즈음에는 물고기가 물길을 타고서 시내로 모여드는지라, 매일 밤 운만 따른다면 십여 근의 잉어와 대구 따위를 잡을 수 있을 것이다.

마오둔은 저장성(浙江省) 퉁샹현(桐鄉縣)에서 태어났다. 원명은 선더훙(沈德鴻), 자는 옌빙(雁冰), 필명은 마오둔, 랑쑨(郎損), 쉬안주(玄珠) 등이다.

1921년 문학연구회의 발기에 참여한 이래 중국현대문학을 대표하는 작가이자 문학평론가로서 활동하였다. 주요 작품으로는 농촌삼부곡(〈봄누에(春蠶)〉, 〈가을걷이(秋收)〉, 〈늦겨울(殘冬)〉), ≪식(蝕)≫삼부곡(≪환멸(幻滅)≫, ≪동요(動搖)≫, ≪추구(追求)≫), 장편소설 ≪한밤중(子夜)≫ 등이 있다.

이 책에 실린 〈봄누에(春蠶)〉는 1932년 11월 ≪현대(現代)≫ 제2권 제1기에 발표되었다.

마오둔
(茅盾, 1896~1981)

봄누에 春蠶

1

　통바오(通寶)영감은 둑길가의 돌 위에 걸터앉아 긴 담뱃대를 비스듬히 옆에 내려놓았다. 청명(淸明)이 지난 뒤라 볕이 제법 뜨거워 통바오영감의 등은 마치 화로를 짊어진 양 화끈거렸다. 둑길에서 급행 정기선을 끌고 있는 사오싱(紹興) 사람들은 남색 홑적삼 하나만 걸치고 가슴을 활짝 드러낸 채 허리를 잔뜩 구부려 뱃줄을 끌고 있었는데, 이마에서 구슬만 한 땀방울이 뚝뚝 떨어졌다.

　고생하며 일하는 사람들을 바라보고 있노라니 통바오영감은 온몸이 한결 더워지는 듯하고, 조금은 근질거리기까지 하였다. 그는 겨우내 입던 헌 솜저고리를 여전히 걸치고 있었다. 겹저고리는 여지껏 전당포에 잡혀둔 채 무심히 지내던 참인데, 청명 즈음에 날이 이렇게 더워졌던 것이다.

　"정말이지 날씨마저 변했군!"

퉁바오영감은 속으로 이렇게 중얼거리면서 걸쭉한 침을 퉤 내뱉었다. 앞쪽의 저 하천(官河)의 물은 짙푸른데다가 오가는 배도 별로 많지 않았다. 거울 같은 수면에는 여기저기 잔물결이나 작은 소용돌이가 일곤 하는데, 그럴 때마다 물 위에 비친 흙 언덕과 기슭에 늘어선 뽕나무들이 마구 흔들리면서 어슴푸레 한 덩어리가 되었다. 그러나 그것도 오래 가지는 못했다. 그 나무 그림자들은 차츰 다시 물 위에 나타나 주정꾼처럼 비틀거리다가 이윽고 똑바로 서서 전처럼 제 모습을 똑똑히 드러냈다. 주먹 모양의 뽕나무 우듬지에는 벌써 새끼손가락만 한 연한 이파리들이 떼 지어 돋아나 있었다. 하천을 따라 멀리 바라보니 빽빽이 들어선 이 뽕나무들이 끝이 없어 보였다. 논밭은 아직껏 쩍쩍 갈라진 흙덩이뿐이어서, 지금은 온통 뽕나무 천지였다! 퉁바오영감의 등 뒤편 또한 온통 뽕밭으로, 고요히 서 있는 나지막한 뽕나무의 주먹 모양의 우듬지들에 돋은 연한 이파리들은 뜨거운 햇볕 아래 한시가 새롭게 부쩍부쩍 자라는 것만 같았다.

퉁바오영감이 앉아있는 데에서 멀지 않은 곳에 희뿌연 2층집이 둑길가에 웅크려 있는데, 그것은 고치수매소였다. 십여 일 전까지만 해도 군대가 주둔해 있었던 터라, 그쪽 논밭에는 아직까지도 몇 군데 참호들이 남아 있었다. 그때는 왜놈 군대가 쳐들어온다는 소문에 읍내의 부자들은 죄다 도망쳐 버렸는데, 군대가 떠나간 이제 고치수매소는 여전히 텅 비어 잠긴 채 봄누에고치 시장이 열려 다시금 흥성대기만을 기다리고 있을 뿐이었다. 퉁바오영감은 읍에 사는 천(陳) 나으리의 맏아들에게서 올해는 상하이 형편이 평온하지 못해 제사 공장들이 모두 문을 닫았으며, 아마 여기 공장도 문을 열지 못할 것이라는 말을 들었다. 하지만 이 소리가 그에게는 도무지 곧이들리지 않았다. 그는 예순이 되도록 살아오면서 난리도 여러 번 겪어보았지만 윤기가 도는 푸르싱싱한 뽕잎을 나무에 그대로 내버려두었다가 가랑잎이 된 다음에 양의 먹이로 주는 일은 여태껏 본 적이 없었다. 누에농사가 흉작이라면 몰라도. 하지만 그거야 하느님의 조화이니, 누가 그것을 미리 알 수 있겠는가?

"청명이 갓 지났는데 날씨가 이렇게 덥다니!"

뽕나무 우듬지에 비쭉 돋아난 연한 이파리들을 바라보면서 퉁바오영감은 이런 생각이 듦과 동시에 적이 놀랍기도 하고 기쁘기도 하였다. 그의 스무여 살 젊은 시절의 기억이 아직도 생생했다. 그 해도 청명 무렵에 겹옷으로 갈아입어야 했는데, 나중에는 전에 없이 누에농사가 잘 되어 그 해에 장가까지 들게 되었었다. 그 때는 그의 집 살림살이가 한창 펴던 때였다. 그의 아버지는 무슨 일이든 막힘없이 황소처럼 억척스레 일을 해냈다. 처음으로 집안을 일으켜 세운 그의 할아버지도 비록 장발적에게 잡혀가 고생을 하였지만, 그래도 늙어갈수록 더욱 정정하였다. 그때는 천 나으리의 아버지가 세상을 뜬지 얼마 되지 않았고, 천 나으리도 아직 아편을 입을 대지 않았던 터라 살림살이가 지금처럼 볼품없지는 않았다. 퉁바오영감은 자기네와 천 나으리네가 비록 어마어마한 부자와 농투성이라는 차이는 있지만, 두 집안의 운명이 한 실타래처럼 연결되어 있다고 믿었다. 남들은 지금도 이런 말을 하고 있다.

'장발적 난리'때에 퉁바오영감의 할아버지와 천 나으리의 아버지가 함께 장발적에게 끌려가 비적들의 소굴 속에서 예닐곱 해나 함께 지냈고, 또한 그들 두 사람이 용케도 함께 장발적의 병영에서 도망쳐 나왔는데, 빠져나올 때에 돈까지 많이 훔쳐 가지고 나왔다는 것이다. 뿐만 아니라 천 나으리의 아버지가 고치실 장사를 해서 떼돈을 벌어들일 때, 퉁바오영감네 집에서도 누에농사가 해마다 잘 되어서 십년 사이에 논 스무 마지기와 뽕밭 여남은 마지기를 사들인데다가 두 동의 세 칸 짜리 집까지 한 채 장만하였었다. 그때는 '천 나으리네 집'이 읍에서 내로라하는 큰 부자였듯이, 퉁바오영감네도 동쪽 마을에서 남들의 시샘과 부러움을 사고 있었다. 그러나 이후 두 집안은 가세가 점점 기울어져 이제는 퉁바오영감네는 진즉 밭을 모조리 날리고도 빚을 300여 원이나 지고 있었으며, '천 나으리네'도 벌써 전에 거덜이 났다. '천 나으리네'가 이렇듯 금방 망하게 된 것은 '장발적 귀신'이 저승에서 고소를 하여 염라대왕이 천 나으리네가 횡재한 재물을 추징했기 때문이라고들 수군거렸다. 하기야 퉁바오영감도 이 말을 어느 정도 믿고 있었다. 귀신이 곡할 노릇이 아닌 바에야, 그 멀쩡하던 천 나으리가 어떻게 아편을 피우게 되었겠는가?

그러나 '천 나으리네 집'의 패가망신이 왜 자기네 집에까지 영향을 미치게 되었는지, 퉁바오영감은 아무리 생각해도 도무지 알수가 없었다. 자기네 집은 장발적의 재물을 횡재한 적이 없다는 것을 그는 아주 잘 알고 있었다. 퉁바오영감은 이미 세상을 떠난 아버지에게서 할아버지가 장발적의 군영에서 도망쳐 나올 때 공교롭게도 순찰 중이던 장발적 군졸 하나와 맞닥뜨려 하는 수 없이 그를 죽였다는 이야기를 들은 적이 있기는 했다. 벌을 받아야 할 죄라면 이것뿐이었다! 하지만 퉁바오영감이 철이 든 이래 그의 집에서 그 군졸의 원귀를 위하여 참회를 하고 염불을 하면서 지전을 태운 일이 몇 번이나 되는지 헤아릴 수가 없었다. 그러니 그 원귀는 이치대로 말한다면 진즉 환생했어야 마땅했다. 퉁바오영감은 할아버지의 사람 됨됨이가 어떠했는지는 잘 모르지만, 아버지의 부지런하고 후덕하였던 점만은 직접 보아 알고 있었다. 그리고 그 자신 역시 법 없어도 살 사람이고, 맏아들 아쓰(阿四)와 며느리 쓰따냥(四大娘)도 부지런하고 순박한 사람이었다. 그저 막내아들 아둬(阿多)만은 나이가 아직 어려 세상 물정을 잘 모르지만, 젊은 애들이란 다 그런 법이니 '집안 말아먹을 놈'이라고는 할 수 없는 것이다.

퉁바오영감은 주름진 누런 얼굴을 들어 눈앞에 흐르는 강물과 그 위에 뜬 배들, 그리고 양쪽 강기슭에 펼쳐진 뽕밭들을 근심스런 눈길로 바라보았다. 이 모든 것들이 그가 스무여 살 나던 그때와 별반 차이가 없건만, 세상은 확실히 변하였다. 그의 집안은 늘 잡곡으로 끼니를 때워야 하고, 게다가 빚을 300여 원이나 짊어지고 있는 것이다.

부우웅! 붕, 붕, 붕 ──

느닷없이 기적 소리가 저 멀리 강굽이에서 울려왔다. 소리나는 쪽에는 고치수매소 하나가 또 자리잡고 있는데, 멀리 돌을 가지런히 쌓은 강둑이 가물가물 보였다. 그 고치수매소 뒤쪽에서 조그마한 디젤발동선 한 척이 큼직한 화물선 세 척을 달고 위풍당당하게 퉁바오영감이 있는 곳을 향해 달려오고 있었다. 잔잔하던 강물은 금세 세찬 물결을 일으키면서 양쪽 기슭으로 밀려났다. 시골 거룻배 한 척이 부리나케 언덕으로 다가가고, 뱃사공이 기슭에 드러난 나무뿌리를 부여잡았다. 그러자 배와 사람은 미치 그네를 뛰는 양 출렁거렸다. 털털거리는 엔진 소리와 역한 기름내가 평화로운 푸른 들판에 날아 흩어졌다. 퉁바오영감은 발동선이 자기 앞을 지나 굽이를 돌아 붕! 붕! 기적 소리를 내면서 사라져 버릴 때까지 증오에 찬 눈길로 그 배를 쏘아보았다. 퉁바오영감은 지금껏 발동선과 같은 양놈의 물건을 몹시 역겨워하였다. 그는 양놈들을 한 번도 본 적이 없지만, 이전에 아버지에게서 천 나으리의 아버지가 빨간 눈썹에 눈알이 파랗고 뻗정다리 걸음을 하는 양놈을 본 적이 있노라는 말을 들었었다. 또한 천 나으리의 아버지가 늘 '돈은 양놈들이 죄다 빼앗아 갔지!' 하면서 그놈들을 몹시 미워하더라는 말도 들었었다. 퉁바오영감이 천 나으리의 아버지를 본 것은 여덟 아홉 살밖에 안되던 때였다. 지금 그가 천 나으리의 아버지에 대해 기억하고 있는 것은 모두 전해들은 이야기들이지만, '돈은 양놈들이 죄다 빼앗아 갔지!'라는 말이 머리에 떠오를 때마다 수염을 쓰다듬으면서 고개를 절레절레 흔들던 그의 모습이 눈앞에 보이는 듯했다.

외국놈들이 돈을 어떻게 빼앗아갔는지 퉁바오영감은 잘 알지 못했다. 그러나 천 나으리의 아버지 말이 틀림없다는 것만은 굳게 믿고 있었다. 그리고 그 자신도 읍내에 서양 면사나 천, 석유 등

등의 물건들이 나타나고, 또한 강에 발동선이 다니면서부터 자기 논밭에서 나는 물건들의 값은 나날이 떨어지는 반면 읍에서 파는 물건들은 하루하루 비싸지는 것을 똑똑히 보아오던 터였다. 이 때문에 그의 아버지가 물려준 재산은 점점 줄어들더니 마침내 아주 없어진데다가 이제 도리어 빚까지 지게 되었다. 퉁바오영감이 양놈들을 미워하는 데에는 그만한 까닭이 있었던 것이다! 그의 확고한 주장은 마을에서도 아주 유명하였다. 다섯 해 전에 어떤 사람이 그에게 왕조가 바뀌었고 새로운 왕조에서는 양놈들을 타도하려 한다고 알려주었다. 그러나 퉁바오영감은 그 말을 곧이듣지 않았다. 왜냐하면 그가 읍에 갔다가 '양놈들을 타도하자!'고 외치는 젊은이들이 죄다 양놈 복장을 하고 있는 것을 보았기 때문이었다. 그는 이 젊은 축들이 양놈들과 짜고서 시골 사람들을 속이려 드는 게 틀림없다고 여겼다. 아니나 다를까 나중에 '양놈들을 타도하자!'고 외치던 소리는 흔적 없이 사라지고 읍내의 물건들은 날이 갈수록 비싸졌으며, 농민들에게 지워지는 세금도 더욱 불어만 갔다. 퉁바오영감은 이런 것이 죄다 양놈들과 짜고 한 짓이라고 확신하였다.

그런데 작년에 퉁바오영감을 하마터면 병이 날 만큼 화나게 했던 일은 누에고치도 외국종이 재래종보다 한 섬에 10여원씩이나 더 비싸게 쳐주었던 것이었다. 평소 며느리와 화목하게 지내오던 퉁바오영감이었지만, 이 일만은 말다툼까지 벌였었다. 지난해에 며느리 쓰따냥이 외국종 누에를 치자고 했던 것이다. 그때 막내아들은 제 형수와 한패였고, 맏아들 아쓰도 쓰다 달다 별로 말을 하지 않았지만 속으로는 역시 외국종을 쳤으면 했다. 퉁바오영감은 막무가내로 고집을 부릴 수 없어 마침내 양보를 하는 수밖에 없었다. 지금 그의 집에는 누에씨가 다섯 장 있는데, 넉 장은 재래종이고 한 장은 외국종이었다.

"세상이 갈수록 글러먹는구먼! 이제 몇 해만 더 지나면 뽕나무마저 외국종으로 하자고 할 거야! 이놈의 세상, 짜증나서 원!"

퉁바오영감은 뽕나무들을 바라보면서 중얼거리더니, 옆에 놓았던 담뱃대를 들어 발치에 있는 흙덩이를 사납게 두드렸다. 해는 지금 중천에 걸려 있어 새까맣게 탄 나무토막처럼 짤막한 그의 그림자가 땅바닥에 드리워졌다. 여태 헌 솜저고리를 입고 있는 그는 온몸에 진땀이 나기 시작했다. 그는 저고리 단추를 풀고서 옷자락을 쥐어 부채질을 몇 번 하고는 일어나 집으로 돌아갔다.

그 뽕밭들 뒤쪽은 논이었다. 지금 대부분의 논에는 반쯤 뒤엎인 채 말라 갈라진 흙덩이들이 가지런히 늘어서 있었다. 잡곡을 심은 논들도 드문드문 있는데, 황금빛의 샛노란 유채꽃들이 싱그러운 향기를 풍기고 있었다. 저 멀리 집들이 옹기종기 모여 있는 곳이 바로 퉁바오영감네가 삼 대째 살아온 마을인데, 지금 한창 밥 짓는 연기가 모락모락 피어오르고 있었다.

뽕나무 숲을 나와 밭두둑에 이른 퉁바오영감은 몸을 되돌려 파르스름한 이파리가 돋아난 그 뽕나무들을 바라보았다. 갑자기 저편 밭에서 여남은 살 먹은 사내애가 깡충깡충 뛰어오면서 멀리서 소리를 질렀다.

"할아버지! 엄마가 점심 잡수시래요!"

"오냐 ……"

손자놈 샤오바오(小寶)임을 알아본 퉁바오영감은 건성으로 대꾸를 한 채 여전히 뽕나무 숲을 바라보고 있었다. 겨우 청명 즈음인데 뽕잎이 벌써 새끼손가락만큼이나 돋아난 건 그의 평생에 두 번밖에 보지 못했다. 보아하니 올해에는 누에농사가 대풍이 들성 싶었다. 누에씨 석 장에서 고치를 얼마나 딸 수 있을까? 지난해처럼 되지만 않는다면, 집안의 빚도 얼마간 갚을 수 있게 될 것이다.

샤오바오도 어느새 할아버지 옆으로 달려와 고개를 쳐들고서 파란 솜털 같은 뽕나무 우듬지들을 바라보았다. 손자 녀석이 갑자기 껑충껑충 뛰면서 손뼉을 쳐가며 노래를 불렀다.

"청명절에 뽕잎 피니 누에치는 아가씨들 손뼉을 치네!"

퉁바오영감의 주름진 얼굴에 웃음이 피어올랐다. 이게 좋은 징조라는 생각이 들었던 것이다. 그는 샤오바오의 까까머리를 쓰다듬어 주었다. 가난과 고생에 찌들어 무감각해진 그의 늙은 마음에 불현듯 새로운 희망이 다시금 솟아올랐다.

2

따뜻한 날씨가 계속되었다. 따스한 햇볕을 받아 뽕나무 우듬지에 새끼손가락만큼 돋았던 연한 이파리들은 이제 조그마한 손바닥만큼이나 커졌다. 퉁바오영감네 마을 주변의 뽕나무들은 유달리 잘 자라 멀리서 바라보면 마치 겹겹으로 둘러친 나지막한 회백

색 울타리 위에 푸른 비단이 펼쳐진 듯하였다. 희망은 퉁바오영감을 비롯한 마을 농민들의 가슴속에서 나날이 조금씩 조금씩 자라나고 있었다. 누에농사에 필요한 준비도 시작되었다. 일 년 내내 헛간에 쟁여 놓았던 양잠 도구들을 꺼내어 닦고 수리하느라, 마을을 가로질러 흐르는 개울가에는 분주히 일손을 놀리면서 웃고 떠들어대는 아낙들과 아이들이 버글거렸다.

이 아낙들과 아이들은 모두들 얼굴빛이 썩 좋지 못하였다. 올봄부터 끼니를 배불리 먹어보지 못한 데다 몸에 걸친 옷가지들도 낡아빠진 것들이어서 그들의 처지는 실로 거지보다 나을 게 없었다. 하지만 그들의 정신만은 사뭇 달랐다. 그들에게는 대단한 참을성이 있었고 커다란 환상도 있었다. 그들은 비록 날마나 늘어나는 빚을 떠안고 있었지만, 그래도 고치만 따면 나아지리라는 순진한 생각들을 하고 있었다. 이제 한 달만 지나면 윤기가 흐르는 저 파란 뽕잎들이 눈같이 하얀 고치로 변하고, 그것이 다시 짤랑거리는 은전으로 바뀌리라 생각하자, 주린 뱃속에서는 꼬르륵 소리가 요란했지만 웃음이 나오는 것을 참을 수가 없었다.

이들 가운데는 퉁바오영감의 며느리 쓰따냥과 열두 살 먹은 손자 샤오바오도 끼어 있었다. 그들 모자는 누에채반과 개미누에받이를 어느새 다 씻어 놓고 개울가의 바위 위에 걸터앉아 적삼 앞섶으로 얼굴의 땀방울을 훔치고 있었다.

"아쓰 아주머니! 아주머니네도 올해 외국종을 치세요?"

개울 맞은편의 아낙들 중에서 스무 살 남짓의 한 처녀가 개울 너머로 소리를 질렀다. 개울 건너 맞은편에 사는 이웃인 루푸칭(陸

福慶)의 누이동생 류바오(六寶)였다. 쓰따냥은 곧장 짙은 눈썹을 곤두세우더니 누구와 싸움이라도 할 듯이 소리를 질렀다.

"나한테 물어봐야 뭐해? 할아버지가 다 알아서 하시는데! 우린 애 아빠가 한사코 반대하는데도 겨우 한 장밖에 치지 못했어. 우리 집 영감님은 양놈의 양자만 들으셔도 무슨 철천지원수를 만난 것처럼 질색을 하시거든. 그런데 양놈 돈만은 양자가 붙어도 싫다고 안 하시지!"

이 말에 개울가에 있던 여인들은 모두 깔깔 웃어댔다. 이때 건장하게 생긴 젊은이 하나가 언덕 맞은편 루(陸)씨네 탈곡장에서 걸어나와 개울가로 오더니 나무 네 개를 가지런히 가로놓아 대충 엮은 다리에 올라섰다. 얼핏 그를 바라보던 쓰따냥이 방금 전의 외국종 이야기는 걷어치우고 그를 소리쳐 불렀다.

"도련님! 이걸 좀 날라다 줘요. 채반들이 물에 젖으니 엄청 무겁네요."

아뒤는 잠자코 다가와서 물이 뚝뚝 떨어지는 누에채반 대여섯 개를 냉큼 들어 머리에 이더니 마치 노를 젓듯이 빈손을 휘적휘적 내저으며 걸어갔다. 그는 기분이 좋을 때면 무슨 일이건 마다하지 않았다. 동네 아낙들이 무거운 것을 좀 들어달라거나 개울에 들어가 무얼 좀 건져 달라고 해도 군소리없이 곧잘 해주곤 하였다. 그런데 오늘은 기분이 좀 언짢은 모양인지 누에채반 대여섯 개만 머리에 이고서 손에는 물건을 더 들려 하지 않았다. 그가 유달리 큰 삿갓 모양의 채반들을 이고 읍에 사는 아낙네들처럼 허리를 배배 꼬면서 걸어가는 것을 보면서 아낙들은 다시금 웃음보를 터뜨렸다. 퉁바오영감네 바로 이웃에 사는 리건성(李根生)의 아내 허화(荷花)가 깔깔거리며 소리쳤다.

"이봐, 아둬! 이리 와! 내 것도 좀 가져다 줘!"

"말을 이쁘게 하면 가져다드리지요!"

아둬도 농으로 대꾸하고서 여전히 제 갈 길만 갔다. 순식간에 자기 집 회랑 앞에 이른 그는 머리에 이고 있던 누에채반들을 회랑 처마 밑에다 털썩 내려놓았다.

"그럼 내 양아들이라고 한 번 불러주지!"

허화는 이렇게 말하고서 큰 소리로 웃어댔다. 그녀의 얼굴은 유난히 해맑고 괴상할 정도로 납작해서 마치 커다란 입과 실오라기 같은 두 눈밖에 보이지 않았다. 그녀는 원래 읍내의 어느 집 하녀였는데, 입을 다문 채 진종일 오만상만 찌푸리는 중늙은이 리건성에게 시집온 지 아직 반년도 채 되지 않았다. 하지만 남자들과 시시덕거리기 좋아한다는 소문이 벌써 온 마을에 짜했다.

"처신머리 하고는!"

문득 맞은편 기슭의 아낙들 가운데 누군가 나직이 욕을 했다. 그러자 허화가 대뜸 그 실눈을 크게 뜨면서 화난 소리로 외쳤다.

"누굴 욕하는 거야? 할 말이 있거든 뒤에서 군소리 말고 대놓고 해보란 말이야!"

"네가 날 어쩔 텐데? 송장도 제 널 차는 건 안다고 누굴 욕하는지 모른단 말이여? 난 뻔뻔스런 화냥년을 욕했어!"

개울 건너에서 욕설로 되받아쳤다. 마을에서 왈가닥으로 이름난 처녀 류바오였다.

그들은 서로 욕설을 퍼붓더니 물을 끼얹기까지 하였다. 소란떨기를 좋아하는 아낙들이 중간에 끼어들어 이쪽저쪽을 편들었다. 아이들은 깔깔대면서 미친 듯이 소리를 질러댔다. 사람됨이 듬직한 쓰따냥은 개미누에받이를 들고는 샤오바오를 불러 집으로 돌아갔다. 아둬는 회랑에 서서 그걸 바라보면서 싱글벙글 웃고 있었다. 그는 류바오가 허화와 다투는 까닭을 잘 알고 있는 터라, 말괄량이 류바오가 욕을 먹는 것이 깨소금맛이었다.

퉁바오영감은 어깨에 누에시렁 한 틀을 메고서 집에서 나왔다. 모서리가 셋으로 된 이 누에시렁의 가름대 몇을 흰개미가 좀먹어 견디어 낼 성 싶지 않은지라 손질을 해야만 했던 것이다. 퉁바오영감은 회랑에 서서 아낙들의 입씨름을 바라보며 싱글벙글 웃고 있는 아둬를 발견하고서 대뜸 낯빛이 굳어졌다. 작은아들 아둬가 철이 덜 들었다는 것을 그는 잘 알고 있었다. 특히 그를 언짢게 만드는 일은 아둬가 이웃집 허화와 시시덕거리는 꼬락서니였다. 그래서 그는 '저 암캐 같은 년은 재수 없는 년이니까. 그 년을 건드렸다간 패가망신할 것이다!'하고 작은아들을 자주 훈계하곤 하였다.

"아둬 이놈아! 넋 놓고 뭔 구경이냐? 뒤뜰에서 네 형이 누에섶을 엮고 있으니 그거나 가서 도와줘라!"

퉁바오영감은 벼락같이 호통을 치면서 불꽃이 튀는 눈으로 아둬를 쏘아보았다. 아둬가 집안으로 들어가 보이지 않게 되어서야, 그는 비로소 그 누에시렁을 끌어당겨 이리저리 살펴보면서 천천히 손질하기 시작하였다. 목수일은 그가 젊었을 적에 해보았던 일이건만, 이젠 나이가 들어서인지 손가락에 힘이 없어서 잠시 손질하더니 머리를 들고 숨을 헐떡거리다가 다시 집안의 대나무 장대에 걸쳐 있는 누에씨 석 장을 바라보았다.

쓰따냥은 회랑 처마 밑에 앉아서 개미누에받이에 종이를 붙이고 있었다. 작년에 퉁바오영감네는 돈 백 푼을 아끼느라고 낡은 신문지를 사다가 누에받이를 발랐다. 지금까지도 퉁바오영감은 작년에 고치가 잘 되지 않은 것은 글씨 쓴 종이를 아끼지 않고 신문지를 썼기 때문이라고 되뇌곤 하였다. 그래서 올해에는 특별히 온 식구가 한 끼를 굶으면서 절약한 돈으로 누에받이 종이를 사왔다. 쓰따냥은 누르스름한 질긴 종이를 누에받이에 반반하게 바른 다음, 그 위에다가 '품(品)'자 모양으로 자그마한 꽃종이 석 장을 붙였다. 이건 모두 누에받이 종이와 함께 사온 것으로, 한 장은 알록달록하게 찍은 보석함이고, 나머지 두 장은 삼각 깃발을 들고서 말을 탄 사람을 찍은 '누에태자'라는 것이었다.

"며늘아가! 네 친정아버지를 보증 세워 꾸어온 돈 삼십 원으로 겨우 뽕잎 이천 근을 사왔다. 모레부터는 또 쌀이 떨어질 판이니 어떡하냐?"

퉁바오영감은 일을 하다 말고 숨을 헐떡이면서 고개를 들어 쓰따냥을 쳐다보았다. 이 30원은 월리 2전 5리씩 주마 하고 얻어온 것이었다. 쓰따냥의 친정아버지인 장차이파(張財發)가 보증을 서 준 덕택에 그의 지주도 '좋은 일 한 셈'으로 달에 2전 5리씩만 이자를 받겠노라 생색을 냈다. 그리고 누에농사가 끝난 후에 본전과 이자를 함께 갚기로 조건을 걸었다.

쓰따냥은 풀칠한 누에받이를 햇볕에 쪼이려 내다 놓고는 퉁명스레 대꾸하였다.

"다 뽕잎을 사셨다고요! 그랬다가 또 작년처럼 뽕잎이 남으면……"

"그게 무슨 소리냐? 쓸데없이 입방정을 떠는구나! 해마다 작년 같겠느냐? 우리 집에는 뽕잎이 천 근밖에 없는데, 누에씨 다섯 장에 천 근으로 충분하단 말이냐?"

"네, 네. 아버님 말씀이야 백 번 옳지요. 전 그저 쌀이 있으면 밥을 짓고 쌀이 없으면 굶는다는 것밖엔 몰라요."

쓰따냥은 잔뜩 골이 나서 볼멘소리를 했다. 그녀는 그 '외국종' 때문에 아직까지 시아버지에게 자주 대들곤 하였다.

퉁바오영감은 화가 치밀어 얼굴이 시뻘개졌다. 두 사람은 더 이상 말이 없었다.

그러나 누에를 받을 날이 하루하루 다가왔다. 이삼십 세대밖에 되지 않는 이 자그마한 마을은 돌연 긴장감과 굳은 결의, 분투의 분위기와 함께 희망에 휩싸였다. 마을 사람들은 배고픔마저 잊어버린 듯했다. 퉁바오영감네는 여기저기 다니며 꾸기도 하고 외상도 얻어서 하루하루 지내오고 있었다. 퉁바오영감네 뿐만이 아니라, 마을에 식량 두세 말씩 집에 두고 먹을 수 있는 집안이 있겠는가! 지난 해 가을걷이는 그런대로 괜찮았다. 하지만 소작료에 장리 빚, 세금, 잡세 등의 겹겹의 등쌀에 이리저리 뜯기고 빼앗기다보니 일찌감치 거덜이 나고 말았다. 지금 그들의 유일한 희망은 다름 아닌 봄누에였다. 때마다 꾸어온 모든 것을 죄다 이번 봄누에농사의 풍작으로 갚으려는 것이었다.

그들은 더없이 큰 희망과 함께 불안하기 짝이 없는 심정으로 이번 봄누에농사의 대격투를 준비하고 있었던 것이다!

곡우가 하루하루 다가왔다. 마을의 집집마다 누에씨가 푸른빛을 띠기 시작했다. 아낙네들은 탈곡장에서 만날 적마다 초조와 기쁨이 섞인 어조로 바삐 형편들을 이야기하였다.

"류바오네는 머잖아 누에씨를 품는대!"

"허화도 자기네는 내일부터 품는대. 어쩌면 그렇게도 빠르담!"

"황도사가 점을 쳐보았는데, 올해는 뽕값이 4원까지 올라간대!"

쓰따냥은 자기네 누에씨 다섯 장을 들여다보았다. 글렀어! 까만 들깨 같은 누에씨는 여전히 거무스름한 채 파란빛이라곤 보이지 않았다. 그녀의 남편 아쓰가 훤한 곳으로 가져다가 찬찬히 살펴보았지만, 역시 파란빛은 별로 찾아볼 수가 없었다. 쓰따냥은 몹시 안달이 났다.

"임자가 먼저 품어 보오! 이건 위항(餘杭)종이라 혹 더딜 수도 있으니까."

아쓰는 아내를 바라보며 억지 위안을 하건만, 쓰따냥은 입을 꾹 다문 채 아무 대꾸도 하지 않았다.

퉁바오영감은 주름진 얼굴에 울상을 지은 채 가타부타 말이 없었지만, 속으로는 역시 신통치 못하다고 느꼈다.

다행히 하루가 지나 쓰따냥이 누에씨를 다시 찬찬히 살펴보니, 아이구, 몇 군데 파란빛이 도는 것이었다! 그 빛은 매우 윤기가 돌았다. 쓰따냥은 즉시 그 소식을 남편에게 알리고 퉁바오영감과 아뒈, 그리고 자기 아들 샤오바오에게까지 알렸다. 그녀는 그 누에씨 종이들을 살에 닿게 품에다 꼭 품고는 젖먹이 갓난애를 안은 듯 꼼짝하지 않은 채 가만히 앉아 있었다. 밤에는 남편을 시동생과 함께 자도록 쫓아 보내고 자기는 그 누에씨 종이 다섯 장을 품은 채 이불 속으로 들어갔다. 다닥다닥 들러붙은 누에알들이 살에 닿아 무척 간지러웠지만, 쓰따냥은 기쁨과 동시에 두려움을 함께 느꼈다. 첫 애를 임신하여 태아가 뱃속에서 꿈틀거릴 때도 그녀는 이렇게 기쁨과 놀람이 반반이었다!

온 집안 식구들이 불안과 흥분 속에서 누에를 받을 때를 기다리고 있었다. 그러나 아뒈만은 그렇지 않았다. 그는 올해 누에농사가 틀림없이 잘 될 것이지만, 돈 번다는 것은 팔자에 없는 노릇이라고 말하였다. 퉁바오영감은 방정맞은 소리를 한다고 그를 꾸짖었으나, 그는 시큰둥한 채 제 말만 했다.

누에치는 방은 손질해 놓은 지 오래였다. 누에알을 품은 그 이튿날 퉁바오영감은 큼직한 마늘 한 꼭지에 진흙을 발라 누에치는 방벽에 가져다 놓았다. 이건 해마다 해오던 일이었지만, 이번만은 더욱 경건하여 그는 손까지 떨었다. 작년에 그들이 이렇게 쳐보았던 점은 아주 영험했었다. 그러나 지난해의 그 영험은 이제 생각조차 하고 싶지도 않았다.

요즘 마을에서는 집집마다 누에알을 품고 있었다. 탈곡장과 개울가엔 갑자기 여인들의 발걸음이 줄어들었다. 보이지 않게 계엄령이 내려진 듯, 평소에 아주 가깝게 지내던 사이일지라도 서로 오가는 일이 사라졌다. 손님이 누에신을 건드리기라도 하면 큰 일이었던 것이다! 그래서 그들은 고작해야 탈곡장에서 한두 마디 소곤거릴 뿐 곧 헤어졌다. 이때야말로 신성한 계절이었다.

퉁바오영감네 누에씨 다섯 장에서도 개미누에들이 곰실거리기 시작하였다. 온 집안 분위기가 아연 긴장되었다. 그것은 바로 곡우 전날이었다. 쓰따냥은 곡우 날을 넘길 수 있을 것 같았다. 그래서 누에알을 품을 필요가 없다고 여겨 그것을 조심스레 누에치는 방에 가져다 놓았다. 퉁바오영감은 벽 밑에 놓아두었던 마늘을 슬그머니 들여다보고는 그만 가슴이 덜컥 내려앉았다. 마늘에서는 파란 싹이 겨우 두어 개밖에 나오지 않았던 것이다! 퉁바오영감은 더 이상 들여다볼 용기가 나지 않아서 그저 모레 낮까지는 파란 싹이 더 많이 나와줄 것을 마음속으로 빌 뿐이었다.

드디어 누에를 받을 날이 다가왔다. 쓰따냥은 가슴을 졸인 채 쌀을 일어 안치고는 솥에서 김이 똑바로 올라가는지 어떤지를 이따금씩 바라보았다. 퉁바오영감은 미리 사두었던 초를 꺼내 불을 붙여서 조왕신 앞에 공손히 가져다 놓았다. 아쓰와 아뒤는 들에 나가 꽃을 따오고, 샤오바오는 어른들을 도와 등심초를 잘게 썰고 따다놓은 들꽃을 비볐다. 모든 준비를 마치고 나니 한낮이 다 되었다. 솥에서는 김이 쏴 하고 똑바로 솟아올랐다. 이것을 본 쓰따냥은 부리나케 일어나 누에꽃과 거위 깃털 한 쌍을 머리 쪽에 꽂고서 누에치는 방으로 들어갔다. 퉁바오영감은 저울대를 가지고 섰고, 아쓰는 비벼놓은 들꽃 부스러기와 등심초 부스러기를 들고 있었다. 쓰따냥은 누에알 종이를 벗기고서 아쓰의 손에서 들꽃 부스러기와 등심초 부스러기를 받아 누에알 종이에 뿌렸다. 그리고는 퉁바오영감의 손에서 저울대를 받아 누에알 종이를 저울대에 감았다. 그런 다음 머리 쪽에 꽂았던 거위 깃털을 뽑아 누에알 종이 위를 살살 쓸었다. 들꽃 부스러기, 등심초 부스러기가 개미누에와 함께 누에받이에 떨어졌다. 이렇게 한 장 한 장 다 털어내고 마지막 장은 외국종이어서 다른 누에받이에 받았다. 끝으로 쓰따냥은 머리 쪽에 꽂았던 누에꽃을 뽑아 거위 깃털과 함께 누에받이 가에 꽂았다.

이것은 성대한 의식이었다! 수백 년간 줄곧 전해 내려온 성대한 의식이었다! 이것은 마치 출정식과 같은 것으로, 이제부터 달포 동안은 사나운 날씨와 액운, 그리고 다른 예기치 못한 일들과 밤낮으로 쉴 사이 없이 대결전을 펼쳐야 하는 것이다.

누에받이에서 곰실거리는 개미누에들은 대단히 튼실해보였다. 그 검은 빛깔도 아주 제격이었다. 그래서 쓰따냥과 퉁바오영감은 한시름을 놓은 채 안도의 한숨을 내쉬었다. 하지만 퉁바오영감은 그 운명의 마늘을 가만히 가져다 보고는 그만 얼굴빛이 변했다! 마늘에서는 푸른 싹이 서너 개밖에 돋아나지 않았던 것이다. 하느님 맙소사! 설마 또 지난해와 같은 꼴인가?

3

그런데 그 운명의 마늘이 이번에는 뜻밖에도 영험하지 못했다. 퉁바오영감네 누에는 무척이나 잘 되었다. 애기잠과 두잠을 잘 때에 장마가 들어 청명 즈음보다는 좀 서늘해졌지만, 개미누에들은 아주 튼실하였다.

마을 여느 집의 누에들도 다 엇비슷하였다. 온 마을은 긴장된 가운데서도 기쁨으로 가득 차 졸졸 흐르는 개울물 소리마저 맑은 웃음소리로 들리는 듯 싶었다. 그러나 허화네만은 예외였다. 그녀네는 누에 한 장을 놓았는데 석잠을 잘 때 달아보니 겨우 스무 근밖에 되지 않았다. 넉잠을 잘 무렵이 거의 되었을 때 동네 사람들이 보니 그 과묵하고 침울한 허화의 남편 건성이 누에받이 셋을 개울에 쏟아 내버리는 것이었다.

이 일로 동네 아낙들은 허화네 집을 특별히 경계하였다. 그들은 각별히 허화네 문 앞에 발길도 얼씬하지 않았고, 허화나 그 남편의 그림자를 멀리서 보기만 해도 재빨리 피하곤 하였다. 이 운좋은 사람들은 허화네를 얼핏 바라보거나 말 한마디만 건네도 액운이 옮겨올까봐 두려워하였다!

퉁바오영감은 막내아들 아둬가 허화와 이야기를 하지 못하도록 단단히 단속하였다.

"네가 다시 그 년과 지껄여댔다간 불효자식으로 관가에 고발할 테다!"

퉁바오영감은 일부러 허화네가 들으라고 회랑의 처마 밖에 서서 고래고래 소리를 질렀다.

샤오바오도 허화네 문 앞에 가거나 그들과 이야기를 해서는 안 된다는 엄한 분부를 받았다.

아둬는 귀머거리인 양 아버지의 밤낮없는 잔소리를 귓등으로 흘려버리고 속으로는 도리어 코웃음을 쳤다. 온 집안에서는 유독 그만이 엉터리 같은 금기를 믿지 않았다. 하지만 그도 제 일에 눈코 뜰 새 없다보니 허화와 말할 틈도 없었다.

누에가 넉잠을 잔 뒤 달아보니 삼백 근이나 되었다. 퉁바오영감네 식구들은 열두 살짜리 샤오바오까지 포함하여 꼬박 이틀간이나 눈을 붙여보지 못하였다. 누에는 보기 드물게 잘 되었다. 육십 년을 살아 온 퉁바오영감이지만 이처럼 잘된 누에는 평생 두 번밖에 본 적이 없었다. 한 번은 자기가 장가를 들던 해였고, 다른 한 번은 아쓰가 태어나던 해였다. 넉잠을 자고 난 누에는 첫날 뽕잎을 칠백 근이나 먹었다. 누에들은 하나같이 퍼렇고 토실토실했으나, 퉁바오영감네 식구들은 저마다 한결 야위었고 잠을 못 잔 눈에는 벌겋게 핏발이 어렸다.

이 누에들이 섶에 오를 때까지 아직도 많은 뽕잎을 먹어야 한다는 것을 누구나 다 알고 있었다. 그래서 퉁바오영감은 아들 아쓰와 의논하였다.

"천 나으리네 맏이한테서는 꿀 수가 없으니, 아무래도 사돈 영감네 지주집에 가서 또 사정을 해봐야 하잖겠니?"

"밭머리에 천 근 가량 남아 있으니 하루거리는 될 겁니다."

이렇게 대꾸한 아쓰는 눈꺼풀이 몇 백근이나 되는 양 자꾸만 내리감겨 더 이상 버틸 수가 없었다. 그 소리에 퉁바오영감은 참다못해 역정을 냈다.

"무슨 놈의 잠꼬대냐? 이제 겨우 이틀밖에 먹이지 않는데. 내일말고도 사흘은 더 먹여야 돼! 그러니 아직도 삼천 근은 더 있어야 한단 말이다. 삼천 근!"

이때 바로 탈곡장에서 갑자기 떠들썩한 소리가 들려왔다. 아둬
가 새로 나온 뽕잎 오백 근을 싣고 왔던 것이다. 퉁바오영감과 아
쓰는 하던 이야기를 그치고 뽕잎을 훑으러 뛰어나갔다. 쓰따냥도
누에치는 방에서 허겁지겁 달려나왔다. 개울 너머 루씨네 집은 누
에를 많이 치지 않았던 터라 그 집 맏딸 류바오도 짬을 낼 수가
있어 도우러 왔다. 별들이 총총한 밤하늘엔 실바람이 솔솔 부는
데, 마을 앞뒤에서는 사람들의 떠드는 소리와 웃음소리가 띄엄띄
엄 들려왔다. 그 가운데 우악스럽게 외치는 소리가 들려왔다.

"뽕값이 올랐대! 오늘 오후 읍내에서 백 근에 사 원씩 했대!"

그 소리에 퉁바오영감은 애가 타서 안절부절못했다. 백 근에
사 원이라니, 삼천 근이면 일백이십 원인데, 그에게 이렇게 많은
돈이 어디 있겠는가! 하지만 고치는 적어도 오백여 근은 딸 수 있
을 것이다. 그러니 백 근에 오십 원씩 치더라도 이백오십 원은 될
것이다. 이렇게 생각하자 그는 또 슬며시 시름이 놓였다. 저쪽 뽕
잎을 훑는 사람들 속에서 갑자기 또 나직한 소리가 들려왔다.

"동쪽 지방은 누에가 잘 안되었다고 하니, 뽕값이 올라도 얼마
오를 것 같진 않아요."

퉁바오영감은 이것이 류바오의 말임을 알아차렸다. 이 말에 그
는 한결 마음이 놓였다.

류바오는 아둬와 한 광주리에 가에 서서 뽕잎을 훑고 있었다.
어슴푸레한 별빛 아래에서 그들은 아주 가깝게 붙어서 있었다. 그
녀는 별안간 뽕나무가지의 가려진 사이로 웬 손이 자기의 넓적다

리를 꼭 꼬집는 것을 느꼈다. 누구 짓이란 걸 알고나 있다는 듯이 그녀는 웃음을 참으면서 아무 소리도 내지 않았다. 그런데 그 손이 다시 불쑥 자기의 젖가슴을 어루만졌다. 그녀는 그만 펄쩍 놀라 소리를 질렀다.

"어머나!"

"왜 그러니?"

그녀와 같은 광주리옆에서 뽕잎을 훑던 쓰따냥은 고개를 치켜들면서 물었다. 순간 류바오의 얼굴이 화끈 달아올랐다. 그녀는 아둬를 슬쩍 쏘아보고는 고개를 푹 숙인 채 재빨리 뽕잎을 훑으면서 대꾸하였다.

"아무것도 아니에요. 풀쐐기에 쏘였나 봐요."

아둬는 입술을 깨물며 속으로 웃었다. 그는 지난 보름 동안 배를 곯고 잠도 제대로 자지 못하여 몸이 많이 축났지만, 혈기만은 아주 왕성하였다. 퉁바오영감의 그런 근심은 그에게 전혀 없었다. 그는 누에가 한 번 잘 되거나 농사가 한 번 풍년들었다고 빚을 갚고 땅이 생기리라고는 아예 믿지 않았으며, 부지런히 일하고 절약해봐야 등골이 휘어진다 해도 신세가 바뀔 리 없다는 것을 알고 있었다. 그래도 그는 늘 신나게 일하였다. 그는 이것도 류바오와 시시덕거리는 것처럼 재미난 일이라고 생각하였다.

이튿날 아침 퉁바오영감은 뽕잎을 살 돈을 변통하러 읍내에 갔다. 길을 나서기 전에 그는 뽕잎 일천오백 근이 나오는 뽕밭을 저당잡히기로 며느리와 의논하였는데, 이것은 그들에게 남아있는 마지막 재산이었다.

또 뽕잎 삼천 근을 사왔다. 먼저 천 근이 왔을 때는 벌써 그 튼실하던 누에들이 반 시간이나 굶은 뒤였다. 탐스런 누에들이 자그마한 주둥이를 이리저리 내젓는 것을 바라보노라니 쓰따냥은 마음이 쓰라렸다. 누에들에게 뽕잎을 덮어주자 누에치는 방은 금방 사각사각 하는 소리로 가득 차 사람들의 말소리가 잘 들리지 않을 지경이었다. 잠깐 사이에 누에 채반이 허옇게 바닥을 드러내자 다시 뽕잎을 두텁게 깔아주었다. 사람들은 다만 뽕잎을 올려주는 것만으로도 바빠서 숨 돌릴 겨를이 없었다. 그러나 이것은 마지막 고비였다. 이제 이틀만 더 지나면 누에는 섶에 오르게 된다. 그래서 사람들은 온 힘을 다해 죽기 살기로 일했다.

아둬는 연 사흘이나 눈 한 번 붙여보지 못하였지만, 별로 피로한 기색을 보이지 않았다. 이날 밤 아둬는 아버지와 형님 내외를 좀 쉬도록 하고 혼자서 밤중에 누에치는 방을 지키기로 하였다. 달빛이 휘황한 밤은 약간 싸늘하였다. 그는 누에치는 방에 자그마한 모닥불을 지폈다. 자정이 지나 두 번째로 뽕잎을 주고 난 그는 다시 모닥불 곁에 쪼그려 앉아 사각사각 누에들의 뽕잎 먹는 소리를 듣고 있었다. 그러는 사이 그의 눈꺼풀이 점점 달라붙었다. 정신이 가물가물한 가운데 문소리가 들려왔다. 그는 눈을 번쩍 뜨고서 둘러보다가 다시 눈을 감았다. 그의 귓전에 또 사각사각 하는 소리와 바스락거리는 이상한 소리가 들려왔다. 끄덕끄덕 졸던 그는 무릎에 이마를 박고는 펄쩍 정신을 차렸다. 바로 그 순간 누에치는 방에 드리웠던 갈대 문발이 철썩 하는 소리와 함께 사람의 그림자가 언뜻 비치는 것 같았다. 아둬는 벌떡 뛰어 일어나 밖으로 나가보았다. 문이 열려 있고 달빛이 흐르는 탈곡장에서 누군가 개울 쪽으로 달아나고 있었다. 아뒤는 나는 듯이 달려가 그가 누구인지 알아볼 사이도 없이 덥석 붙잡아서는 땅바닥에다 메쳤다. 아뒤는 도적임에 틀림없다고 단정하였던 것이다.

"아뒤! 네가 날 죽인다 해도 괜찮으니 제발 소리만 치지 말아줘!"

허화의 목소리임을 알아챈 아뒤는 그만 온 몸에 소름이 오싹 끼쳤다. 달빛 아래 괴상하리만큼 납작한 흰 얼굴에 동그랗게 뜬 한 쌍의 실눈이 자기를 뚫어지게 쳐다보고 있었다. 하지만 그 눈에는 공포의 빛이라곤 조금도 없었다. 아뒤는 흥 하고 콧방귀를 뀌고 나서 그녀에게 따졌다.

"뭘 훔쳤소?"

"니네집 누에를."

"어디로 가져갔소?"

"개천에다 버렸어."

이 소리를 듣자 아뒤도 낯빛이 변하였다. 그는 이제야 비로소 이 여인이 자기네 누에를 망쳐버리겠다는 앙심을 품고 있었다는 것을 알게 되었던 것이다.

"정말 못됐군요! 우리 집이 아주머니네와 무슨 원수라도 졌소?"

"왜 안져? 졌지, 졌어! 우리 집에선 누에가 안 됐지만, 결국 누굴 해코지하진 않았어. 너희 누엔 잘 됐잖아! 그런데 왜 나를 재수 없는 년으로 몰아 멀리서 보기만 해도 얼굴을 돌려? 너희는 나를 사람으로 여기지도 않느냐 말이야!"

그녀는 이렇게 말하면서 기어 일어났는데, 악에 받친 얼굴빛은 더없이 무시무시하였다. 아둬는 그녀의 얼굴을 한참 들여다보고서야 입을 열었다.

"내 손찌검은 하지 않을 테니 돌아가시오!"

그리고는 뒤도 돌아보지 않고 집으로 뛰어와서는 여전히 누에 치는 방을 지켰다. 졸음은 말끔히 달아나 버렸다. 누에를 살펴보니 변함이 없었다. 그는 하회가 밉다거나 불쌍하다는 생각은 전혀 들지 않았지만, 하회가 한 말만은 잊을 수가 없었다. 그는 사람과 사람 사이에는 영원히 어찌해볼 수 없는 무언가가 있다고 느꼈다. 그러나 그것이 무엇인지, 무엇 때문인지는 딱 부러지게 알 수가 없었다. 잠시 시간이 흐르자 그는 이런저런 모든 것을 다 잊어버렸다. 토실토실한 누에들은 무슨 마술을 부리는 것처럼 먹고 먹어도 끝내 배부른 줄을 몰랐다.

그때부터 동이 터오를 때까지 아무런 일도 없었다. 퉁바오영감과 쓰따냥이 와서 아둬와 교대해주었다. 그들은 몸뚱이가 점점 하얘지고 짤막해지는 누에를 밝은 곳으로 가져가 고치를 짓는지 어떤지 살펴보았다. 그들의 가슴은 기쁨으로 부풀어 올랐다. 아침해가 산마루에 솟아오를 때 쓰따냥은 개울에 물을 길러 나갔는데, 류바오가 심각한 얼굴로 달려오더니 귓엣말로 말했다.

"어제 한밤중에 말예요. 제가 멀리서 보니까, 글쎄 그 바람둥이년이 아주머니 집에서 뛰어나오고 샤오바오삼촌이 뒤를 따르더니 둘이서 여기서 한참이나 무슨 얘기를 했어요! 아주머니! 아주머니넨 왜 가만 내버려둬요?"

쓰따냥은 대뜸 얼굴빛이 변하였다. 그녀는 아무 말도 없이 물통을 들고 집으로 돌아와 먼저 남편에게 이 일을 알린 다음 퉁바오영감에게도 알렸다. 그 잡년이 남의 누에치는 방에 몰래 기어들다니 이게 있을 수 있는 일인가! 퉁바오영감은 화가 나서 발을 탕탕 구르며 즉시 아둬를 불러다 따졌다. 하지만 아둬는 류바오가 잠꼬대 같은 소리를 한다면서 딱 잡아떼었다. 퉁바오영감은 다시 류바오를 찾아가 물었다. 류바오는 틀림없이 보았노라고 딱 잘라 말하였다. 퉁바오영감은 갈피를 잡지 못한 채 집으로 돌아와 누에를 살펴보니, 누에들은 조금도 잘못될 조짐이 없이 여전히 아주 튼실하였다.

하지만 가슴 부풀었던 퉁바오영감네의 기쁨은 이 일로 사그라져버렸다. 그들은 류바오가 터무니없는 거짓말을 하였으리라고는 믿지 않았다. 그러나 그들은 그저 그 바람둥이가 회랑의 처마 앞에서 아둬와 몇 마디 시시덕거렸을 뿐일 거라는 유일한 희망을 품었다.

'그렇지만 그 마늘에서는 싹이 서너 개밖에 나지 않았단 말이야!'

이런 생각이 들자 퉁바오영감은 앞일이 캄캄하였다. 하긴 뽕잎을 실컷 먹고 쭉 잘 지내다가도 섶에 오른 다음에 말라죽는 일도 흔히 있는 일이었다. 그렇지만 퉁바오영감은 아무리 그렇기로서니 그리 되리라고는 생각하지 않았다. 그는 속으로 이렇게 생각하는 것만으로도 불길하다고 여겼다.

누에가 섶에 올랐지만 퉁바오영감네는 계속 손에 땀을 쥐고 있었다. 그들이 있는 밑천을 다 들이고 온 힘을 다 쥐어짰지만, 보람이 있을지 없을지 이때까지도 자신이 없었다. 그래도 그들은 무리할 정도로 일손을 다그쳤다. 퉁바오영감과 아쓰는 섶을 올려놓은 시렁 밑에 불을 지펴놓고 나서 허리를 굽혀 이쪽저쪽에 번갈아 쪼그려 앉아 귀를 기울였다. 누에섶에서 바스락거리는 소리가 들리기만 하면 그들은 웃음이 입가에 번졌다가도, 잠시 뒤에 그 소리가 들리지 않으면 마음이 무겁게 내려앉곤 하였다. 애가 타들어가도 그들은 시렁 위를 쳐다볼 엄두가 나지 않았다. 쳐다보던 얼굴에 어쩌다가 누에 오줌이라도 한 방울 떨어지면 좀 께름칙하긴 했으나, 오히려 기뻐하면서 오줌을 좀 더 맞기를 바랐다.

아둬는 누에시렁에 둘러친 갈대발을 벌써 몇 번이나 몰래 들치고서 그 안을 살펴보았다. 그걸 본 샤오바오가 아둬를 붙들고서 누에가 고치를 짓느냐고 물었다. 하지만 아둬는 혀를 쏙 내어 귀신 모양을 해보일 뿐 아무 대꾸도 하지 않았다.

누에가 섶에 오른 지 사흘이 되자 지펴놓았던 불을 껐다. 쓰따냥도 참다못해 살며시 갈대발의 귀를 들치고 그 안을 들여다보았다. 그러자 그녀의 가슴은 곧바로 두근두근 울렁거리기 시작했다. 온통 눈같이 하얀 고치로 뒤덮여 누에섶마저 거의 보이지 않았던 것이다. 그녀가 태어난 이래 이렇게 잘 된 고치를 난생 처음 보았던 것이다! 퉁바오영감네 집에는 금방 웃음꽃이 활짝 피었다. 그

들은 이제야 안도의 한숨을 후 내쉬었다. 그래도 누에들에게 양심
이 있었던지 백 근에 사 원씩이나 하는 뽕잎을 그저 먹지는 않았
던 것이다. 온 식구가 달포나 주린 배를 끌어안고 잠도 변변히 못
자면서 고생한 게 헛되지는 않았다. 하늘도 무심하지 않았던 것
이다!

이러한 기쁨의 탄성은 마을 곳곳마다 터져 나왔다. 올해는 누
에신이 자그마한 마을을 보우해주셨던 것이다. 이삼십 세대의 집
집마다 고치가 잘 되었지만, 퉁바오영감네는 유달리 훨씬 잘 되
었다.

이제 개울가와 타작마당은 아낙들과 아이들로 또다시 북적거렸
다. 그들은 한 달 전보다 몸이 훨씬 야위고 눈도 퀭해졌으며 목소
리마저 쉬었으나 모두들 기쁨과 흥분에 젖어 있었다. 지난 한달
동안의 고생을 떠들썩하게 이야기하는 그들의 눈에는 때때로 새
하얀 은전 무더기가 어른거렸다. 기쁨에 겨운 그들의 머리에는 전
당포에 잡힌 겹옷과 홑옷을 먼저 찾아오고, 단오에는 조기도 맛보
게 되리라는 생각이 때때로 스쳐 지나갔다.

그날 저녁에 있었던 허화와 아뒤의 수작도 그들의 화젯거리가
되었다. 류바오는 보는 사람마다 허화가 '낯짝 두껍게 제 발로 외
간 남자를 찾아갔다'고 한바탕 험담을 늘어놓았다. 그 말에 남정
네들은 껄껄 웃어댔고, 아낙네들은 하느님 맙소사 하면서 욕을 퍼
부었다. 그들은 또 퉁바오영감네가 다행히 화를 입지 않은 것은
부처님이 보우하고 조상님이 돌보아 준 덕택이라고들 하였다.

뒤이어 집집마다 누에시렁에 둘러쳤던 갈대발을 거두고 친지

나 벗들 사이에 축하 인사를 다녔다. 퉁바오영감네 사돈인 장차이파도 막내아들 아쥬(阿九)를 데리고 일부러 읍내에서 찾아왔다. 그들은 찰떡, 사탕, 매실강정, 비파와 절인 물고기를 선물로 가져왔다. 샤오바오는 눈 오는 날 강아지처럼 기뻐 날뛰며 신이 났다.

"이보시오, 사돈 영감. 고치로 파시려오, 아니면 집에서 실을 뽑으시려오."

장영감은 개울가 수양버들 아래로 사돈을 데려가 앉더니 슬그머니 이렇게 물었다. 이 장영감은 재미난 이야기거리 찾는 데에 이름난 사람이었다. 그는 읍내 서낭당 앞에 있는 노천 '이야기 마당'에서 이야기꾼들로부터 숱한 이야기들을 들어왔다. 그 가운데에서도 귀에 못이 박히도록 들었던 것은 〈18로에서 반기를 든 장수들이 일어나고, 72처에서 전운이 감돌다〉인데, 원래 땔나무를 팔고 소금 밀매를 하던 정교금(程咬金)이 와강채(瓦崗寨)에서 반란을 일으켜 왕이 되었다는 《수당연의(隋唐演義)》의 이야기이다. 퉁바오영감은 장영감이 늘 실없는 소리를 잘 한다는 것을 익히 알고 있었다. 그래서 그는 방금 전에 고치로 팔겠느냐 아니면 실을 뽑겠느냐는 물음에 별로 개의치 않고 그저 나오는 대로 대꾸하였다.

"물론 고치로 팔아야지요."

장영감은 무릎을 탁 치며 한숨을 내쉬었다. 그는 갑자기 벌떡 일어서더니 동구 밖 가지만 남은 뽕나무 숲 뒤편에 높이 솟구친 고치수매소의 방화벽을 가리키면서 말했다.

"여보 사돈! 고치는 땄지만 고치수매소는 아직도 문을 꽁꽁 닫아두고 있소. 올해엔 고치수매소가 열리지 않는다는구려! 18로에 반란군이 일어난 지 오래건만 이세민(李世民)이 아직 세상에 나오지 않았으니, 세상은 태평치가 않소! 올해엔 고치수매소가 문을 닫고 장사를 하지 않는다는구려!"

퉁바오영감은 이 말이 곧이들리지 않아 피식 웃고 말았다. 어찌 이 말이 곧이들리겠는가? 다섯 걸음에 하나씩 늘어선 초소마냥, 노천의 뒷간보다도 훨씬 많은 고치수매소들이 어떻게 일제히 문을 닫고 장사를 하지 않을 리가 있단 말인가? 더구나 왜놈들과도 이미 화의를 해서 싸우지 않게 되고 고치수매소에 주둔했던 병사들도 이미 철수한 마당에.

장영감도 말머리를 돌려 '이야기 마당'에서 주워들은 진숙보(秦叔寶)와 정교금에 대한 이야기들을 섞어가면서 읍내의 소식들을 이것저것 되는대로 꺼냈다. 끝으로 그는 중개인 신분으로 그의 지주집을 대신하여 빚 삼십 원을 독촉하였다.

퉁바오영감은 도저히 마음이 놓이지 않았다. 그래서 곧 마을을 뛰쳐나가 둑길 가에 있는 제일 가까운 고치수매소를 두 곳이나 찾아가 보았다. 아닌 게 아니라 대문이 굳게 닫힌 채 사람 하나 얼씬거리지 않았다. 이전 같으면 이맘때쯤 벌써 계산대를 차려놓고 까맣게 번들번들 빛나는 큰 저울들을 주욱 늘어놓았을 터였다.

퉁바오영감은 마음속으로 당혹스러웠다. 하지만 집에 돌아와서 눈부시게 희고 통통하게 잘 여문 고치를 보자 흐뭇함에 입이 쩍 벌어졌다. 최상품의 고치였던 것이다! 이런 고치를 살 사람이 없다고는 도무지 믿어지지가 않았다. 게다가 고치 따기도 바삐 서둘러야 하고, 누에신에게 감사의 제사도 드려야 하는지라 고치수매소의 일은 차츰 잊혀지고 말았다.

그러나 마을 분위기는 나날이 달라졌다. 이제 막 웃음꽃이 피었던 마을 사람들의 얼굴마다 또 수심으로 가득 차기 시작하였다. 곳곳의 고치수매소들마다 문을 열지 않았다는 소문이 읍내로부터 들려오고 둑길에서도 전해졌다. 예전 이맘때쯤이면 고치장수들이 주마등마냥 꼬리를 물고 마을을 돌아다녔건만, 올해는 고치장수 그림자는커녕 빚쟁이와 소작료를 독촉하는 마름만이 뻔질나게 쏘다녔다. 빚쟁이더러 돈 대신 고치를 받아가라고 하면, 그들은 울상을 지은 채 들은 체도 하지 않았다.

온 마을이 욕설과 저주와 실망의 탄식으로 가득했다! 올해는 누에농사가 풍작을 이루었기에 살림살이가 이전보다 더 어려워지리라고는 꿈에도 생각지 못하였던 것이다. 이것은 그야말로 마른 하늘에 날벼락이었다! 더구나 퉁바오영감네처럼 누에를 많이 치고 고치가 잘된 집일수록 곤란은 더욱 심했다. '정말 세상이 변했어!' 퉁바오영감이 아무리 가슴을 치고 발을 굴러도 별 뾰쪽한 수가 없었다. 하지만 고치를 오래 묵혀둘 수는 없었다. 팔아버릴지, 아니면 집에서 실을 뽑든지 아무튼 하루빨리 결정해야만 했다. 마을에서는 제 집에서 실을 뽑아놓고 상황을 보자면서 오랫동안 쓰지 않던 물레들을 손질하는 집들이 벌써 여럿이나 되었다. 류바오네도 그렇게 하기로 작정하였다. 퉁바오영감도 아들, 며느리와 그 일을 의논하였다.

"고치를 팔지 말고 집에서 실을 뽑도록 하자. 고치를 파는 건 본래 외국놈들이 하던 짓이야!"

"그러자면 우린 고치가 사백 근도 넘는데, 물레를 여러 틀 놓아야겠네요?"

쓰따냥이 먼저 반대를 했는데, 그녀의 말이 틀리지 않았다. 고치가 자그마치 오백 근이나 되니, 이 많은 고치를 제 집에서 실을 뽑는다는 건 어림도 없는 일이었다. 그렇다고 일손을 구하자니, 그러면 또 돈이 드는 것이다. 아쓰의 의향도 아내와 마찬가지였다. 아둬는 아버지의 애초의 생각이 틀렸다고 원망하였다.

"애초에 제 말대로 우리 집에서 나는 뽕잎 천오백 근만 가지고 외국종 한 장만 쳤더라면 얼마나 좋았어요!"

퉁바오영감은 화가 치밀어 말도 나오지 않았다.

그런 그들에게 한 가닥 희망이 보였다. 한 마을에 사는 황도사가 어디에서 주워들은 소식인지는 모르지만, 우시(無錫) 근처에 있는 고치수매소에서 예전처럼 고치를 수매한다고 하였던 것이다. 황도사는 사면팔방으로 떠돌아다니는 도사가 아니라 똑같은 농사꾼이어서 이제껏 퉁바오영감과 죽이 잘 맞았다. 그래서 퉁바오영감은 황도사를 찾아가 그 소식을 자세히 물어본 후, 고치를 우시 근처에 가져다 팔자고 맏아들 아쓰와 의논하였다. 퉁바오영감은 볼이 잔뜩 부은 채 말다툼을 하듯 외쳤다.

"수로로 가자면 근 삼백 리 길이다. 가고 오는데 엿새는 걸려야 해! 제기랄! 그야말로 군대에 끌려가는 꼴이로구나. 하지만 별 수 있느냐! 고치가 밥 먹여주는 것도 아니고, 누에치기 전의 빚도 갚으라고 성화이니!"

아쓰도 그렇게 하기로 찬성했다. 그들은 거룻배 한 척을 빌리고 삿자리 몇 개를 사서 날씨 좋은 날에 아둬를 데리고 고치팔이 원정을 떠났다.

그들은 닷새 후에 집으로 돌아왔는데, 배는 빈 배가 아니었다. 팔다 남은 고치가 한 광주리나 남아 있었던 것이다. 삼백 리 밖에 있는 그 고치수매소에서는 고치를 여간 깐깐하게 가리지 않았다. 외국종은 백 근에 삼십오 원밖에 치지 않고, 재래종은 백 근에 겨우 이십 원밖에 쳐주지 않는데다가 하등품은 받지도 않았다. 퉁바오영감네 고치는 상등품이었는데도 고치수매소에서는 기어코 한 광주리를 골라내 퇴자를 놓았다. 퉁바오영감네는 통틀어 111원을 받았는데, 여비를 빼고 나니 100원밖에 남지 않았다. 그것으로는 뽕잎을 사느라고 진 빚조차도 다 갚을 수가 없었다. 퉁바오영감은 그만 도중에 홧병이 나고 말았다. 두 아들은 병든 아버지를 부축하여 집으로 돌아왔다.

퇴짜를 맞은 팔, 구십 근의 고치는 집에서 쓰따냥이 실을 뽑을 수밖에 없었다. 그는 류바오네 집에서 물레를 빌려다가 오륙 일 동안 또 눈코 뜰 새 없이 바빴다. 집안에는 또다시 끼닛거리가 떨어졌다. 명주실을 팔아보려고 아쓰를 읍에 보냈지만 사려는 사람이 없었고, 전당포에서도 받으려 하지 않았다. 그래서 손이 발이 되게 빌어서야 청명 전에 잡혀두었던 쌀 한 섬을 겨우 찾아왔다.

이러고 보니 봄고치는 잘 되었지만, 퉁바오영감네 마을은 집집마다 빚이 늘어났다! 퉁바오영감네 집에서는 누에를 다섯 장이나 치고 상등품의 고치를 땄건만, 뽕잎 천오백 근이나 생산하던 뽕밭을 공짜로 쳐박고도 빚을 30원이나 더 지게 되었다! 달포나 배를 굶주리며 밤을 새운 건 차치하고서라도!

1932년 11월 1일

예쯔는 후난성(湖南省) 이양현(益陽縣)에서 태어났다. 원명은 위자오밍(余昭明) 또는 위허린(余鶴林)이다.

1926년 황푸(黃埔)군관학교 우한(武漢) 분교에 진학하였다가 대혁명 실패 이후에는 중국 각지를 유랑하였다. 1929년 겨울 상하이에 도착하여 문예창작의 길로 들어섰으며, 1930년 4월에 공산당에 입당하였다. 주요 작품으로는 단편소설집 《풍작(豊收)》과 《산촌의 하룻밤(山村一夜)》, 중편소설 《별(星)》 등이 있다.

이 책에 실린 〈풍작(豊收)〉은 1933년 6월 월간 《무명문예(無名文藝)》 창간호에 발표되었다.

예쯔

(葉紫, 1910~1939)

풍작 豊收

1

청명절이 다가왔다. 계속 비가 내리는 하늘은 음침하니 날이 개일 조짐이 보이지 않았다.

'차오(曹)씨 사당'의 대문 앞에 앉아있는 윈푸(雲普) 아저씨는 겨우내 입었던 헌 솜옷차림에 스며드는 냉기를 견디지 못하겠다는 듯 몸을 덜덜 떨고 있었다. 그는 머리를 들어 하늘을 바라보면서 입가에 무슨 말인지 중얼거리다가 머리를 수그렸다. 수염에는 침이 드리워져 바람에 흔들거렸다. 손등으로 쓱 닦아도 금세 몇 가닥 흘러내렸다.

"설마 작년과 똑같을라고? 빌어먹을!"

그는 낮은 소리로 한마디 내뱉고는 머리를 돌려 연극무대 아래에 앉아있는 아내를 바라보면서 머뭇머뭇 말을 건넸다.

"츄얼(秋兒) 엄마! '경칩이 지나면 솜옷을 벗는다!'더니, 금방이면 청명인데 여직 솜옷을 벗지 못하는구만. 이거 또 작년짝 나는 거 아니야?"

원푸 아주머니는 아무 대꾸 없이 품에 안은 넷째 시얼(喜兒)에게 젖을 먹였다.

날씨마저 정말 사람들의 애를 태웠다. 입춘 후로 줄곧 삼십여 일이나 비가 끊이지 않아 모두들 두려움에 휩싸였던 것이다. 예전에도 이랬는데, 춘분에 이상하리만치 추우면 틀림없이 물난리를 만났었다.

"맙소사! 또 그런 일이 ……"

머리를 가로젓던 원푸 아저씨는 하늘을 쳐다보다가 손에 쥔 담뱃대를 섬돌에 톡톡 털었다.

"그럴 리가요!"

원푸 아주머니는 한참 뜸을 들였다가 여전히 품에 안은 아이를 바라보면서 무심히 한마디 대꾸하였다.

"그럴 리라니? 춘분이 지났는데도 이렇게 추운데! 경오년, 갑자년, 병인년의 봄에 모두 이렇게 춥지 않았어? 더구나 올핸 하느님이 사람을 많이 거둬간다는데!"

원푸 아저씨는 아내의 무심한 대꾸가 마음에 들지 않았다. 마치 올해 운세는 진즉 정해진 듯했다. 관우신(關羽神)의 신령스러운 점괘에는 올해 열에 예닐곱 사람은 죽는다고 똑똑히 적혀 있었다.

원푸 아저씨의 머리에 아로새겨진 수많은 고통의 인상이 한데 모여 이러한 두려움의 요인이 되었다. 그는 생생이 기억하고 있었다. 갑자년에는 산나물과 고구마로 하루에 겨우 한 끼를 때웠

다. 을축년에는 조금 나아졌으나 병인년에 다시 나무뿌리를 먹었
다. 경오년과 신미년에는 그가 아직 어려서인지 별로 고생하지 않
았다. 하지만 작년은, 아이구 맙소사! 윈푸 아저씨는 생각만 해도
치가 떨렸다.

작년에 윈푸 아저씨네 식구는 여덟이었지만, 올해엔 여섯 식구
만 남았다. 윈푸 아주머니 외에 스무 살 먹은 큰아들 리츄(立秋)가
있는데, 윈푸 아저씨의 두 팔과 같은 녀석이다. 열여섯 먹은 둘째
아들 사오푸(少甫)도 윈푸 아저씨를 도와 밭일을 한 지 오래이다.
열 살 먹은 딸아이 잉잉(英英)이도 엄마를 도와 삿갓을 짤 줄 안
다. 막내인 넷째 시얼이는 젖먹이이다. 윈푸 할아버지와 여섯 살
먹은 후얼(虎兒)은 작년 팔월에 관음분(觀音粉: 기근이 들었을 때 먹던 백
토)을 먹고 죽었던 것이다.

이렇게 많은 식구 가운데 공밥을 먹는 사람이 하나도 없으니,
윈푸 아저씨네 살림이 피어나야 마땅하지 않을까? 그렇다. 윈푸
아저씨네는 원래 잘 살아야 마땅했지만, 운수가 너무 나빴다. 해
마다 계속되는 전란과 수재와 가뭄에 짓눌려 머리를 쳐들 수가 없
었다. 그렇지만 않았더라면 이처럼 남에게 약한 모습을 보이지도
않았을 것이다!

작년은 정말이지 무시무시한 해였다. 윈푸 아저씨 자신도 악몽
을 꾼 것만 같았다. 해마다 거듭되는 전란과 수재와 가뭄 때문에
그는 운수를 바꿔볼 양으로 있는 힘껏 허(何)씨네 여덟째 나리의
일곱 마지기 밭을 더 부쳐야만 했다. 제집에 일손이 있으니 한 마

지기라도 더 부치면 그만큼 이익이 있을 게다. 허씨 나리의 소작료를 바치고도 다만 몇 알이라도 남기겠지. 그러면 한두 해 배불리 먹을 수 있으니 살림이 피지 않을 수 있겠는가? 이렇게 마음 먹은 후 윈푸 아저씨는 유일한 재산인 집 한 채를 처분하여 허씨 나리의 밭을 소작하였다.

이월에 윈푸 아저씨네 온 식구는 이 사당으로 옮겨왔다. 조상의 신주를 닦아 놓으면 봄가을 두 차례의 제사 때에 한 꿰미의 상금이 주어졌다. 원래의 집은 허씨 나리가 가져갔다. 일곱 마지기 소작료는 예전 규례대로 3 · 7제였다. 윈푸 아저씨에게 3할만 돌아가도 그런대로 괜찮은 셈이었다.

처음에는 윈푸 아저씨 뜻대로 잘 되었다. 아들과 함께 품을 많이 들였지만, 곡식들은 아주 잘 자랐고 비도 때맞추어 내렸다. 잘 돌보아주어 걷어들이기만 한다면 문제될 게 하나도 없었다.

논밭을 보니 싹마다 뿌리를 내리고 꽃망울이 맺히더니 금방 이삭이 팼다. 이삼 일 남풍만 불어준다면 황금빛 벼이삭이 눈앞에 펼쳐지게 될 것이었다. 윈푸 아저씨는 기뻐 어쩔 줄을 몰랐다. 그가 밤낮으로 고생한 보람이 아닌가!

그는 뛸 듯이 기뻐했다. 그런데 기뻐했던 그 이튿날 하느님이 느닷없이 얼굴을 바꾸었다. 주먹만 한 빗방울이 남서쪽에서 논두렁으로 휘몰아치더니 한나절만에 못의 물이 급격히 불어났다. 윈푸 아저씨는 한창 피어난 벼꽃이 빗방울에 떨어져 올해 수확을 망칠까봐 마음이 조마조마했다. 오후에 비는 점차 멎었다. 윈푸 아저씨의 마음은 천근 짐을 내려놓은 것처럼 가벼워졌다.

초저녁부터 하늘은 또 손을 내밀어도 보이지 않을 정도로 갑자기 캄캄해졌다. 도처에서 징소리가 우레처럼 울리고 사람들의 아우성 소리가 요란하게 치달렸다. 바람은 윙윙 세차게 불어댔다. 윈푸 아저씨는 밖에 뜻밖의 일이 또 생겼다고 느끼고서 황급히 리츄를 불러 어둠 속에 징소리가 나는 곳으로 달려갔다.

길에서 윈푸 아저씨는 곰보 샤오얼(小二)을 만났다. 그에게서 들어보니, 서쪽 물과 남쪽 물이 일제히 세 길이나 급격히 불어나 차오씨 논두렁 주위의 제방이 모두 위험해졌으며, 징소리는 제방을 막으려고 사람들을 동원하기 위함이었다.

윈푸 아저씨는 적이 놀랐다. 한밤중에 물이 몇 길씩 붇는 것은 사오십 연래 보기 드문 괴변이었다. 그는 당황하였다. 징소리는 점점 요란해졌으며, 그의 발걸음도 점점 더 어지러워졌다. 캄캄한 밤에 길까지 미끄러워 그는 몇 번이고 넘어졌다가 기어 일어났다. 마침내 리츄가 그를 부축하여 내달려 몇 걸음 가지 않아 하늘이 무너지는 듯한 굉음이 들렸다. 윈푸 아저씨의 다리는 솜을 타는 기계처럼 덜덜 떨렸다. 수만 마리 말이 내달리는 듯 파도가 순식간에 그들에게 덮쳐왔다. 리츄는 급히 그를 업고 되돌아서 냅다 뛰었다. 겨우 자기 집 문 앞까지 이르니 물은 벌써 섬돌 아래까지 흘러들어와 있었다.

신두커우(新渡口)의 제방이 30여 길이나 뭉텅 끊어져 차오씨 논두렁 주위의 황금벌판은 몽땅 물바다로 변해버렸다.

윈푸 아저씨는 미칠 것만 같았다. 반년 동안 고생하면서 품었던 희망, 온 식구의 목숨의 원천이 눈 깜짝할 새에 물에 잠겨 못

쓰게 되고 말았던 것이다. 그는 온종일 미친 듯이 울부짖었다.

"하느님 맙소사! 금싸라기 같은 낟알이 죄다 물에 잠겨버렸어!"

지금 윈푸 아저씨는 다시 한 번 이런 해괴한 조짐을 보게 되었으니, 어찌 초조하지 않을 수 있겠는가? 작년 5월부터 지금까지 그는 밥 한 끼 배불리 먹지 못하였다. 6월초에 물이 물러나자 배를 굶던 마을의 수재민들은 함께 밖에 나가 빌어먹으려 했지만, 닝샹(寧鄕)까지 갔다가 반란자 무리로 몰려 경내로 도로 쫓겨온 이후 한 발자국도 대문을 나서지 못하게 되었다. 현성(縣城)에서 들리는 말로는 삼만 원의 구휼금을 받았다고 하지만, 마을에서는 쌀 한 톨 구경도 못했다. 허씨 여덟째 나리가 성에서 칠십 섬의 콩을 가져다 구제에 나섰지만, 윈푸 아저씨는 겨우 다섯 말을 꾸었을 뿐이었다. 값은 한 말에 6원 30전이고, 매달 이자는 4푼 5리였다. 여덟 식구가 나중에 산나물까지 깡그리 먹어치우고는 더 이상 견딜 수 없어서 허씨 나리 앞에 무릎을 꿇고 사정해서야 콩 세 말을 더 꾸었다. 8월에는 화씨네 둑(華家堤)에서 관음분을 파냈다. 마을 사람들 모두 다투어 파다 먹었다. 윈푸 아저씨도 리츄를 데리고 가서 두세 짐 파와 먹었는데, 이틀이 채 되지 않아 할아버지가 돌아가셨으며 떠날 때 여섯 살짜리 후얼마저 데리고 떠났다.

나중에 마을의 수재민들이 죽음 직전에 이르러 허씨 나리가 재해민들을 위해 재해민들이 반란자로 변하지 않을 것이라고 현장 나리에게 거듭 보증을 서서 몇 장의 통행증을 얻어 와서야 수재민들은 길을 나누어 경내를 빠져나갔다. 윈푸 아저씨네 일가도 변화한 도시로 보내져 그곳에서 넉 달 동안 비렁뱅이 생활을 하다가

연말에야 집에 돌아왔다. 이것이 작년 일이었다! 그동안 겪은 고생을 누가 알겠는가?

요즘 마을 사람들은 모두 삿갓을 짜서 하루하루 버티고 있었다. 비가 내리면 한 사람이 하루에 열 개씩 짤 수 있는데, 이걸로 두 끼 죽 값을 벌 수 있었다. 원푸 아저씨와 리츄가 갈대를 쪼개면 사오푸, 원푸 아주머니, 잉잉이 밤낮으로 쉬지 않고 엮었다. 엮고 또 엮었다! 이렇게 엮어 짜지 않으면 무슨 수가 있겠는가? 그저 추수 때까지만 목숨을 부지하면 되었다.

봄비가 한 달이나 줄창 내리고 날씨마저 이토록 추운지라, 온 마을 사람들마다 똑같이 공포에 휩싸여 있었다.

"맙소사! 설마 올해도 또 작년하고 똑같을라구…"

2

날이 마침내 맑게 개자, 달포께 음침한 집에 틀어박혀 지내던 사람들이 기어 나왔다. 푸르죽죽한 얼굴마다 기쁨의 미소가 어려 있었다. 아이들은 떼를 지어 뛰어다니면서 햇빛 아래 맨발로 진흙탕에서 장난을 쳤다.

물은 못과 밭, 늪을 가리지 않고 가득 차 있었다. 곳곳마다 풀이 무성히 자라났고, 채 마르지 않은 빗방울이 은빛 진주처럼 풀잎에 대롱대롱 달려 있었다. 버드나무에도 움이 터올랐다. 오랫동안의 장맛비에 날이 처음 개이니 이 마을의 모든 것이 생기발랄한 모습을 띠었다.

사람들은 곧장 시끌시끌 활기차게 움직이기 시작했다. 눈을 들어 바라보니, 밭두렁마다 맨발로 이리저리 오가는 사람들이 삼삼오오 떼를 지어 못가를 가리키거나 터진 곳을 살펴보면서 이런저런 이야기를 나누고 있었다. 모두들 이맘때에 어떻게 손을 써야 할지 준비하고 계획하고 있었던 것이다.

삿갓의 판로가 갑자기 막혔다. 곳곳마다 날이 갰기 때문이다. 남자들은 한낮에 집에서 갈대를 쪼갤 필요가 없고 아낙들과 아이들의 일도 흐지부지해졌다. 살림살이가 팍팍해지고 곧바로 온 마을이 쪼그라들었다. 밭에 나가 힘껏 일하자면 굶고 일할 수야 없지 않는가!

진종일 날이 개기를 기도하던 윈푸 아저씨의 목적은 끝내 이루어졌다. 그러나 그의 미소는 인색하게도 낮에 슬쩍 비치더니 깊이 찌푸린 이맛살을 따라 사라져버렸다. 솜옷은 아직도 벗지 못했다. 태양이 뜨겁게 내리쬐는 바람에 약간 괴롭긴 했지만 그는 개의치 않았다. 그가 근심하는 것은 오로지 어떻게 하면 이 어려운 고비를 넘겨 한두 끼라도 이밥을 배불리 먹고 기운을 차려 밭에 나가 일하려는 것뿐이었다.

삿갓의 판로가 사라지자, 눈앞의 끼닛거리가 엄청난 두려움을 가져다주었다. 윈푸 아저씨는 더욱 초조해졌다. 그는 자신의 팔자가 사납다는 걸 알고 있었다. 나서부터 한시도 편안하게 살아본 적이 없었다. 올해 쉰 살을 먹기까지 숱하게 고생만 했지 변변한 날은 하루도 없었다. 사주쟁이들은 그가 늘그막에 팔자가 펴리라고 하지만, 그것도 쉰다섯 이후의 일이라 하니 좀처럼 곧이들리지 않았다. 두 아들은 아직 세상 물정에 어두우니, 이처럼 액운이 낀 세월에 여섯 식구를 홀로 먹여살리는 게 얼마나 어려운 일이겠는가!

"어쨌든 수를 내야겠어!"

윈푸 아저씨는 여태까지 낙심한 적이 없었다. 난관에 부딪칠 때마다 그는 늘 이 한마디를 머릿속에 되새겼으며, 때로 아주 좋은 방법을 생각해내기도 했다. 이번 난관이 훨씬 만만찮다는 걸 알고 있는 그는 오늘 다시 한 번 이 한마디를 머릿속에 곱씹어 보았다.

'허씨 여덟째 나리, 리(李)씨 셋째 나리, 천(陳)씨 나리 ……'

무대아래에서 왔다 갔다 하는 그의 머릿속에 이들의 모습이 하나하나 떠올랐다. 그러나 모두가 아주 꼴 보기 싫은 얼굴들이었다. 하나하나가 그에게 뭐라 말할 수 없는 불안과 공포의 느낌을 안겨주었던 것이다. 그는 한숨과 함께 머리를 가로저으면서 그들을 머릿속에서 지워버렸다. 다른 방법을 생각해보노라니, 문득 한 사람이 떠올랐다.

"리츄야, 지금 위우(玉五) 아저씨네 집에 다녀올래?"

"뭐 하시게요? 아버지!"

문턱에 앉아 갈대를 쪼개던 리츄가 아무 생각 없이 물었다.

"내일 날씨가 좋단다! 남들은 밭에 나갈 요량인데 우리도 시작해야겠다. 첫날 일이니 어쨌든 배불리 한 끼 먹어야 농사도 길하고 일할 힘도 나겠지. 집에 지금 쌀이 떨어졌으니 ……"

"위우 아저씨도 무슨 수가 있겠어요?"

"그래도 가보는 거야 어쩌겠니?"

"헛걸음할 게 뻔한데요? 그 집 형편도 우리보다 나을 게 없어요!"

"넌 언제나 어른 말에 말대꾸로구나! 그 집 형편이 우리와 똑같은 줄 네가 어찌 알아? 한 번 가보라는데도!"

"뻔하잖아요! 아버지, 아마 우리보다 더 어려울 거예요."

"쓸데없는 소리!"

요즘 윈푸 아저씨는 큰아들이 점점 못되어 걸핏하면 제 고집대로 하려 한다는 생각이 자주 들었다. 집안의 자질구레한 일로 몇 번이나 말다툼을 벌였는지 모른다. 아들 녀석은 언제나 게을러터져 일하기를 싫어했으며, 불효막심한 놈처럼 여겨지기도 했던 때도 있었다.

위우 아저씨네는 자기처럼 별 수가 없을 것 같지 않았다. 위우 아주머니 말고는 공밥을 먹는 사람이 없기 때문이었다. 작년에 온 마을의 수재민들이 죄다 빌어먹으러 나갔지만, 그만은 가지 않고 꿈쩍없이 두 식구의 생존을 유지했었다. 게다가 이제껏 그가 남에게서 꾸는 것을 본 적이 없었다. 그끄저께는 그가 나룻터의 차오빙성(曹炳生)네 식육점에서 광주리에 술과 고기를 사들고서 의기양양 걸어가는 것을 보았다. 그러니 그에게 어찌 수가 없겠는가?

윈푸 아저씨는 아들놈이 또 게으름이 도져 자신의 명령을 따르려하지 않는다고 생각하자 화가 치밀었다.

"대체 갈 거야, 말거야? 개 같은 자식, 꼬박꼬박 말대꾸만 할 거야!"

"가보았자 뾰족한 수가 없다니까요!"

"애비가 가라면 갈 것이지 무슨 쓸데없는 소리야! 개자식!"

리츄는 머리를 치켜들더니 갈대를 쪼개던 칼을 천천히 놓았다. 젊은이의 마음에는 깊은 고통이 숨겨져 있었다. 그는 애를 태우는 아버지의 모습을 차마 볼 수 없어 몸을 돌려 나갔다.

"가서 애비가 보내서 위우 아저씨더러 좀 도와달라고 부탁하러 왔다고 말해라. 이번 난관만 지나면 금방 갚아드리겠다고 해라!"

"예!……"

달이 방금 나뭇가지에서 반쪽 얼굴을 내밀 듯하다가 삽시에 검은 구름에 뒤덮였다. 별 하나 없이 먹칠한 듯 어두운 밤이었다.

"위우 아저씨가 뭐라 하더냐?"

"별 말씀이 없었어요. 그저 가서 아버지께 전하라던데요. 미안하기 그지없지만 우리도 어제 호박을 끓여먹고 오늘도, 참! 죽이 요것밖에 없다고요."

"금방 갚아준다고 말하지 않았어?"

"말했지요. 쌀통을 제게 보여주기까지 하던데요. 텅 빈 쌀통을!"

"그럼, 그 집 여편네는?"

"아무 말 없이 웃고만 있었어요."

"빌어먹을!" 윈푸 아저씨는 작은 상을 주먹으로 쾅 내리쳤다. 그는 화를 내면서 말했다. "그끄저께 고기 사는 걸 봤는데, 망할 자식! 오늘 쌀이 떨어졌다구? 누가 곧이듣겠어!"

모두 숨을 죽이고 있었다. 윈푸 아주머니가 다가왔다. 애들은 모두 귀를 쫑긋 세운 채 아버지와 형의 대화를 엿듣고 있었다. 널 따란 사당 안에는 콩만 한 등불마저 없었다. 암흑이 온 식구의 마음을 무겁게 짓눌렀다. ……

"그럼 내일 밭일은 어쩌지요?"

윈푸 아주머니가 근심스러운 얼굴로 물었다.

"제길! 모두 굶어죽을 수밖에! 등신 같은 자식이 반나절이나 밖을 싸돌아다녔다는데 쌀 한 톨도 못 구해와?"

"저더러 어쩌라구요?"

"죽어라, 죽어! 개 같은 놈아!"

윈푸 아저씨는 호되게 욕설을 퍼부었지만 마음속으로 금세 후회스러웠다. "죽어!"라고 욕했지만, 아! 정말 아들이 죽는다한들 무슨 뾰족한 수가 생기겠는가? 가슴이 쓰라려 저도 모르게 굵은 눈물방울을 떨구고 말았다!

"빌어먹을!"

그는 손 가는대로 담뱃대를 집어들고서 몸을 돌이켜 밖으로 나갔다.

"어디 가시우? 영감!"

"제길! 나가지 않으면 내일 흙 퍼먹으려고?"

모두들 침울한 눈길로 점점 어둠 속에 사라지는 윈푸 아저씨의 뒷모습을 바라보았다. 애들은 차차 잠에 곯아떨어져 뒷방에서 개 돼지마냥 되는대로 누워 잤다. 안채에는 윈푸 아주머니와 리츄만 남았다. 그들은 무서운 공포 속에 빛을 잃은 두 눈을 멀거니 뜬 채 윈푸 아저씨가 좋은 소식을 가지고 돌아오기만 기대하고 있었다. 마음의 시윗줄은 팽팽하게 조여져 있었다.

한밤중에 윈푸 아저씨는 울상을 지은 채 집에 돌아왔다. 그는 등에서 조그만 보따리를 내려놓았다.

"제길, 이건 3원 60전어치의 누에콩이네!"

굶주림에 허덕이던 세 쌍의 눈길이 일제히 작은 보따리에 쏠렸다. 윈푸 아저씨의 눈에는 눈물이 가득 고여 있었다.

3

밭모퉁이의 물고 옆에서 리츄는 힘없이 마지못해 호미를 움직이고 있었다. 밭에 고인 물은 오르내리는 호미를 따라 천천히 물고에서 못으로 넘쳐흘렀다. 그는 온몸이 나른하고 손목도 힘이 없었다. 평소의 힘이 지금은 어디로 가버렸는지 몰랐다.

모든 것이 다 아득히 까마득하였다! 그는 들판을 멍하니 바라보았다. 이젠 죽도록 일만 할 때가 전혀 아니라는 생각이 들었다. 이렇게 일해 봐야 효과가 좋으리라 보장할 길이 아무에게도 없었다. 해마다 덮치는 천재(天災)와 인재(人災)는 이 젊은이의 마음에 깊은 상처를 주었던 것이다. 눈앞의 모든 것은 그에게 아득한 느낌을 안겨주었을 뿐이다. 그에게는 자신의 삶을 개선하거나 이 불행의 울타리를 벗어날 수 있는 방법이 없었다.

그는 호미를 끌고서 세 번째 물고로 터벅터벅 걸음을 옮겼다. 지나간 일들이 조수처럼 그의 마음속에 밀려들었다. 호미로 땅을 찍을 때마다 자기 마음을 후려치는 것 같았다. 아버지는 늙고 동생들은 아직 어렸다. 최근 사오 년 사이에 집안 형편이 막다른 길에 들어서리라는 것은 어떻게 해도 피할 수 없는 사실이 되었다. 출로 또한 아득하여 보이지 않는다. 그는 무슨 방법을 동원해야 이 아득함에서 벗어날 수 있을지 알 수 없었다.

저도 모르게 그는 얼마 전에 윗마을 얼금뱅이 형이 무슨 꿍꿍이마냥 지기에게 해주었던 말이 떠올랐다. 이제 찬찬히 되새겨보니 뭔가 꼭 집어 말할 수 없는 이치가 있는 듯했다. 이런 세월에 제 자신을 의지하지 않으면 누구를 의지하겠는가? 누구나 모두 가난한 사람의 적이다. 스스로 떨쳐 일어나지 않으면 한평생 곤경에서 벗어날 생각도 말아야 한다. 게다가 얼금뱅이 형은 힘주어 말했었다. 머잖아 세상은 틀림없이 우리 가난뱅이의 것이라고!

이리하여 리츄는 4년 전에 농민회에서 권력을 잡았을 때의 상황을 되돌아보았다.

"다시 한 번 그런 세상이 돌아왔으면!"

그는 혼자 빙그레 웃었다. 문득 그림자가 그의 옆을 언뜻 스쳐 갔다. 그는 소스라치게 놀랐다. 머리를 돌려보니 그가 마침 떠올리고 있던 윗마을의 얼금뱅이 형이었다.

"아! 형님, 어디 가십니까?"

"오! 리츄구나, 너네도 오늘 밭에 나왔어?"

"예, 형님. 이리 와 얘기 좀 하시지요." 리츄는 호미질을 멈추었다.

"네 아버지는?"

"저쪽에서 잡초 덩이를 나르는데. 사오푸도 같이 있어요."

"요 며칠 어떻게 지내?"

"여전히 고생이지요, 뭐! 오늘은 집안에 삿갓 짜는 사람 없이 우리 셋 모두 밭에 나왔어요. 어젯밤에 아버지가 허씨 여덟째네에게 콩 한 말을 꾸어온 덕에 오늘 밭에 나와 일할 끼니를 해결했어요. 그러지 않았더라면…"

"그래도 낫네! 허씨 여덟째가 콩을 너희들에게 꾸어주었구나."

"누가 그 집 것을 꾸려 하겠어요? 제길! 모르긴 해도 아버지가 엄청 사정했겠지요! 절도 하고 값도 올리고! …… 에이! 형님네는요?"

"지내기 어려운 거야 마찬가지이지!"

잠시 침묵이 흘렀다. 얼금뱅이 형은 평소의 싱글싱글 웃던 모습을 되찾고서 리츄에게 머리를 끄덕였다.

"저녁에 다시 얘기하자꾸나!"

"좋습니다."

얼금뱅이 형이 총망히 떠난 후 리츄는 밭에서 여전히 호미질을 하면서 물고를 터주었다. 해는 어느덧 중천에 높이 걸려 사람들에게 점심때를 알려주었다. 반년 동안 들어보지 못한 노랫소리가 은은히 울려왔다. 사람들은 피곤한 몸을 이끌고서 돌아왔다. 밥짓는 연기가 솔솔 피어 오르는 집은 거의 없었다.

윈푸 아저씨는 온몸이 뻐근했다. 어제 멜대로 잡초 덩이를 겨우 이삼십 짐밖에 나르지 못했지만, 어깨와 두 다리뼈가 바늘로 쑤시는 듯 아파서 밤새 거의 제대로 잠을 이루지 못했다. 날이 밝자 일어나 길을 걷는데 여전히 시큰거렸다. 하지만 그는 아들들이 보고 맥이 빠질까봐 아무 일도 없는 듯이 참아냈다.

"어쨌든 늦었구나!" 그는 은근히 속이 상했다.

리츄는 겨우 두 사발밖에 되지 않는 콩을 들고 나와 상 위에 놓았다. 구수한 냄새가 윈푸 아저씨의 군침을 돌게 했다. 세 사람이 똑같이 나누고 보니 각자 겨우 반 사발 남짓 차례가 돌아왔지만, 맛은 평시보다 특별했다. 반 사발의 콩은 뱃속 어느 모퉁이에 박혔는지 모르게 금방 사라졌다.

억지로 밭에 나가 잠시 발버둥을 치다보니, 온몸이 마치 천근 멍에나 멘 것처럼 꼼짝할 수가 없었다. 호미 자루나 보습마저 들 힘이 없고, 눈앞이 때때로 현기증이 나더니 세상이 빙글빙글 도는 것만 같았다. 밭을 겨우 세 바퀴 돌고 난 끝에 배가 고파 돌아오고 말았다.

"이러다간 큰일 나겠어."

아이와 어른 모두가 한데 모였다. 크고 작은 눈에서 핏빛 같은 불씨가 터져나오는 것만 같았다. 그들은 서로 멍하니 쳐다볼 뿐 아무 말도 없었다.

"하느님 맙소사! ……"

윈푸 아저씨는 이를 악물고 최후의 용기를 내어 또다시 허씨 나리의 집으로 향했다. 가는 길에 그는 이번에 여덟째 나리를 만나면 어떻게 입을 열 것인지 마음 먹은 후 대문에 들어섰다.

"자네 대체 무슨 일이라도 있는가? 윈푸!"

여덟째 나리가 등받이의자에 앉아 물었다.

"저, 저, 저는…"

"뭐?…"

"다시 한 번 여덟째 나리께 ……"

"콩 말인가? 자네에게 더는 꿔줄 수 없네! 마을의 이 많은 사람들 가운데서 자네 식구만 먹여 살리란 말인가!"

"이자를 더하여 갚겠습니다!"

"누가 자네 이자를 욕심내나? 남들은 이자를 안 낸다던가? 그건 안 되네!"

"여덟째 나리! 나리께서 저를 좀 구해주십시오. 우리 온 집식구가 이미 ……"

"돌아가게! 돌아가라구! 내가 자네 일을 신경쓸 새가 어디 있겠나! 돌아가게!"

"여덟째 나리! 살려주십시오! ……"

윈푸 아저씨는 애가 타서 눈물을 흘렸다. 여덟째 나리의 머슴이 달려 나와 그를 문밖으로 밀어냈다.

"초상났어? 이런 늙다리!"

머슴은 사납게 욕설을 퍼붓고는 대문을 꽝 닫아버렸다.

윈푸 아저씨는 비틀비틀 집으로 돌아오면서 자신을 한탄했다. 어찌하여 사전에 생각했던 대로 한마디 한마디 제대로 말하지 못해 일을 망쳐버렸는고! 눈앞의 난관을 무슨 방법으로 넘길 수 있을까?

네모진 못가에 이르러 그는 별안간 걸음을 멈춘 채 푸른 물을 하염없이 바라보았다. 크고 작은 집 식구들만 아니라면 정말이지 풍덩 뛰어들어 여생을 마치고 싶었다!

원푸 아주머니와 아이들은 사당의 문어귀에 기대어 서서 원푸 아저씨의 좋은 소식만 목이 빠져라 기다리고 있었다. 굶주림은 각각 사람들을 불길처럼 바짝바짝 애태웠다. 기다리다 지쳐 현기증이 날 지경이었지만, 기쁜 소식을 갖고 오는 원푸 아저씨는 보이지 않았다.

하느님! 이럴 때 그들에게 밥 한 끼 배불리 먹일 신선이라도 있었으면!

대머리 징칭(鏡淸)이 수염이 더부룩한 텁석부리를 데리고 집안에 들어섰다. 원푸 아저씨의 마음은 수천수만 개의 칼로 마구 찌르는 것 같았다. 손발이 쉴 새 없이 떨리고 눈물이 줄줄 흘러내렸다. 그들을 안채로 모셔 긴 걸상을 가져다 앉힌 다음, 자신은 그 옆에 서 있었다. 원푸 아주머니는 안방에 숨은 채 나오지 않았는데, 너무 울어 눈이 퉁퉁 부어 있었다. 아직 일어나지 않은 채 누워 있는 작은 애 둘은 말라비틀어진 배춧잎처럼 싯누렇게 야위어 있었다.

리츄는 문 옆에 기대섰고 사오푸는 형의 뒤에 서 있는데, 둘 다 눈이 촉촉이 젖어 있었다. 그들은 정신을 놓은 듯 멍하니 텁석부리를 쳐다보더니 곧장 머리를 돌렸다.

한참 침묵이 이어지다가 텁석부리가 못 견디겠다는 듯 입을 떼었다.

"징칭, 그 애는 지금 어디에 있소?"

"안에 있소. 열 살인데 이름은 잉잉이라오." 대머리는 그에게 서둘지 말라는 듯 고개를 끄덕였다.

원푸 아주머니가 안방에서 기운 옷을 손에 든 채 천 근 무거운 발걸음으로 간신히 걸어나오는데, 후들후들 떨면서 바로 서지도 못했다.

그녀는 대머리를 보고서 "징칭아주버니! ……"하고 겨우 한 마디 내뱉더니 "와!" 울음을 터뜨리면서 더 이상 말을 잇지 못했다. 원푸 아저씨는 소매로 남몰래 낯을 가리고, 리츄와 사오푸는 머리를 떨군 채 흑흑 흐느끼고 있었다!

당황한 대머리는 황급히 텁석부리를 보더니 머리를 돌려 원푸 아주머니를 달래듯 말하였다.

"아주머니! 너무 상심할 거야 있소? 잉잉이가 이 샤(夏) 나리를 따라가면 집에 있기보다야 낫지 않겠소? 먹을 거, 입을 거 걱정 없고 만일 좋은 주인을 만나면 평생 복을 누릴 수도 있을 텐데. 구이성(桂生)네 쥐얼(菊兒), 린다오싼(林道三)네 타오슈(桃秀)도 모두 잘 가지 않았소? 더구나 샤 나리는 ……"

"아주버니! 나, 나는 지금 걔를 팔 수 없어요! 작년에 우리가 후베이(湖北)로 빌어먹으러 가서 그렇게 고생했어도 걔를 팔지 않았어요. 내 잉잉이, 내 새낀 올해 더욱이 팔 수 없소! 엉엉! ……"

"어허!"

텁석부리 샤는 대머리를 쏘아보았다.

"윈푸! 어떻게 하겠는가? 마음이 바뀌었는가? 어제 저녁에는 좋다고 해놓고 ……" 대머리는 다급히 윈푸 아저씨에게 따져 물었다. 이 말이 채 끝나기도 전에 윈푸 아주머니가 욕설을 퍼부으면서 윈푸 아저씨에게 덤벼들었다.

"이런 늙다리! 모두 당신 탓이야! 자식도 멕여 살리지 못하면서 사람 구실 하겠다구! 먹을 쌀이 없다고 딸을 팔아넘기려고! 차라리 당신이 죽지 그래? 썩을 놈의 인간! 누가 죽는지 끝장을 봅시다! 내 딸은 절대로 팔 수 없어!"

"제기랄! 당신도 엊저녁에 말했었잖아? 나 혼자만의 생각이야? 어이 대머리! 저년 성깔 사나운 것 좀 보게!" 윈푸 아저씨는 얼른 몇 걸음 물러섰지만, 낯은 온통 눈물범벅이었다.

"가세! 징칭."

텁석부리가 짜증스럽다는 듯 일어서면서 말했다. 대머리가 황급히 그를 막았다.

"잠깐만. 잠시 있으면 생각이 돌아설 겁니다. 이봐! 윈푸, 나하고 밖에 나가 몇 마디 얘기하세."

대머리는 윈푸 아저씨를 데리고 나갔다. 윈푸 아주머니는 아직도 엉엉 울며 야단이었다. 리츄가 어머니를 부축하여 걸상에 앉혔다. 그는 이번 비극의 원인이 간단치 않다는 것을 알고 있었다. 온 집식구가 족히 사흘이나 아무것도 먹지 못했던 것이다. 삿갓을 사려는 사람은 없고 밭갈이는 또 제때에 해야만 했다. 그래서 엊저녁에 징칭 대머리가 와서 구슬릴 때 자신도 그리 거세게 반대하지는 않았다. 물론 그도 여동생이 가엾고 남에게 팔고 싶지는 않았지만, 이 수밖에는 눈앞의 위급한 고비를 넘길 다른 방도가 없었다. 그는 침통한 갈등 속에서 온밤을 하얗게 지새웠다. 그는 팔려가게 될 여동생을 더는 차마 볼 수 없어 날이 밝기 전에 일어나 있었다. 지금 어머니가 이토록 마음 아파하시니 그가 무슨 양심으로 여동생을 팔자고 말할 수 있겠는가?!

"어머니, 그만 두세요! 데려가게 내버려 둡시다."

윈푸 아주머니는 아무 대꾸도 하지 않았다. 대머리와 윈푸 아저씨가 대문으로 들어왔다. 모두들 잠시 침묵에 잠겼다.

"아주머니! 그래 어찌 하겠습니까?"

대머리가 물었다.

"징칭 아주버니! 우리 잉잉이가 갔다가 다시 돌아올 수 있겠소?"

"올 수 있구 말구요, 만일 주인집이 가깝다면. 당신들도 늘 가볼 수도 있소!"

"멀면 ……?"

"그럴 리 있겠소! 아주머니."

"모두 저 빌어먹을 영감 때문이야! 일찌감치 죽지도 않구! ……"

넷째 시얼을 안고 안방에서 달려 나오던 잉잉은 이 기이한 상황에 몹시 놀랐다. 잉잉은 시얼을 어머니에게 맡기고서 커다란 눈을 동그랗게 뜨고 두리번거렸다.

대머리와 텁석부리 외에, 모두들 가슴이 쓰라렸다.

"이 아이요?" 텁석부리가 잉잉을 바라보며 대머리에게 물었다.

여러 차례 이야기를 나눈 끝에 텁석부리는 한 살에 이 원씩만 주기로 했다. 잉잉이 올해 열 살이니 이십 원이었다. 이밖에 양측은 각각 대머리에게 소개비로 일 원씩 주기로 했다.

"아이고! 세상이 어찌 될려고!"

십구 원의 새하얀 돈이 원푸 아저씨의 손에 쥐어졌다. 목석처럼 놀라 굳은 표정으로 그는 팔소매로 눈물을 닦으며 뚫어지게 돈을 들여다보았다.

"아이구! 요 돈이 우리 귀염둥이 잉잉이란 말인가?"

원푸아주머니는 기워놓은 옷을 잉잉에게 갈아입히면서 샤씨 아저씨댁에 가서 밥을 며칠 먹고 돌아온다고 말했다. 그러나 잉잉의 눈물을 그치게 할 수는 없었다.

"엄마, 내일이면 돌아올 수 있어? 나 혼자 배불리 먹고 싶진 않아요!"

모두들 눈 깜짝하지 않은 채 눈물을 머금고 잉잉을 주시하였다. 한 번만 더 보자, 이게 마지막이다.

대머리가 잉잉을 데리고 떠났다. 원푸 아주머니는 정말 미쳐버린 듯 몇 번이나 쫓아가려 했다. 멀리서 잉잉이 외치는 소리가 들려왔다.

"엄마! 나 혼자 배불리 먹고 싶진 않아요!"

"내일 돌아올게요!"

"………"

삶은 잠시 유지되었다. 십구 원으로 두 섬 남짓한 곡식밖에 살 수 없었으며, 이것으로 다섯 식구가 육칠십 일 먹을 수 있었다. 새로운 출로는 여전히 부자간의 노력으로 개척해야 했다.

청명의 파종기가 사흘밖에 남지 않았다. 마을에는 볍씨를 남겨 둔 집이 하나도 없었다. 허씨 여덟째 나리는 이 일로 몸소 현의 창고에 가서 현장어른과 의논했다. 제때에 씨를 뿌리지 못하면 가을 수확도 없어질 판이었다.

모두들 허씨 나리의 좋은 소식만 고대하고 있었다. 물론 이 일만은 그들을 실망시키지 않을 것이다. 해마다 이렇게 꿔왔으니까. 현장어른도 '관리는 백성에게서 나고 백성은 땅에서 난다'면서 볍씨를 마련하지 않으면 결국 누구에게도 이익이 없다는 걸 알고 있는 터인지라, 허씨 나리가 말하자 흔쾌히 동의했다. 그리하여 천 섬의 종자를 차오씨 마을에 내주면서 허씨 나리에게 관리 책임을 맡겼다.

"제기랄! 종자 한 섬마다 11원씩에 이자가 4푼이라는구만. 이건 완전히 허씨 나리가 뜯어먹는 거야!"

사람마다 모두 이렇게 분개하여 욕설을 퍼부었지만, 허씨 나리 집에 가서 종자를 가져오지 않을 수 없었다. 삶과 일은 농촌에 더욱 가혹한 매질을 가하였다. 사람들은 젖먹던 힘을 다해 몸부림쳤다. 그들의 모든 희망을 오로지 위대한 추수에 걸고 있기 때문이었다.

4

모내기를 마치고 이제 막 두 벌 김을 매고 나니, 하늘은 또 가난한 사람을 못살게 굴었다. 열흘 동안 비가 한 방울도 내리지 않았던 것이다. 공중에 걸린 태양은 불덩이처럼 내리 쬐었다. 논밭에는 물이 말라 흙에 약간의 습기만이 남아있을 뿐이었다.

딸을 팔고 종자를 꿔서 겨우 모내기를 하느라 윈푸 아저씨는 숨도 제대로 쉬지 못할 정도로 바빴건만, 비료를 구할 방도도 아직 없는데다가 비까지 오지 않아 사람들은 속이 시커멓게 타들어 갔다. 만의 하나 가뭄이 들 때를 일찌감치 대비해야 하였다.

그는 리츄더러 무대 위에 있던 수차 날개를 내려다 손을 보게 했다. 이제 사흘만 더 비가 오지 않으면 수차를 쓰지 않으면 안 될 판이었다!

사람들은 마음속으로 하늘에 빌었다. "하느님이시여! 우리를 가엾게 여겨 비를 내려주옵소서!"

하루, 이틀, 하느님의 마음은 모질기도 했다. 사람들의 기도를 들은 체도 하지 않아 여전히 구름 한 점 없었다. 불덩이 같은 태양은 우주에 존재하는 만물을 모조리 불태워버릴 작정이었다. 무슨 물건이든 이즈음 모진 더위에 말라버렸다. 바짝 마른 논밭의 땅 여기저기가 벌써 야수의 입처럼 쩍쩍 갈라지고 벌어져 뜨거운 열기를 내뿜고 있었다.

이젠 더 이상 기다릴 수가 없었다. 장(張)씨 마을과 신두커우 곳곳마다 수차를 돌리는 소리로 요란했다. 볏모는 생기를 잃은 채 축 늘어져 사람들에게 곤경을 알리는 듯하였다. 수많은 볏잎들은 오그라든 지 오래였다. 작년에 큰물이 진 고생을 덜 했더라도 올해 누가 눈을 뻔히 뜨고 곡식들이 말라죽는 것을 바라보고만 있겠는가! 목숨을 내걸고서라도 한바탕 해보아야만 하였다!

아침밥을 먹자 윈푸 아저씨는 친히 수차를 멨다. 그를 따라 리츄는 수차 받침대를 들고 사오푸는 수차 날개 몇 개 들고서 묵묵히 네모진 못으로 갔다. 등에 비치는 뜨거운 햇살은 바늘로 찌르는 듯 따가왔으며, 발밑의 흙마저 발이 델 지경으로 뜨거웠다.

"제기랄! 덥기는 왜 이리 더워!"

도처에서 수차 소리가 울렸다. 못의 물을 인공으로 밭에 옮기고 있었다. 윈푸 아저씨의 수차도 설치되었다. 세 사람이 함께 내딛자 수차바퀴가 돌면서 수차통에서 기어나온 물이 다투어 밭으로 흘러 들어갔다.

땀은 그들의 머리로부터 발꿈치까지 쭈욱 흘러내렸다. 정수리로 옮겨간 태양은 불꽃처럼 대지를 불태웠다. 사람들 입에서는 거친 숨소리가 확확 뿜어져 나왔다. 발 아래가 점점 무거워지더니 수차의 발판이 천 근 만 근 무거운 암석처럼 안간힘을 다해 디뎌도 내려가지 않았다. 쓰라린 통증이 종아리에서 온몸으로 퍼져 머리끝까지 올라왔다. 마치 누가 작은 칼로 살점을 도려내고 힘줄을 뽑아내는 것처럼 견디기 어려웠다. 특히 아직 채 발육되지 못한 사오푸의 신체는 말할 수 없는 고통을 느꼈다. 윈푸 아저씨라고 왜 그렇지 않겠는가? 노쇠한 발목뼈는 몇 걸음만 걸어도 견디기 어려웠지만, 그는 기가 꺾이지 않았다! 하늘이 그를 괴롭히더라도 죽어도 버텨야만 했다. 아들들의 용기는 완전히 그에게서 비롯되었던 것이다. 하물며 오늘 처음으로 일에 나선 마당이니, 어찌 먼저 우는 소리를 할 수 있겠는가? 아무리 고생스럽더라도 참아내야만 했다!

"힘내거라! 사오푸 ……"

그는 이렇게 자주 아들을 격려하면서 자신도 이를 악물고 수차를 내딛었다. 정말 견디기 어려울 정도로 아파서야 오래 고여 있던 눈물이 땀방울과 함께 굴러 떨어졌다.

간신히 참고서 일하노라니 윈푸 아주머니가 점심밥을 가져왔다. 그들 부자는 수차에서 기어 내렸다.

"하느님! 어째서 우리 가난뱅이들만 못살게 구십니까?"

윈푸 아저씨는 자기 다리를 주물렀다. 울상을 짓던 사오푸가 어머니를 보며 말했다.

"엄마, 제 두 다리가 이젠 쓸모없게 되어버렸어요!"

"괜찮다! 어서 많이 먹어라. 오후에 좀 일찍 돌아와 쉬면 괜찮을 게다."

사오푸는 더는 아무 소리 없이 그릇에 밥을 담아 먹기 시작했다.

며칠간의 고생스러운 노동으로 윈푸 아저씨와 사오푸는 절름발이처럼 되어버렸다. 하늘은 여전히 모질기 그지없었다! 하루 종일 수차로 퍼올린 물로 곡식들은 간신히 하루나 연명할 수 있었다. 그래도 리츄가 힘이 제일 좋은 편이었다! 그는 아버지나 동생

만큼 고통스럽지는 않았다. 그러나 그는 늘 빈둥거리면서 힘껏 일하려 하지 않았다. 마치 수차로 짓는 농사가 자신이 지금 해야 할 일이 아닌 듯했다. 그는 수시로 집에 있지 않은 탓에 무슨 일이 생기면 이곳저곳으로 찾아다녀야 했다. 그래서 윈푸 아저씨는 더욱 리츄를 미워했다. "이 게으름뱅이 녀석! 후레자식 같은 놈!"

달이 나무 끝에서 솟아올라 캄캄한 세상에 은회색의 빛을 뿌려주었다. 밤은 낮처럼 그리 덥지 않았으며, 논밭에는 늘 미풍이 솔솔 불었다. 아낙들과 애들 외에 바깥에서 바람을 쏘이는 한가한 사람은 드물었다.

사람들은 모두 바람이 잔잔하고 달이 밝은 밤에 다그쳐 일하고 있었다. 곳곳마다 수차가 도는 소리와 함께 일하는 사람들의 노랫소리가 아주 맑게 사람들의 고막을 울려주었다. 여름밤은 농사꾼들이 일하기에 아주 좋았다. 대낮의 무더위도, 성가심도, 떠들썩함도 없었다.

윈푸 아저씨는 리츄를 찾아도 보이지 않자 미쳐 날뛰는 들소마냥 불같이 화를 냈다. 저녁밥을 지을 때 오늘밤은 날씨가 아주 좋아 밤일을 해야 하니 다른 데로 가지 말라고 신신당부를 해두었던 것이다. 그런데 눈 깜짝할 새에 어디로 갔는지 보이지 않으니 윈푸 아저씨는 분통이 터질 지경이었다. 요새 몇몇 사람들이 윈푸 아저씨에게 이야기해준 적이 있었다. 리츄 이 녀석이 점점 못되게 변해 날마다 쏘다니면서 얼금뱅이 녀석들과 무슨 수작을 벌이는지 모르겠다는 것이었다. 모두들 큰일을 저지르기 전에 단단히 단속하라고 그에게 말했다. 윈푸 아저씨는 이 말을 듣고 몇 번이고 이를 부드득 갈았는지 모른다. 지금 그는 생각할수록 화가 불같이 치밀었다. 윗마을에서 아랫마을까지 불러보았으나 리츄는 그림자도 보이지 않았다. 그는 사오푸더러 수차 있는 곳으로 먼저 가서 기다리라고 했다. 만일 녀석을 찾지 못하면 작은 아들과 둘이서라도 얼마간 물을 대아만 했다. 그리하여 그는 다시 한 번 이를 악물었다. 이 불효막심한 놈을 찾아 늙은 목숨을 내걸고 결판을 내볼 요량이었다.

마을을 몇 바퀴 더 돌아보았으나 찾지 못한 채, 그는 씩씩거리며 걸음을 옮기는 수밖에 없었다. 머얼리서 뜻밖에 자기의 수차가 도는 소리가 들려왔다. 급히 다가가 보니 수차 위에 리츄가 사오푸와 함께 있지 않는가! 그는 기가 차서 말이 나오지 않다가 한참후에야 욕을 퍼부었다.

"너, 이 개자식! 이번엔 어디를 쏘다녔냐?"

"에이 참, 여기 얌전히 수차를 돌리고 있잖아요?" 리츄는 아주 엄숙하게 대꾸했다.

"빌어먹을 자식!"

윈푸 아저씨는 리츄를 흘겨보더니 자기도 수차에 기어올라 바퀴를 돌렸다.

달은 나무 끝에서 나무 꼭대기에 올랐다가 차츰 서쪽으로 떨어져 내렸다. 들판도 천천히 고요 속에 잠겼다.

희부연한 동녘에 희끄무레한 구름이 뜨고, 띄엄띄엄 흩어져 있는 별 몇 개가 아직도 하늘에 깜박이고 있었다. 수탉이 두 번째 울었을 때, 윈푸 아저씨는 어둠 속에서 기어 일어났다. 날은 아직 채 밝지 않았다. 그는 어둠 속에서 길게 한숨을 내쉬었다. 밤낮 없는 노동을 버틸 수 없다는 생각이 문득 들었다. 온몸의 뼈마디와 근육은 꿈속에서도 자주 아팠다. 그렇지만 그는 어떻든 일 분 일 초도 게으름을 피우지 않았고, 노곤하거나 아프다는 소리도 입 밖에 내지 않았다. 아들들에게 좋지 못한 인상을 줄까봐서였다.

삶이 그를 노동하도록 채찍질하였지만, 그는 추호도 원망을 품지 않았다! 지금 그는 한 가닥 새로운 희망을 지니고 있었다. 그는 가을에 희망을 걸었다. 가을이 되면 그가 꿈꾸던 세계를 실현할 수 있을 것이다.

지금 그는 일찍 일어나지 않을 수 없었다. 아직은 여름인지라 가을과, 그리고 그가 꿈꾸는 세계와는 아직도 멀었던 것이다.

애들은 아직 달게 자고 있다. 젊은이들의 꿈은 언제나 그토록 달콤한 것이다! 그는 참으로 부러웠다. 추수를 위해, 그리고 꿈꾸는 세계를 위해, 날이 채 밝지 않았지만 그는 냉정하게 자식들을 깨우지 않을 수 없었다.

"일어나라, 리츄야"

"……"

"사오푸, 사오푸야! 일어나거라!"

"무슨 일이에요? 아버지! 날이 아직 밝지 않았는데요!" 사오푸가 깨어 일어났다.

"날이 진즉 밝았다. 수차 돌리러 가야지!"

"방금 잠든 거 같은데 벌써 날이 밝았어요? 아이구! ……"

"리츄! 리츄야!"

"……"

"일어나야지!"

"으아!"

"야! 어서 일어니! 개자식!"

마침내 윈푸 아저씨가 아들들의 귀를 잡아당겨 그들을 일으켰다.

"아이 왜 그러세요? 온통 캄캄한데!"

눈을 비비던 리츄는 날이 밝지 않은 것을 보고 매우 언짢았다.

"개자식! 한참이나 불러 너를 깨웠는데 신경질이냐? 빌어먹을!"

"일어나라, 일어나라! 한밤중에 일어나 뭘 한다구요! 죽도록 일해도 남의 노예 노릇에 지나지 않는데!"

"이 게으름뱅이 녀석! 남의 노예 노릇이라니?"

"아니에요? 곡식을 거두어도 몇 톨이나 손에 들어올 것 같습니까?"

"쓰잘 데 없는 소리! 네 것을 빼앗아갈 강도가 있단 말이냐? 이런 빌어먹다 뒈질 녀석! 요새 밤마다 쏘다니면서 집안일은 나 몰라라 하는구나! 그저 게으름만 부릴 줄 알고. 못된 녀석! 남들 모두 네가 얼금뱅이 녀석들과 휩쓸려 빈둥거린다고 하더라. 넌 틀림없이 무슨 ××당이 되고 말거야! ……"

화가 머리끝까지 치민 윈푸 아저씨는 금방이라도 자식을 몇 입 씹어놓아야 속이 시원할 것 같았다. 욕설을 퍼부을수록 목소리가 커졌다. 그 바람에 원푸 아주머니가 놀라 깨어났다.

"한밤중에 왠 요란이시우, 영감? 개들이 종일 늦게까지 고생하는데 좀 푹 자게 놔두구려! 아직 날이 밝지도 않았는데!"

"모두 돼지 같은 여편네 탓이야! 이런 잡놈의 새끼를 키웠으니!"

"늙다리하곤! 누굴 욕하우?"

"새끼들 역성만 드는 돼지 같은 당신을 욕하지!"

"좋수다! 이 늙다리가 미쳤군! 걔들이 그렇게 미우면 천천히 괴롭혀 죽이지 말고 하나하나 끌어다 죽여 버리지 그러우! 그렇잖으면 몽땅 내다팔아 버리우! 당신 눈에 보기 싫지 않게스리! 한밤중에 온 동네 들썩거리지 말고 ……"

원푸 아저씨는 미칠 듯이 화가 치밀어 올랐다. 그는 요즘 아내가 무턱대고 자식들 역성만 들면서 집안 생계는 도무지 안중에 두지 않는다고 느꼈다.

"이 돼지 같은 여편네가 미쳤나? 먹고살 만해서 그런 거야? 엉! ……"

"그래요! 내가 미쳤소! 당신이 먹고살자고 딸을 팔아 버렸지! 이젠 아들도 팔아버리구려! 내 잉잉을 찾아오소! 늙다리귀신! 나는 목숨도 아깝지 않소! …… 엉! 엉! ……"

"미친년 같으니라구, 옘병할!…"

"늙은 등신 같은 게! 늙어빠져 힘이 없어 자식들을 키우지도 못하면서 틈만 나면 못살게 구는구만! 딸 팔아먹더니만 이젠 아들마저 못살게 굴어 죽이려들어! 앞으로 당신 혼자만 남으면 꼴 좋겠소! 아이구 내 딸 잉잉아! 등신 같은 양반아, 어서 가서 찾아와! 엉엉엉! ……"

그녀는 울며불며 윈푸 아저씨한테 덤벼들었다. 잉잉을 생각하자 윈푸 아저씨를 잡아먹지 못해 한스러웠다.

"제기랄! 잉잉이 나 하나만을 위한 것이 아니었잖아!"

윈푸 아저씨는 황급히 몸을 피했다. 잉잉을 생각하자 저도 모르게 눈물이 흘러내렸다.

"내 잉잉을 찾아줘요! 이 늙다리야! 엉! 엉! ……"

"……"

"엉! 엉! 엉!"

"……"

동녘이 밝았다. 아들들은 목석처럼 서있었다. 부모가 여동생 이야기를 꺼내니 그들도 서글퍼져 눈물을 떨구었다.

하늘은 여전히 맑기만 하였다. 리츄는 슬그머니 사오푸를 잡아당기고서 호미를 들고 나갔다. 윈푸 아저씨도 번뇌와 고통으로 가득 찬 얼굴로 걸음을 질질 끌면서 대문을 나섰다.

"엉! 엉! 엉! ……"

아침 바람이 들판을 스쳐지나갔다. 반짝이는 푸른빛 볏모들이 겹겹의 파도를 일으키면서 사람들에게 이른 아침 특유의 서늘한 느낌을 안겨주었다.

"오늘은 어디에 물을 끌어들일까요?"

"제기랄! 화(華)씨네 둑 쪽으로 가자!"

5

"리츄! 너는 정성이 부족하니 메지 마라!"

"윈푸 아저씨가 만민산(萬民傘)을 들고 곰보 샤오얼은 징을 치라구!"

"새납을 부는 사람이 없구만. 왕형, 자네 새납은?"

"이런 제길! 자기 일 아닌 양 도통 힘을 내려 하지 않는구만! 아직도 가마꾼이 셋이나 모자라잖아."

"내가 하지요. 뾰쪽코 아버지!"

"나도 메겠소!"

"나도 메겠소!"

"좋아! 그럼 자네 셋이 메게! 모두 얼굴을 씻게. 곰보 샤오얼, 좀 깨끗이 씻으라구. 보살님이 보면 욕하겠네!"

"징을 쳐! 새납도 불고!"

"징을 치라니까! 곰보 샤오얼, 들려 안 들려? 후레자식 같으니라고!"

"쟁! 쟁! 쟁!"

"따! 따! 따!"

수십 명이 관우신을 모시고 날 듯이 들판으로 내달렸다.

스무날이 넘도록 구름 한 점 없다보니 못과 강의 물이 다 말라버렸다. 논밭은 한 뼘 가득 쩍쩍 갈라지고 볏모의 잎은 태반이 돌돌 말려버렸다. 이제 사나흘만 더하면 모든 것이 끝장이다.

관우신은 사흘 전에 모셔왔다. 소를 한 마리 잡고 한 근 반의

단향 기름을 태웠지만, 비가 올 조짐은커녕 볏모는 더욱 말라죽기만 했다.

그러므로 모두들 보살님께서 비를 내리지 않는 데에는 필시 무슨 연고가 있으리라고 여겼다. 제사를 주관하는 몇몇 사람들이 모여 오랫동안 토론하고 짐패도 여러 차례 고르고 수천 번 절을 했건만, 점패는 여전히 신통치 못했다.

"그럼 올해도 끝장이 아닌가?"

"뾰쪽코 아버지, 서두를 건 없어요! 보살님을 메고 나가 밖을 한 번 달려 신령님께 우리 형편을 보여드리면 마음에 건디기 어려울 겁니다."

"옳소! 아마 보살님이 논밭의 형편을 보지 못한 모양이오! 재작년에 가뭄이 들었을 때도 보살님을 밖에 메고 가서 한 바퀴 도니 비가 왔었소. 윈푸, 자네가 가서 젊은이 몇을 불러오게!"

"예!"

재빨리 임시 대오가 꾸려졌다. 뾰쪽코 아버지가 맨 앞에서 이끌고, 두 번째 줄에는 깃발, 징, 북, 우산 따위들을 들었다. 보살을 모신 녹색 큰 가마가 맨 뒤에 따랐다.

신두커우의 화씨네 둑으로부터 홍묘(紅廟)까지 굽이돌아 너댓 바퀴를 맴돌았지만, 태양은 여전히 불덩이처럼 온몸에 열이 나도록 뜨거웠다. 땅은 그야말로 따가워 발을 디딜 수 없었다. 사면팔방이 온통 불이었으며, 사람들은 불속에서 나뒹굴고 있었다.

빌고 또 빌어도 비는 한 방울도 내리지 않았는데, 마자만(磨子灣)에서 보살님을 메갔다. 곳곳마다 보살님을 메고 비오기를 비느라 바빴다!

"하느님이시여! 한 해는 큰물이 지고 한 해는 가뭄이 드니, 도대체 우리를 어쩌려고 그러십니까?"

갑자기 풍향이 바뀌더니 바람이 북동쪽에서 휙휙 불어왔다. 별도 달도 보이지 않았다. 많은 사람들은 집밖에 서서 하늘을 쳐다보았다.

"저쪽에서 번개가 치누만."

"동쪽에서 번개가 치면 서쪽이 합하게 되니 비가 있어도 내리지 않는다네!"

"저기는 북쪽이오!"

"좋소! 남쪽에서 번개가 치면 화문(火門)이 열리고 북쪽에서 번개가 쳐야 비가 오는 법! 오늘밤엔 틀림없이 비가 올 것이네! 아이구 하느님! ……"

"그래도 하느님께 빌어 은혜를 입는구만!"

"그렇고말고! 우리가 악한 짓을 하지도 않았는데, 하늘이 설마 우리를 굶겨 죽이기야 하겠소?"

"두고 봐야지!"

모두가 한창 떠들어대는데 지붕에서 이미 후두둑 소리가 들려왔다. 사람들은 시원한 기분이 들었다. 빗방울 하나 하나가 흐뭇한 마음속에 떨어지는 것만 같았다.

"이건 정말 하늘이 보살펴주신 은혜요!"

사람들의 마음을 짓누르던 큰 돌덩이는 이제 몽땅 비에 녹아버렸다. 곧바로 폭풍우가 들이닥쳤다.

우레가 번개를 뒤따라 성깔을 부리기 시작했다.

큰비는 하룻밤을 내렸을 뿐이지만 논밭에는 물이 꽉 들어찼다. 볏모가 구원을 받고 오그라들었던 이파리들도 소녀들이 가슴을 활짝 펴듯 바람에 한들거렸다. 자라거라! 어서 자라거라! 지금이야말로 볏모들이 쑥쑥 자랄 때이다! 사람들은 은근히 빌고 있었다. 이제 스무 날만 날씨에 변고가 일어나지 않는다면, 알알이 여문 황금빛 알곡을 보게 될 것이고, 그래야 진정으로 손에 들어온 것이라 할 수 있다.

비는 남서쪽에서 특별히 오래 내렸으며, 그쪽 하늘은 새카맸다. 공포는 마치 큰 강의 파도처럼 앞선 것이 내려가면 다음 것이 밀려왔다. 남서쪽에 비가 너무 많이 내리자, 또 물난리가 날까봐 걱정스러웠다. 정말이지 농사꾼은 한시도 마음 놓을 새가 없었다.

서쪽의 물은 점점 아래로 밀려들어 불어나기 시작했지만 아주 느렸다. 제방국에서 사람 몇을 파견하여 둑을 순찰하게 했는데, 서쪽의 물에 남쪽의 물이 합세하지 않는 한 크게 근심할 필요가 없다고 했다. 불어나려면 불어나라지!

하루, 이틀, 물은 계속 불어났다. 물이 점차 둑만큼 올라오자, 윈푸 아저씨도 남들과 마찬가지로 애가 탔다.

"어찌 된 거야! 서쪽 물만으로도 이리 크게 붙다니!"

사람들 모두 똑같이 부르짖었다.

"아이구! 모두들 방비를 잘 해야 해요! 절대로 작년처럼 되어서는 안 돼!"

작년의 고통은 그들에게 수재는 일찌감치 방비해야 한다는 것을 알려주었다. 징소리가 울리고, 사람들은 호미, 괭이 따위를 들고 둑으로 달려갔다!

"남자가 둑에 나오지 않은 집이 있으면, 빌어먹을, 끌어내다 때려죽여!" 윈푸 아저씨는 얼굴에 땀을 뻘뻘 흘리면서 외쳤다. "아낙네들도 집에 숨어있지 말고 나오라구 그래! 올해도 작년과 마찬가지라면 누구도 살 생각은 말아야 해! ……"

"모두 둑으로 나오시오!"

"쟁! 쟁! 쟁!"

밤에는 횃불이 긴 뱀처럼 둑에 늘어섰다. 낮에도 강언덕에는 아우성대는 사람으로 가득 찼다. 자위단(自衛團)의 나리들은 말을 탄 채 한 무리 부하들을 거느리고 왔다 갔다 하면서 순찰하였다. 그들은 치안을 유지할 중요한 책임을 지고 있었으며, 특히 모여 있는 사람들 속에 숨어 있는 말썽쟁이 불순분자를 방비하지 않을 수 없었다.

"제기랄! 거드름만 피우는 도적놈들이 우리 양식을 먹고 할 짓이 없으니 밤낮 우리를 해칠 궁리만 하는구만. 한 놈 한 놈 그저 ……"

"나도 이 개자식들의 고기를 몇 입 씹어먹고 싶소! 언제건 이 어른이 ……"

자위단에게 해를 입은 적 있는 다수의 사람들은 그들이 지나간 다음 이를 갈며 몰래 욕을 퍼부었다. 그들이 멀어지자 리츄는 그들 뒤를 따라가면서 놀려댔다.

물은 여전히 불어나고 있었으며, 둑을 넘는 곳도 있었다. 싯누런 물에 목숨을 빼앗긴 적이 있었는지라, 사람들은 모두 무서운 공포에 싸였다. 뭐라 형언할 길 없는 뜨거운 열기를 뿜는 눈들이 홍수를 지켜보고 있었다.

"남쪽 물이 더 이상 내려오지만 않으면 괜찮겠는데!"

사람들은 서로를 위로하면서 호미, 삽, 괭이 따위를 쉬지 않고 놀렸다.

물이 멈추었다!

갑자기 어떤 곳의 물이 거꾸로 흐르기 시작했다. 누군가 몇 군데의 역류하는 물을 가리키자, 사람들 사이에 거대한 소동이 일어났다.

"어디가 역류하오?"

"란시(蘭溪)의 작은 물 어귀인가?"

"아이쿠! 이젠 다 죽었네!"

"맙소사! 하늘이 정말 우리를 산 채로 죽일 모양인가? ……"

"관우신이시여! 올해도 작년과 마찬가지인가 ……"

남쪽 물이 불어났다. 남쪽 물에 밀린 서쪽 물은 즉시 강력한 역공을 가하였다. 양쪽이 충돌한 결과 물은 한없이 불어나기만 했다.

징소리는 더욱 긴박해졌다! 사람들 마음속에 채 아물지 않은 상처는 가슴을 후비듯한 징소리, 북소리에 또 다시 산산이 찢어지는 듯 했다. 어린이, 부녀들도 모두 둑으로 달려와 손으로 흙을 한 줌 한 줌 올려 쌓았다. 노인네들은 원푸 아저씨와 똑같이 모두들 땅에 꿇어앉았다.

"하느님! 고난을 건지는 관세음보살이시여! 올해엔 물난리가 다시 와서는 안 됩니다!"

"하늘의 부처님이시여! 이번 큰물만 막아주시면 연극을 열 차례 올려드리겠나이다!…"

"하늘이 사람 잡는구만!"

"………"

이틀 밤낮의 악전고투 끝에 사람마다 눈엔 핏발이 섰다. 몸은 솜뭉치처럼 나른하여 곳곳에 쓰러졌다. 서쪽 물은 세찬 기세를 넘겼던지라 남쪽 물의 반격을 이겨내지 못하고 일사천리로 밀리고 말았다! 이리하여 남쪽 물은 기세를 틈타 아무런 장애없이 쑥쑥 흘러내려갔다.

물이 물러갔다!

홍수가 밀려가니 허공에 걸려 있던 수천 수만 개의 마음들이 내려앉았다. 사람들은 모두 입을 쩍 벌리고서 안도의 한숨을 내쉬었다. 호미, 괭이를 들고서 나른해진 몸을 이끌어 각자 귀로에 올랐다. 그들의 얼굴에는 모두 승리의 미소가 어려 있었다.

"어이! 얼금뱅이 형님! 밤에 우리 집에 와서 이야기 좀 합시다!"

리츄는 사거리 갈림길에서 얼금뱅이 형과 헤어지면서 말했다.

삶과 일은 양수겸장으로 온 농촌 마을을 협공하고 있었다. 곡식이삭이 패기 시작하자 거의 모든 농민들은 목숨을 내걸고 일하였다. 이 엄혹한 일이십 일이 지나면 그들은 모두 살아갈 희망이 보일 터였다.

집에 쌀 한 톨 남아 있지 않았지만 윈푸 아저씨의 만면에는 웃음꽃이 피었다. 그는 시름을 놓았다. 두 차례의 엄청난 풍파를 겪어냈으니 틀림없이 풍년을 이루리라 자신하였다. 볏모는 튼실하고 낟알도 잘 든 게 십여 년래 보기 드물었으며, 이삭도 아주 잘 팼다. 거대한 희망이 윈푸 아저씨의 눈앞에 펼쳐졌다.

비록 윈푸 아저씨는 지나친 환상은 품지 않지만, 눈앞의 형편으로 이십여 일 후의 상황을 추측하는 것만은 사실이었다. 그는 눈을 들어 푸르른 들판의 잘 자란 볏모, 줄줄이 머잖아 황금빛을 띠게 될 이삭을 보면서 자신의 눈을 의심하고 꿈을 꾸는 것만 같았다. 하지만 이삭과 볏모는 하나하나 확실히 그의 눈앞에 펼쳐져 있었다. 그는 기쁘다 못해 미칠 지경이었다.

"하하! 올해 세상이 이렇게 좋을 줄이야!"

지난날의 피로는 이제 끝나는 모양이었다. 씨앗을 뿌리고서부터 지금까지 그는 한시도 쉰 적이 없었다. 모내기가 끝나기가 무섭게 가뭄이 들더니 금방 또 큰물이 져서 마음이 줄곧 안절부절하였던 것이다. 몸은 피로하다 못해 서리 맞은 뱀처럼 꼼짝하지 못하였고, 밥 한 끼 배불리 먹어보지도 못했다. 이전의 굶주림은 말할 나위가 없고, 잉잉을 판 후로도 멀건 죽밖에 먹지 못했다. 밭에 나갈 때마다 다리를 들 수 없을 지경이었으며, 비쩍 말라 뼈밖에 남지 않았다. 지금까지 줄곧 거듭되는 공포와 기아를 겪고 나서야 잘 자란 벼이삭을 보게 되었으니, 그가 기뻐하지 않을 까닭이 있겠는가? 이거야말로 진짜 손에 들어온 물건이다. 찬찬히 이것저것 잘 따져 궁리해야겠어!

우선 반드시 몇 끼 배불리 먹여야겠다. 애들이 배를 곯아 불쌍하기 짝이 없으니 요리를 몇 가지 만들어 배불리 먹여 정신이 버쩍 나게 해야겠다. 그런 다음에는 몇 섬을 팔아 옷을 몇 벌 장만해야겠다. 애들 옷차림이 정말 사람꼴 같지가 않아. 추석도 좀 근사하게 쇠야지. 빚을 몽땅 갚아야한다. 나머지는 남겨두었다가 설을 쇠고, 내년 봄 보릿고개에 대비해야지. 또 ……

리츄와 사오푸도 모두 혼처를 정해야겠다. 리츄는 정말이지 곳곳에서 혼담이 들어온다. 내년 하반기쯤에나 두 녀석 모두 장가를 보내면, 내후년에는 손자를 보아 할아버지가 된다. ……

하늘이 무너져도 솟아날 구멍이 있는 법이야. 다만 잉잉이 없는 것이 원푸 아저씨의 가슴을 저미게 하였다. 올해 농사가 이렇게 잘 될 줄을 알았더라면, 죽인다 해도 잉잉을 팔지는 않았을 텐데! 원푸 아저씨는 잉잉을 제일 귀여워했다. 여러 자식들 중에 잉잉이 제일 낫고 자기를 잘 따랐다. 그런데 귀여운 잉잉을 그가 팔아 버렸던 것이다. 그 텁석부리 샤 영감에게 팔려 쪽배에 실려 떠났던 것이다. 어느 곳으로 실려 갔을까? 그는 지금까지 소식을 듣지 못했다.

잉잉이 너무 불쌍하구나! 가련한 잉잉이는 이로부터 영영 무소식이었다. 풍년이 들고 먹을 것이 있을수록 윈푸 아저씨는 가슴이 더 아팠다. 잉잉은 집에서 밥 한 끼 배불리 먹을 복도 없었단 말인가? 만일 지금 잉잉이 윈푸 아저씨 앞에 있다면, 그는 정말로 불쌍한 잉잉을 끌어안고 한바탕 통곡하고 싶었다! 하느님! 그러나 불쌍한 잉잉이는 찾아올 수 없고, 영원히 데려올 수 없다! 윈푸 아저씨의 마음속에 남아있는 것이라곤 애처롭고 깡마른 모습과 영원히 아물지 못할 상처뿐이었다!

그 외에 무엇이 근심스러운가? 잉잉을 제외한다면 윈푸 아저씨의 마음속에는 쾌락과 기쁨뿐이었다. 모든 건 수가 있는 법이었다. 그는 아들에게 누구든 다시는 가련한 잉잉의 얘기를 꺼내 마음을 아프게 하지 말라고 거듭 당부했다.

집에 쌀이 떨어져도 윈푸 아저씨는 터럭만큼도 초조하지 않았다. 이젠 그에게도 방법이 있게 되었던 것이다. 이제 열흘 남짓만 지나면 몇 끼 배불리 먹을 수 있었다. 실물이 눈에 보이는데 몇 끼 먹을 쌀이 없다 해도 꿔주지 않을 사람이 없을까봐 걱정하겠는가?

허씨 여덟째 나리는 지금 양식을 꾸어갈 사람을 찾지 못해 안달이었다. 꾸겠다고 입을 떼기만 하면 열 섬이고 여덟 섬이고 사람을 시켜 날라다줄 판이었다. 값도 그리 비싸지 않아 한 섬에 6원밖에 하지 않았다.

리(李)씨 셋째 나리 집에서도 양식을 꿔주고 있었다. 한 섬마다 6원에 이자도 없는데다 최상품이었다.

마을 사람들은 모두 밥을 먹어야 하고 열흘 남짓의 어려운 고비를 넘겨야 했지만, 여덟째 나리와 셋째 나리에게 양식을 꾸려는 사람은 아무도 없었다. 그것은 먹어도 배 아픈 노릇이었다. 지금 한 섬을 꿔오면 열흘도 안 되어 세 섬이나 갚아줘야 하기 때문이었다.

그래서 허리띠를 졸라매고 이 열흘 남짓을 견뎌야 했다!

"이게 바로 그 개 같은 놈들의 수단이라구요! 빌어먹을 그 자식들은 우리를 착취하여 살아간단 말이요. 우리 모두 굶어죽게 되었을 때 그놈들에게 머리를 조아려도 양식 한 톨도 꾸지 못했는데, 논밭의 곡식이 풍성해지니 꿔주지 못해 안달이로구만. 열흘밖에 남지 않았는데 한 섬을 꾸면 세 섬이나 갚아줘야 한단 말이야? 이런 개새끼들은 죽지도 않으니, 하늘도 정말 눈이 없는 거지 ……"

"뾰족코 아버지, 당신도 그들의 양곡을 꾸지 않았습니까? 흥! 하늘에 눈이 있을 게 뭐요! 이런 자들일수록 부자가 되고 복을 누린다니깐!"

"그렇소! 하늘이 그 자식들에게 벌을 내릴 리가 없소. 이런 잡놈들에게 벌을 주려면 우리 자신이 나서야 해요!"

"우리 자신이? 리츄, 너 장난말이 아니로구나. 말해봐라! 모두 듣게 ……"

"무슨 장난말이겠습니까? 내 말은 자기가 거둔 곡식을 자기가 먹는다, 이겁니다. 그따위 개자식들에게 소작료 따윈 바치지 말고

꿔온 것도 갚지 말라는 겁니다! 그렇게 하면 그 자식들이 무슨 도리로 우리에게 달라고 한단 말입니까?"

"말 같잖은 소리! 밭이 그자들 건데!" 얼라이쯔(二癩子)가 훈계하는 투로 말했다.

"그자들 거라구? 그자들은 밭이 있는데도 왜 직접 농사짓지 않소? 그들의 밭은 어떻게 생긴 거요? 모두가 그자들에게 만들어 준 것 아니요? 얼라이쯔, 당신은 정말 멍청하구만! 당신은 이 밭들이 그자들 거라고 생각하오?"

"그럼 누구 것이요?"

"당신의 거고 내 것이지! 농사짓는 사람이 임자지!"

"허허! 이건 완전히 15,6년 당시에 농민회에서 하던 소리로구만. 정말 어리구만! 하하! ……"

"뾰족코 아버지, 왜 웃습니까? 농민회가 좋지 않던가요?"

"좋기야 좋지. 근데 네 모가지가 떨어지는데 너는 무섭지 않아?"

"무섭긴 뭐가 무서워요? 모두가 합심만 한다면, 장시(江西)의 상황을 보지 못했습니까!"

"합심! 네 말도 일리가 있다만, 허허! ……"

뾰족코 아버지, 그리고 얼라이쯔, 대머리, 왕라오류(王老六) 등은 리츄와 한바탕 되는대로 지껄인 후 모두 리츄의 말이 옳다고 믿었다. 민국 16년의 농민회 시절은 확실히 좋았다. 그런데 안타깝게도 오래가지 못했으며, 게다가 많은 사람들이 해를 입었다. 만일 또 하려 한다면 반드시 오래 지탱하도록 해야 한다!

"좋아! 리츄, 자위단의 총은 어떡하고?"

"퉤! 그때가 되면 우리가 그까짓 자식들의 것을 빼앗아버리지 뭐!"

아들이 종일 집에 있지 않으니 모든 건 윈푸 아저씨가 직접 처리해야만 했다. 집에 쌀이 떨어졌는지라 리씨 셋째 나리 집에 가서 한 섬을 꿔왔다.

"자네 집에 식구가 대여섯인데 곡식 한 섬으로 되겠는가? 두 섬을 더 가져가게!"

"셋째 나리, 감사합니다!"

윈푸 아저씨는 끝내 한 섬만 꿔왔다. 한 섬이라도 더 먹으면 열흘도 채 되지 않아 석 섬이나 갚아야 한다는 것을 그는 알고 있었다. 기름과 소금이 떨어지자 차오빙성네 가게에서 외상으로 준다고 했다. 정육점의 곰보 톈(田)씨는 만면에 웃음을 지은 채 그를 자주 찾아왔다.

"윈푸 형님, 고기 드시지 않겠어요?"

"됐네! 고기 먹기에는 아직 이르네."

"괜찮으니 마음대로 가져가 잡수시오!"

윈푸 아저씨는 자신이 이젠 점차 위대해졌다는 느낌이 들었다. 누구든 그를 만나는 사람마다 머리를 끄덕이고 웃으면서 인사를 건넸다. 집안도 차차 생기를 띠었다. 다만 아들 녀석이 변변치 못해 무슨 일이든 자신이 걱정해야 하는 게 한스러울 뿐이었다. 빌어먹을! 늘그막에 정말 복 누릴 팔자가 아닌가 보다!

벼이삭은 하루하루 누렇게 익어갔다. 윈푸 아저씨의 얼굴의 웃음도 하루하루 많아졌다. 그는 정말 정신없이 바빴다! 곡식을 말릴 멍석을 손보랴, 풍차를 수리하랴, 탈곡하고 볏단을 묶을 사람을 청하랴, 그는 하루 종일 분주하여도 얼굴에 웃음이 가시지 않았다. 올해 작황은 예년에 비하여 세 배나 좋았다. 한 섬 내던 밭에서 서른네댓 섬의 곡식을 거둘 수 있었다. 이건 정말 가난뱅이들이 운수대통한 해였다!

작년에 수재를 입었던 것은 둑을 부실하게 수리한 탓이었다. 그러니 올해 가장 중요한 일은 둑을 손보는 것이다. 한 자 두께만 더 올리면 어떤 큰물이라도 근심할 필요가 없다. 이건 농사꾼들이 마땅히 해야 할 의무이다. 제방국의 위원이 진즉부터 와서 독촉했다.

"차오윈푸(曹雲普), 자넨 올해 8원 58전의 제방수리비를 내야 하네!"

"마땅히 내야지요. 한 섬 남짓의 곡식이군요! 탈곡한 후 제가 직접 국에다 가져다드리지요! 위원 선생님을 오시게 해서 미안합니다. 꼭 가져가겠습니다. 꼭! ……"

윈푸 아저씨는 만면에 웃음을 지으면서 시원시원하게 대답했다. 둑을 제대로 수리하지 않으면 이듬해 또 수재를 입기 마련이다.

보갑(保甲) 선생이 자위단장의 명령을 가지고 윈푸 아저씨를 찾아왔다.

"윈푸 아저씨, 당신은 올해 8원 40전의 자위단세를 납부해야 하겠소! 자위단에서 공문이 내려왔소."

"왜서 이리 많습니까? 보갑장 나리!"

"두 해치를 함께 거두는 거요! 당신이 작년에 냈소?"

"아! 제가 천천히 가져갑지요."

"그리고 구국의연금이 5원 72전, 공비토벌세는 3원 7전이오."

"이, 이건 무슨 명목입니까? 보 …… 보갑장 나리!"

"퉤! 이 노인네가 정말 얼빠졌구만! 왜놈들이 북경까지 쳐들어왔는데 아직도 잠꼬대요. 이 돈으로 총포를 사서 구국하고 공비를 때려잡는 거요!"

"아하! …… 알겠습니다. 알겠습니다! 제, 제가 가져갑지요."

윈푸 아저씨는 조금도 초조하지 않았다. 이 정도쯤이야 걱정할 필요가 없었다. 그에게는 거대한 수확이 있다! 이제 너댓새만 지나면 세상이 온통 황금 천지일 텐데, 초조할 게 뭐가 있겠는가?

7

아들 녀석이 자기 말을 잘 듣지 않는 것이 윈푸 아저씨 평생의 유감이었다. 일이 바쁠 때일수록 리츄는 집에 붙어있지 않았다. 윈푸 아저씨는 화가 치밀어 집안 곳곳을 마구 뛰어다녔다. 그는 아들이 밖에서 무슨 수작을 벌이는지 도통 몰랐다. 새벽에 나가면 한밤중이 되어도 돌아오지 않았다. 곳곳마다 탈곡하는 소리로 요란했다. 집의 벼는 이미 싯누렇게 여물어 지금 서두르지 않으면 낟알이 저절로 떨어질 지경이었다.

"개 같은 자식! 하루 종일 밖에서 지랄을 떠는구만! 집안 형편은 전혀 아랑곳하지 않으니, 빌어먹을 놈!"

그는 분김에 욕질을 하면서 큰 둑에 가서 통 하나를 얻어오려 했다. 어쨌든 오늘은 날씨가 좋으니 타작을 하지 않기에는 몹시 아끼웠던 것이다.

원래는 리츄가 집에 있으면 부자 셋이 억지로라도 통을 붙들고 일을 할 수 있겠는데, 리츄가 집에 없으니 큰 둑에 가서 외지의 삯일꾼을 쓸 수밖에 없었다.

탈곡하는 삯일군 대부분은 후난성(湖南省) 시골에서 왔는데, 해마다 초가을이 되면 한 무리씩 몰려왔다. 그들은 간단한 보따리 두 개를 가지고서 네 명이 일행을 지어 이 빈후(濱湖) 일대의 몇 개 현을 돌아다니면서 남의 가을걷이와 탈곡을 도와주었다. 품삯은 그다지 높지 않았지만, 먹는 것만은 괜찮은 것을 요구했다.

윈푸 아저씨는 금방 통 하나를 불러왔다. 네 명의 튼튼한 사나이가 후줄근한 보따리를 메고서 그를 따라왔다. 타작을 시작할 즈음에는 해가 벌써 두 길이나 높아져 있었다. 윈푸 아저씨는 사오 푸더러 밭에서 일군들과 함께 일하게 하고 자기는 사방으로 리츄를 찾아다녔다.

날이 어두워졌다. 두 마지기 밭을 다 거두고 나니, 품삯으로 공연히 두 페미나 날렸다. 리츄를 아직도 찾지 못한 터라 윈푸 아저씨는 초조해져 어찌할 바를 몰랐다. 수확은 예상했던 것보다 훨씬 많았다. 두 마지기 밭에서 열두 섬이나 거두었다. 아들이 변변찮다고 욕하는 것만 빼고 그의 마음은 아주 유쾌했다.

외지의 삯일꾼을 부르는 것은 수지가 맞지 않는 일이다! 품삯 외에도 큰 사발의 쌀밥을 일꾼들의 뱃속에 채워줘야 했다. 이걸 보고 있자니 윈푸 아저씨는 속이 상해 눈에 핏발이 섰다. 지난날 굶주리던 상황이 떠올라 리츄란 놈을 당장 때려죽여도 시원치 않을 성 싶었다. 내일부터는 절대로 일꾼을 부르지 않겠어. 사오푸와 둘이서 일하면 하루에 다만 몇 뙈기라도 거둘 수 있겠지.

밤이 깊었지만, 윈푸 아저씨는 아직 잠을 이룰 수 없었다. 리츄가 누군가와 이야기를 나누는 소리가 얼핏 들렸다. 눈을 뜨고 보니 마음속에 미움이 왈칵 솟아났다.

"이 잡놈의 새끼! 너 …… 너도 돌아올 때가 있구나! 썩을 놈! 집안일은 아예 내팽개치고 이 늙은이 혼자 죽도록 일해야 하느냐? 빌어먹을 놈의 새끼! 오늘은 너 죽고 나 살자! 네가 죽든 내가 죽든 결판을 내보자! 이 잡놈의 새끼! 무슨 별난 재주가 있는가 보자! ……"

윈푸 아저씨는 손가는 대로 나무 몽둥이를 집어들고서 이것저것 가리지 않고 리츄에게 덤벼들었다. 네 꿰미 품삯과 흰쌀밥의 분풀이를 몽땅 아들에게 할 셈이었다.

"윈푸 아저씨! 너무 그를 탓하지 마십시오. 우리가 이번에 그더러 중요한 일을 도와 달라고 부탁했습니다!"

"무슨 귀신 씨나락 까먹는 소릴? 너, 너 …… 너는 누구냐? 얼금뱅이, 네가 설마 몰라서 그래? 우리 집 일이 얼마나 바쁜 줄을! 제기랄! 무슨 지랄을 피우는 거야!" 윈푸 아저씨는 어찌나 치가 떨리는지 손에 쥔 몽둥이마저 부들부들 떨렸다.

"정말입니다! 윈푸 아저씨. 이번에 리츄가 우리를 위해 일하러 간 건 틀림없습니다! ……"또 다른 사람이 말했다.

"좋다! 네놈들이 모두 그 자식 편을 들어 나를 해치는구나. 제 배 부르니 남의 배 고픈 줄 모르겠지! 네놈들이 우리 집 형편을 알기나 해? 너희들이? ……"

"옳으신 말씀이에요, 아저씨! 이젠 돌아왔으니 내일부터 어르신을 도와 밭에 나갈 겁니다."

"밭에 나간다구! 죽도록 일해도 제 밥 한 끼 벌지도 못하면서 그 따위 잡놈들에게 불로소득만 안겨주는 판에. 우리가 죽어라 일해도 한 톨이라도 우리 손에 떨어집니까? 나는 진즉 다 알고 있어요!"리츄가 분연히 말했다.

"누가 네 것을 빼앗아간다고 그래? 잡놈의 새끼!"

"빼앗으려는 놈들이야 너무 많지요! 이 몇 톨 벌어봤자 나누어 갖기에는 턱도 없어요! 십 년이고 팔 년이고 죽게 일해 봐아 한 톨이라도 돌아오리란 생각은 아예 마세요!"

"쳐 죽일 놈의 새끼! 게으름뱅이 놈이 변명만 늘어놓구나. 일하지 않으면 하늘에서 먹을 게 떨어지냐? 꼬박꼬박 대꾸질 할래!"

윈푸 아저씨는 다시 몽둥이를 치켜들었다. 단숨에 이 불효자식을 요절을 내고 싶은 모양이었다.

"됐어! 리츄, 그만 입 좀 다물어! 아저씨, 어르신께서도 진정하십시오! 이젠 세상이 달라졌습니다. 농사꾼은 평생 머리를 쳐들 날 없이 일 년 내내 바삐 일하고도 거둬들이고 나면 한 섬 한 섬

씩 남한테 바쳐야 합니다. 세금입네! 빚입네! 구휼금입네! ……
어디 우리에게 남는 게 있습니까? 게다가 시장의 곡가는 요 며칠
새에 폭락했습니다. 우리가 뭔가 수를 내지 않으면 안되는 상황입
니다! 그래서 우리는 ……"

"제기랄! 난 평생 뭣 같은 방법을 생각해본 적이 없네. 그
저 일할 줄만 알았지. 일하지 않으면 먹을 게 없다는 것만 아네
……"

"그렇습니다! …… 이보게, 리츄! 아버님 잘 돌보게! 그럼 또
보세!"

젊은이 서너 명이 돌아간 후 리츄는 옷을 입은 채 그대로 누
워 잤다. 윈푸 아저씨는 가슴속이 단단한 돌덩이로 막힌 것만 같
았다.

돌아온 이튿날부터 리츄는 곡식을 멜대로 한 섬 한 섬 져 날랐
다. 통통하게 여문 싯누런 낟알은 정말이지 황금 같았다.

마을에는 기뻐하지 않는 사람이 없었다. 올해 농사는 이전보다
세 배나 더 잘 되었다. 몇 차례의 공포와 밤낮으로 일한 피로, 곯
은 배를 무릅쓰고 악전고투해 온 대가가 이렇듯 풍성하니, 누군들
웃음꽃이 피어나지 않겠는가?

만나는 사람들마다 서로 웃음을 띠운 채 고개를 끄덕이면서 하
느님께 눈이 있어 가난뱅이들을 굶어죽게 만들지는 않았노라고
이야기했다. 모두들 수재, 가뭄, 분망함과 두려움, 그리고 견딜
수 없었던 배고픔 등 지나간 어려웠던 시절을 꺼냈다. …… 하지
만 이젠 모두들 형편이 나아졌다.

시장도 점차 떠들썩해지기 시작했다. 물가는 이삼 일만에 곱절 이상으로 껑충 뛰어올랐다. 그러나 쌀값은 하루하루 내려만 갔다.

6원! 4원! 3원! 끝내 1원50전까지 내려갔다. 그것도 최상품 벼값이 그랬다.

"아니 정말 이리 빨리 내려가나?"

환희와 경축으로 들끓던 분위기는 곡가가 내려감에 따라 점점 가라앉았다. 곡가가 1원씩 내려갈 때마다 사람들의 가슴은 한층 더 조여들었다. 더구나 온갖 물품의 가격이 폭등하는 바람에 풍년이 든 해가 평소보다 오히려 더 곤궁해졌다. 천신만고 발버둥 친 덕으로 가꾼 곡식을 이렇게 헐값으로 팔려는 사람이 누가 있겠는가?

윈푸 아저씨는 이 소문을 막 들었을 때 그리 놀라지 않았다. 그의 눈은 싯누런 벼에 어두워져 있었던 것이다. 그는 이런 상품의, 목숨만큼 귀한 보배를 제값에 팔지 못하리라고 믿지 않았다. 리츄가 곡가가 폭락했다고 말했을 때에도 그는 혼미해진 눈을 부릅뜨고서 욕설을 퍼부었다.

"너 따위 버릇없는 자식들이 공연히 놀라 유언비어를 퍼뜨리고 있는 거야! 곡가가 떨어지는 게 뭐 이상할 게 있어? 제값에 사려는 사람이 없으면 남겨두고 자기가 먹으면 되잖아? 제기랄! 다들 굶어 죽으라지!"

하지만 아들을 찾느라 화내는 것은 화내는 것이지만, 곡가가 떨어지는 것은 제지할 방법이 없었다. 최상품 한 섬에 1원 20전 이라는 소문이 농촌에 널리 퍼졌다.

"1원 20전, 어느 시러배 자식이 팔겠나!"

곡가가 한 푼어치도 안 되게 떨어져도 윈푸 아저씨는 여전히 아들들에게 일을 다그쳤다. 탈곡 후에도 짚을 말리고 낟알을 말리며 풍차질하고 창고에 쟁여 넣는 등 뙤약볕 아래에서 온종일 쉬지 않고 일하였다. 물기와 지푸라기가 섞였던 낟알들은 깨끗하고 누르스름한 상등의 곡식으로 변했다. 그는 이렇게 목숨처럼 귀한 보배를 집에 두고 서너 해 먹으면 먹었지 절대로 헐값으로는 팔지 않겠노라 마음먹었다. 이것은 그가 반년 가까이 흘린 피땀이었던 것이다!

추수를 마친 후의 들판은 거친 전투를 겪고 난 폐허처럼 무질서하게 어지러웠다. 온 농촌 마을은 잠시 평온을 되찾은 셈이었다. 그 평온함은 기다리고, 또 기다리고 있었다. 거대한 풍랑이 덮쳐들어 모든 걸 파멸시키기만을!

8

'소작료 인하를 위한 음식 대접'을 몇 번이나 굳게 반대하던 리츄는 홧김에 다시 집을 뛰쳐나갔다. 윈푸 아저씨는 화가 치밀었지만 아무 일 없다는 듯 정성껏 준비하였다. 어떻든 그는 이번의 음식대접을 통해 나리들의 동정 어린 연민을 조금이나마 얻으리라고 믿었다. 그는 늙었으니, 나리들도 늙은이의 사정을 봐줄 것이라 생각했던 것이다!

닭 한 마리, 오리 한 마리, 살진 돼지고기 두 사발을 차려놓자,

윈푸 아저씨는 군침이 돌지 않을 수 없었다. 그는 집에 들어가 단정하게 기운 옷으로 갈아입고서 사오푸에게 대청을 말끔히 청소하게 했다. 해는 아직 중천에 떠 있지 않았다.

아침 일찍 윈푸 아저씨는 허씨 여덟째 나리집에 건너갔다가 리씨 셋째 나리댁에도 들렀다. 그가 모시겠다는 경의를 간절하게 표시하자, 여덟째 나리와 셋째 나리는 식사를 하러 가겠노라 응낙했다. 여덟째 나리는 제방국의 천(陳) 국장을 포함해서 한 자리에 앉을 사람을 자기가 모시고 가겠노라고 윈푸 아저씨한테 대답했다.

탁자에는 술잔과 젓가락이 진즉 차려져 있건만, 나리들은 아직 오지 않았다. 윈푸 아저씨가 공손하게 대문 밖에 서서 지켜보고 있는데, 멀리서 검은 그림자 두 줄이 이쪽으로 옮겨오고 있었다. 그는 바삐 들어와 나리들의 눈에 거슬리지 않도록 사오푸와 넷째 시얼에게 잠시 집 뒤에 숨어 있으리고 분부했다. 그는 긴 걸상 네 개를 다시금 쓱 문질러 닦고서 더러운 구석이 없다고 느끼고서야 안심하고 문밖에서 나리들이 도착하기를 기다렸다.

모두 일곱 사람이 왔다. 셋째 나리, 여덟째 나리, 천 국장 외에, 또 각각 소작료를 결산할 선생을 데리고 왔다. 나머지 두 사람은 모르는 사람이었는데, 하나는 수염을 길게 기른 보살님 같았고 다른 하나는 잘 차려입은 젊은이였다.

"윈푸! 자네 수고하네!"

얼굴에 흰 수염이 더부룩하고 쥐눈을 한 셋째 나리가 말했다.

"무슨 말씀을, 차린 게 변변찮습니다! 셋째 나리, 여덟째 나리, 그리고 천 국장님께서 많이 이해해주십시오! 예! 나이가 들어 정말 면목이 없습니다!"

윈푸 아저씨는 조심스레 대답하며 몸을 잔뜩 구부렸다. '나이가 들었다'는 말을 유독 높게 했다. 이어 그는 얼굴에 어설픈 웃음을 지었다.

"자네더러 이러지 말라고 했는데, 자네가 굳이 청하는구만! 하하!" 허 나리가 이빨에 싯누런 이똥이 낀 채 핏기없는 입을 쩍 벌리며 말했다.

"여덟째 나리, 나리께서 …… 아이구! 이걸 뭐 인사를 차린다고 하십니까? 그저 소작인의 조그마한 정성일 뿐이지요! 나리께서 넓은 도량으로 용서해주십시오!"

"하하!"

천 국장도 따라서 몇 마디 고무하는 말을 했다. 사오푸가 안에서 요리를 한 그릇씩 가져왔다.

"앉으십시오!"

그들은 사흘 굶은 이리처럼 젓가락과 수저를 허겁지겁 놀리기 시작했다. 윈푸 아저씨와 사오푸는 좌우 양쪽에 서서 시중을 들면서도 눈은 탁자 위의 요리에서 떨어지지 않았다. 큼직한 살코기를 나리들이 맛있게 먹어치울 때 그들의 목구멍에서는 무수한 개미들이 기어다니는 것만 같았다. 입안에 고이는 군침을 억지로 집어 삼켰다. 끝내 사오푸는 너무나 먹고 싶어 눈물까지 찔끔 나왔다. 윈푸 아저씨가 옆에 없었더라면 달려가 한 점이라도 빼앗아 먹고 싶을 지경이었다.

전쟁터 같은 식사가 반 시간이 지나자 나리들은 배가 불렀다.

사오푸는 바삐 찻물을 따르고 탁자를 치웠다. 나리들은 한가롭게 거닐다가 5분 후에 다시 모여 앉았다.

윈푸 아저씨는 문설주에 기대어 서서 머리를 수그린 채 공손하게 나리들의 분부를 기다렸다.

"윈푸, 밥도 다 먹었는데, 자네 할 말이 있으면 지금 하게!"

"셋째 나리, 여덟째 나리, 천 나리께서 모두 여기에 계시는데, 나리들께서 저의 어려운 처지를 설마 모르시겠습니까? 좀 나리들께서 ……"

"올해 수확은 괜찮은 것 같은데!"

"예! 여덟째 나리!"

"그럼, 자네 무슨 말을 할 셈인가?"

"전, 나리들께 부탁 ……"

"아! 말해 보게."

"사실 제가 작년에 원기가 너무 상해 금방 회복되지 못했습니다. 온 집안 식구가 매일 먹고 살아야 하는데다가 제겐 달리 돈을 벌 힘도 없는지라, 그저 밭에만 매달려 살았습지요. 여덟째 나리와 셋째 나리한테 부탁드리 ……"

"자네 생각은?"

"여덟째 나리께서 좀 사정을 봐주셔서 소작료 항목에서 한두 부분 감해주셨으면 합니다. 작년에 꿔온 콩과 올해 종자만이라도 여덟째 나리께서 은혜를 베풀어주셨으면 합니다! …… 셋째 나리께서도…"

"좋네! 자네 뜻을 나도 알아들었네. 결국 우리더러 자네 곡식을 몇 톨이라도 덜 받으란 말이로군! 그런데 윈푸 자네도 알아야 하네! 작년, 작년에 수재를 입지 않은 사람이 있는가? 우리의 원기도 아마 자네보다 훨씬 많이 상했을 걸세! 우리 지출은 적게 잡아도 자네보다 서른 배나 되는데, 누가 우릴 위해 이 돈을 벌어준단 말인가? 이 몇 푼 안 되는 소작료밖엔 없네! …… 작년에 내가 자네한테 꿔준 콩 가지고 은혜를 베푸네 마네 할 건 없네. 그건 자네 목숨을 구해준 거네! 자네에게 꿔준 것만 해도 은혜를 베푼 셈인데, 이제 와서 염치없이 갚지 않겠다고? ……"

"갚지 않겠다는 게 아니라 여덟째 나리께서 이잣돈이라도 ……"

"알았네! 내가 자네를 믿지게야 하겠는가? 콩을 꿔간 것도 자네 한 사람만이 아니네. 자네 것을 덜 받으면 다른 사람의 것도 덜 받아야 하네. 이건 절대 그럴 수 없는 일이네! 종자건은 더구나 내 일이 아니네. 나는 그저 중개했을 뿐, 그건 현의 창고에서 나온 것이니, 어찌 내 마음대로 할 수 있겠는가?"

"그렇습니다. 여덟째 나리의 말씀이 옳으십니다. 늙은 저를 봐서 이번 한 번만 여덟째 나리와 셋째 나리께서 은혜를 베푸시길 부탁바랍니다. 다음해에 농사가 잘 되면 더는 빚을 끌지 않겠습니다! 그저 나리들의 은덕만 바랄 뿐입니다! ……"

윈푸 아저씨는 몹시 풀 죽은 낯빛으로 말을 할 때에 목소리마저 꺽꺽 막혔다. 어떻든 그는 여기에서 힘껏 사정해야만 했다. 적어도 일 년간 먹고 쓸 것만이라도 얻어내야 했다.

"안되네! 다른 해 같으면 나도 좀 봐줄 수 있지만 올핸 절대

안 되네! 만일 모두가 자네처럼 귀찮게 하면 어찌 되겠는가! 그리고 그들을 대처할 만큼 한가하지 않네. 물론 자네도 딱하긴 하네만, 나도 절대로 자네에게 손해보라곤 하진 않겠네! 자네 올해 빚과 소작료 외에 실제로 자네 손에 얼마나 떨어지는가? 우리에게 알려줘도 해될 건 없지!"

"뛰어보았자 나리 손바닥이지, 어찌 꾸며서 말씀드리겠습니까? 모두 백오십 섬을 거두었지만, 셋째 나리와 천 나리께도 바쳐야 하고 자위단에도 바쳐야지요, 조세랑 기부금이랑 ……"

"어째 그것밖에 안되나?"

"정말입니다! 맹세하겠습니다! ……"

"그러면 내가 자네 대신 셈해보지!" 여덟째 나리는 말하면서 머리를 돌려 푸른 두루마기 차림의 회계선생을 불렀다.

"디신(滌新)! 원푸가 우리에게 진 소작료와 빚을 계산해보게!"

"여덟째 나리, 다 계산되어 있습니다! 소작료, 종자, 콩값과 이자까지 합하여 모두 백세 섬 다섯 말 여섯 되입니다. 곡식 한 섬에 1원 36전씩 쳤습니다."

"셋째 나리, 당신 것은?"

"대충 서른 섬이 될 거네!"

"제방국에도 열 짐 남짓 될 거요!" 천 국장이 말했다.

"그러면 원푸, 자네가 갚지 못할 게 없구만! 왜 이리 잔소리가 많은가?"

"아이구! 여덟째 나리! 우리 식구는 뭘 먹고 삽니까? 게다가 자위단비에 조세, 기부금까지 있는데요! 여덟째 나리! 이 늙은이에게 은혜를 베풀어주십시오! ……"

윈푸 아저씨는 왈칵 눈물을 쏟았다. 이 긴급한 처지에 그는 마지막으로 통사정하여 나리들의 동정심을 바랄 뿐이었다. 그는 끝내 꿇어앉아 나리들을 향해 부처님께 절하듯 서너 번 절을 올렸다.

"여덟째 나리, 셋째 나리! 이 늙은이를 구해주십시오! ……"

"으음! …… 좋네! 윈푸, 내 그렇게 하지! 그렇지만 자네 지금 소작료와 빚진 것은 한 톨도 남김없이 바쳐야 하네. 앞으로 정말 지내기 힘든 날이 오면 내가 자네한테 또 곡식을 꿔줄 수는 있네! 그리고 자네는 내일 내게 곡식을 가져오게! 지체하는 날짜만큼 이자를 더 받겠네! 하루에 4푼 5리네! 4푼 5리! ……"

"여덟째 나리!"

이튿날 이른 아침, 윈푸 아저씨는 눈물을 줄줄 흘리면서 사오푸더러 창고문을 열게 했다. 허 나리와 리 나리의 머슴들이 모두 밖에서 기다리고 있었다. 이것은 나리들이 베푼 은혜였다. 윈푸 아저씨가 하루 동안 많은 곡식을 다 나르지 못할까봐 특별히 머슴들을 보내 운반을 돕게 하였던 것이다.

싯누렇게 잘 여문 곡식을 한 섬 한 섬 창고에서 내가자, 윈푸 아저씨의 가슴은 갈기갈기 찢어지는 것만 같았다. 눈물이 방울방울 떨어지고 온몸은 부들부들 떨고 있었다. 잉잉의 눈물투성이 얼굴과 누에콩의 맛, 뙤약볕, 미친듯하던 큰물, 관음분, 나무껍질 …… 모든 것이 이 기회를 틈타 한꺼번에 그의 마음속에 솟구쳤다.

머슴들은 곡식을 멜대에 다 지고 나서 그를 돌아보며 외쳤다.

"갑시다!"

윈푸 아저씨도 힘껏 멜대를 멨다. 마치 천근 짐이나 맨 듯, 땀이 빗줄기처럼 쏟아졌다! 허씨 여덟째 나리의 마을을 노려보며 겨우 문턱을 넘어섰다. 억지로 서너 걸음을 떼자 발바닥이 가시를 밟은 듯이 아팠다. 그는 짐을 내려놓고 좀 숨을 돌리려는 순간 머리가 어질어질하면서 가슴이 마구 아프더니 끝내 넘어지고 말았다!

"아이쿠!"

그는 겨우 외마디 소리를 질렀다. 낟알이 온 땅에 쏟아졌다.

"사오푸! 사오푸! 너의 아버지가 더위를 먹었다!"

"아버지! 아버지! 아버지!"

"윈푸! 윈푸!"

"엄마, 이리 와봐요! 아버지가 쓰러졌어요!"

윈푸 아주머니가 황급히 뛰쳐나와 윈푸 아저씨를 들어 무대 아래의 문짝 위에 눕히고 나서 온몸을 가볍게 흔들었다.

"어디가 아파요?"

"어! ……"

윈푸 아저씨는 눈을 감고 있었다. 머슴들이 곡식을 한 섬 한 섬 메고 윈푸 아저씨의 곁을 지났다. 그들의 발자국 소리는 마치 윈푸 아저씨의 가슴을 밟고 지나는 것 같았다. 울컥울컥 그의 입에서 붉은 피가 쏟아져 나왔다.

보갑장이 위원 나리 한 사람과 모제르총을 멘 병사 둘을 데리고 뛰어들었다. 멜대를 멘 잡부 대 여섯이 뒤따랐다.

"어찌된 일이야! 윈푸가 아픈가?"

사오푸가 곧장 다가서며 말했다.

"아닙니다. 방금 일하다 더위를 먹었습니다!"

"오! ……"

"윈푸! 윈푸!"

"무슨 일 있나요? 보갑장나리!"

"기부금을 바쳐라! 공산당토벌, 구국, 자위단비에 네 애비 이름으로 도합 17원 19전이다. 곡식으로 계산하면 열네 섬 서 말 세 홉이다. 가격은 1원 20전으로 했다."

"아니! 언제까지요?"

"지금 당장 곡식을 재야겠다!"

"아! 아이구! ………"

사오푸는 자기 아버지를 바라보다가 다시 병사들과 보갑장을 쳐다보았다. 그는 완전히 어리둥절 얼이 빠졌다! 허씨와 리씨 두 집의 머슴들은 모두 제 마음대로 창고에 들어가 곡식을 쟀다. 보갑장도 그들을 따라 들어갔다.

"이리 오게!"

밖에서 기다리던 잡부들도 죄다 뛰어 들어갔다. 모두 멜대 광주리를 내려놓고 곡식을 퍼담으려 했다.

"이건 강도짓이 아닌가?"

사오푸는 정신이 퍼뜩 들었다. 마음속에 형용할 수 없는 분노가 치밀었다. 핏발 선 눈을 치켜들어 이들을 바라보던 그의 마음 속에서 분노의 불길이 치솟아 올랐다. 왜 자기들이 고생스럽게 가 꾼 곡식을 남들이 한 섬 한 섬 가져가는지 알 수 없었던 것이다. 게다가 이 자들은 막무가내로 억지를 썼다. 만일 모제르총을 멘 자들이 곁에서 그를 주시하지 않았더라면, 그는 이를 악물고 달려 들어 이 강도들을 흠씬 두들겨 패주고 싶었다.

"어! …… 어! …… 아이구! ……"

"아버지! 좀 어떠세요? ……"

"어! ……"

반 시간도 지나지 않아 머슴들과 잡부들은 죄다 가버렸다. 보 갑장이 창고에서 느긋하게 기어나오더니 위원 나리를 보며 말하 였다.

"없습니다. 허씨와 리씨 두 집의 소작료와 제방수리비를 제하 니 기부금이 아직 세 섬 세 말 남짓 모자랍니다."

"그러면 사흘 내에 직접 진(鎭)으로 가져오라 하게! 자네 그에 게 통지하게!"

"사오푸! 좀 있다가 네 애비한테 일러라! 아직도 세 섬 세 말 다섯 되나 기부금이 모자란다고. 사흘 내에 직접 국으로 가져와야 한다! 그렇지 않으면 즉시 병사를 파견하여 붙잡아 가겠다." 보 갑장이 사납게 알렸다.

"어휴!"

사람들은 사오푸의 몽롱한 시선에서 사라졌다. 그는 몸을 돌려 창고 속을 살펴보았다. 어이구 맙소사! 그 속에는 몇 조각의 창고

널판자만 남아 있었다.

그는 눈앞이 어지러웠다. 온 세상이 빙글빙글 도는 것만 같았다!

"아! …… 아야! ……"

"아버지!"

9

리츄가 돌아왔다. 컴컴한 한밤중이었다!

"정말 곡식을 빼앗는 강도가 있구나!"

윈푸 아저씨는 잇달아 몇 번이나 까무러쳤다. 그는 리츄의 손목을 꼭 붙들고서 떨리는 소리로 말했다.

"리츄야! 우리 곡식은? 올해, 올핸 보기 드물게 풍작이다만!"

리츄의 마음도 미어졌다! 한참 후에 그는 이를 악물며 아버지를 위로했다.

"괜찮아요! 아버지. 연세도 많으신데 너무 상심하지 마세요! 제가 진즉 말씀드리지 않았어요? 조만간 우리가 다시는 속지 않을 날이 있을 겁니다. 지금 마을에 아직도 소작료와 기부금을 내지 않은 사람이 절반이나 됩니다. 모두들 내지 않을 작정입니다. 정 안되면 목숨을 걸고 한 바탕 해야지요! 오늘밤에 나는 거기에 가봐야겠습니다!"

"아! ……"

흐릿한 가운데 윈푸 아저씨는 마치 한 바탕 악몽을 꾼 것만 같았다. 그는 아들 리츄가 늘 집에 있지 않았던 까닭을 어렴풋이나마 깨닫게 되었다. 십오륙 년 때 농민회의 그림자가 그의 머릿속에 불현듯 떠올랐다. 그는 간신히 눈을 뜨고서 쓴웃음을 지은 채 리츄에게 머뭇머뭇 말했다.

"그래, 그래, 좋구 말구! 가보거라! 하늘이 도와주실 게다!"

1933년 5월 20일 상해에서 탈고

라오서는 베이징(北京)에서 태어났다. 만주족이며, 원명은 수칭춘(舒慶春), 자는 서위(舒予), 필명은 라오서, 훙라이(鴻來), 페이워(非我) 등이다.

　　1924년 영국에 유학하여 수많은 영어 작품을 읽으면서 문학창작의 길로 들어섰다. 중국의 저명한 소설가이자 극작가로서, 주로 베이징의 하층인민의 삶을 묘사하는 데 뛰어난 역량을 발휘하였다. 주요 작품으로 화극으로는 ≪찻집(茶館)≫과 ≪룽쉬거우(龍須溝)≫, 장편소설로는 ≪뤄퉈샹쯔(駱駝祥子)≫, ≪장씨의 철학(老張的哲學)≫ 등이 있다.

　　이 책에 실린 〈초승달(月牙兒)〉은 1935년 4월 1일, 8일, 15일에 간행된 ≪국문주보(國聞週報)≫ 제12권 제12기부터 제14기에 발표되었다.

라오서

(老舍, 1899~1966)

초승달 月牙兒

1

　그렇다. 또 초승달이 보였다. 한기를 머금은 연한 금빛 갈고리.
몇 번이나 될까. 지금의 초승달과 똑같은 초승달을 보았던 게. 여
러 번이었어. 그것은 갖가지 다른 감정을, 갖가지 다른 모습을 띠
고 있었다. 가만히 앉아 그것을 보노라니, 그것은 하나씩 하나씩
내 기억 속 푸른 구름 위에 비스듬히 걸려 있다. 그것은 나의 기
억을 불러 깨운다. 마치 불어오는 저녁 바람이 졸음에 겨운 꽃을
깨우듯.

2

　그 첫 번째, 한기를 머금은 초승달은 확실히 한기를 띠고 있었
다. 나의 구름 속 첫 번째 초승달은 쓰라린 것이었다. 희미한 그
연한 금빛은 나의 눈물을 비추고 있었다. 당시 나는 일곱 살밖에
먹지 않은, 짧고 붉은 솜저고리 차림의 소녀였다. 어머니가 기워

준, 윗면에 자잘한 무늬가 찍혀 있는 남색 천의 모자를 쓰고 있었던 걸로 기억한다. 그 작은 집의 대문 기둥에 기대어 초승달을 보고 있었다. 집안에는 약과 연기 냄새, 어머니의 눈물, 아버지의 병이 있었다. 나 홀로 층계 위에서 초승달을 보고 있었다. 나를 부르는 사람도, 나에게 저녁밥을 지어주며 돌봐 주는 사람도 없었다. 방 안의 처량함을 나는 알고 있었다. 왜냐하면 남들이 아버지의 병에 대해 수군거렸으니까. 그러나 나는 나 자신의 비참함을 더 느끼고 있었다. 춥고 배고픈데 날 돌봐주는 사람은 없었다. 초승달이 질 때까지 줄곧 서 있었다. 모든 것이 없어졌기에 울지 않을 수 없었다. 그러나 나의 울음소리는 어머니의 울음소리에 눌려버렸다. 아버지는 아무 기척도 없이 얼굴 위에 흰 천이 덮여 있었다. 흰 천을 젖혀 아버지를 다시 보려했지만, 그럴 용기가 나지 않았다. 방 안은 그저 곳곳마다 아버지에 의해 채워져 갔다. 어머니는 흰옷을 입으셨고, 나도 붉은 저고리 위에 동정을 꿰매지 않은 흰 색 두루마기를 껴입었던 게 기억난다. 왜냐하면 동정의 흰 실을 계속 뜯어냈기 때문이다. 사람들은 모두 바빴다. 떠들썩하게 시끄럽고 몹시 슬프게들 울었다. 그렇지만 할 일은 많지 않았고, 떠들썩할 필요도 없는 듯했다. 아버지는 네모진 얇은 판자 관에 넣어졌다. 여기저기 갈라진 틈이 있는 관에. 그런 다음, 대여섯 명이 관을 메고 갔다. 어머니와 나는 그 뒤에서 울었다. 아버지가 기억난다. 아버지의 목관이 기억난다. 그 목관은 아버지의 모든 것을 끝맺었다. 아버지가 떠오를 때마다 그 목관을 열지 않으면 아버지를 볼 수 없으리라는 생각이 들었다. 하지만 그 목관은 땅속 깊이 묻혔다. 성 밖 어느 곳에 묻혀 있는지 나는 똑똑히 알고 있지만, 땅바닥에 떨어지는 빗방울처럼 영영 찾아내기 힘들 것만 같다.

3

어머니와 내가 여전히 상복을 입고 있었을 때 또 초승달이 보였다. 그날은 몹시도 추운 날이었는데, 어머니는 나를 데리고 성을 나와 아버지의 무덤에 성묘를 하러 갔다. 어머니는 아주 얇은 종이 한 묶음을 들고 계셨다. 그날 어머니는 유달리 나에게 잘 해주셔서, 내가 힘이 없어 걷지 못하자 나를 한참이나 업어주었으며, 또 성문에 이르러 군밤을 사주시기도 했다. 모든 게 차가웠지만, 밤만은 따뜻했다. 차마 먹기가 아까워 군밤들로 내 손을 덥혔다. 얼마나 멀리 갔는지는 잘 기억나지 않지만, 어쨌든 꽤 멀었다. 아버지의 영구를 발인하던 날에는 이렇게 멀다는 느낌이 들지 않았던 듯하다. 그 날은 사람이 많았기 때문이었는지도 모른다. 이번에는 우리 두 모녀뿐이었다. 어머니는 말이 없었고, 나 역시 입을 열 기분이 나지 않았다. 모든 것이 정적에 휩싸여 있었다. 그 황톳길의 정적은 끝이 없었다. 해는 짧았다. 그 무덤이 기억난다. 자그마한 흙무더기인데, 멀리 높은 흙 언덕이 있고, 누런 흙 언덕 위에 태양이 비스듬히 걸려 있었다. 어머니는 내게 신경 쓸 수 없었는지 나를 한 쪽에 놓아둔 채 무덤을 안고 울었다. 난 무덤 옆에 앉아 손안의 군밤 몇 개를 가지고 놀았다. 어머니는 한바탕 울고 나서 그 종이를 불살랐다. 종이의 재는 내 눈앞에서 둥글게 한두 개의 소용돌이를 이루더니 느릿느릿 땅바닥에 떨어졌다. 바람은 별로 불지 않았으나 아주 추웠다. 어머니는 다시 울기 시작했다. 나 역시 아버지 생각이 났지만 울고 싶지는 않았다. 오히려 서럽게 우는 어머니의 모습에 눈물이 나왔다. 다가가 어머니의 손을 끌어잡고 말했다. "엄마, 울지 마! 울지 마!" 어머니는 더욱 슬피 울었다. 그녀는 나를 품에 끌어안았다. 이내 해가 졌다. 사방에는 아무도 없이, 오직 우리 두 모녀만이 있었다. 어머니 역시 조금은 두려운 듯, 눈물을 머금은 채 나를 잡아끌어 걸었다. 꽤 오래 걷고서야 어머니는 뒤를 돌아보았다. 나도 몸을 돌이켰다. 어느 게 아버지의 무덤인지 이미 분별할 수가 없었다. 흙 언덕의 이쪽은 온통 무덤으로, 한 무더기 한 무더기씩 언덕 아래까지 쭉 늘어서 있었다. 어머니는 한숨을 쉬었다. 우리는 부랴부랴 걸음을 서둘렀으나 아직 성문에 닿지 못했다. 초승달이 보였다. 사방은 칠흑처럼 어둡고 아무 소리도 없었다. 오직 초승달만이 한 줄기 차가운 빛을 뿌리고 있었다. 내가 지치자 어머니는 나를 안아주셨다. 어떻게 성에 이르렀는지 알지 못하지만, 희미한 하늘에 초승달이 있었던 것만은 기억이 난다.

4

막 여덟 살이 되었다. 나는 이미 물건을 저당잡히는 걸 할 줄 알았다. 저당을 잡혀 돈을 구해오지 못하면, 우리 두 모녀는 저녁을 굶어야 한다는 걸 알고 있었다. 끼니를 이을 방도만 있다면 어머니는 나를 전당포에 보내지 않으려 했기 때문이다. 어머니가 나에게 작은 보따리를 건네줄 때면 틀림없이 솥 안에는 한 줌의 죽조차 보이지 않는다는 것을 나는 잘 알고 있었다. 때로 우리 집의 솥은 체면을 따지는 과부처럼 깨끗했다. 이날 내가 가져간 것은 거울이었다. 이 물건만이 우리 집에서 필요 없는 듯 했다. 비록 어머니가 매일 사용하기는 했지만. 지금은 봄이다. 우리의 솜옷은 벗기가 무섭게 전당포에 맡겨졌다. 나는 이 거울을 손에 든 채 얼마나 조심해야 하는지, 그리고 빨리 가야만 하는지를 알고 있었다. 전당포는 곧 문을 닫는다. 나는 전당포의 그 큰 붉은 문, 그 크고 높은 계산대가 두려웠다. 그 문이 보이자마자, 나는 가슴이 두근거렸다. 그러나 들어가야만 했기에 나는 거의 기다시피 들어갔다. 그 높은 문턱은 정말로 높디높았다. 나는 온 힘을 다해 물건을 넘겨주면서 소리쳤다. "저당물이요!" 돈과 전당표를 받으면 얼마나 조심스럽게 받아들고서 재빨리 집으로 가야하는지, 그리고 어머니가 얼마나 걱정하시는지를 잘 알고 있다. 그러나 이번에는 전당포가 이 거울을 받으려 하지 않았다. 내게 다른 물건을 더 가져오라고 일러주었다. '다른 물건'이라는 게 무엇인지 나는 알고 있다. 거울을 가슴 앞에 품고서 나는 죽을 힘을 다해 집으로 뛰었다. 어머니는 우셨다. 두 번째 물건을 구할 수 없었기 때문이다. 나는 그 작은 집에 이골이 나도록 살아서인지 늘 물건이 많다고만 여겨왔다. 그러나 어머니를 도와 저당 잡힐 만한 옷가지를 찾게 되어서야 비로소 어린 마음에도 우리의 물건이 적다는 것을 깨닫게 되었다. 아주 적다는 것을. 어머니는 더 이상 나를 전당포에 보내지 않았다. 그러나 "엄마, 우린 뭘 먹어?"하고 내가 물었을 때, 그녀는 울면서 머리 위에 꽂혀 있던 은비녀를 나에게 건네주었다. 은붙이는 오직 이것뿐이었다. 내가 알기로 어머니는 여러 번 비녀를 빼내곤 했었지만, 끝내 저당 잡히라고 내게 긴네주지는 않았다. 이 은비녀는 어머니가 시집올 적에 외갓집에서 준 패물이었다. 이제 어머니는 이 마지막 은붙이를 내게 주면서, 거울을 내려놓으라고 했다. 있는 힘껏 전당포로 달려갔다. 그 무섭던 큰문은 이미 굳게 닫혀 있었다. 문둔테에 앉아 은비녀를 손에 꼭 쥔 채 소리 내어 울 수도 없었다. 하늘을 보았다. 아, 또 초승달이 나의 눈물을 비추고 있었다! 한참을 울고 있노라니, 어머니가 어둠 속에서 오더니 나의 손을 끌어 잡았다. 아! 얼마나 따스한 손인가. 나는 모든 고통을 잊었다. 배고픔조차 잊었다. 어머니의 이 따스한 손이 나를 잡아주는 것만으로도 좋았다. 나는 흐느끼며 말했다. "엄마, 우리 집에 돌아가서 자고 내일 아침에 다시 와요!" 어머니는 아무 말이 없었다. 잠시 걷다가 다시 말했다. "엄마! 초승달 좀 봐. 아버지가 돌아가시던 그 날도 초승달이 저렇게 비스듬히 걸려 있었어. 왜 항상 저렇게 비스듬히 걸려 있지?" 어머니는 여전히 아무 말이 없었지만, 그녀의 손이 약간 떨렸다.

5

어머니는 하루 종일 남의 옷을 빨았다. 나는 늘 어머니를 돕고 싶었으나 끼어들 수가 없었다. 그저 어머니가 일을 마칠 때까지 잠들지 않고 기다리는 수밖에 없었다. 때로 초승달이 진즉 떠올랐는데도 여전히 숨을 헐떡거리며 빨래를 했다. 냄새나는 양말들은 소가죽처럼 질겼는데, 모두 가게의 점원들이 보내 온 것이었다. 어머니는 소가죽과 다름없는 양말을 다 빨고 나면 밥을 넘기지 못했다. 나는 어머니 옆에 앉아 초승달을 보았다. 박쥐는 그 달빛 아래에서 요리조리 잘 헤치고 다닌다. 마치 은실 위에 커다란 마름을 꿴 채로 아주 잽싸게 어둠 속으로 떨어져 내리는 듯하다. 어머니가 애처로우면 애처로울수록 이 초승달이 더욱 사랑스러웠다. 그것을 보노라면 내 마음이 조금이나마 상쾌해졌기 때문이다. 그것은 여름에 더욱 사랑스러웠다. 마치 얼음처럼 서늘한 느낌을 늘 지니고 있어서. 초승달이 땅바닥에 드리운 조그마한 그림자가 금세 사라지는 게 나는 좋았다, 흐릿하여 분명치 않다가 그림자가 사라지고 나면, 땅 위는 유독 어둡고 별도 유난히 빛나고 꽃들도 유달리 향기로웠다. 우리 이웃집에는 꽃나무가 꽤 많았는데, 높디 높은 아카시아나무는 늘 꽃을 우리 집 쪽으로 떨어뜨려 눈이 쌓인 듯했다.

6

어머니의 손에 비늘이 돋았다. 그 손으로 등을 긁어주면 가려움이 시원해졌다. 하지만 어머니에게 자주 해달라고 하지는 못했다. 어머니의 손은 빨래하느라 너무나 거칠어졌다. 어머니는 야위었고, 고약한 양말 냄새에 찌들어 밥을 넘기지 못했다. 어머니가 무슨 수든 내야 한다는 걸 나는 알고 있었다. 난 알고 있었다. 어머니는 늘 옷을 한쪽에 밀쳐놓은 채 멍하니 있었다. 그녀는 그녀 자신과 이야기를 나누고 있었다. 무슨 방도를 생각하고 있었을까? 난 짐작할 수가 없었다.

7

어머니는 거북스러워하지 말고 귀엽게 '아빠'라 부르라고 나에게 신신당부했다. 그녀는 나에게 다시 아버지를 구해주었다. 내가 알기로 이 사람은 다른 아버지이다. 무덤 속에 이미 한 아버지가 묻혀 있으니 말이다. 어머니가 내게 신신당부하고 있을 때 나의 눈은 다른 곳을 보고 있었다. 그녀는 눈물을 머금은 채 말했다. "너를 굶겨 죽일 수는 없었단다." 나를 굶겨 죽이지 않기 위해 어머니는 또 다른 아버지를 내게 구해주었던 것이다! 내가 알면 얼마나 알겠는가만, 조금은 두렵기도 하고, 조금은 희망적이기도 했다. ― 만약 더 이상 굶주리지만 않는다면. 정말 공교롭게도 우리가 그 작은 집을 떠날 때 하늘에는 또 초승달이 걸려 있었다. 이번 초승달은 그 어느 때보다도 또렷하고 두려움을 안겨주었다. 나는 오래도록 살아온 이 작은 집을 떠나야만 했다. 어머니는 붉은 가마를 탔다. 가마 앞에는 몇 명의 고수(鼓手)가 있었는데, 불어대고 두드리는 것이 몹시 귀에 거슬렸다. 가마는 앞서 가고, 나와 한 남자는 뒤를 따랐다. 그 남자는 내 손을 끌고 있었다. 그 무서운 초승달은 약간의 빛을 내비치고 있는데, 마치 차가운 바람 속에서 떨고 있는 듯했다. 길가에는 아무도 없었다. 그저 들개들만이 고수들을 쫓으면서 짖어댔다. 가마는 아주 빨리 갔다. 어디로 가는 걸까? 어머니를 태우고서 성 밖으로 가는 걸까, 묘지로 가는 걸까? 그 남자는 나를 잡아당기며 갔다. 나는 숨이 턱에 닿았다. 울려고 해도 눈물이 나오지 않았다. 땀이 밴 그 남자의 손바닥은 물고기처럼 차가웠다. 나는 "엄마" 하고 부르고 싶었지만 그러지 못했다. 잠시 후, 초승달은 감기려는 커다란 눈의 눈꺼풀 틈새와 흡사했다. 가마는 작은 골목으로 들어갔다.

8

　서너 해 동안 초승달을 보지 못한 듯하다. 새 아버지는 우리에게 잘해주었다. 그에게는 두 칸의 방이 있어, 그와 어머니는 안쪽 방에서 지내고, 나는 바깥방의 널판에서 잤다. 처음에는 어머니와 함께 자고 싶었지만, 며칠이 지나자 '나의' 작은 방을 좋아하게 되었다. 방 안에는 새하얀 벽이 있었고, 기다란 책상과 의자가 놓여있었다. 모두 내 것인 듯했다. 나의 이불도 예전에 비해 두툼하고 따뜻했다. 어머니도 차츰 살이 오르고 얼굴에 화색이 돌았으며, 손위에 돋았던 비늘도 서서히 깨끗해졌다. 나는 오랫동안 전당포에 가지 않았다. 새 아버지는 나를 학교에 보내 주었다. 어떤 때는 나와 잠시 놀아주기도 했다. 비록 그가 좋은 사람이라는 건 알고 있었지만, 나는 왠지 모르게 그를 '아빠'라 부르기가 싫었다. 그도 이것을 눈치 챈 듯했다. 그는 나에게 늘 웃음을 짓곤 했는데, 웃을 때에 그의 눈은 보기 좋았다. 어머니는 '아빠'라 부르라고 넌지시 말해 주었다. 나 역시 사이가 틀어지는 건 원치 않았다. 나는 마음속으로 잘 알고 있었다. 어머니와 내가 먹고 마실 수 있는 것은 모두 이 아버지 덕분이라는 것을. 그렇다. 최근 서너 해 동안 초승달을 본 것이 기억나지 않았다. 어쩌면 보았을지라도 기억하지 못하는 것이리라. 아버지가 돌아가셨을 때의 그 초승달, 어머니가 타고 있던 가마 앞의 그 초승달은 영원히 잊지 못할 것이다. 그 여린 빛과 한기는 언제나 내 마음속에 자리잡은 채 그 무엇보다도 밝고 서늘했다. 마치 옥과 같았다. 때로 생각이 나면 마치 손으로 만질 수 있을 것만 같았다.

9

나는 학교에 다니는 것이 마냥 좋았다. 학교 안에 꽃들이 많았다는 느낌이 들었지만, 사실 전혀 없었다. 다만 학교를 떠올리면 꽃 생각이 날 뿐이었다. 마치 아버지의 무덤이 떠오르면 성 밖의 초승달이 생각나듯이. ─ 야외의 살랑거리는 바람 속에서 비스듬히 걸려 있었지. 어머니는 꽃을 무척 좋아하셨다. 비록 비싸서 사지는 못했지만, 누군가가 그녀에게 꽃 한 송이를 보내주면 아주 신이 나서 머리 위에 꽃을 꽂았다. 기회가 닿아 꽃 한두 송이를 꺾어 그녀에게 드린 적이 있었다. 싱싱한 생화를 꽂은 그녀의 뒷모습은 아주 젊어보였다. 어머니는 기뻐했고 나도 기뻤다. 학교에 있을 적에도 난 즐겁기만 했다. 아마 이런 까닭에 학교가 떠오를 때면 꽃이 생각나는 걸까?

10

내가 초등학교를 졸업하던 그 해에, 어머니는 다시 나를 전당포에 보냈다. 무엇 때문에 새 아빠가 별안간 가버렸는지 모른다. 그의 행방은 어머니도 모르는 듯했다. 어머니는 여전히 나를 학교에 보내주었으며, 머지않아 아버지가 돌아올 거라고 믿고 있었다. 그는 여러 날이 지났지만 돌아오지 않았으며, 편지조차 없었다. 어머니가 다시 냄새나는 양말을 빨아야 한다는 생각이 나를 견딜 수 없게 만들었다. 하지만 어머니는 결코 그럴 생각이 없었다. 그녀는 화장을 하고, 머리에 꽃 꽂기를 좋아했다. 참 이상했다! 눈물을 흘리기는커녕 도리어 웃음을 터뜨렸다. 왜일까? 난 정말 모르겠다. 여러 번 학교 수업이 끝나 집에 올 때, 어머니가 문 앞에 나와 서성이는 것을 보았다. 며칠 지나지 않아서의 일이다. 길을 걷고 있는데, 어떤 사람이 내게 손짓했다. "이봐! 네 엄마한테 소식 좀 전해 줘." "어이! 넌 팔아 안 팔아? 아이구, 귀여운 것!" 내 얼굴은 벌겋게 달아올랐다. 고개를 더는 숙일 수 없을 만큼 한없이 떨구었다. 나는 깨달았다. 어쩔 수 없다는 것을. 어머니에게 물어 볼 수 없었다. 그럴 순 없었다. 그녀는 나에게 잘 해주었으며, 때로 아주 엄숙하게 말하곤 했다. "공부해라, 공부해!" 글자라곤 한 자 모르는 사람이 왜 이리 공부하라고 닦달하는 걸까?

난 의심하다가도 다시 늘 의심으로부터 어머니가 날 위해 그런 일을 한다는 것에 생각이 미쳤다. 어머니에게는 그 이상 좋은 방법이 없었던 것이다. 의심이 들 때면, 어머니에게 한 바탕 욕을 퍼부을 수 없다는 게 한스러웠다. 좀 더 생각해보니, 그녀를 꼭 끌어안고 다신 그런 짓을 하지 말라고 간청하고 싶었다. 내 자신이 어머니를 도울 수 없다는 것이 한스러웠다. 그래서 이런 생각도 들었다. 초등학교를 졸업한다 해도 무슨 소용이 있겠어? 급우들에게 물어보았다. 작년 졸업생 가운데 여러 명이 첩이 되었노라고 어떤 애가 말해주었다. 누구누구는 창녀가 되었노라고 또 어떤 애가 얘기했다. 이런 일들을 그다지 잘 알지는 못했으나, 그들의 말하는 투로 미루어 보아 좋은 일은 아니라는 것을 짐작할 수 있었다. 그들은 뭐든지 알고 있는 듯했고, 자신들이 알기에도 정당치 않은 일을 몰래 수군대기 좋아했다. ― 이러한 일들에 그녀들은 얼굴을 붉히면서도 의기양양하였다. 더욱 어머니가 의심스러워졌다. 나더러 졸업한 후 이런 일을 하라는 건가 …… 이렇게 생각하자 어떤 때는 집에 돌아갈 엄두가 나지 않았으며, 어머니를 보는 것이 두렵기만 했다. 어머니는 때로 나에게 간식비를 주기도 했다. 그러나 그 돈을 쓰지 않았다. 그래서 굶주린 채 체조하러 갔다가 현기증이 난 적이 자주 있었다. 다른 사람들이 간식 먹는 것을 보노라면, 얼마나 달고 맛있을까! 하지만 난 돈을 아껴야 했다. 만일 어머니가 내게 그 일을 시키더라도 …… 수중에 돈이 있다면 도망칠 수 있다. 그러나 내가 가장 부유한 때래야 수중에 열 푼 남짓밖에 되지 않았다! 요즈음에는 설사 한낮이더라도 때로 하늘을 바라보며 나의 초승달을 찾는다. 내 마음속의 괴로움을 형상으로 비유할 수 있다면, 틀림없이 초승달 모양일 것이다. 초승달은 의지할 곳 전혀 없이 잿빛 푸른 하늘에 걸려 있고, 희미하던 빛은 오래지 않아 어둠에 휩싸이고 말았다.

11

나에게 가장 괴로운 일은 어머니를 미워하는 것을 서서히 배워간다는 것이다. 그러나 어머니를 원망할 때마다 나도 모르게 그녀의 등에 업혀 성묘하러 갔던 광경이 떠오른다. 이게 떠오르고 나면 더 이상 어머니를 원망할 수 없었다. 또한 그녀를 원망하지 않을 수도 없었다. 내 마음은 여전히 초승달을 닮아, 잠시만 빛날 수 있을 뿐 어둠은 끝이 없었다. 어머니의 방 안에는 늘 남자들이 찾아온다. 그녀는 더 이상 나를 피하지 않는다. 남자들의 눈은 개처럼 나를 보고 혀를 내민 채 침을 흘린다. 그들의 눈에 내가 한층 식욕을 불러일으키는 먹음직스러운 것임을 나는 알아차렸다. 아주 짧은 기간에 갑자기 아주 많은 일들을 깨닫게 되었다. 나는 나 자신을 보호해야 한다는 것을 알았다. 내 몸에 마치 귀하게 여길 만한 무언가가 있는 듯한 느낌이 들었다. 내게서 풍기는 어떤 냄새를 나는 맡을 수 있었으며, 그것이 나를 부끄럽고 예민하게 만들었다. 내 몸에서 나 자신을 보호할 수도 있고 해칠 수도 있는 힘이 생겨났다. 나는 때로 드셌고, 때로 연약했다. 어찌해야 좋을지 몰랐다. 나는 어머니를 사랑하길 원했다. 이런 때에는 반드시 어머니에게 물어보아야만 할 일이 많이 있었으며, 어머니의 위로가 필요했다. 그러나 정작 이러한 때에 나는 그녀를 피해야만 했고, 미워해야만 했다. 그렇지 않고서는 더 이상 내가 존재하지 않을 것 같았다. 잠을 이루지 못하던 때에 나는 아주 냉정하게 생각해보았다. 어머니는 용서할 수 있었다. 그녀는 우리 두 모녀의 호구를 해결해야 했다. 그러나 이로 인해 또 어머니가 해 준 음식을 거절해야만 했다. 나의 마음은 이렇듯 금방 차가워졌다가 금방 뜨거워졌다. 마치 겨울바람이 잠시 잠잠했다가 더욱 맹렬하게 부는 것처럼. 나는 화가 머리끝까지 치밀어 오르기를 가만히 기다렸다. 가라앉힐 방법이 없으니까.

12

상황은 좋은 방법을 생각할 틈도 주지 않은 채 더욱 악화되었다. 어머니가 내게 물었다. "어떡할래?" 내가 만일 어머니를 진정으로 사랑한다면, 그녀의 말마따나 마땅히 그녀를 도와야 한다. 그렇지 않는다면 그녀는 더 이상 나를 돌볼 수 없었다. 이건 어머니가 할 수 있는 말은 아닌 듯한데, 어머니는 분명히 이렇게 말했다. 그녀는 똑똑히 말했다. "난 이미 다 늙어버렸어. 2년만 더 지나면 거저 줘도 원하는 사람이 없을 거야!" 맞는 말이다. 요즘 어머니는 아무리 여러 번 분을 발라도 주름살이 감춰지지 않는다. 그녀는 오직 한 남자만을 시중드는 길을 다시 한 번 가고 싶어했다. 그녀의 정신은 여러 남자들을 시중들 만한 기력이 없었다. 어머니 입장에서 생각해 보면, 이즈음에 그녀를 원하는 사람이 있을 수만 있다면 — 만두 가게 주인이 어머니를 원했다 — 그녀는 당연히 곧바로 떠날 것이다. 그러나 나는 이미 다 큰 처녀인지라 어릴 적처럼 그렇게 쉽게 어머니의 가마 뒤를 쫓아가지는 않을 것이다. 나 자신을 잘 건사할 방법을 생각해야 한다. 만약 내가 어머니를 돕길 원한다면, 어머니는 다시 누군가에게 가지 않고 자기 대신 나더러 돈을 벌게 할 수 있다. 어머니 대신에 돈을 벌기를 나는 정말로 원했다. 그렇지만 돈을 버는 방법이 나를 벌벌 떨게 했다. 내가 알기는 무얼 안다고 나더러 중늙은이 부인처럼 돈벌이를 시킨단 말인가?! 어머니의 마음은 잔인하지만, 돈은 더욱 잔인하다. 그녀는 내게 그 길로 가라고 억지로 강요하지 않았다. 나 스스로 선택하게 했다. — 그녀를 도울 것인지, 아니면 우리 두 모녀 각자의 길로 갈 것인지를. 어머니의 눈에는 눈물이 없었다. 진즉 말라버렸다. 나는 어떻게 해야 하나?

13

나는 교장에게 말했다. 교장은 마흔 남짓의 부인으로 뚱뚱하며, 그리 영리하지는 않으나 동정심이 많았다. 나에게는 정말이지 방법이 없었다. 그렇지 않다면 내가 어찌 어머니의 일을 꺼낼 수 있겠는가. 나는 결코 교장과 가까웠던 적이 없었다. 그녀에게 한마디 한마디 꺼낼 때마다 벌겋게 불붙은 주먹탄이 목구멍을 태우는 것만 같았다. 나는 벙어리마냥 꺽꺽거리다가 한참만에야 겨우 한마디를 토해낼 수 있었다. 교장은 나를 돕기를 원했다. 돈을 줄 수는 없고, 단지 나에게 두 끼의 밥과 거처를 줄 수 있을 뿐이었다. ─ 이렇게 하여 학교에 살면서 늙은 하녀와 동무가 되었다. 교장은 서기를 도와 글씨를 쓰라고 했으나 금방 이렇게 할 필요가 없어졌다. 나의 글씨는 연습이 더 필요했기 때문이다. 두 끼의 밥, 거처할 곳은 커다란 문제를 해결해 주었다. 나는 더 이상 어머니에게 폐를 끼치지 않게 되었다. 어머니는 이번에 가마조차 타지 않고 인력거만을 타고 어둠 속을 더듬어 떠나갔다. 나의 이부자리는 어머니가 내게 준 것이다. 떠나갈 때 어머니는 울지 않으려고 안간힘을 다했으나, 마음속의 울음이 끝내 북받쳐 올라왔다. 어머니는 내가, 그녀의 친딸이 다시는 그녀를 찾지 못하리라는 것을 알았다. 나는 울기는커녕 어떻게 울어야 하는지도 잊어버렸다. 그저 입을 벌린 채로 흐느낄 뿐, 눈물이 온 얼굴을 덮어버렸다. 난 그녀의 딸이자 친구이자 위안이었다. 하지만 내가 하고 싶지 않은 그 일을 하지 않는 한, 나는 그녀를 도울 수가 없었다. 나중에 생각해 보니, 우리 두 모녀는 돌봐주는 이 없는 개와 같았다. 입을 위해 우리는 모든 고통을 감수해야 했다. 마치 몸에 다른 것은 아무것도 없고 오직 입만 있다는 듯이, 이 입을 위해 우리는 나머지 모든 물건들을 팔아야 했다. 이제 어머니를 원망하지 않게 되었음을 나는 깨달았다. 우리에게 먹을거리가 없었던 까닭은 어머니의 잘못도, 그 입 때문도 아니었다. 식량 탓이었다. 왜 우리에게는 식량이 없었을까? 이번의 이별은 지난날의 모든 괴로움을 눌러버렸다. 내 눈물이 흐르는 까닭을 가장 잘 아는 그 초승달은 이번에는 나타나지 않았다. 이번에는 어둠뿐, 반딧불마저 없었다. 어머니는 어둠 속에서 귀신처럼 사라져 그림자조차 보이지 않았다. 설사 어머니가 지금 당장 돌아가신다 해도 아마 아버지와 한 곳에 묻힐 리가 없다. 나는 어머니의 장래의 무덤이 어디에 있는지조차 모를 것이다. 내겐 그런 어머니, 그런 친구밖에 없었다. 나의 세상 속에는 나만이 남겨졌다.

14

어머니는 영영 만날 수 없었다. 사랑은 서리 맞은 봄꽃처럼 내 마음 속에 죽어버렸다. 열심히 글씨 연습을 했다. 교장을 도와 그리 중요하지 않은 서류들을 베껴쓸 수 있기 위해서. 나는 반드시 쓸모가 있어야 했다. 나는 다른 사람의 밥을 얻어먹고 사는 형편이니까. 나는 여느 여학생들과는 다르다. 그녀들은 종일토록 다른 사람들이 무얼 먹고, 무얼 입고, 무얼 말하는지 다른 사람들에게 주의를 기울였다. 나는 늘 나 자신만을 생각했다. 내 그림자만이 나의 친구였다. '나'는 늘 나의 마음속에 있었다. 날 사랑해 주는 사람이라곤 아무도 없었기 때문이다. 나는 나 자신을 사랑하고, 자신을 가엾게 여기고, 자신을 격려하고, 자신을 나무랐다. 나는 나 자신을 잘 안다. 마치 나 자신이 다른 한 사람인 양. 내 몸에 일어난 약간의 변화들은 나를 두렵게 하고, 기쁘게 하고, 이상야릇한 기분이 들게 했다. 나는 나 자신의 손에 쥐어져 있었다. 마치 한 송이 가냘픈 꽃을 받들고 있는 듯했다. 나는 눈앞의 일만 살필 수 있을 뿐이었다. 미래란 없고 깊이 생각해 볼 용기도 없었다. 남의 집 밥을 씹으면서 그때가 낮인지 밤인지를 알았다. 그렇지 않는다면 시간을 전혀 떠올리지 않았을 것이다. 희망도 없었고, 시간도 없었다. 내가 그저 시간이 존재하지 않는 곳에 박혀 있는 것만 같았다. 어머니가 생각나자, 어느덧 10여 년을 살아왔다는 것을 깨달았다. 앞일에 대해, 나는 학우들처럼 방학이나 명절, 설을 손꼽아 기다리지 않았다. 방학, 명절, 설이 나와 무슨 관계가 있단 말인가? 하지만 나의 몸이 성장하고 있다는 걸 나는 느끼고 있었다. 내가 조금씩 자라나고 있다고 느껴지자, 나는 더욱 막막하기만 하였다. 내 자신을 믿을 수 없었다. 성장하면 성장할수록 자신이 아름답다는 느낌이 들었다. 이것은 조금이나마 나에게 위안이었다. 아름다움이 내 신분을 올려주겠지. 그렇지만 나에게는 원래 신분이 없었다. 위안은 처음에야 달콤하지만 나중에는 쓰디쓴 법이고, 쓴맛은 끝내 나를 교만하게 만들겠지. 가난하지만 아름답다! 이 또한 나를 두렵게 만들었다. 어머니 역시 못나진 않았으니까.

15

나는 다시 오래도록 초승달을 보지 않게 되었다. 비록 보고는 싶었지만, 쳐다볼 용기가 나지 않았다. 나는 진즉 졸업했지만 여전히 학교에서 살고 있었다. 저녁에 학교에는 두 명의 늙은 하인만이 남았는데, 여자 한 명 남자 한 명이었다. 그들은 나를 어찌 대해야 할지 몰랐다. 나는 학생도 아니고 선생도 아니며, 하인도 아니지만 조금은 하인인 듯했다. 저녁에 나 홀로 마당을 거닐다가 늘 초승달에 쫓겨 방으로 들어갔다. 나는 초승달을 볼 엄두가 나지 않았다. 그러나 방 안에서 나는 초승달이 어떤 모습일지 상상할 수 있었다. 특히 잔잔한 바람이 불어올 때의 초승달을. 잔잔한 바람은 그 희미한 빛을 내 마음에 불어주는 듯, 나로 하여금 지난날을 떠올리게 하여 눈앞의 슬픔을 더해주었다. 나의 마음은 달빛 아래의 박쥐와 흡사하다. 설사 빛 아래에 있을지라도 자신은 까맣다. 까만 것은 설사 날 줄 알아도 여전히 까맣다. 나에게 희망이란 없다. 그러나 난 울진 않는다. 늘 이맛살을 찌푸릴 따름이다.

16

얼마간의 수입이 생겼다. 학생들에게 물건들을 짜주면 그들은 나에게 약간의 품삯을 주었다. 교장은 이렇게 하는 걸 허락했다. 하지만 수입이 많을 수는 없었다. 학생들도 짤 수 있었으니까. 하지만 급히 필요하거나 자신이 짤 틈이 없을 때, 혹은 가족들에게 장갑이나 양말을 짜주려 할 때에는 나를 찾아왔다. 비록 이렇긴 했지만, 나의 마음은 조금이나마 살아있는 듯 했다. 심지어 어머니가 떠나지 않았다면 내가 그녀를 부양할 수 있었으리라는 생각조차 들었다. 그러나 돈을 세자마자, 이것이 헛된 망상임을 금방 알게 되었다. 하지만 이런 생각이 나를 한결 편하게 해 주었다. 나는 어머니가 몹시 보고 싶었다. 만약 어머니가 나를 본다면, 그녀는 틀림없이 나를 따라올 것이고, 우리에게는 살아나갈 방법이 있을 것이다. — 하지만 그다지 믿지는 않는다 — 나는 어머니가 보고 싶었고, 그녀는 늘 나의 꿈속에 찾아왔다. 어느 날 학생들을 따라 성 밖으로 여행을 갔는데, 돌아올 무렵은 이미 오후 4시가 넘어서였다. 조금 빨리 돌아오기 위해 우리는 샛길로 질러 갔다. 어머니를 보았다! 작은 골목길에 만두 가게가 하나 있었다. 그 문 입구에는 은전 바구니가 놓여 있고, 바구니 위에는 나무로 만든 큼지막한 하얀 만두가 꽂혀 있었다. 담장을 따라 앉아 있는 어머니는 몸을 구부렸다 폈다 하면서 풀무질을 하고 있었다. 멀리에서도 커다란 나무 만두와 어머니가 보였다. 나는 그녀의 뒷모습을 알아보았다. 나는 달려가 어머니를 안고 싶었다. 그러나 그럴 만한 용기가 없었다. 학생들이 나를 비웃을까 두려웠고, 이런 어머니를 둔 나를 받아들이지 않을까 두려웠다. 걸어갈수록 더욱 가까워지자 나의 머리는 점점 수그러들었다. 눈물 속에서 어머니를 힐끗 보았다. 어머니는 나를 보지 못했다. 우리 무리는 그녀 곁을 스쳐지나갔다. 어머니는 아무것도 보지 못한 듯 풀무질에만 전념하고 있었다. 꽤 멀리 걸어가서야 나는 고개를 돌려 바라보았다. 어머니는 여전히 풀무질을 하고 있었다. 그녀의 얼굴은 똑똑히 보이지 않고, 이마 위에 머리카락이 흩어져 있는 모습만이 보였다. 나는 이 작은 골목의 이름을 기억하고 있다.

마치 내 마음속에 나를 갉아먹는 벌레가 있는 것 같다. 어머니를 보러 가고 싶었다. 어머니를 보지 못하면 마음이 안정되지 않았다. 바로 이 무렵 교장이 바뀌게 되었다. 뚱뚱한 교장은 방법을 생각해내야 한다고 내게 일러주었다. 그녀가 있을 동안에는 음식과 거처가 있었지만, 새로 오는 교장 역시 이렇게 해주리라고는 장담할 수 없다고 했다. 돈을 세어 보았다. 모두해서 이 원 칠십 몇 푼의 동전들. 이 몇 개의 동전이면 며칠간은 굶주리지 않을 것이다. 하지만 난 어디로 가야 하나? 그곳에 앉아 우두커니 걱정만 하고 있을 수는 없었다. 방도를 강구해야 한다. 어머니를 찾아가는 것이 첫 번째 생각이었다. 그러나 그녀가 나를 받아들일 수 있을까? 만약 그녀가 나를 받아들일 수 없는데도 내가 그녀를 찾아간다면, 설령 그녀가 그 만두장수와 다투지 않을지라도 틀림없이 아주 괴로울 것이다. 나는 그녀 입장에서 생각해보아야만 한다. 그녀는 나의 어머니이기도 하고 아니기도 하다. 우리 모녀 사이에는 가난으로 말미암아 벽이 생겼다. 아무리 생각해봐도 그녀를 찾아가고 싶진 않았다. 나는 스스로 자신의 괴로움을 짊어져야만 한다. 그러나 어떻게 나 자신의 괴로움을 짊어진단 말인가? 생각이 떠오르지 않는다. 세상은 너무나 작다는 느낌이 든다. 나와 내 작은 이부자리를 둘 곳이 없다. 내 처지는 개만도 못하다. 개라면 아무데서나 누워 잠들 수 있으련만, 나는 거리에 드러누워서는 안 된다. 그렇다. 나는 사람이다. 사람이 개만도 못할 수도 있다. 만약 내가 낯짝 두껍게 나가지 않는다면, 새로 온 교장이 나를 밖으로 쫓아내지 않을지 어찌 알겠는가? 사람들에게 내쫓길 때까지 기다릴 순 없다. 지금은 봄이다. 꽃이 피고 잎사귀가 푸르러진 것을 보았을 뿐, 나는 온기라곤 조금도 느낄 수 없었다. 붉은 꽃은 붉은 꽃일 뿐이고, 푸른 잎은 푸른 잎일 뿐이었다. 나는 여러 색깔들을 보았지만, 한 가지 색깔로 느껴질 뿐이었다. 이 색깔들은 아무 의미도 없었다. 봄은 나의 마음속에서 차갑고 죽은 것이었다. 나는 울지 않으려 했지만, 눈물이 절로 흘러내렸다.

18

나는 일을 찾아 나섰다. 어머니를 찾지 않고 어느 누구에게 의지하지 않고서 먹기 위해 스스로 안간힘을 써야 했다. 이틀 내내 걸었다. 희망을 품고 나갔다가 먼지와 눈물을 안고 돌아왔다. 나에게 주어진 일은 없었다. 이제야 비로소 어머니를 이해하게 되었고, 진정으로 어머니를 용서할 수 있게 되었다. 어머니는 그래도 냄새나는 양말을 빨았었지만, 나는 이 일조차도 할 수 없었다. 어머니가 걸어갔던 길밖에 없었다. 학교에서 가르쳐 준 재능이나 도덕은 모두 우스갯소리일 뿐, 배불러 할 일이 없을 때의 노리갯감이다. 학우들은 그런 어머니를 가진 나를 용납하지 않았다. 그녀들은 창녀를 비웃었다. 그렇다. 그녀들이 이렇게 보는 게 당연하다. 그녀들에게는 먹을 밥이 있으니까. 나는 거의 마음을 굳혔다. 누군가 먹을 밥만 준다면 뭐든지 하겠노라고. 어머니는 감탄

할 것이다. 비록 죽음을 생각해본 적이 있지만 이젠 죽지 않겠다. 아니, 난 살아나가야겠다. 나는 젊고, 아름답다. 살고 싶다. 부끄러움은 내가 만든 것이 아니다.

19

이렇게 생각하니 마치 벌써 일을 찾은 것만 같았다. 나는 용감하게 마당 안을 거닐었다. 봄의 초승달이 하늘에 걸려 있었다. 초승달의 아름다움을 알아볼 수 있었다. 하늘은 어슴푸레하고 구름 한 점 없었다. 맑고 따스한 그 초승달은 부드러운 빛을 살그머니 버드나무가지 위에 보냈다. 마당 안에 불고 있는 잔잔한 바람은 남녘의 꽃향내를 머금은 채, 버들가지의 그림자를 담 모퉁이 빛이 있는 곳으로 불어왔다가 다시 빛이 없는 곳으로 불어갔다. 빛은 세지 않고 그림자는 무겁지 않았으며, 바람은 산들산들 불었다. 모든 것이 따스하고 부드러웠다. 모든 것이 졸음기를 띠고 있었지만 가볍고 부드럽게 움직이고 있었다. 초승달 아래 버드나무 꼭대기 위에 마치 미소 짓는 선녀의 눈과 같은 한 쌍의 별이 있는데, 비뚤비뚤한 초승달과 가볍게 흔들리는 버들가지를 놀리고 있었다. 담장 쪽에는 무슨 나무 한 그루가 있는데, 하얀 꽃이 만발해 있었다. 달의 희미한 빛이 이 새하얀 눈덩이를 비춰, 반은 흰빛을 이루고 반은 회색 그림자를 이룬 채 상상할 수 없는 맑고 깨끗함을 드러내고 있었다. 이 초승달은 희망의 시작이라고 나는 마음속으로 말했다.

다시 뚱뚱한 교장을 찾아갔을 때 그녀는 집에 없었다. 한 젊은 남자가 들어오라고 했다. 그는 아주 점잖고 온화했다. 나는 평소 남자를 두려워했으나, 이 젊은 남자는 내게 두려움을 인겨주지 않았다. 그는 내게 뭐든 말하라고 했지만, 나는 쑥스러워 아무 말도 하지 않았다. 그런데 그가 한 번 웃어주자, 나의 마음은 이내 누그러졌다. 교장을 찾아 온 의도를 그에게 말하자, 그는 최선을 다해 도와주겠다고 말했다. 그날 저녁 그는 나에게 2원을 주었다. 내가 한사코 받으려 하지 않자, 그는 이 돈이 그의 작은어머니 ― 뚱뚱한 교장 ― 가 나에게 준 것이라 했다. 아울러 교장이 이미 내 거처를 구해놓았으며, 이튿날 이사해도 괜찮다고 말했다. 나는 의심스러웠으나, 입 밖에 내지는 못했다. 그의 얼굴의 웃음이 내 마음속까지 스며오는 듯했다. 의심을 품는 것이 면목 없는 일처럼 느껴졌다. 그는 그리도 온화하고 사랑스러웠다.

그의 웃음 띤 입술은 내 얼굴에 머물러 있었다. 그의 머리카락 위에서 나는 빙긋이 웃고 있는 초승달을 보았다. 봄바람은 마치 취한 듯 불어와 봄 구름을 흩어놓고 초승달과 한두 쌍의 봄별을 드러냈다. 강언덕 위의 버들가지는 가볍게 흔들거리고, 청개구리는 사랑의 노래를 불렀다. 여린 부들의 향기가 봄밤의 따스한 기운 속에 흩어졌다. 물 흐르는 소리를 듣고 있노라니, 마치 여린 부들에게 생기를 불어넣는 것만 같았다. 나는 부들 줄기가 쑥쑥 높이 자라는 모습을 상상했다. 촉촉하고 따스한 대지 위의 어린 민들레는 마치 뾰족한 꽃잎에 석회물을 뿌려놓은 듯했다. 모든 것을 녹여버린 봄의 힘은 봄을 그 미묘한 곳에 거두어들인 다음, 마치 꽃술의 끄트머리가 꽃잎을 터뜨리듯 약간의 향기를 내보낸다. 나는 자신을 망각한 채 주위의 화초들처럼 봄의 유혹을 받아들였다. 나 자신은 사라져버렸다. 마치 그 봄바람과 달의 어슴푸레한 빛 속에 녹아들듯이. 달은 돌연 구름에 가려졌다. 나는 내 자신을 떠올렸다. 그의 뜨거운 힘이 나를 억누르고 있음을 느꼈다. 나는 초승달을 잃어버리고, 또 나 자신을 잃어버렸다. 나는 어머니와 마찬가지가 되었다!

22

나는 후회하고 스스로 위로도 했다. 울음이 터질 것만 같았다가 기쁘기도 하였다. 도무지 어찌해야 좋을지 몰랐다. 영원히 그를 다시 보지 않기 위해 도망쳐 버리려 했다. 그러나 또 그가 그립고 외로웠다. 두 칸짜리 작은 집에는 오직 나 혼자뿐이다가, 매일 저녁에 그가 왔다. 그는 언제나 준수한 용모에 늘 그렇게 온화했다. 그는 내게 먹고 마실 것을 공급해 주었고, 몇 가지 새 옷도 지어주었다. 새 옷을 입은 나의 모습을 보고서 내가 아름답다는 것을 알 수 있었다. 그러나 난 이 옷들이 원망스러우면서도 아까워 벗어던지지 못했다. 나는 생각할 엄두도 나지 않았고 생각하기도 싫었다. 흐리멍덩하게도 나의 볼 양쪽은 늘 볼그족족했다. 나는 화장할 기분이 내키지 않았으나 화장하지 않을 수도 없었다. 너무 오래 쉬었다. 어떻게 해서든 할 일을 찾아야만 했다. 화장할 때 나는 나 자신이 가여웠다. 화장을 마치면 나 자신이 한스러웠다. 눈물이 너무나 쉽게 흘러내렸지만, 울지 않으려 애썼다. 눈은 종일토록 늘 그렇게 축축이 젖어 있었으며 사랑스러웠다. 나는 때로 미친 듯이 그와 입을 맞춘 후에 그를 밀어버리고 심지어 욕설을 퍼붓기까지 했다. 그는 늘 웃기만 했다.

23

나는 진즉 알고 있었다. 희망이 없다는 것을. 초승달은 구름 한 점으로도 가릴 수 있었다. 나의 미래는 암흑이었다. 과연 오래지 않아 봄은 여름으로 바뀌었고, 나의 춘몽은 끝으로 치달았다. 어느 날, 막 정오가 되었을 즈음이었다. 한 젊은 부인이 찾아왔다. 꽤 아름다웠다. 그러나 눈부시도록 아름답지는 않았으며, 자석 인형처럼 생겼다. 그녀는 방에 들어서자마자 울기 시작했다. 물어 볼 필요도 없이 난 이미 알아차렸다. 그녀의 모습을 보니 나와 다툴 생각은 아닌 것 같았다. 나 또한 그녀와 부딪치고 싶은 생각은 전혀 없었다. 그녀는 착실한 사람이었다. 그녀는 울먹이면서 내 손을 끌어 잡았다. "그 사람은 우리 둘을 속였어요!"라고 그녀가 말했다. 그녀 역시 '애인'에 지나지 않는다고 나는 생

각했다. 그런데 그렇지 않았다. 그녀는 그의 아내였다. 그녀는 나
와 다투지 않은 채, 그저 말끝마다 "그 사람을 놓아주세요."라고
말할 뿐이었다. 나는 어찌해야 좋을지 몰랐다. 나는 이 젊은 부인
이 딱하였다. 내가 그러겠노라고 승낙했다. 그녀가 웃었다. 그녀
의 이러한 모습을 보며, 나는 그녀가 세상 물정 모른다는 생각이
들었다. 그녀는 아무것도 모른 채, 그저 남편이 필요하다는 것만
알고 있는 듯했다.

24

나는 거리를 한참이나 걸었다. 그 젊은 부인에게는 선선히 승
낙했지만, 난 어떻게 해야 하나? 그가 내게 준 그 물건들을 난
갖고 싶지 않았다. 그를 떠나려 하는 이상, 단호히 관계를 끊어야
했다. 그러나 그 물건들을 내려놓는다면, 내게는 무엇이 남아 있
는가? 나는 어디로 가야 하는가? 난 그날그날 어떻게 먹고살아야
하나? 그래, 난 그 물건들을 가져야만 했다. 어쩔 수 없었다. 난
남몰래 이사를 갔다. 난 후회하지 않았다. 다만 공허한 느낌이 들
었을 뿐이다. 한 조각의 구름처럼 내게는 의지할 곳이 없었다. 조
그마한 단칸방으로 옮기고서, 난 하루를 잤다.

25

난 어떻게 아껴 쓰는지 안다. 어렸을 때부터 돈이 좋은 거란

걸 알았다. 아쉬운 대로 몇 푼의 돈이라도 손에 쥐고서, 나는 즉시 일을 찾아 나서려 했다. 이렇게 하면, 내가 뭔가를 바라지는 않더라도, 어쩌면 위험스러운 일이 생기지는 않을 것이다. 그러나 일이란 내가 한두 살 더 먹었다고 해서 쉽게 찾아지는 것이 아니었다. 나는 마음을 굳게 먹었다. 그래봤자 일에 도움이 되지는 않겠지만, 마땅히 그래야 한다는 느낌이 들었을 뿐이다. 여자가 돈을 번다는 게 왜 이리도 어렵단 말인가! 엄마가 옳았다. 여자에게는 한 가지 길이 있을 뿐이다. 바로 어머니가 걸어간 길이다. 곧장 그 길을 걸어가고 싶지 않았으나, 그것이 멀지 않은 곳에서 나를 기다리고 있음을 알고 있었다. 내가 몸부림을 치면 칠수록 마음속은 더욱 두려워졌다. 나의 희망은 초승달의 빛이었다. 잠시 지나면 사라져버리는. 한두 주일이 지나자 희망은 더욱 작아졌다. 마침내 나는 줄 지은 여자 애들과 함께 조그마한 호텔에서 심사를 받았다. 호텔은 아주 조그마한데, 주인은 몸집이 무척 컸다. 우리들은 모두 못난 편은 아닌데다 고급 소학교를 졸업한 여자들이었다. 우리는 마치 황제의 표창을 기다리듯, 무너진 탑 같은 주인에게 뽑히기를 기다렸다. 그는 나를 뽑았다. 난 그에게 고마워하지 않았지만, 그때 기분이 좋았던 건 사실이다. 다른 여자애들은 날 무척 부러워하는 것 같았다. 어떤 애는 끝내 눈물을 머금은 채 떠났으며, 어떤 애는 "제기랄!" 하고 욕을 내뱉었다. 여자란 얼마나 값없는 존재인가!

나는 작은 호텔의 2호 웨이트리스가 되었다. 요리 차리기, 요리 나르기, 계산 하기, 요리 이름 알리기 등에 나는 모두 서툴렀다. 난 조금 두려웠다. 그러나 '1호'는 내게 서두를 필요가 없다고 말했다. 그녀 역시 아무것도 할 줄 몰랐다. 일체의 일은 웨이터가 죄다 처리하고, 우리가 시중드는 건 손님들에게 차를 따르고 물수건을 건네주고 계산서를 가져가기만 하면 되니 다른 건 신경 쓰지 않아도 된다고 그녀는 말했다. 이상했다! '1호'의 소맷부리는 높이 말려져 있고, 소맷부리의 흰 안감은 때 한 점 묻어있지 않았다. 손목에는 흰색 명주 손수건을 둘렀는데, '누이여, 나는 그대를 사랑하네'라고 수놓아져 있었다. 그녀는 하루 종일 얼굴에 분을 처바르고, 입술은 피바가지처럼 칠했다. 손님에게 담뱃불을 붙여줄 때 그녀는 무릎을 손님의 다리에 바짝 붙이고, 손님에게 술을 따를 때 자신도 한 입 마시기도 했다. 손님을 대할 때에도 어떤 때는 빈틈없이 시중들고, 또 어떤 때는 거들떠보지도 않은 채 눈꺼풀을 내리깔고서 못 본 체 했다. 그녀가 시중들지 않는 손님은 내가 맡을 수밖에 없었다. 난 남자가 두려웠다. 나의 경험은 내게 깨달음을 주었다. 사랑하는 사람이든 아니든 어쨌든 남자는 두렵다는 것을. 특히 호텔에서 식사하는 남자들은 짐짓 호기를 부리면서 다투듯 서로 자리를 양보하고 계산을 치르려고 했다. 그들은 필사적으로 벌주 마시기 놀이를 하면서 술을 퍼마셨다. 그들은 산짐승처럼 게걸스럽게 처먹었다. 그들은 그럴 필요가 없는데도 일부러 남의 흠집을 들추어내고 욕했다. 고개를 숙인 채 차와 수건을 건네던 나는 얼굴이 발갛게 달아올랐다. 손님들은 일부러 내게 이러쿵저러쿵 말을 시키고 나를 웃겼지만, 난 대꾸하고 웃을 기분이 아니었다. 밤 아홉 시 넘어 일을 끝내고 나면, 난 지칠 대로 지쳐 있었다. 네 작은 방으로 돌아오면, 옷도 벗지 않은 채 날이 샐 때까지 줄곧 잤다. 잠에서 깨어나면 마음이 약간 즐거워졌다. 지금 난 내 힘으로 살아가는 거야. 내 노력으로 스스로 벌어서 밥을 먹는 거야. 나는 아주 일찍 일터로 나갔다.

27

'1호'는 아홉 시가 넘어서야 왔다. 내가 나온 지 벌써 두 시간이 넘은 뒤였다. 그녀는 날 얕보았지만 결코 악의 없는 충고를 해주었다. "그렇게 일찍 나올 필욘 없어. 누가 여덟 시에 밥 먹으러 오겠니? 너한테 말해주겠는데, 그렇게 죽을상을 짓고 있지 말라구. 넌 웨이트리스야. 누가 너보고 여기서 관 치우라든? 고개를 숙이고 있으면 누가 너한테 팁이나 많이 주겠니? 너 뭐하러 왔어? 돈 벌려고 온 거 아냐? 네 옷깃은 너무 낮아. 우리 직업은 말이야, 옷깃은 높이고 비단 손수건 정도는 가지고 있어야 된다구. 이 정도는 알고 있어야지!" 난 그녀의 호의를 안다. 내가 만약 웃지 않는다면 그녀도 술값을 적게 나누어 받게 될 것이다. 팁은 모두가 공평하게 나누어 가지니까. 나는 그녀를 결코 경멸하지 않는다. 어떤 점에서 보면 난 그녀에 대해 탄복을 금치 못한다. 그녀는 돈을 벌려 나온 것이다. 여자가 돈을 벌려면 이렇게 해야 한다. 다른 길이 없다. 그러나 난 그녀를 배우고 싶지 않았다. 나는 똑똑히 알게 된 것만 같았다. 언젠가 내가 그녀보다 훨씬 툭 트여야만 밥벌이를 할 수 있다는 것을. 그러나 그건 막다른 골목에 다다랐을 때의 얘기다. '어쩔 수 없이'라는 말이 늘 거기에서 우리 여자들을 기다리고 있겠지만, 나는 그 상황을 며칠 더 끌게 할 수 있을 뿐이다. 그리하여 내가 이를 악물고 불같이 화를 냈지만, 여자의 운명은 자기 손안에 있는 것이 아니었다. 다시 사흘을 일했더니, 그 몸집 큰 주인이 경고를 내렸다. 이틀을 더 시켜보겠는데, 내가 오래도록 일하고 싶다면 '1호'를 본받아야 한다는 것이었다. '1호'는 반은 조롱투로, 반은 충고투로 말했다. "벌써 너에 대해 물어보는 사람이 있던데. 뭐 하려고 바보처럼 구는 거야? 우리가 어떤지 누가 몰라? 은행 지배인에게 시집간 웨이트리스도 있어. 너 우릴 밑바닥 인생이라고 깔보는 거야? 낯짝 좀 펴, 우리라고 빌어먹을 자동차에 떡 하니 못 타겠어!" 이 말에 나는 치미는 화를 억누르면서 물었다. "넌 언제 자동차를 탈 건데?" 그녀는 붉은 입술을 삐쭉거리며 말했다. "입만 나불대지 말고, 너나 잘 하세요. 타고난 귀부인이라서 이런 짓은 하지 않으려나!" 나는 일할 수가 없었다. 일원 오십 푼을 받아 난 집으로 돌아와 버렸다.

28

마지막 검은 그림자가 한 발자국 더 내게 다가왔다. 그것을 피하기 위해 더욱 그것에 가까이 다가갔다. 나는 그 일을 그만둔 것을 후회하지는 않았지만 그 검은 그림자가 정말 두려웠다. 자신을 누군가에게 파는 것, 나는 할 수 있다. 그 일로부터 난 남녀 간의 관계를 이해하게 되었다. 여자가 자신을 조금 느슨하게 풀어주면, 남자는 냄새를 맡고 오게 마련이다. 그가 원하는 것은 육체이며, 그가 주는 것 또한 육체이다. 그가 당신을 깨물고 누르면서 동물적인 힘을 발산하면, 당신은 잠시나마 먹을 것과 입을 것을 얻게 된다. 그런 다음에는 아마 당신을 때리고 욕할지도 모르며, 혹시 당신에게 주는 걸 중단할지도 모른다. 여자는 이렇게 자신을 팔게 되는데, 때로 무척 우쭐거리기도 한다. 나도 전에 우쭐대는 기분을 느낀 적이 있다. 우쭐거릴 때 떠들어대는 근사함이란 하늘나라에서의 얘기일 뿐, 잠시만 지나면 당신은 몸의 통증과 상실감을 느낄 것이다. 그러나 한 남자에게 몸을 파는 것은 그나마 하늘나라의 이야기이지만, 여러 남자에게 파는 것은 그런 이야기조차 사치에 속한다. 어머니는 이런 이야기를 들려준 적이 없었다. 두려움의 정도가 다르긴 하지만, 두려움으로 인해 나는 '1호'의 충고를 받아들일 수 없었다. 남자 '하나'는 그래도 덜 두렵다. 그러나 나는 결코 나를 팔고 싶지 않았다. 나는 남자가 전혀 필요하지 않았다. 난 아직 스무 살도 채 되지 않았다. 나는 애초에 남자와 함께 있으면 틀림없이 재미있을 줄 알았다. 하지만 누가 알았으랴.

함께 있게 되자 남자는 내가 두려워하는 일을 요구했다. 그랬다. 그때 나는 스스로를 봄바람에 넘겨주듯이, 남들이 하는 대로 내버려두었다. 나중에 생각해 보니, 그는 나의 무지를 이용하여 마음껏 자신의 욕심을 채웠다. 그의 달콤한 말은 나를 꿈속에 빠지게 했으나, 깨어나 보면 꿈에 지나지 않아 약간은 허전했다. 내가 얻은 것은 두 끼의 밥과 몇 가지의 옷이었다. 나는 다시는 이렇게 밥벌이하고 싶지 않았다. 밥은 실재적인 것이며, 정말로 벌어야만 된다. 그러나 정말로 밥벌이를 하지 못한다면, 여자는 자신이 여자임을 인정해야 하고 몸을 팔아야 한다! 한 달이 지나도록 난 일을 찾지 못했다.

29

동창 몇 명을 우연히 만났다. 어떤 애는 중학교에 진학했고, 어떤 애는 집에서 얌전한 처녀가 되었다. 나는 걔들을 상대하고 싶지 않았으나, 이야기를 하다보니 내가 걔들보다 똑똑하다는 생각이 들었다. 원래 학교 다닐 때에는 내가 걔들보다 어리석었지만, 지금 걔들은 바보처럼 보인다. 걔들은 아직도 꿈을 꾸고 있는 것 같았다. 걔들은 상점 안의 물건처럼 치장을 멋지게 잘 했다. 걔들의 눈은 젊은 남자들을 흘끔거렸으며, 마음속으로 사랑의 시를 짓고 있는 듯했다. 난 걔들을 비웃었다. 그렇다. 난 반드시 걔들을 이해해야 한다. 걔들에게는 먹을 밥이 있고 배부르니 당연히 사랑을 생각할 수밖에. 남녀는 서로 그물을 짜고 서로를 생포한다. 돈이 많은 자는 그물을 좀 크게 짜서 여럿을 붙잡은 다음, 여유만만하게 하나를 선택한다. 난 돈이 없어서 그물을 짤 집의 구석조차도 구하지 못했다. 나는 직접 사람을 붙잡거나 혹은 붙잡혀야 한다. 난 개들보다는 좀 더 알고 있고 좀 더 실제적이었다.

30

어느 날 나는 그 자석 인형 같은 젊은 부인을 만났다. 그녀는 내가 가까운 친척이라도 되는 양 나를 잡아끌어 세웠다. 그녀는 뒤죽박죽 조리가 없었다. "당신은 좋은 사람이에요! 정말 좋은 사람이에요! 난 후회스러워요." 그녀는 무척 간곡히 말했다. "정말 후회스러워요. 내가 당신에게 그를 놓아달라고 했지요? 흥, 차라리 그대로 당신 손안에 있는 편이 나았을 것을. 그 사람 또 다른 여자와 놀고 있어요. 잘됐어요. 한 번 떠났으니 돌아오지 않겠죠!" 물음을 통해, 그녀와 그 사람 역시 연애결혼을 하였으며, 그녀가 여전히 그를 사랑하고 있다는 것을 알게 되었다. 그는 또 달아났다. 나는 이 젊은 부인이 가여웠다. 그녀 역시 여전히 꿈을 꾸고 있었으며, 아직도 사랑의 신성함을 믿고 있었다. 난 그녀에게 현재의 형편을 물었다. 그녀는 그를 찾아야 하며, 자신은 평생 한 남자를 섬겨야 한다고 말했다. 만약 그를 찾지 못한다면요? 나는 물었다. 그녀는 입술을 깨물더니, 자신에게는 시부모가 계시고, 또 친정에는 부모가 계시기 때문에 자유가 없다면서, 돌볼 사람이 없는 내가 부럽기까지 하다고 말했다. 나를 부러워하는 사람이 다 있다니. 난 정말이지 우스웠다. 내게는 자유가 있다. 웃기는 소리! 그녀에게는 밥이 있고 내게는 자유가 있다. 그녀는 자유가 없고 나는 밥이 없다. 우리 둘은 모두 여자이다.

31

그 조그만 자석 인형 같은 여인을 만난 이후로, 나는 자신을 오로지 한 남자에게만 팔고 싶지 않았다. 난 놀아보기로 작정했다. 바꾸어 말하면 난 낭만적으로 돈벌이를 하고 싶었다. 난 다시는 누군가를 위해 도덕적 책임 따위는 지지 않기로 했다. 난 배가 고프니까. 낭만은 배고픔을 족히 달랠 수 있다. 배가 불러야 낭만적이 되듯이. 이건 하나의 원이라서 어디에서 출발해도 괜찮다. 그 동창생들과 조그만 자석 인형 같은 여인은 모두 나와 마찬가지이지만, 그녀들은 나보다 더 몽상에 빠져 있고, 나는 그녀들보다 훨씬 솔직하다. 배고픈 것은 최대의 진리이다. 그렇다. 나는 팔기 시작했다. 내가 소유한 약간의 물건 모두를 팔아 돈으로 바꾸어 새 옷차림을 하고 나니, 난 확실히 멋져 보였다. 난 도시로 갔다.

32

난 내가 잘 놀고 낭만적일 거라고 생각했다. 그런데 아, 틀렸다. 난 아직도 세상 물정에 그리 밝지 못했던 것이다. 남자는 결코 내가 생각한 것만큼 쉽게 유혹되지 않았다. 난 지식인을 꾀어

보려 했다. 적어도 한두 번의 키스는 밑질 생각이었다. 하하. 사람들은 그런 꾀임에 넘어가지 않았다. 사람들은 처음 만나면 곧 나의 가슴을 만지려고 한다. 또한 사람들은 내게 영화를 보자고, 혹은 거리를 거닐고 아이스크림을 먹자고 한다. 나는 여전히 주린 배를 안고서 집으로 돌아온다. 소위 지식인은 내가 어디를 졸업했고, 집에서는 어떤 일을 하는지 물어 알려고 했다. 그런 태도를 보고 난 알 수 있었다. 그가 만약 당신을 원한다면 당신은 그에게 상당한 이익을 주어야하고, 당신이 만약 제공할 이익이 없다면 사람들은 십 푼짜리 아이스크림으로 당신과의 키스와 맞바꾸려 할 것임을. 팔려고 한다면 시원시원해야 한다. 돈을 가져오라, 그러면 내가 당신과 잠을 자주마. 난 이것을 깨달았다. 작은 자석 인형 같은 사람들은 이것을 알지 못한다. 나와 어머니는 안다. 나는 어머니가 몹시 그리웠다.

33

듣건대 어떤 여자들은 낭만적으로 밥벌이를 할 수 있다고 한다. 나는 밑천이 부족하기 때문에 더 이상 이런 생각을 할 필요가 없었다. 난 장사를 하게 되었다. 그러나 집주인은 내가 더 거주하는 걸 허락하지 않았다. 그는 체면을 따지는 사람이었다. 나는 그를 상대조차 하지 않은 채 집을 옮겨, 어머니와 새 아버지가 전에 살았던 그 두 칸짜리 방으로 이사했다. 이곳 사람은 체면을 따지지는 않았으며, 훨씬 진실하고 사랑스러웠다. 집을 옮긴 뒤 내 장사는 썩 잘 됐다. 지식인까지도 왔다. 나는 팔고 자기는 산다는 걸 알고 있기에 지식인은 기꺼이 오려고 했다. 이렇게 하면 그들은 손해 보지도 않고 체면을 깎이지도 않는다. 처음 할 때 나는 몹시 두려웠다. 왜냐하면 아직 스무 살도 채 되지 않았기 때문이다. 며칠 해보고 나자 두렵지 않게 되었다. 몸의 어느 부분이든 많이 움직여서 발달시킬 수 있었다. 하물며 내가 인정사정 봐주지 않는 바에야. 신체의 각 부분 모두 가만히 있지 않고 손, 입술 …… 모두가 돕는다. 그들은 이렇게 해주는 걸 좋아한다. 그들은 녹초가 되어야만 비로소 수지맞았다고 느끼고서 만족스러워하며, 또한 나를 위해 무료 선전을 해준다. 몇 달을 하고 나자 나는 더욱 많은 것을 깨닫게 되어, 거의 첫눈에 그가 어떤 사람인지 단정할 수 있게 되었다. 돈이 아주 많은 이런 사람은 입만 열면 늘 내 몸값을 물어 나를 살 수 있음을 과시한다. 그는 또한 질투심이 강해 나를 늘 안고 싶어한다. 사창가까지도 그는 독점하고 싶어한다. 그는 돈이 많기 때문이다. 이런 사람들에게 나는 그리 잘 서비스해주지 않는다. 그가 성깔을 부려도 난 두려워하지 않는다. 난 그에게 말한다. 그의 집을 찾아가 그의 아내에게 이르겠노라고. 소학교에서 몇 년 공부한 게 결코 헛공부가 아니었던 것이다. 그는 나를 을러대지 못했다. 교육이 쓸모 있음을 난 믿게 되었다. 어떤 사람은 올 때 손에 일 원을 움켜쥐고서는 속임을 당할까 두려워한다. 이런 사람에게 나는 조건을 자세히 따져서, 뭐할 때는 얼마이고 뭐할 때는 얼마라고 말해준다. 그러면 그는 곧 순순히 집에 돌아가 돈을 가져오는데, 참 재미있다. 가장 밉살스러운 자는 돈을 쓰기는커녕 되려 공짜로 잇속을 차리려는 뺀질이들인데, 담배 반 갑이나 작은 병의 베니싱 크림 따위를 손 가는 대로 가져간다. 그래도 이런 인간들에게 미움을 사면 안 된다. 그들은 이 바닥을 잘 알고 있어서, 내가 비위를 건드리면 순경을 불러 나를 성가시게 굴 것이기 때문이다. 나는 그들의 기분을 상하게 하지 않고 그들을 먹여 살린다. 내가 경찰관을 알게 되어서야 하나하나씩 그들을 처리한다. 세상은 약육강식의 세상이어서 누군가가 망가져야 다른 누군가가 편해진다. 제일 불쌍한 치는 고등학생 같은 사람인데, 주머니에 일 원과 딸랑거리는 동전 몇십 개를 넣은 채 콧등에는 땀이 맺혀있다. 나는 그들을 불쌍히 여기지만, 늘 하던 대로 그들에게도 판다. 내게 무슨 방법이 있겠는가? 또 늙은이들도 있는데, 그들은 모두 점잖거나 자손이 무리를 이룬 사람들이다. 그들에게는 어찌해야 좋을지 난 모르겠다. 그러나 그들은 돈이 있고, 죽기 전에 쾌락을 즐기고 싶어한다는 걸 알기에, 나는 그들이 원하는 것을 제공할 수밖에 없다. 이러한 경험들은 내가 '돈'과 '사람'을 알도록 해 주었다. 돈은 사람보다 훨씬 지독하다. 사람은 짐승이며, 돈은 짐승의 쓸개이다.

34

난 내 몸에 병이 났음을 발견했다. 이 일로 나는 무척 고통스러웠으며, 이미 살아갈 필요가 없다고 느꼈다. 난 일을 쉬고 거리로 나가 걸었다. 정처 없이 발길 닿는 대로 마구 걸었다. 나는 어머니를 보러 가고 싶었다. 그녀는 틀림없이 내게 위안을 줄 수 있으리라. 나는 자신이 곧 죽을 사람이라고 상상했다. 그 작은 골목을 에돌아 어머니를 만날 수 있기를 바랐다. 나는 문밖에서 풀무질하던 어머니의 모습을 떠올렸다. 만두 가게는 이미 문을 닫았다. 물어보아도 어디로 이사 갔는지 아는 사람이 없었다. 이 일로 나는 더욱 마음을 굳게 먹었다. 어머니를 찾아야만 한다. 길거리에서 혼이 나간 채 며칠을 쏘다녔지만, 아무 소용이 없었다. 나는 그녀가 죽지는 않았는지, 아니면 만두 가게의 주인과 천리 너머 멀리 다른 곳으로 이사를 가버린 건 아닌지 의심이 들었다. 이런 생각이 들자, 나는 울음이 터져 나왔다. 나는 옷을 제대로 차려입고 지분을 바르고서 침대에 누워 죽기를 기다렸다. 오래지 않아 죽으리라고 나는 믿었다. 그러나 나는 죽지 않았다. 문 밖에서 문을 두드리며 누군가가 나를 찾았다. 좋아. 그를 접대하리라. 내 몸의 병을 온 힘을 다해 그에게 전염시키리라, 미안하다는 생각은 전혀 들지 않았다. 이건 근본적으로 내 잘못이 아니야. 난 다시 조금 유쾌해져서 담배를 피우고 술을 마셨다. 나는 내가 삼사십 살은 먹은 것 같았다. 나의 눈자위는 푸르뎅뎅해지고 손바닥은 매우 뜨거웠지만 난 신경쓰지 않았다. 돈이 있어야 살 수 있는 법. 먼저 배불리 먹고 보자. 내가 먹은 음식은 결코 나쁘지 않았다. 누가 나쁜 음식을 먹으려 하겠는가! 난 나에게 맛있는 음식을, 예쁜 옷을 주어야만 한다. 그래야만 나 자신에게 조금이나마 덜 미안할 테니까.

35

어느 날 아침, 아마 열 시쯤 되었을 것이다. 나는 마침 두루마기를 걸치고 방 안에 앉아 있었는데, 마당을 걷는 발자국 소리가 들렸다. 나는 열 시쯤에 일어나 때로 열두 시가 되어서야 옷을 갈아입을 생각을 한다. 요즘은 너무 게을러져서 옷을 걸친 채 한두 시간 멍하니 앉아 있기도 한다. 난 아무것도 생각나지 않고 또 생각하고 싶지도 않아 그저 그렇게 혼자 가만히 앉아 있었다. 그 발자국 소리는 내 방문 밖 쪽으로 다가왔다. 아주 가볍게, 그리고 아주 천천히. 오래지 않아 나는 한 쌍의 눈동자를 보았다. 그 눈동자는 문 위의 작은 유리를 통해 들여다보고 있었다. 잠시 보더니 그 눈동자는 비켜 물러났다. 나는 움직이기가 귀찮아 여전히 거기에 앉아 있었다. 잠시 후 그 눈동자가 다시 왔다. 난 더 이상 앉아 있을 수 없었다. 나는 가만히 문을 열었다. "엄마!"

36

우리 모녀가 어떻게 방 안으로 들어왔는지 말로는 설명할 수가 없다. 한참을 울었는데, 이 역시 잘 기억나지 않는다. 어머니는 이미 늙어 꼴이 말이 아니었다. 그 만두 가게 주인은 고향으로 돌아가 버렸다. 그녀에게 알리지도 않은 채 몰래, 그리고 한 푼도 남겨주지 않은 채. 그녀는 물건들을 팔아 돈을 만들고, 방을 빼서 다가구 쪽방집으로 옮겼다. 그녀가 날 찾아나선 지는 벌써 보름이 넘었다. 마지막으로 이곳이 생각나서 왔지만 날 찾아내리라는 희망은 품지 않았다. 그저 슬쩍 와본 것뿐인데, 끝내 나를 찾아낸 것이다. 그녀는 나를 볼 용기가 나지 않았다. 내가 그녀를 부르지 않았더라면 그녀는 아마 또 가버렸을 것이다. 다 울고 나서, 난 미친 듯이 웃기 시작했다. 그녀는 딸을 찾아냈지만, 딸은 이미 창녀가 되어 버렸다! 그녀가 나를 기를 때 그래야 했던 것처럼, 이제는 내가 그녀를 부양해야 할 차례가 되었다. 난 그래야만 한다! 여자의 직업은 세습적이며 전문적이다!

37

나는 어머니가 내게 위안을 가져다주기를 바랐다. 위안이란 말 치레에 불과하다는 것을 나는 알고 있었다. 그러나 나는 여전히 어머니의 입에서 위안의 말이 나오기를 바랐다. 이 세상의 어머니들은 모두 사람을 잘 속인다. 우리들은 어머니들의 속임을 위안이라고 부른다. 나의 어머니는 이것마저도 잊어버렸다. 그녀는 배고픔을 두려워한다. 난 그녀를 탓하지 않는다. 그녀는 내 물건을 자세히 검사하기 시작하고 내 수입과 씀씀이를 물었는데, 이런 직업을 조금도 이상하게 여기지 않는 듯했다. 나는 그녀에게 내가 병이 났다고 말하고, 그녀가 나에게 며칠 쉬라고 권하기를 은근히 바랐다. 그러나 그녀는 그러지 않았다. 다만 나가서 약을 사다 주겠다고 말했을 뿐이었다. "우린 늘 이 일을 해야만 하나요?" 나는 물었다. 그녀는 아무 말이 없었다. 그러나 다른 측면에서 보면, 그녀는 분명코 나를 보호하고 나를 끔찍이 아꼈다. 그녀는 나를 위해 밥을 짓고 내 몸 상태가 어떤지를 물었으며, 마치 엄마가 잠든 아이를 바라보듯이 수시로 나를 몰래 훔쳐보았다. 그녀가 입으로 꺼내려들지 않는 게 딱 한 가지 있었다. 그건 나더러 이 짓을 다시는 하지 말리는 말이었다. 나는 마음속으로 잘 알고 있었다. 비록 그녀가 좀 불만스럽기는 하지만, 이 일 외에는 할 수 있는 일이 달리 떠오르지 않는다는 것을. 우리 모녀는 먹어야 했고 입어야 했으며, 이것이 모든 것을 결정지었다. 모녀고 뭐고 체면이고 뭐고 간에 돈이란 무정한 것이다.

38

어머니는 나를 돌보고 싶어했다. 그러나 그녀는 사람들이 나를 유린하는 것을 듣고 보아야 했다. 난 그녀에게 잘 대해 주고 싶었지만, 때로 그녀가 밉살스럽다고 느꼈다. 그녀는 사사건건 관여하려 들었다. 특히 돈에 대해서 그랬다. 그녀의 눈은 이미 젊은 시절의 광택을 잃어버렸으나, 돈을 보면 여전히 빛났다. 손님에게 그녀는 하인처럼 굴었지만, 손님이 돈을 적게 낼 때 그녀는 입을 쩍 벌리고서 욕을 퍼부었다. 이것은 때로 나를 매우 난처하게 했다. 그렇다. 이 일을 하는 게 돈을 위해서가 아닌가? 그러나 이 일을 하는 데에도 남을 욕할 필요는 없을 것 같다. 나도 때로 남을 푸대접하기도 하지만, 내게는 내 나름의 방법이 있다. 즉 손님을 이러지도 못하고 저러지도 못하게 만드는 것이다. 어머니의 방법은 너무 어리석어 남들의 노여움을 사기가 쉽다. 돈을 버는 게 목적이라면 우린 남의 기분을 상하게 해서는 안 된다. 내 방법은 어쩌면 내가 아직 젊고 미숙한 데에서 비롯된 것인지도 모른다. 어머니는 일체 아랑곳하지 않은 채 오직 돈 위에만 서 있었다. 그녀는 이러는 게 당연했다. 그녀가 나보다 훨씬 나이가 많으므로. 아마 몇 년이 지나면 나도 이렇게 될 것이다. 사람이 늙으면 마음도 따라 늙고, 점점 늙어 돈처럼 딱딱해진다. 그렇다. 어머니는 예의를 따지지 않았다. 그녀는 때로 손님의 지갑을 날쌔게 빼앗았고, 때로는 사람들의 모자나 값나가는 장갑과 지팡이를 담보로 잡았다. 나는 말썽이 일어날까봐 두려웠으나, 어머니의 말이 옳았다. "벌 수 있을 때 많이 벌어둬야 해, 우리는 십 년을 일 년 삼아 사는 거야. 나이 들어 늙으면 우릴 찾는 사람이 있을 것 같니?" 손님이 취하면 그녀는 곧 그를 부축해서 으슥한 곳에 앉혀놓고 그의 신발까지 가지고 돌아온다. 이상한 일이지만, 이런 사람은 물건을 찾으러 오지 않았다. 이미 인사불성이 되었거나 어쩌면 큰 병이 났을 수도 있다. 아니면 일이 지난 후 곰곰이 생각해보니 소란을 피우기에는 썩 내키지 않았을지도 모른다. 우리야 망신을 겁내지 않지만, 그들은 두려워한다.

39

어머니의 말은 정말 맞았다. 우리는 십 년을 일 년 삼아 사는 것이었다. 이삼 년을 하고 나자 난 내가 변했음을 느꼈다. 살갗은 까칠해지고 입술은 늘 바짝 타들어갔으며, 눈동자는 탁하고 핏발이 서 있었다. 늦게 일어나도 정신이 맑아지지 않았다. 내가 이것을 느끼자, 손님들도 장님이 아니어서 단골손님이 점점 줄었다. 처음 온 손님에게 난 더욱 정성껏 시중을 들었다. 그러나 그들이 더욱 역겨워 때로 내 성질을 나도 어찌 할 수 없었다. 내가 불같이 화를 내고 헛소리를 해댈 때면, 난 이미 내가 아니었다. 나도 모르게 내뱉는 헛소리는 습관이 되어버린 듯했다. 이렇게 되자 그 지식인들도 더는 나를 돌아보지 않았다. '살포시 기댄 귀여운 모습(小鳥依人)'ㅡ 이건 그들의 유일한 시구이다 ㅡ의 몸매와 향기를 잃어버렸기 때문이다. 난 밤거리의 매춘부에게 배워야만 했다. 나는 사람 같지 않을 정도로 화장하고서야 가까스로 교양 없는 손님이라도 받을 수 있었다. 피바가지처럼 칠한 입술로 힘껏 그들을 깨물면, 그들은 유쾌한 기분이 들었다. 때로 나는 이미 나의 죽음이 보이는 것만 같았다. 동전 한 닢에 다가서면 그만큼 죽어가는 듯했다. 돈은 생명을 연장시키는 것이건만, 내가 돈을 버는 법은 정반대였다. 나는 내가 죽어가는 것을 보고 있었으며, 내가 죽기를 기다리고 있었다. 이렇게 생각하자 다른 모든 생각은 멈춰버렸다. 더 이상 생각할 필요가 없었고, 하루하루 살아가기만 하면 되었다. 어머니는 나의 그림자이고, 난 장차 기껏해야 그녀처럼 변하고 말 것이다. 한 평생 육신을 팔아 남은 것은 백발과 주름진 까만 살갗뿐이리라. 이것이 바로 생명이다.

40

난 억지로 웃고 억지로 미쳐 날뛰었다. 나의 괴로움은 눈물 몇 방울을 떨구어 없어지는 것이 아니었다. 나의 이런 목숨이 아까울 게 뭐 있겠는가만, 그래도 결국 생명인지라 손을 떼고 싶지는 않았다. 하물며 내가 한 일이 결코 나 자신의 잘못이 아니지 않는가. 죽음이 두렵다면, 그건 오로지 삶이 사랑스럽기 때문이다. 나는 결코 죽음의 고통을 두려워하는 게 아니다. 나의 고통은 이미오래 전에 죽음을 넘어섰다. 나는 살아있음을 사랑한다. 그렇다면이렇게 살아서는 안 된다. 난 마치 꿈을 꾸듯 이상적인 삶을 상상했다. 이 꿈은 잠시 후 사라져버렸고, 실제의 삶이 나를 더욱 괴롭혔다. 이 세상은 꿈이 아니라, 참으로 지옥이다. 어머니는 내가괴로워하는 것을 알고서 내게 시집가라고 권했다. 시집가면 내게는 음식이 생기고, 그녀는 노후를 보낼 돈을 한몫 챙기게 될 것이다. 나는 그녀의 희망이다. 난 누구에게 시집가지?

41

접촉했던 남자가 너무 많았던 탓에, 무엇이 사랑인지 난 까맣게 잊어버렸다. 내가 사랑한 것은 나 자신이었지만, 이미 자신을사랑하지도 않은 터에 뭐 하러 남을 사랑하겠는가? 그러나 시집가기로 작정한 이상, 당신을 사랑하고 당신과 한 평생을 함께 하고 싶다고 거짓으로라도 나는 말해야 했다. 나는 여러 사람에게 이렇게 말하고 맹세도 했지만, 받아주는 사람이 없었다. 돈의 인도 아래 사람들은 모두 영리하다. 창녀를 사는 것보다는 사통하는 게 낫다. 그래, 사통하는 게 경제적이다. 내가 돈을 원하지 않는다면 틀림없이 사람들마다 나를 사랑한다고 말할 것이다.

42

이러던 차에 순경이 나를 붙잡아갔다. 우리 시의 신임 관리는 유난히 도덕을 떠들어대면서 창녀들을 깨끗이 쓸어버리려 했다. 정식 기녀들은 오히려 예전처럼 영업을 했다. 그녀들은 세금을 냈기 때문이다. 세금을 내는 사람은 명분이 바르고 이치에 맞으며, 도덕적이다. 그들은 나를 잡아가 감화원에 집어넣었다. 누군가 나에게 일을 가르쳐 주었다. 빨래하고 음식 만들고 조리하고 뜨개질하는 건 나도 다 할 줄 안다. 이런 능력으로 밥벌이를 할 수 있다면, 난 진즉 그 괴로운 일을 하지 않았을 것이다. 나는 그들에게 이렇게 말했지만, 그들은 믿지 않았다. 그들은 내게 싹수가 없고 도덕성도 없다고 말했다. 그들은 내게 일하는 것을 가르쳐 주었고, 또 내가 틀림없이 나의 일을 좋아하게 될 거라고 말했다. 만약 내가 일을 사랑하게 된다면 앞으로 틀림없이 내 힘으로 살아갈 수 있고, 어쩌면 시집갈 수도 있을 것이다. 그들은 매우 낙관적이었다. 하지만 난 그런 믿음이 없었다. 그들의 가장 큰 성과는 그들의 감화를 통해 이미 십여 명의 여인을 시집보낸 것이었다. 여기에 와서 여자를 데려가는 사람은 그저 2원의 수속비를 내고 믿을 만한 상점 명의의 보증을 구하기만 하면 그만이다. 남자 쪽에서 본다면, 이건 정말 싸다. 내 생각에 이건 웃기는 얘기다. 나는 아예 이런 감화를 받지 않겠다고 했다. 어느 높은 관리가 우리들을 검열할 때, 나는 그의 얼굴에 침을 뱉었다. 그들은 그래도 나를 내보내려 하지 않았다. 나는 요주의(要注意) 인물이었다. 그러나 그들 역시 더 이상 나를 감화시키려 하지 않았다. 나는 장소를 바꾸어 감옥으로 갔다.

43

감옥은 좋은 곳이었다. 그곳은 인간에게는 나아질 기미가 없다는 것을 굳게 믿게 해주었다. 내가 꿈을 꾸었을 때에는 이런 추악한 놀이를 보지 못했다. 나는 일단 들어간 뒤로 다시는 나가고 싶지 않았다. 내 경험으로, 세상은 이곳보다 더 나을 수 없다. 나는 죽고 싶지 않다. 만일 이곳에서 나가 더 좋은 곳이 있을 수 있다면 몰라도, 죽음이 어디라고 다르겠는가. 여기에서 또 다시 나의 친한 벗을 보았다. 초승달! 얼마나 오랫동안 그를 보지 못했던가! 어머니는 뭘 하고 계실까? 나는 모든 것이 생각나기 시작했다.

러우스는 저장성(浙江省) 닝하이현(寧海縣)에서 태어났으며, 원명은 자오핑푸(趙平復)이다.

1930년에 창설된 좌익작가연맹에서 상무위원을 지냈으며, 같은 해 5월에 공산당에 가입했다. 1931년 1월 17일 상하이 공공조계의 순경에게 체포되어 국민당 룽화(龍華)경비사령부로 이송되었다가 2월 7일 비밀리에 처형되었다. 주요 작품으로는 ≪이월(二月)≫, ≪구시대의 죽음(舊時代之死)≫, 단편소설집 ≪미친 사람(瘋人)≫ 등이 있다.

이 책에 실린 〈노예가 된 어머니(爲奴隸的母親)〉는 1930년 3월 1일에 간행된 ≪맹아월간(萌芽月刊)≫ 제1권 제3기에 발표되었다.

러우스

(柔石, 1902~1931)

노예가 된 어머니 爲奴隷的母親

그의 남편은 모피 장사꾼으로, 시골 사냥꾼들의 짐승가죽과 소가죽을 사서 도시에 가져다 파는 사람이었다. 그렇지만 때로 약간의 농사일도 겸하여, 망종(芒種) 즈음에는 남의 집 모내기를 도와주곤 하였다. 그는 못줄을 아주 곧게 잡아 모내기를 하였는데, 다섯 사람이 한 논에서 모내기를 할 경우 다른 사람들은 그를 맨 앞에 세워 기준으로 삼았다. 하지만 형편은 나아지지 않은 채 해마다 빚만 늘어갔다. 그는 집안 형편이 말이 아닌 탓이었는지, 아편도 피우고 술도 마셔댔으며 도박에까지 손을 댔다. 그 바람에 그는 점차 아주 포악하고 성질 사나운 사내로 변했다. 하지만 더욱 궁핍해지다보니, 사람들은 이제 그에게 동전 한 푼 꾸어주려 하지 않았다.

가난 끝에 병까지 걸려 온몸은 누리끼리해지고 얼굴도 구리테 두른 북처럼 누래졌으며, 눈자위까지 황달이 들었다. 남들은 다들 그가 황달병에 걸렸다고 하였고, 애들마저 그를 '황뚱뚱이'라고 불러댔다. 어느 날 그는 아내에게 말했다.

"더는 수가 없네. 이렇게 하다간 솥까지 팔아먹게 생겼어. 내 생각이네만, 당신 몸에서 방도를 찾아야겠소. 당신이나 나나 쫄쫄 굶고 있는 판이니, 무슨 방법이 있겠는가?"

"제 몸에서요?"

부뚜막 뒤에 앉은 그의 아내는 갓 세 돌 된 사내애를 품에 안은 채 젖을 먹이면서 더듬거리며 나지막이 물었다.

"그래, 당신 말이야." 병에 시달린 남편의 목소리가 힘없이 이어졌다. "당신을 벌써 전당 잡혔네. ……"

"뭐라구요?" 그의 아내는 하마터면 까무러칠 뻔 했다.

방 안은 한참 동안 쥐 죽은 듯 고요했다. 남편은 숨이 차올라 헐떡이며 말했다.

"사흘 전에 왕랑(王狼)이 와서 반나절이나 버티고 앉아 빚 독촉을 하다가 돌아간 후에 나도 그를 따라 구무담(九畝潭)까지 갔는데, 정말 살고 싶지가 않더구만. 그런데 기어올라가 못 속에 뛰어들 만한 나무 아래에 앉았다가 이모저모 생각했지만 끝내 뛰어내릴 기운조차 나지 않았네, 부엉이가 귓전에서 어찌나 울어대는 통에 가슴이 섬뜩해져 할 수 없이 발길을 돌리고 말았소. 그런데 돌아오는 길에 난 선(沈)씨 할멈을 만났지. 선씨 할멈이 날보고 묻더구먼. 날도 이렇게 저물었는데 밖에서 뭘 하느냐고? 그래서 할멈에게 돈 좀 빌려주거나 아니면 어느 집 아씨의 옷가지나 장신구라도 좀 빌려 전당 잡히게 해달라고 부탁했네. 그 승냥이 같은 왕랑이 매일같이 우리 집에 와서 시퍼런 눈깔 부라리는 꼴 보기 싫어서. 그랬더니 선씨 할멈이 실실 웃으면서 '자넨 이렇게 누렇게 떠 가지고 마누라를 집에 두고 먹여 살릴 게 뭔가?'라고 하지 않겠나.

내가 고개를 푹 수그린 채 아무 대꾸도 하지 않자 선씨 할멈이 다시 '아들자식이야 하나밖에 없으니 귀하다 하지만, 마누라야······' 라고 말하는 거야. 그래서 '아내를 팔라는 게 아닌가?' 하는 생각이 퍼뜩 들었네. 선씨 할멈이 뒤이어 '글쎄, 마누라야 물론 머리 없은 사이이지만 가난하면 방법이 없다네. 그래도 집에 두고 먹여 살릴 텐가?'라고 말하더니 아예 툭 터놓고 이렇게 말하더군.

'쉰 살 먹은 선비가 있는데 아직 아들자식을 보지 못해 첩을 들이려고 한다네. 그런데 큰마누라가 그렇게는 못하겠다면서 여자 하나를 한 삼 년이나 오 년쯤 전당하도록 하는 것만 응낙했다면서 자기더러 알맞은 여자를 물색해달라고 했네. 자식을 한둘 키워본 서른 남짓의 여자로, 말수가 적고 착실하며 얌전하고 일도 제법 할 줄 아는 데다 또 큰마누라에게 순종하는 그런 사람이면 좋겠다네. 이번엔 그 선비의 마누라가 나에게 직접 한 말인데, 조건이 맞으면 몸값으로 80원이나 100원을 치르겠다고 하네. 그래서 내가 며칠째 수소문해봤는데 안성맞춤의 여자가 없어'라고. 그러던 차에 할멈이 나를 만나자 당신을 생각해보니 모든 게 딱 들어맞는다는 거야. 그래서 나에게 어떠냐고 의향을 묻기에 난 그냥 눈물만 흘리다가 할멈이 하도 재촉하는 바람에 그러자고 응낙하고 말았다네."

여기까지 말하고 나서 그는 고개를 푹 떨구었다. 그의 목소리는 잦아지는 듯하더니 아예 그치고 말았다. 그의 아내는 하도 어이가 없어 아무 말도 하지 않았다. 잠시 정적이 흐른 후 남편이 다시 말을 이었다.

"어제 선씨 할멈이 선비집에 갔었는데, 신비도 아주 만족스러워하고 그의 마누라도 좋아하더라네. 돈은 100원을 치르기로 하고 햇수는 3년으로 하되 아들을 못 낳으면 5년으로 하기로 했다네. 선씨 할멈이 데려갈 날짜도 약정했는데, 닷새 후인 이달 열여드레 날이네. 선씨 할멈이 오늘 전당계약서를 쓰러 갔네."

이 말에 그의 아내는 오장육부조차 떨리는 듯하였다. 그녀는 떠듬떠듬 물었다.

"당신은 왜 진즉 내게 말하지 않았어요?"

"어제 난 당신 앞에서 몇 번이나 서성대다가 끝내 입을 열지 못했네. 하지만 아무리 곰곰이 생각해보아도 당신을 전당잡히는 것 외에는 달리 수가 없네."

"그럼 그렇게 정해져버렸나요?" 아내가 치를 떨며 물었다.

"계약서 쓰기만 기다리고 있소."

"아이구 내 팔자야! …… 그래 다른 방도는 전혀 없었어요? 춘바오(春寶) 아버지!"

춘바오는 바로 그녀가 품에 안고 있는 애 이름이다.

"빌어먹을! 나도 생각은 해보았소만, 가난하다 보니 죽지는 못하고 무슨 수가 있겠소? 내가 올핸 모내기도 아예 못할 성싶네."

"춘바오 생각은 해봤나요? 춘바오는 이제 겨우 다섯 살밖에 안 되었는데, 에미 없이 어떻게 지내겠어요?"

"내가 거두면 되지 않겠소. 이젠 젖도 다 뗀 앤데."

남편은 점점 화가 치미는 듯 휑하니 문밖으로 나가버렸다. 아내만이 홀로 남아 훌쩍훌쩍 흐느끼기 시작했다.

그녀는 불현듯 지난날의 기억 속에서 바로 한 해 전의 일을 새삼스레 떠올렸다. 당시 딸애를 막 낳았던 그녀는 산송장처럼 자리에 드러누워 있었다. 영 죽을 것만 같이 온몸이 갈기갈기 찢기는 것만 같았다. 갓난애는 손발을 오그린 채 바닥 위의 건초더미 위에서 '응아, 응아' 자지러지게 울어댔다. 탯줄은 아기 몸에 그대로 감겨 있고 태반도 한쪽에 떨어져 있었다. 그녀는 죽을 힘을 다해 일어나 아기를 씻기려고 했지만, 머리를 치켜들자 온몸이 딱딱하게 굳어져 그만 자리에 눕고 말았다. 이때 그녀는 얼결에 험상궂은 표정의 남편이 벌건 얼굴로 펄펄 끓는 물을 통에 담아 아기 옆으로 오는 것을 봤다. 순간 그녀는 있는 힘껏 소리를 질렀다. "여보, 잠깐! 잠깐만 기다려요!" 하지만 그때만 해도 지금처럼 앓고 있지 않았던 흉포한 사내는 대꾸는커녕 의논할 새도 없이 다짜고짜 그 무지막지한 두 손으로 '응아, 응아' 자지러지게 울어대는 갓 태어난 새 생명을 추켜들더니 마치 백정이 어린 새끼양을 죽이듯 펄펄 끓는 물속에 풍덩 던져 넣었다! 그러자 끓는 물이 튀는 소리와 살가죽이 물에 데는 소리만 들릴 뿐, 갓난애는 아무 소리도 없었다. 그녀는 의문스러웠다. 갓난애는 왜 울음소리를 내지도 않았을까? 그저 원통한 죽음을 맞기를 바랐단 말인가? 아! 그녀는 그때 자기가 까무라쳐서 듣지 못했으리라고 바꿔 생각했다. 당시 가슴을 도려낸 듯 정신을 잃어버렸으니까.

여기까지 생각하자 그녀는 눈물마저 나오지 않았다. 그녀는 나지막이 한숨을 내쉴 뿐이었다. "아이구, 팔자도 참 기구하지!" 바로 이때 춘바오가 젖꼭지에서 입을 떼더니 엄마 얼굴을 빤히 쳐다보면서 "엄마, 엄마!"하고 불러댔다.

이별을 앞둔 전날 밤이었다. 아내는 어두컴컴한 방구석을 골라 멍하니 앉아 있었다. 부엌 앞에 켜놓은 등잔불이 반딧불마냥 깜박였다. 그녀는 춘바오를 끌어안고 머리로 아이의 머리를 부비고 있었다. 그의 사색은 아득히 머나먼 곳을 둥둥 떠나는 것 같았지만 그녀 자신도 종잡을 수 없었다. 그러다가 생각은 차츰차츰 자기의 눈앞으로, 춘바오에게 미쳤다. 그녀는 나지막한 소리로 애 이름을 불러봤다.

"춘바오, 춘바오!"

"엄마." 애는 젖꼭지를 입에 문 채 대답했다.

"엄마는 내일이면 간단다. ……"

"응." 철모르는 애는 무슨 뜻인지 모른 채 본능적으로 머리를 어머니 가슴속으로 파고들었다.

"엄마는 돌아오지 못한단다. 삼 년 동안 오지 못해!"

엄마가 눈물을 훔치자 아이가 젖꼭지에서 입을 떼며 물었다.

"엄만 어디 가? 절간에 가?"

"아니야, 30리 너머 리(李)씨 댁에 간단다."

"그럼 나도 갈래."

"넌 가지 못해."

"으응!" 아이는 떼를 쓰며 나오지도 않는 젖을 빨아댔다.

"넌 아빠랑 함께 있어. 아빠가 돌봐줄 테니 아빠와 함께 자고
놀아. 아빠 말씀도 잘 들어야 해. 삼 년 후면 ……"

엄마 말이 채 끝나기도 전에 아이가 울먹거리면서 말했다.

"아빠는 날 막 때려."

"아빠가 앞으론 때리지 않을 거야."

그러면서 그녀는 왼손으로 아이의 오른쪽 이마를 살며시 어루
만졌다. 바로 그 이마에는 갓 낳은 춘바오의 여동생을 죽인 지 사
흘째 되는 날 아이 아버지가 호미 자루로 때려서 생긴 상처가 남
아있었다.

그녀가 아이와 다시 무슨 말을 나누려 할 때 남편이 문을 열고
들어섰다. 남편은 아내 앞으로 다가오더니 한 손을 호주머니에 넣
어 무엇인가를 꺼내면서 입을 열었다.

"벌써 70원을 받아왔소. 남은 30원은 당신이 도착하고서 열흘
후에 준다네."

잠시 쉬었다가 남편이 이어 말했다. "가마로 데려가겠다기에
응낙했소."

다시 쉬었다가 말을 이었다. "그리고 또 가마꾼이 아침을 일찍
먹고 온다고 했소."

이렇게 말하고서 그는 아내의 곁을 떠나 다시 문밖으로 나가버
렸다.

이날 밤, 그들 부부는 아무도 저녁밥을 먹지 않았다.

이튿날 봄비가 추적추적 내렸다.

가마는 아침 일찍 도착했다. 아내는 밤새 한숨도 자지 못했다. 그녀는 밤을 뜬 눈으로 지새우면서 춘바오의 해진 옷 몇 가지를 다 기웠다. 봄철이 다 가고 곧 여름에 접어들었건만, 그녀는 아이가 겨울에 입을 너덜너덜한 솜저고리까지 다 꺼내어 애아버지에게 넘겨주려 했다. 하지만 애아버지는 진즉 침대에 쓰러져 잠들어 있었다. 아내는 남편 옆에 앉아 남편에게 몇 마디 말이라도 붙이고 싶었으나, 느릿느릿 흐르는 기나긴 밤에 한마디도 입 밖에 내지 못했다. 그녀는 마음을 굳게 먹고서 분명치 않은 소리로 몇 번 불러보았으나, 그것은 그저 그의 귀 밖의 소리일 뿐이었다. 그래서 아내도 더 이상 말을 건네지 않고 잠자리에 드러누웠다.

그녀가 모든 생각에서 벗어나 어슴푸레 잠이 들려는 순간 춘바오가 깨어났다. 아이는 엄마를 떠밀며 일어나겠다고 보챘다. 그래서 엄마는 아이에게 옷을 주섬주섬 입혀주면서 타일렀다.

"춘바오야, 아빠에게 맞지 않도록 울지 말고 집에서 잘 지내야 해. 엄마가 이 담에 맨날 사탕 사다 줄게. 울지 마라, 응?"

슬픔이 무엇인지 모르는 애는 입을 함박만하게 벌리면서 "응, 응" 하고 노래를 불러댔다.

어머니는 애의 입에 대고 몇 번이나 입을 맞추면서 말했다.

"노래 부르지 마. 아빠 깨실라."

가마꾼들은 문밖에 있는 걸상에 앉아 잎담배를 피우면서 자기들끼리 무엇인가 두런두런 이야기하고 있었다. 잠시 후 이웃 마을에 사는 선씨 할멈이 달려왔다. 세상 물정을 손금 보듯이 알고 있는 이 중매쟁이 할멈은 문을 들어서기가 바쁘게 옷에 묻은 빗방울을 털면서 말했다.

"비가 오누만, 비가. 이건 장차 자네들의 운수가 트일 징조야."

할멈은 방 안을 분주히 몇 바퀴 싸돌아다니더니 아이 아버지에게 뭐라 몇 마디 지껄였는데, 말인즉슨 중매비를 톡톡히 내라는 것이었다. 이번 계약이 이처럼 순조롭게 수지맞게 잘 이루어진 것은 사실 자기의 공 덕택이라는 것이었다. "춘바오 아버지. 솔직히 말해 그 영감이 50원만 더 보태면 첩이라도 살 수 있어," 할멈은 몸을 돌려 아내에게 재촉했다. 이때 아내는 춘바오를 꼭 껴안고서 꼼짝하지 않은 채 앉아 있었다. 노파의 언성이 약간 높아졌다.

"가마꾼들이 그 집에 가서 점심참을 먹어야 할 테니, 어서 떠날 차비를 해야지!"

그러나 아내는 그저 할멈을 힐끗 쳐다볼 뿐, 이렇게 말하는 것 같았다.

"여기서 굶어 죽는 한이 있더라도 정말 떠나지 않을래요."

아내는 이 말을 목구멍에서 그냥 삼켜버리고 말았지만, 이를 눈치 챈 할멈은 흐물흐물 웃으면서 아내 곁으로 다가가 말했다.

"자넨 정말 세상 물정 모르구먼. 황뚱뚱이가 자네에게 덕 본 게 있어? 그 집엔 먹을 게 남아도는데다가 전답도 이백 마지기가 넘으니 경제적으로 걱정이 없네. 집도 제 것이지 머슴도 두고 소까지 기르고 있어. 큰마누라는 성미가 여간 좋지 않은데다 예절도 밝아 남을 만날 때마다 먹을거리를 준다네. 그 집 영감이야 허여말쑥한데다 수염까지 말끔하게 깎아서 정말이지 늙은 티라고는 전혀 보이지 않아. 그저 글공부를 한 탓에 허리가 좀 구부정할 뿐 점잖기 그지없는 분이네. 이러쿵저러쿵 잔소리할 것 없이 자네가 가마에서 내려보면 알게 아닌가. 나란 사람은 거짓말을 모르는 중매장이야."

아내는 눈물을 닦으며 들릴락 말락 하게 말했다.

"춘바오를 …… 어찌 버리고 가겠어요!"

"춘바오 걱정은 말게." 할멈은 손을 아내의 어깨에 얹더니 얼굴을 아내와 춘바오에게 바짝 붙이고서 이어 말했다. "다섯 살이라면서! '서너 살이면 어미 곁을 떠난다'는 옛사람들의 말도 있듯이 엄마 곁을 떠나도 아무 일 없네. 그저 자네만 마음을 다잡아먹고 거기 가서 또 한둘 키우면야 만사가 다 잘될 거야."

가마꾼들도 문간에서 몸을 일으키면서 투덜거렸다.

"새 색시도 아닌데 훌쩍거리긴."

그러자 할멈이 춘바오를 아내의 품에서 억지로 떼어내며 말했다.

"자, 춘바오는 내가 데려가지."

어린애는 발버둥을 치면서 자지러지게 울어댔지만, 할멈은 끝내 그를 쪽문 밖으로 끌고 가버렸다. 이윽고 아내가 가마 안으로 들어가며 그들에게 말했다.

"바깥에 비가 오니 애를 집안으로 데리고 들어가세요."

그녀의 남편은 손으로 머리를 괸 채 꼼짝 않고 앉아있을 뿐 아무 말이 없었다.

두 마을은 30리 떨어져 있었지만, 가마꾼들이 가마를 두 번째로 어깨에서 내렸을 때 벌써 마을에 이르렀다. 가마의 휘장 사이로 불어오는 봄비에 그녀의 옷은 후줄근하게 젖었다. 얼굴이 통통하고 눈이 심술궂게 생긴 쉰네댓 살쯤의 늙수그레한 여편네가 마중을 나왔다. 그녀가 보기에 아마도 이 집 큰마누라 같은데, 만면에 어색한 표정으로 쳐다보더니 아무 말도 하지 않았다. 큰마누라는 정다운 척 그녀를 층계로 데리고 올라갔다. 이때 삐쩍 마른데다 키가 껑충하고 상판이 길쭉한 사내가 방에서 나왔다. 그는 새로 온 젊은 부인을 찬찬히 훑어보고 나서 반색을 하며 말을 건넸다.

"이렇게나 일찍 왔구려, 그런데 옷이 푹 젖었구먼."

그러나 큰마누라는 그의 말에 아랑곳 하지 않은 채 그녀에게 물었다.

"가마 안에 뭐가 더 있는가?"

"아무것도 없어요." 그녀가 대꾸했다.

이웃집 아낙들 몇몇이 대문 밖에 서서 고개를 내밀고 들여다보았지만, 그들은 방 안으로 들어갔다.

그녀는 도대체 무슨 영문인지 모른 채 그저 옛 집이 걱정스럽고 춘바오가 보고 싶었다. 사실대로 말하자면, 그녀로서는 장차 시작될 이 가정에서의 3년 생활을 축하해야 마땅했다. 이 가정은 물론, 자신을 전당잡은 남편 모두 이전에 비해 훨씬 좋았다. 선비는 확실히 따뜻하고 착한 사람이었으며 말도 나직나직하였다. 큰마누라도 예상 밖으로 은근하고 하는 말도 붙임성이 있었다. 큰마누라는 자기와 남편이 지내온 생활, 즉 원만하고도 아름다운 신혼 생활로부터 지금에 이르기까지 30년의 경력을 줄줄 이야기했다. 그녀는 십오 년 전에 임신하여 사내애를 낳은 적이 있다고 했다. 그녀의 말에 따르면, 아주 예쁘고 총명한 아이였는데 열 달이 채 못되어 천연두에 걸려 죽었고, 그 후로 다시는 애를 보지 못했다는 것이다. 그녀의 말에 비추어보아 오래 전부터 남편에게 첩을 들이라고 했던 것 같았다. 그러나 그녀의 남편이 아내를 사랑해서인지 아니면 마땅한 상대가 없어서인지, 이건 분명하게 밝히지 않았으나, 어쨌든 지금까지 이렇게 지내왔다는 것이다. 큰마누라의 이야기에 마음씨가 순박한 그녀는 쓰기도 하고 달기도 한 착잡한 마음이 들었다. 마침내 큰마누라는 자기의 희망을 그녀에게 말했다. 그러자 그녀는 얼굴이 화끈 달아올랐지만, 큰마누라가 말했다.

"임자는 애기를 서넛이나 기른 여자니 무엇이든 다 잘 알고 있을 거야. 아마 나보다도 아는 게 더 많을 테지."

이렇게 말하고서 그녀는 나가버렸다.

그날 밤, 선비도 집안 형편에 대해 이러쿵저러쿵 말해주었는데, 사실은 젊은 그녀에게 과시하고 잘 보이려는 데 지나지 않았다. 그녀는 붉은색 장롱 옆에 앉아 있었다. 누추한 자기 집에는 이런 장농이 없었던 터라, 그녀는 멀거니 그것만을 주시했다. 선비는 장롱 옆으로 다가와 앉더니 그녀에게 물었다.

"이름이 뭐라 했는가?"

그녀는 대답하지도, 웃지도 않으면서 살며시 일어나 침대 앞으로 다가갔다. 선비도 뒤따라 침대 옆으로 오더니 웃음을 지으면서 또 물었다.

"부끄러워하긴, 허허, 남편 생각이 나는 모양이지? 이제는 바로 내가 임자 남편이야." 그는 이렇게 말하며 그녀의 소매를 끌어당겼다. "뭘 그리 걱정하나! 애기가 보고 싶은 모양이지? 하지만
......"

그는 말을 하다 말고 다시 허허 웃더니 제 손으로 두루마기를 벗었다.

이때 방 너머의 큰마누라가 누군가에게 욕설을 퍼부어대는 소리가 들렸는데, 누구를 욕하는 소리인지 분간하기 어려웠다. 밥 짓는 하녀를 욕하는 것 같기도 하고 자기를 욕하는 것 같기도 했다. 아마도 큰마누라의 분노는 자기에게서 비롯된 것이리라. 그러자 선비가 침대에서 한마디 내뱉었다.

"어서 잡시다. 저 사람은 늘 저렇게 잔소리가 심하다네, 전엔 마누라가 머슴 하나를 끔찍이 좋아했는데, 그 머슴이 식모인 황(黃) 어멈과 가깝게 지냈다고 지금 저렇게 황어멈에게 화풀이를 하는 거요."

세월은 하루하루 흘러갔다. 옛집은 점점 그녀의 머릿속에서 사라져간 반면, 눈앞의 현실이 차츰차츰 가까워지고 익숙해졌다. 비록 춘바오의 울음소리가 이따금 그녀의 귓전에 울리기도 하고 꿈속에서 만나기도 했지만, 꿈은 더욱 더 가물가물해지고 눈앞의 일

들은 날로 복잡해졌다. 그녀는 큰마누라가 겉으로는 아주 너그러운 체 하지만, 실은 질투심 강하고 의심이 많아 정탐꾼마냥 그녀에 대한 선비의 일거수일투족을 감시하고 있다는 것을 알았다. 어쩌다 선비가 외출하였다가 돌아와 먼저 그녀를 만나 아야기를 나누는 날이면, 큰마누라는 특별한 물건이라도 사주었나 싶어 그날 밤으로 선비를 자기 방으로 불러 호되게 나무라곤 하였다. "당신, 여우한테 홀렸소?" "당신 늙은 처지에 처신 똑바로 해요!" 그녀가 이런 말을 들은 게 한두 번이 아니었다. 그 후로 그녀는 선비가 밖에서 돌아와 그 옆에 큰마누라가 없을 때면 이내 피해버리곤 하였다. 설사 큰마누라가 옆에 앉아 있더라도 때로 그녀는 얼른 자리를 떠버렸다. 이렇게 할 때마다 그녀는 옆 사람이 눈치채지 못하도록 아주 자연스럽게 처신하였다. 만일 그렇지 않으면 그녀가 일부러 다른 사람 앞에서 자기를 망신시킨다고 큰마누라가 화를 내기 때문이었다. 그런 다음에는 집안의 모든 잡다한 일을 몽땅 그녀에게 떠맡겨 마치 하인 부리듯 할 것이다. 그녀는 그래도 총명한 편이었다. 그래서 간혹 큰마누라는 갈아입은 옷가지를 내놓아 그녀에게 빨래를 시키면서도 이렇게 말하곤 했다.

"내 옷을 왜 자네가 빨려 하는가? 자네 옷도 황어멈이 빨아주어야 할 텐데."라고 하였으나, 이내 슬쩍 말을 돌려 말했다. "자네, 돼지우리에 가보는 게 좋겠어, 두 마리밖에 안 되는 그 놈의 돼지가 왜 저리 꿀꿀대는지 모르겠어, 황어멈이 배불리 먹이지 않아 배가 고파 그러는 모양이야."

여덟 달이 지났다. 그해 겨울 그녀의 입맛이 달라지기 시작했다. 늘 밥 먹기가 싫고 시원한 국수나 고구마 같은 것이 먹고 싶었다. 하지만 고구마나 국수도 두어 끼니 먹고 나면 또 먹기가 싫어지고 훈툰(餛飩) 같은 게 먹고 싶었으며, 또 많이 먹으면 토하기까지 했다. 게다가 또 호박이나 매실 같은 게 당기기도 했는데, 이런 것들은 오뉴월에 나는 음식이니, 어디 가서 이 희귀한 물건을 구해온단 말인가? 선비는 이런 변화가 주는 징조가 무엇인지 잘 알고 있는지라 진종일 헤죽헤죽 웃어가면서 구할 수 있는 음식이란 모조리 구해오느라 동분서주했다. 그는 손수 거리에 나가 귤을 사왔으며, 다른 사람에게 부탁하여 금귤을 사오기도 했다. 그리고 그는 처마 밑으로 오가면서 무슨 말인지 웅얼웅얼 외워댔다. 한번은 그가 그녀와 황어멈이 설맞이 쌀가루를 빻는 것을 물끄러미 보고 있더니, 석 되도 채 빻기 전에 그녀에게 말하는 것이었다. "좀 쉬고 하지, 떡이야 누구나 다 먹을 것인데 머슴들더러 빻으라고 해."

밤이 이슥해질 때면 사람들은 모두 한담에 여념이 없는데, 유독 선비만은 홀로 등불 아래에 앉아 ≪시경(詩經)≫을 읽었다.

　　關關雎鳩(관관저구) 꾸욱꾸욱 물수리
　　在河之洲(재하지주) 강가 모래톱에 있네.
　　窈窕淑女(요조숙녀) 아리따운 아가씨는
　　君子好逑(군자호구) 군자의 좋은 짝이로세.

바로 이때 머슴이 넌지시 물었다.

"나리께선 과거도 보지 않을 텐데 그걸 뭘 하려고 읽으세요?"

그러자 선비는 수염도 없는 턱을 쓰다듬으며 흐뭇하게 말하는 것이었다.

"그래, 자넨 인생의 즐거움이 뭔지 아나? 이른바 '동방화촉에 단꿈 무르녹는 밤, 장원급제 성취할 때(洞房華燭夜, 金榜掛名時)'란 말, 이것이 무슨 뜻인지 자네 알고 있나? 이는 일생에서 가장 즐거운 두 가지 경사일세! 나는 이 두 가지 경사를 다 지내보았지만, 나에게 이보다 더 즐거운 일이 생겼단 말이야!"

선비의 이 말에 그의 두 마누라를 제외하고는 모두가 큰 소리로 웃어댔다.

이 일은 큰마누라에게 있어서 실로 화가 치미는 일이었다. 처음에 그녀가 임신했다는 소식에 큰마누라도 몹시 기뻐했었다. 그런데 이후 선비가 그녀를 떠받드는 것을 보고 자식을 갖지 못하는 자기의 처지가 더없이 한스러웠다. 언젠가 이듬해 3월의 일이었다. 큰마누라는 몸이 편치 않고 골치가 아파 연 사흘째 누워있었다. 선비는 이 차지에 푹 쉬라는 뜻에서 이것저것 자상하게 묻지 않았는데, 이게 큰마누라의 분통을 터지게 했다. 큰마누라는 그녀가 아양을 떨어댄다고 사흘간이나 구시렁거렸다. 큰마누라는 처음엔 선비네 가문에 들어서자마자 호강에 겨워 허리가 쑤시네, 골치가 아프네 하면서 첩 티를 낸다고 비아냥거렸다. 그전처럼 제 집에 그냥 있었다면 이렇게까지 응석을 부리지 않았을 것이고 거리의 암캐마냥 배가 남산만해져서 새끼를 낳을 때가 되어서도 여기저기로 싸다니며 걸식했을 거라는 것이었다. 그런데 지금은 그

'늙다리'가 — 이건 선비의 큰마누라가 자기 남편을 부르는 이름이다. — 비위를 맞춰주는 바람에 교태까지 부린다는 것이다.

"흥, 아들이라구?" 큰마누라는 어느 날 부엌에서 황어멈에게 말했다. "누군 애를 못 나봤나? 나도 열 달씩이나 애를 배봤어도 이렇게까지 힘들진 않았어. 그리고 또 지금 애기들이란 '염라대왕 장부'에 올라있으니 낳자마자 괴물이 아니라고 누가 장담할 수 있나? 어디 두고 보라지. 정말 닭우리에서 '봉황새'가 나오는 걸 내 눈으로 봐야 내 앞에서 위세를 부리고 뽐낼 수 있지. 지금은 아직 핏덩이 같은 올빼미 새끼인데 벌써부터 거드름을 피우는 건 아직 이를 걸!"

그날 밤, 그녀는 저녁밥도 먹지 않고 잠들어 있다가 큰마누라가 비꼬아대는 조소와 욕지거리를 듣고는 낮은 소리로 흐느껴 울기 시작했다. 옷을 걸친 채 침상에 앉아 있던 선비도 이 말을 듣고서 온몸을 부르르 떨며 식은땀을 쭉 흘렸다. 그는 옷깃을 여미고 당장이라도 뛰쳐나가 큰마누라의 머리끄덩이를 틀어잡고 한바탕 호되게 두들겨서라도 속 시원히 화풀이를 하고 싶었다. 하지만 어찌된 영문인지 손가락 하나 까딱할 기운이 없고 어깨죽지까지 나른해졌다. 그는 가볍게 한숨을 내쉬면서 그녀에게 말했다. "허허, 지금까지 저 사람에 잘 해주었네. 결혼해서 삼십 년간 손찌검은 고사하고 손 한 번 대지 않았더니, 이제 황후처럼 성미가 고약해버렸네." 이렇게 말하면서 그는 침상 저편의 그녀 곁으로 다가오더니 귓속말을 하였다. "울지 마오, 응, 제멋대로 지껄여대라지 뭐! 새끼를 키워보지 못한 암탉이라 다른 사람이 애를 배면 샘이

나 견디질 못해 저 난리야. 만일 이번에 임자가 정말 사내아이만 낳아준다면, 나에게 청옥으로 만든 가락지와 백옥으로 만든 가락지가 있는데 이걸 임자한테 선물하지. ……"

그가 말끝을 채 맺기도 전에 문밖에서 또 큰마누라가 나불대는 비아냥 소리가 들려왔다. 그는 진저리가 났던지 얼른 옷을 벗고서 이불속으로 머리를 들이박고는 그녀의 가슴에 달라붙어 속삭였다.

"나한테 백옥으로 만든 ……"

배는 하루하루 남산만큼 부풀어 올랐다. 큰마누라는 그래도 산파를 구해놓았고, 또 남들더러 보라는 듯 꽃천으로 갓난애 옷도 만들어놓았다.

무더운 여름철도 막바지에 이르렀다. 음력 유월은 그들의 희망에 찬 눈길 속에서 지나갔다. 가을철이 되자 이 마을에도 선선한 바람이 불어왔다. 그러던 어느 날 온 집안 식구들은 희망의 절정에 이르러 집안 분위기가 온통 떠들썩해지기 시작했다. 선비의 심정도 사뭇 긴장되었다. 그는 사랑채가 있는 뜰에서 쉴새없이 이리저리 오가면서 손에 든 역서를 외우기라도 하는 양 '무진(戊辰)', '갑술(甲戌)', '임인년(壬寅年)' 따위를 거듭 중얼거렸다. 이따금 그의 초조한 눈길은 산모의 신음소리가 들려오는, 창문이 닫혀있는 방을 향하였고, 때로 머리를 쳐들고 구름에 덮여있는 하늘의 태양을 바라보기도 하였다. 그러다간 다시 방문 어귀에 와서 방문 앞에 서 있는 황어멈에게 묻곤 하였다.

"지금은 어떤가?"

황어멈은 말없이 고개만 끄덕이다가 잠시 후 대꾸했다.

"곧 낳을 거예요, 곧 낳게 된다니까요."

선비는 다시 그 역서를 들고는 처마 밑에서 이리저리 거닐기 시작하였다.

이러한 상황은 황혼이 깃들어 집집마다 저녁연기가 솔솔 피어오를 때까지 계속되더니, 봄철의 들꽃처럼 등잔불이 집집마다 켜질 때가 되어서야 갓난애가 태어났다. 사내아이였다. 갓난애의 울음소리가 우렁차게 들려오자, 방 안 한 구석에 앉아 있던 선비는 얼마나 기뻤던지 눈물까지 찔끔 흘렸다. 온 집안 식구들은 모두들 밥 먹을 생각조차 잊었다. 이윽고 간단하게 차린 저녁밥상에 둘러앉았을 때, 큰마누라가 하인들에게 말했다.

"우리 귀염둥이의 액운을 없애기 위해 잠시만 속이세, 혹시 누구라도 묻는 사람이 있으면 계집애를 낳았다고 하는 게 좋겠소."

모두들 웃음을 지으면서 고개를 끄덕였다.

한 달 후 갓난애의 해맑고 연한 얼굴에 가을 햇빛이 비쳤다. 그녀가 애기에게 젖을 물리고 있을 때, 이웃집 아낙네들이 그들을 둘러싸고 갓난애의 코가 덩실하게 잘 생겼다느니, 입이 신통하게도 곱게 생겼다느니, 귀가 쑥 빠졌다느니 뭐니 하면서 침이 마르도록 칭찬을 해대는가 하면, 또 어떤 아낙네는 애기엄마도 전에 비해 낯빛이 희어지고 살도 포동포동 올랐다고 너스레를 떨었다. 그러자 큰마누라는 제법 할머니 티를 내면서 분부하고 아긴답시고 입을 열었다.

"아이구, 그만하면 됐어. 그러다가 애를 울리겠어."

아이 이름에 대해 선비는 끙끙대며 이리저리 궁리해봤지만 도무지 알맞는 이름을 찾아내지 못했다. 큰마누라는 '장명부귀(長命富貴)'라든가 아니면 '복록수희(福祿壽喜)' 같은 글자에서 '수(壽)'자나 아니면 이와 같은 뜻의 글자, 이를테면 '기이(其頤)'나 '팽조(彭祖)' 같은 글자를 고르는 게 좋겠다고 했다. 그러나 선비는 그런 글자는 너무 통속적이고 남들 따라 지은 이름이라면서 동의하지 않았다. 그리하여 그는 ≪역경(易經)≫, ≪서경(書經)≫을 뒤지면서 찾았지만, 보름이 지나고 한 달이 지나도록 알맞는 글자를 찾아내지 못했다. 그는 이름 속에 어린아이를 축복하는 한편, 또한 자기의 늘그막에 아들을 봤다는 뜻이 내포되어 있어야 한다고 생각했기에 찾기에 쉽지 않았던 것이다. 이날도 그는 돋보기를 끼고 석 달이 다된 아기를 안은 채 등불 아래에서 책을 뒤지면서 이름자를 찾고 있었다. 이때 애기엄마가 방 안 한쪽에 말없이 앉아 뭔가를 생각하더니 문뜩 입을 뗐다.

"제 생각엔 '츄바오(秋寶)'라 하는 게 좋을 것 같아요." 방 안에 앉아있던 사람들이 모두 그녀에게 눈길을 돌리며 조용히 그녀의 말에 귀를 기울였다. "저 앤 가을에 낳았잖아요? 가을에 난 보배니 '츄바오'라 부르는 게 어때요?"

그러자 신비가 대뜸 말을 이었다.

"그래, 이름 때문에 정말 고심했지. 내가 반백이 넘었으니 이젠 정말 인생의 가을이란 말이야. 그런데다 애까지도 가을에 낳았고. 또 가을은 만물이 무르익는 계절이니 츄바오라 하는 것이 딱 어울리는 이름이군! 게다가 ≪서경≫에서도 '바로 가을이 오도다(乃亦有秋)'라고 하지 않았는가! 그야말로 내게 '가을'이 있게 됐어!"

이어 선비는 글공부만 해선 정말 쓸모없으니 총명함은 타고난 천성이라면서 애기엄마를 한바탕 추켜올렸다. 선비의 말에 애기엄마는 앉아있기가 민망스러워 고개를 숙인 채 쑥스럽게 웃더니 이내 눈물을 글썽거리면서 생각에 잠기었다.

"난 그저 춘바오가 생각났을 뿐인데."

츄바오는 하루하루 귀엽게 자라면서 한시도 엄마 곁을 떠나려 하지 않았다.

남달리 큰 눈은 낯선 사람만 보면 뚫어지게 바라보다가도 제 엄마만은 먼발치에서도 한눈에 알아보았다. 비록 아버지인 선비가 제 엄마보다 더 애지중지했건만, 애는 진종일 엄마 곁에만 붙어있을 뿐 아버지는 별로 따르지 않았다. 선비의 큰마누라도 겉으로는 제 속으로 낳은 자식처럼 사랑해주었지만, 아이의 큰 눈은 낯선 사람 쳐다보듯 이상하다는 눈길로 말똥말똥 쳐다보는 것이었다.

하지만 아이가 제 엄마를 따르면 따를수록 그의 엄마가 이 집에서 떠나야 할 시간은 하루하루 다가왔다. 겨울에 뒤이어 곧바로 봄이 오고, 봄의 뒤를 이어 곧장 여름이 바짝 다가왔다. 이리하여 아이 엄마의 기한인 삼 년이 금방 이른다는 문제가 사람들의 마음속에 자리 잡았다. 선비는 아들에 대한 사랑 때문에 백 원의 몸값을 더 내서라도 아예 그녀를 사오는 것이 어떻겠느냐고 큰마누라에게 제기했다. 그랬더니 마누라는 이렇게 대꾸했다.

"당신이 애 엄마를 아예 사오겠거든 먼저 나부터 독약을 먹여 죽이구려."

이 말에 선비는 화가 치밀어 그저 콧구멍만 씩씩 불었다. 한참 동안 말이 없던 그는 다시 웃음 띤 얼굴로 말했다.

"여보, 생각해보우. 애가 에미 없이 ……"

큰마누라는 매섭고도 쌀쌀맞게 대꾸했다.

"그럼 난 애 엄마가 아니란 말이요?"

어린애 엄마의 심정은 상충되는 두 가지 모순 속에 사로잡혀 있었다. 한편으로 그녀의 머릿속에는 '3년'이란 이 두 글자가 아로새겨져 있었다. 3년이란 시간은 금방 지나가겠지만, 그녀의 생활도 차츰 이 선비네 집의 머슴처럼 되고 말 것이다. 게다가 늘 그리워하는 춘바오도 눈앞에 있는 츄바오처럼 아주 활달하고 사랑스러웠으니, 그녀로서는 츄바오도 버리기 애석하거니와 또한 춘바오도 버릴 수 없었다. 그런데 또 한편으로, 그녀는 영원히 이 새로운 집에 머물고 싶었다. 춘바오의 아버지는 오래살 수 있는 사람이 못되어 병으로 인해 사오 년이면 저승으로 떠나게 될 것이다. 그러면 남편을 새로 구해야 할 테니, 춘바오까지 데려다 자기 곁에 두었으면 하는 생각이 들었다.

이따금 방 바깥의 처마 밑에 나른하게 앉아있노라면, 초여름의 따사로운 햇살이 그녀를 몽롱한 환상의 세계로 몰아가곤 했다. 츄바오는 젖꼭지를 문 채 그녀의 품속에 안겨 있는데, 자기 곁에 마치 춘바오가 서 있는 것만 같았다. 그래서 손을 내밀어 춘바오를 끌어당겨 두 형제에게 말 몇 마디를 하려 했으나 그의 곁은 텅 비어 있을 뿐, 겉으론 자애로워 보이지만 눈에 독기가 가득 찬 큰마누라가 멀찌감치 떨어진 문어귀에 서서 자기를 쏘아보고 있었다. 이럴 때마다 그녀는 문득 깨닫곤 했다. "큰마누라가 저렇게까지 나를 감시하고 있는데, 아무래도 어서 빨리 이 집에서 떠나야지." 그러다가도 품에 안은 어린애가 갑자기 울어대기만 해도, 그녀는 다시 아무 일도 없었던 듯이 눈앞의 일들에 다시 지배되고 마는 것이었다.

이후 선비는 계획을 바꿔 선씨 할멈을 불러 츄바오 엄마의 본남편에게 30원 혹은 많아야 50원을 쥐어주어 전당기간을 3년만 더 연장해보자는 생각을 했다. 그래서 선비는 큰마누라와 의논하였다.

"츄바오가 다섯 살이 되면 제 에미와 떨어질 수 있을 거요."

큰마누라는 한참 동안 염주를 만지작거리면서 '나무아미타불'을 외우더니 이어 대꾸했다.

"그에게도 이전 아들이 있고 귀밑머리 풀어준 남편이 있는데, 아예 모여 살게 해주지 그러우?"

선비는 머리를 푹 숙인 채 다시 띄엄띄엄 말했다.

"마누라도 좀 생각해보우. 츄바오가 이제 겨우 두 살인데 제 에미 없이……"

그러나 큰마누라는 염주를 내려놓으면서 대꾸했다.

"나도 기를 수 있고 돌볼 수 있소. 내가 그 애를 해칠까봐 그러우?"

선비는 마지막 한마디에 그만 휑하니 나가버렸다. 큰마누라는 여전히 뒷전에서 말했다.

"이 앤 내가 거들어 낳은 애요. 츄바오는 내 아들이야, 설사 이 집 가문의 대가 끊긴다 해도 난 여전히 이 집의 밥을 먹고 있어. 정말 폭 빠져 노망이 들어 아무 생각이 없는 게지. 당신이 살면 몇 해나 더 살겠다고 그 년을 한사코 붙잡으려고 해? 흥, 그 년과 나란히 위패 받는 짓은 절대 안 해!"

큰마누라는 아주 지독하고 사나운 욕지거리를 많이 퍼부어댔으나, 선비는 이미 멀리 가버린 뒤라 듣지 못했다.

무더운 여름철이 다가오자 아이의 머리에 종기가 생겨 이따금 열이 오르곤 했다. 그럴 때마다 큰마누라는 사방으로 다니며 보살에게 묻거나 부처님의 약을 얻어다 종기에 붙이거나 먹였다. 애 엄마는 별로 대단치 않은 일로 핏덩이 같은 어린 것을 온몸이 땀 투성이가 되도록 울린다고 언짢게 생각하여 몇 입 먹은 약을 몰래 내버렸다. 그러자 큰마누라는 장탄식을 하면서 선비에게 일러바쳤다.

"보세요, 영감, 그 년은 애가 병이 나도 조금도 신경 쓰지 않고, 애가 별로 야위지 않았다고까지 말한다우. 속사랑이 깊어야지, 겉사랑이야 다 헛것이라니까."

이리하여 애 엄마는 남몰래 눈물만 흘릴 뿐이고, 선비도 뭐라 달리 할 말이 없었다.

츄바오가 돌을 맞자 떠들썩하게 잔치를 벌였다. 손님들도 삼사십 명이나 왔는데, 옷을 보낸 사람, 국수를 보낸 사람, 아이의 가슴에 달도록 은제 새끼사자를 보낸 사람, 아이의 모자에 달도록 도금한 장수노인을 보낸 사람 등, 많은 선물들이 손님들의 주머니에서 흘러나왔다. 그들은 누구나 아이의 출세와 무병장수를 축원하였다. 주인공의 얼굴은 영광의 빛으로 반짝여 마치 해질녘의 놀이 그의 두 볼을 비추는 듯했다.

그런데 바로 이날 그들이 한창 잔치를 베풀고 있던 저녁 무렵, 한 손님이 땅거미가 어둑어둑 깃든 이 집 뜰안으로 불쑥 들어섰다. 사람들의 이목이 모두 그에게 쏠렸다. 손님은 초췌한 낯빛과 더부룩한 머리에 누덕누덕 기운 옷차림으로 겨드랑이엔 종이봉지를 끼고 있었다. 이상하게 여긴 주인이 마중 나가 어디서 온 손님인지를 묻자, 그는 더듬거리며 대답했다. 주인은 바로 알아듣지 못했지만, 그 모피장수임을 알아차리고 나지막하게 말했다.

"이 사람아, 물건까지 가지고 올 건 뭔가? 공연한 짓을 했군!"

손님은 기죽은 표정으로 주위를 두리번거리면서 대답했다.

"마땅히, 마땅히 …… 저도 이 집 귀동자의 무병장수를 축원해야지요."

그는 말끝을 채 맺지 못한 채 겨드랑이에 끼고 있던 종이봉지를 꺼내 부들부들 떨리는 손가락으로 두세 겹이나 차곡차곡 접은 봉지를 헤치고서 물건을 꺼냈다. 그것은 '수비남산(壽比南山)'이란 네 글자가 사방 한 치 크기로 은칠된 구리 제품이었다. 선비의 큰마누라가 다가와 그를 찬찬이 훑어보더니 시큰둥한 표정을 지었다. 그래도 선비는 그를 술좌석으로 모셔 앉혔다. 그러자 손님들은 귀를 맞대고 서로들 수군거렸다.

두 시부터 고기 안주에 술을 거나하게 마셔댄 사람들은 난장판을 벌였다. 그들은 떠들썩하게 벌주놀이를 벌렸는가 하면, 사발들이로 술 마시기 내기를 했다. 그들이 떠들어대는 요란함에 집까지 흔들리는 것만 같았다. 그 모피장수는 비록 술을 두어 잔 들긴 했지만, 다른 손님들이 본체만체하면서 상대하지 않아 그저 우두커니 앉아있기만 했다. 이렇게 실컷 놀고 난 손님들은 저마다 대충 밥을 뜨고 나서 서로들 인사말을 나누고는 삼삼오오 초롱불빛 속에서 흩어졌다. 모피장수는 맨 나중까지 먹고 있다가 하인들이 와서 국그릇들을 치울 때에야 비로소 자리에서 물러나 처마 밑 어두컴컴한 곳으로 갔다. 그곳에서 그는 전당잡힌 자기 아내를 만났다.

"뭐 하러 왔어요?" 아내의 목소리가 몹시 처량했다.

"낸들 오고 싶어 왔겠소? 어쩔 수 없어 왔지."

"그럼 왜 이리 늦게 왔어요?"

"생일선물 살 돈이 있어야지?! 한나절이나 이리저리 돌아다니며 애걸복걸해서야 겨우 구해 가지고 또 시내에 들어가 선물을 사다보니까, 기진맥진한데다 배는 고프고 또 늦어졌지."

아내가 이어 물었다. "춘바오는요?"

사나이는 잠시 망설이더니 대답했다. "그렇잖아도 춘바오 때문에 온 거요.……"

"춘바오 때문이라니요?" 아내는 깜짝 놀라며 반문했다.

사나이는 천천히 말을 이었다.

"여름부터 춘바오가 이상하게 야위더니, 가을로 들어서자 그만 앓기 시작했소. 그렇다고 내게 의사를 청하고 약을 지을 돈이 어디 있겠는가? 그러다 보니 지금은 병이 훨씬 심해졌소. 이제는 더 이상 방법을 강구하지 않으면 금방 죽어버릴 것만 같소!"그는 잠시 말을 끊었다가 다시 이어 말했다. "그래서 지금 당신한테 돈을 좀 빌리려고 ……"

이 순간 아내의 가슴은 마치 네댓 마리의 고양이가 달라붙어 그녀의 심장을 깨물고 짓씹는 것만 같았다. 그녀는 엉엉 소리내어 울지 못하는 것이 한스러웠다. 하지만 사람들 모두가 츄바오의 생일을 축하하는 이 마당에, 그녀가 어찌 사람들의 떠들썩한 소리에 뒤이어 울음소리를 낼 수 있겠는가! 그래서 그녀는 눈물을 삼키며 남편에게 말했다.

"나라고 무슨 돈이 있겠어요? 여기에선 매달 내게 잡비로 20전밖에 주지 않는데, 그것마저 쓸데가 없어서 몽땅 애한테 써버렸으니, 이제 어쩌면 좋아요?"

그들은 잠시 아무 말이 없다가, 이윽고 아내가 다시 물었다.

"지금은 누가 춘바오를 돌봐주나요?"

"이웃에 부탁했소. 오늘밤 돌아가야 하니, 이제 난 가겠소."

사나이는 이렇게 대답하면서 눈물을 훔쳤다. 아내가 동시에 목메인 소리로 말했다.

"좀 기다려요. 내가 가서 좀 꾸어볼게요"그녀의 모습이 이내 저만큼 사라졌다.

그로부터 사흘이 지난 밤에 선비가 갑자기 색시에게 물었다.

"내가 임자에게 준 그 청옥반지는 어쨌나?"

"그날 밤 애아버지에게 줬어요, 전당잡히라고요."

"아니 임자에게 오 원을 꾸어주었잖아?" 선비는 울컥 분이 치밀었다.

부인은 고개를 푹 수그린 채 잠시 묵묵히 있다가 대답했다.

"오 원 가지고 되겠어요!"

그러자 선비가 한숨을 후하고 내쉬더니 입을 열었다.

"내가 아무리 잘 해줘도 어쨌든 본남편 본자식이 좋은가 보군! 난 본래 임자를 한두 해쯤 더 두려고 했는데. 이제 내년 봄이 되면 돌아가게!"

여인은 그저 멍해 있을 뿐 눈물조차 흘리지 않았다.

며칠 후 선비는 그녀에게 이렇게 되풀이했다.

"그 보배가락지를 내가 임자에게 준 건 츄바오에게 물려주라는 뜻에서였는데, 그렇게 전당잡힐 줄이야 누가 알았겠나! 내 마누라가 모르기에 망정이지, 행여 알기라도 하면 석 달을 두고 고아댈 거야."

그녀는 날로 야위었다. 그녀의 눈에서는 총기가 비치지 않고, 그녀의 귓전에는 욕설과 비웃음 소리로 가득 차 있었다. 늘 춘바오의 병이 마음에 걸렸던 그녀는 행여나 자기 마을에서 온 벗이나 혹은 자기 마을로 가는 길손이 있나 없나 수소문하였다. 그녀는 '춘바오의 병이 나았다'는 소식을 듣고 싶었으나, 그런 소식은 끝내 없었다. 그녀는 돈을 이 원쯤 빌려 사탕이라도 좀 사보내고 싶었지만, 그렇게 할 만한 인편도 없었다. 그래서 그녀는 종종 츄바오를 품에 안은 채 문가에서 멀지 않은 한길가에 나서서 오가는 길손들을 우두커니 바라보았다. 이런 모습이 선비의 큰마누라는 몹시 언짢았던지라, 자주 선비에게 말했다.

"여기에 있고 싶겠어요, 어서 돌아가고 싶은 마음이 굴뚝같을 텐데."

그녀는 츄바오를 안고 잘 때 몇 번이나 꿈결에 헛소리를 질러 댄 적이 있었다. 그 바람에 놀라 깬 츄바오가 자지러지게 울기도 했다. 그러자 선비가 따지듯이 물었다. "아니 왜 그러나? 왜 그래?"

하지만 그녀는 그저 츄바오를 다독거리면서 오냐오냐 입소리만 낼 뿐 아무 대답이 없었다. 선비가 계속 물었다.

"본자식이 죽는 꿈을 꾸어 그렇게 고함을 치나? 나까지 다 놀라 깨었네."

그녀는 황급히 대꾸했다.

"아니. 아니에요, …… 내 앞에 무덤구덩이가 있는 것만 같아서!"

선비는 더 이상 아무 말도 하지 않았다. 그녀의 눈앞에 비애의 환상이 뚜렷이 펼쳐지고, 그녀 자신이 그 무덤으로 들어가고 있는 것만 같았다.

추운 겨울도 어느덧 다 지나갔다. 조그마한 새들이 이별을 재촉하듯 창가에서 쉴 새 없이 지저귀고 있었다. 먼저 어린애의 젖을 뗐다. 그리고 도사를 불러다 아이에게 고비를 넘기는 푸닥거리를 했다. 이렇게 해서 어린애와 그를 낳은 친어머니의 영원한 이

별의 운명이 결정되었다.

이날 황어멈이 먼저 가만히 선비의 큰마누라에게 말했다.

"가마를 불러 태워 보내시지요?"

선비의 큰마누라는 염주를 만지작거리면서 대답했다.

"걸어가라지. 가마라도 타고 가면 돈은 그쪽에서 물어야 하는데 그 집에 무슨 돈이 있겠나. 듣자니 남편은 입에 풀칠할 것도 없다는데 여편네가 호강을 부려서야 되겠나. 길도 멀지 않은데 걸어가라지. 나도 삼십 리 길을 걸어본 사람이야. 그 사람 발은 내 발보다 크니 한나절이면 도착할 수 있을 걸세."

이날 아침 일찍, 애 엄마는 츄바오에게 옷을 입혀 주면서 하염없이 눈물을 흘렸다. 이 모습에 어린애가 "아줌마, 아줌마"하고 불렀다. ─ 큰마누라가 어린애에게 자기를 "엄마"라고 부르게 하고 친엄마는 "아줌마"라고 부르게 했기 때문이다. ─ 그녀는 흐느낌으로 대답을 대신했다. 그녀는 어린애에게 몇 마디 말을 해주고 싶었다.

"잘 있거라, 내 귀여운 새끼야! 네 엄마가 너를 잘 키워줄 것이니, 넌 앞으로 엄마를 잘 모시고 나 같은 건 영영 잊어야 해!"

하지만 그녀는 아무리 해도 말을 할 수 없었다. 물론 이제 겨우 한 돌 반밖에 되지 않은 아이에게 이런 말을 해줘봐야 무얼 알겠는가? 선비가 슬그머니 여자 곁으로 다가오더니 그녀의 겨드랑이 밑에 손을 밀어 넣었다. 선비의 손에는 20전짜리 동전 열 잎이 쥐어져 있었다. 선비는 조용히 말했다. "가져가게, 2원이네."

그녀는 어린애의 옷 단추를 다 채우고 나서 동전을 제 호주머니에 넣었다.

큰마누라가 이어 들어오더니 밖으로 나가는 선비의 뒷모습을 의아한 눈초리로 바라보고서는 다시 고개를 돌려 그녀에게 말했다.

"임자가 떠날 때 애가 울지 않도록 츄바오는 내게 안겨주게."

그녀는 아무 말도 없었지만, 츄바오는 싫다는 듯 손으로 큰마누라의 얼굴 위를 마구 두들겼다. 그러자 큰마누라는 화를 내면서 말했다.

"그럼, 자네가 애에게 아침밥을 먹이고 나서 애를 나한테 주게."

황어멈은 그녀에게 밥을 많이 먹으라고 극구 권하면서 말했다.

"보름 사이에 이리 되어버렸어. 정말 올 때보다 훨씬 야위었어. 거울도 보지 않았나 봐. 오늘은 30리 길을 걸어야 하니 밥을 든든히 먹어야 해."

그녀는 괜찮다는 듯 대답했다.

"황어멈은 참 좋은 분이예요."

해가 벌써 중천에 떠올랐다. 쾌청한 날씨였다. 츄바오가 제 에미 곁을 떠나지 않으려 하자, 큰마누라는 츄바오를 제 어미 품에서 우악스럽게 빼앗았다. 그러자 츄바오는 조그만 발로 큰마누라의 아랫배를 마구 차고 고사리 같은 손으로 큰마누라의 머리카락을 잡아당기면서 자지러지게 제 엄마를 불러댔다. 이때 그녀가 등 뒤에서 입을 열었다.

"점심이나 먹고 가게 해줘요."

이 말에 늙은 마누라는 고개를 돌리더니 야멸차게 대답했다.

"어쨌든 갈 길이니 어서 봇짐이나 싸!"

어린애의 울음소리가 그녀의 귓전에서 점점 멀어졌다.

보따리를 꾸리는 내내 여자의 귓전에는 어린애의 울음소리가 들려왔다. 황어멈이 옆에서 그녀를 달래면서 보따리 싸는 것을 보고 있었다. 드디어 그녀는 허름한 보따리 하나를 옆에 끼고서 길을 나섰다.

대문을 나서는 순간에도 그녀의 귓전에는 츄바오의 울음소리가 들려왔다. 터벅터벅 걸어 멀리 3리 길이나 갔는데도 츄바오의 울음소리가 여전히 들려왔다.

따사로운 햇빛이 내리쪼이는 앞길은 푸른 하늘마냥 여자 앞에 한없이 멀리 뻗어있었다. 어느 개울가에 이르렀을 때 그녀는 문득 기진맥진한 발걸음을 멈추었다. 자신의 모습을 비추어볼 수 있을 만큼 맑은 시냇물에 뛰어들고 싶었다. 그러나 그녀는 개울가에 잠시 앉아 있다가 가야 할 방향으로 자기의 그림자를 옮겼다.

해는 어느덧 정오를 넘었다. 어느 마을의 시골 노인이 갈 길이 아직 15리나 남았다고 알려주었다. 이 말을 듣고 그녀는 노인에게 말했다.

"아저씨, 이 근처에서 가마 한 틀 불러주실 수 없나요. 도저히 더는 못 걷겠어요."

"병이 난 게요?" 노인이 물었다.

"그래요." 이때 여자는 마을 어귀의 정자에 앉아 있었다.

"어디서 오시는 길이요?"

그녀는 잠시 묵묵히 있다가 대꾸했다.

"전 저쪽 마을로 가는 길인데, 아침에는 그래도 걸을 수 있으려니 생각했어요."

그 노인은 불쌍하게 여겼던지 더 이상 말하지 않고 가마꾼 두 사람과 덮개 없는 가마 한 틀을 구해주었다. 때는 바로 모내기철이었다.

오후 서너 시쯤 좁고도 더러운 시골길 위로 덮개 없는 가마 한 틀이 지나갔는데, 가마 위에는 싯누런 배춧잎처럼 깡마르고 쪼글쪼글한 중년의 아낙이 누워 있었다. 그녀의 두 눈은 흐리멍텅 힘없이 감겨 있었고, 입으로는 들릴락 말락 숨을 쉬고 있었다. 거리의 사람들은 저마다 휘둥그레진 눈에 안쓰러운 눈길로 가마를 바라보았다. 한 무리의 아이들이 몰려와 서로 다투어가며 가마를 뒤따랐다. 마치 이 고요한 시골마을에 기이한 일이 생긴 것만 같았다.

가마 뒤를 따르는 애들 속에는 춘바오도 끼여 있었다. 그는 돼지를 몰듯 고함을 지르면서 가마 뒤를 따르고 있었다. 하지만 가마가 한 모퉁이를 돌아 자기 집으로 향하는 길에 접어들자, 춘바오는 두 팔을 축 늘어뜨린 채 의아한 생각이 들었다. 가마가 자기 집 문 앞에 이르는 것을 보고, 그는 나무기둥에 기댄 채 멍하니 가마쪽을 바라보았다. 나머지 아이들은 조심스레 가마 양쪽을 둘러쌌다. 이윽고 부인이 가마에서 내렸다. 그러나 그녀는 눈앞이 어질어질한지라 눈앞의 남루한 옷차림에 쑥대머리, 그리고 키는 3년 전이나 별반 다름없이 작달막한 꼬마아이가 바로 지금은 여덟

살 난 춘바오라는 것을 알아보지 못했다. 느닷없이 그녀가 울부짖
듯 외쳤다.

"춘바오야!"

몰려섰던 한 떼의 아이들은 저도 모르게 깜짝 놀랐다. 춘바오
도 기겁한 나머지 아버지가 있는 방 안으로 숨어버리고 말았다.

그녀는 어두컴컴한 방 안에 오래도록 앉아 있었다. 그녀와 그
녀의 남편은 한마디도 하지 않았다. 어둠이 스멀스멀 깃들자, 사
나이는 수그리고 있던 머리를 쳐들고서 아내에게 말했다.

"어서 밥이나 지어야지!"

부인은 하는 수 없이 일어나 방구석을 한 바퀴 돌더니 남편에
게 힘없이 말했다.

"쌀독이 텅 비었네요.……"

그러자 사내는 쓸쓸하게 웃고 나서 대답했다.

"당신 정말 큰집 살림을 하였구먼! 쌀은 저 담배통 안에
있소."

그날 밤 사내는 아들에게 이렇게 말했다.

"춘바오야, 넌 엄마랑 같이 자라!"

그러나 춘바오는 부뚜막 옆에 기댄 채 울기만 했다. 춘바오 엄
마가 그에게 다가가 불렀다.

"애, 춘바오야, 춘바오!"

그녀가 춘바오의 머리를 쓰다듬어 주려 했으나 아이는 슬쩍 피
해버리고 말았다. 그러자 사내가 퉁명스레 말했다.

"낯가림이 이리 빨라서야, 한 대 맞아야겠어!"

그녀는 퀭한 눈으로 더럽고 좁은 판자 위에 드러누웠다. 춘바오도 낯선 표정으로 엄마 곁에 누웠다. 그녀의 마비된 머릿속에는 포동포동하고 귀여운 츄바오가 자기의 품에서 발버둥질하는 것만 같았다. 그녀는 두 손으로 끌어안으려 했지만, 그녀 옆에 누워있는 것은 춘바오였다. 이때 이미 잠이 든 춘바오가 엄마 쪽으로 돌아누웠다. 그녀는 아들을 으스러지도록 끌어안았다. 그러자 춘바오는 가늘게 코를 골면서 얼굴을 제 엄마 가슴에 파묻더니 두 손으로 어머니의 젖을 어루만졌다.

　적막하고도 차디찬, 죽음과도 같은 기나긴 밤이 끝없이 이어지고 있었다.

1930년 1월 20일

류나어우는 타이완성(臺灣省) 타이난현(臺南縣)에서 태어났다. 원명은 류찬보(劉燦波), 필명은 뤄성(洛生)이다.

어려서부터 일본에서 성장하였기에 일본현대문학에 대해 잘 알고 있었으며, 특히 서구의 모더니즘을 수용한 일본의 신감각파로부터 영향을 크게 받았다. 주요 작품으로는 단편소설집 ≪도시풍경선(都市風景線)≫이 있다.

이 책에 실린 〈두 명의 시간 불감증자(兩個時間的不感症者)〉는 1930년 4월에 출간된 ≪도시풍경선≫에 수록되어 있다.

류나어우

(劉吶鷗, 1900~1939)

두 명의 시간 불감증자 兩個時間的不感症者

쾌청한 오후.

놀다 지친 흰 구름 두 조각이, 반짝이는 땀방울을 흘리면서, 맞은편의 고층 건물들이 만들어낸 잇닿은 산꼭대기 위에 멈추어 있다. 멀리 이 도시의 담장들을 바라보면서, 그리고 눈 아래 드넓은 푸른 들판을 굽어보고 있는 스타디움, 이곳은 이미 사행심에 열광하는 사람들에 의해 개미집처럼 되어버렸다. 긴장이 실망으로 바뀐 종잇조각은 사람들에게 찢겨져 시멘트 위에 가득 널려 있다. 기쁨은 다정한 미풍으로 바뀌어 애인에게 착 달라붙은 아가씨의 푸른 치마를 들춘다. 소매치기와 첩을 제외하면, 망원경과 스프링코트가 오늘의 주요 고객이다. 그러나 이건 그들의 주머니 안이 5원짜리 지폐로 가득 차 있는 경우에 한해서이다. 먼지, 침, 남몰래 흘리는 눈물, 그리고 말똥의 악취는 생기 잃은 우울한 하늘을 떠돌고 있고, 사람들의 결의와 긴장, 실망, 낙담, 의외로움, 기쁨과 더불어 포화상태의 분위기를 빚어낸다. 그러나 의기양양한

Union Jack은 여전히 아름다운 창공 위에서 바람을 따라 주홍색 미소를 나부끼고 있다. There, they are off! 특별히 뽑힌 여덟 마리의 명마들이 앞을 향해 뛰쳐나가자, 떠들썩하게 오늘의 최종 경마가 시작된다.

이때 극도의 긴장감이 회오리바람처럼, 관중석 계단 위 인파 속에 서 있는 H의 온몸을 사로잡았다. 그는 자신의 운수를 시험해볼 요량으로 오늘 딴 3,40장의 지폐를 몽땅 5번 말에 걸었다.

— 에이, 3번이 뒤쳐졌어.

— 아니야, 3번은 고동색이야.

— 넌 7번을 샀어?

— 아니, 7번 기수는 믿을 수가 없어서 5번을 샀지.

사람들이 곁에서 고성의 들뜬 목소리로 이야기를 주고받았지만, H의 귀에는 들어오지 않았다. 그는 흘러내린 앞머리를 손으로 쓸어올리면서도 초원 위를 내달리는 알록달록한 사람과 말에서 눈을 떼지 않았다.

갑작스러운 Cyclamen향이 그의 고개를 돌리게 만들었다. 등 뒤에 이 따스하고 보드라운 것이 언제 왔는지는 모르지만, 그가 고개를 돌리자 sportive한 근대형 여성이 눈에 비쳤다. 투명한 프랑스 비단 아래 탄력 있는 근육이 가벼운 움직임을 따라 함께 진동하는 듯했다.

시선은 쉽게 닿았다. 작은 앵두가 터지자 미소가 푸른 호수에서 터져나왔다. H는 opera bag에 약간 가려져 있는, 진한 회색스타킹 속에 비치는 하얀 무릎에서 눈을 떼지 못하는 걸 느끼고 있을 뿐이었다. 하지만 또 다른 강렬한 의식이 그의 머릿속을 차지하고 있었다.

Come on Onta ……!

— Bravo, 달라스!

요란스러운 소리는 주위의 불안한 분위기와 소란스러운 소리속으로 그를 불러들였고, 뒤이어 한 무더기의 속력이 그의 눈앞에서 화살처럼 스쳐지나갔다. 5번 말이 분명 선두가 아닌가! 이 느닷없는 의식이 그의 온몸의 신경을 전율케 하였다. 그는 자신도 모르게 갈채를 보냈다. 그리하여 손안의 마권을 꼭 움켜쥔 채 사람들을 헤치면서 앞뒤 돌아보지 않고 관중석 아래의 지급처로 달려갔다.

H가 지급창구 앞에 자리잡았을 때, 뒤이어 한 떼의 사람들이 폭풍처럼 들이닥쳤다. 모두들 만면에 희색이 가득했다. 배당금이 얼마일까. 이것만이 지금 그들의 유일한 관심사인 듯하다. 그러나 H는 등 뒤의 사람들의 압력을 견디면서, 그의 생각은 벌써 이 돈을 수령했을 때의 용도로 날아가 있었다.

— 선생님, 이걸로 저 대신 받아주실래요?

갑자기 곁에서 상큼한 목소리가 들리고, 그의 어깨를 가볍게 미는 손이 있었다. H가 몸을 돌려 바라보니, 쇠 난간 너머에 방금 관중석에서 그에게 미소 짓던 여인이 서 있었다. 그녀의 눈은 좋은 벗의 친밀감을 내비치고 있었다. H는 갑작스런 그녀의 부탁에 놀라기는 하였지만, 곧바로 은근한 태도로 대답했다.

— 그래요. 당신도 5번을 사셨군요?

여인은 미소로 답하면서 하얀 손안의 푸른색 표를 그에게 건네주더니, 곧 화사한 몸을 옮겨 무지막지한 사람들을 피했다. 2,3분이 채 지나지 않아 지급원이 나왔다. 그리고 "25원이래!"라는 한마디가 입에서 입으로 퍼져 나갔다. 은화와 잔돈들이 카운터에서 소리를 내고, 주판이 움직이기 시작했다.

H는 간신히 천 원 가까이의 지폐를 손에 쥐고서 인파를 벗어나, 사람들이 붐비지 않는 곳으로 걸어갔다. 그를 기다리고 있는 미소.

— 감사합니다.

— 천만에요. 정말 떼밀려 죽는 줄 알았습니다.

H는 모자를 슬쩍 들어 다시 한 번 경의를 나타내고서, 호주머니 안에서 손수건을 꺼내 이마의 땀을 훔쳤다.

— 그럼 어떡하시겠습니까? 여기 계시겠어요!

H가 손안의 지폐 다발을 보이면서 말했다.

— 어떡하긴요? 앉아 있을 수도 없는데.

흠, H는 속으로 생각하였다. 이렇게 상큼하고 아름다운 여자라면 지팡이 삼아 한길을 끼고 다녀도 괜찮겠군. 만약 그녀가 ……원한다면, 운이 좋아 뜻밖에 번 돈다발을 몽땅 그녀에게 주어도 괜찮아. 그는 이렇게 마음을 먹고서 말했다.

부인, 아니지, 아가씨는 혼자 오셨습니까?

— 왜 아니겠어요?

— 그럼, 어디로 가서 잠깐 쉴까요? 괜찮겠습니까?

— 좋아요. 지금 바쁘지 않으니까요.

― 그렇다면 저쪽 모퉁이에 미국인이 경영하는 카페가 있는데, 아주 깨끗합니다. 아이스크림도 먹을 만하구요.

― 좋을 대로 하시죠.

바로 이때 그녀는 바삐 지나는 사람에게 떼밀려, 하마터면 H의 몸에 부딪칠 뻔했다. H는 황급히 그녀의 손목을 움켜쥐었으나, 그녀는 싫은 내색은커녕 그와 팔짱을 낀 채 연인처럼 걸었다.

기운이 빠진 사람들과 지폐를 세느라 바빴던 사람들이 모두 남쪽 대문 입구로 흘러갔다. 15분 전에만 해도 그토록 긴장감으로 넘쳐흘렀던 경마장 안이 지금은 마치 바람 빠진 애드벌룬처럼 풀이 죽은 채, 운 나쁜 마권 조각들만 남아 바람결에 춤추며 날아다녔다. 얼마 지나지 않아 새로운 한 쌍의 연인은 사람들을 따라 말의 악취가 진동하는 마췌루(馬霍路)를 걸어나왔다.

― 자, 여기서부터 좀 걸어 볼까요? 좀 북적대긴 합니다만.

30분간 앉아서 시원한 음료로 갈증을 식히고 나서 까페에서 한길로 나온 그들은 몇 년 사귄 친구처럼 되었다. 산보가 근대적 연애에서 필수 불가결한 요소임을 잘 알고 있던 터에, 산보가 오래지 않은 애정의 존재를 드러내는 유일한 수단이기에 그는 까페를 나오자마자 이렇게 제의하였던 것이다. 이토록 화창한 오후에 이렇게 똑똑한 반려자가 있다면 마땅히 demonstrate해야 한다고 그는 생각하였다. 게다가 호주머니 안에 이렇게 돈이 두둑하니, 설령 그녀가 백화점 쇼윈도우 앞에 선 채 떠나지 않는다 해도 두려울 게 없었다.

석양은 신록의 플라타너스 가지 끝을 어루만지고 있었다. 아스

팔트는 기름을 바른 듯 반짝반짝 미끈하다. 경쾌하고 활기차게 두 사람의 발자국 소리가 시멘트 위에서 율동적으로 울린다. 황토색 제복을 입은 외국인 병사가 혼혈의 동양 여인을 데리고 앞에서 걸어온다. 아마 저 사람들도 오늘 새로 사귄 짝이겠지! 이 도시에서는 모든 게 일시적이고 임시방편적이며, 비교적 변치 않는 것은 이 거리 위에 솟구친 건물의 낭떠러지인 셈이다. 그러나 그것도 4,50년밖에 존재하지 않았을 뿐이다. 이렇게 생각하는 사이에 H는 주변이 북적거린다는 느낌이 들었다. 그들이 어느덧 도심에 들어섰기 때문이었다.

한길의 사거리에는 딱정벌레와도 같은 수많은 자동차들이 멈춰 서 있었다. 'Fontegnac 1929' 차량이 은근히 H의 눈을 유혹하였지만, 그는 그의 곁에 있는 fair sex를 잊지 않았다. 그는 한 손으로 그녀를 도와 길을 가로질렀다. 그리고서 가장 우아한 동작으로 마치 지팡이처럼 그녀를 왼손에서 오른손으로 팔장을 바꿔 끼었다. 시내의 3대 괴물인 백화점이 눈앞에 나타났다.

경마장에서 까페로, 까페에서 북적대는 한길로 옮기는 것은 무슨 진기한 코스는 아니지만, 내세우기를 좋아하는 곳이 좋은 산책로이지 않은 경우도 흔히 있다. 뜻밖에도 마주 오던 어느 청년이 H와 동행하는 여인을 쳐다보더니 의혹에 찬 눈으로 그들 바로 앞에 섰다.

— 아직 이른데, T, 벌써 왔군요!

게다가 여인이 먼저 말을 건넸다.

— 이쪽은 H이고, 우린 경마장에서 오는 길이에요. 이쪽은

T에요.

H는 이 갑작스러운 삼각관계에 씁쓸함을 느끼면서 가볍게 T에게 머리를 끄덕이고 그녀에게 물었다.

— T씨와 약속이 있었나 보군요?

— 있긴 있었지만 …… 함께 가시지요.

T는 약간 못마땅한 듯했으나 어쩔 수가 없어 이렇게 제안할 따름이었다.

— 그러면 여기 댄스파티에 가는 게 어때요?

H는 내버려두는 수밖에 없었다. 이 여인이 다른 사람과 약속이 있었는데도 왜 진즉 이야기하지 않았는지 그는 도무지 알 수 없었다. 이렇게 우리 두 사람의 산보를 응낙해놓고서, 이번에는 다른 사람을 한데 엮어 넣다니.

5분 후 그들은 어둑어둑한 댄스장의 구석에 자리를 잡았다. 댄스파티가 한창 무르익는 중이었다. 손님과 댄스 걸, 그리고 밴드 모두가 후끈 달아올라 있었다. H는 주위를 쑥 둘러보고서 분위기가 썩 괜찮아 앉아 있을 만하다고 느꼈지만, 아무리 생각해보아도 도무지 이해가 가지 않았던 것은 너무 나이 어린 댄스 걸이 그의 구미에 맞지 않는다는 사실이었다. 그는 사실 춤을 출 생각이 없었지만, 이 여인에 대한 흥미는 결코 가시지 않았다. 혹시 왈츠의 선율 속에서 그녀를 품에 안고서 다시 한 번 억지로라도 밀고 당기기를 해볼까, 이런 생각이 들자 그는 약간 노곤한 몸을 진한 블랙커피로 추슬렀다.

— 어때요, 경마는 재미있었어요?

잠시 뒤 T가 여인에게 물었다.

— 경마가 재미있는 게 아니라, 사람 구경하는 거랑 돈 따는 게 재미있죠.

— 돈은 땄어요? 얼마나?

— 전 별로예요. 재미는 H가 봤지요.

H에게 쏟아지는 신묘한 눈.

— H씨 얼마나 따셨어요?

— 대단치 않습니다. 그저 심심풀이지요.

H는 모던한 양복을 쫙 빼 입은 청년을 찬찬히 살펴보았다. 만난 적이 있다는 느낌이 들었다. 아마 디스코텍이나 영화관에서 봤겠지. 그러나 이 사람과 여인이 어떤 관계인지는 아무리 생각해 보아도 알 수가 없어 울적해졌다. 세 명이서 차를 마시는 건 정말 김새는 일이었다.

갑자기 사이키 조명이 바뀌더니 블루스 곡이 시작됐다. T는 망설임 없이 미안합니다만 이라고 말을 건네더니 그녀를 끌고 나갔다. H는 그들 두 사람의 몸이 희미한 불빛 아래 높게 낮게 위로 아래로 빙글빙글 돌아가는 모습을 멀거니 바라보다가, 잠시 후 잔을 들어 꽉 막힌 감정을 부어넣었다. 그는 좀 더 강렬한 알콜을 마시고 싶었다. 애타는 마음으로 기다리는 시간은 참으로 고통스럽다.

하지만 왈츠 차례가 왔다. H는 터질 듯한 신경을 억누르면서 폭발 직전의 감정을 애써 팔뚝에 담아 부드러운 몸을 껴안으며 말했다.

— 우리 천천히 춥시다.

— 왈츠를 좋아하시나 봐요?

— 그렇진 않지만, 지금 하려는 말은 왈츠가 아니면 할 수가 없거든요.

— 무슨 하실 말씀이?

— 듣고 싶으세요?

— 말씀해 보세요.

— 당신은 정말 예쁘다는 말을 하려구요.

— 제 생각엔 ……

— 당신을 사랑해요. 첫눈에 반했어요.

그녀를 빤히 바라보던 H는 그녀를 꼭 껴안은 채 빙글 두 바퀴를 돌고서 말을 이었다.

— 내가 고개를 돌려 당신을 보았을 때, 당신을 봐야 좋을지, 경마를 봐야 좋을지 모를 지경이었습니다.

— 저도 마찬가지랍니다. 당신이 저를 보았을 때, 전 이미 한참 동안이나 당신을 쳐다보고 있었어요. 당신이 흥분하는 모습이 사랑스런 준마보다 훨씬 멋지던 걸요! 당신 눈은 정말 너무 멋져요.

그녀는 말을 하면서 얼굴을 그의 얼굴에 바짝 붙였다.

— T와는 무슨 관겐가요?

— 당신이 직접 물어보지 그러세요?

— ………

— 당신과 마찬가지로 제 친구가 아닐까요?

— 내 말은 저 사람을 부득이 이곳에 떼어두고 우리만 떠날까요?

— 당신은 그런 말 할 자격이 없어요. 전 저 사람이랑 먼저 약속을 했구요. 당신에게 허락한 시간은 이미 지났잖아요?

— 그럼 내 눈이 멋있다고 한 말이 무슨 소용이지요?

— 아이 참, 정말 어린애 같애. 왜 이리 눈치가 없지. 아이스크림을 먹고 산보하고 한바탕 수다를 떠는 게 뭐람. 당신은 Love making이 꼭 자동차로 드라이브를 해야 된다고 아시나 본데요? 교외에는 녹음이 우거져야 하고 말이지요. 전 gentleman 한 사람과 함께 세 시간 이상을 보낸 적이 없어요. 이번은 전례 없던 일이었어요.

H는 왈츠가 폭스트롯으로 바뀐 듯한 느낌이 들었다. 그는 그제서야 품안의 사람이 어떤 여성인지 가늠해보았다. 그렇지만 때는 아직 늦지 않았어. 그는 자신의 남성적 매력이 T보다 못하다고는 생각지 않았다. 하지만 음악은 이미 그쳐 있었다. 그들이 탁자로 돌아왔을 때, T는 혼자서 무료하게 담배를 피우고 있었다. 그들은 마시고, 피우고, 이야기하고, 춤추면서 한 시간 넘게 보냈을 때, 갑자기 그녀가 손목 위의 시계를 보면서 말했다.

— 그럼, 여기서 더 놀다 가세요. 저는 먼저 가 보겠습니다.

— 아, 아니 왜?

H와 T, 두 사람은 똑같이 소리를 지르며 괴이한 눈을 부릅떴다.

— 아니에요. 식사 약속이 있어서 가서 옷을 좀 갈아입어야

해요. 여기 앉아 계셔도 좋지 않겠어요? 저기 아가씨들도 아주 귀여운데요.

　— 그렇지만 우리 약속은 어떻게 하구요! 오늘 저녁은 벌써 나하고 약속하였잖소.

　— 아이구 T씨, 오늘 저녁이든 아니든 누가 당신과 약속했다고 그래요. 당신의 기회를 제대로 살리지도 못하면서 무슨 춤을 더 추려고 해요. 당신이 H씨를 내쫓는다면, H씨가 뭐라 말할 엄두가 나겠어요. 그렇지요? H씨. 우리 또 만나요!

　그리고서 그녀는 H의 귓가에 대고 "당신의 눈은 정말 멋있어요. T씨가 없었다면 틀림없이 눈에 키스해드렸을 텐데"라고 몇 마디 속살거리고 나서, opera bag을 들고 미소를 띤 채 멍하니 정신이 나간 듯한 두 사람을 남겨두고 떠났다.

스저춘은 저장성(浙江省) 항저우(杭州)에서 태어났다. 필명은 안화(安華), 쉐후이(薛蕙), 스칭핑(施靑萍) 등이다.

류나어우(劉吶鷗), 무스잉(穆時英)과 더불어 중국의 신감각파를 창도한 작가이자 번역가이다. 주요 작품으로 단편소설집으로는 ≪상원등(上元燈)≫, ≪장맛비 내리는 저녁(梅雨之夕)≫, ≪장군의 머리(將軍底頭)≫ 등이 있다.

이 책에 실린 〈장맛비 내리는 저녁〉은 1933년 3월 신중국서국(新中國書局)에서 출간된 단편소설집 ≪장맛비 내리는 저녁≫에 수록되어 있다.

스저춘

（施蟄存, 1905～2003）

장맛비 내리는 저녁 梅雨之夕

장맛비가 또 주룩주룩 내린다.

비에 대해 내가 넌더리를 내는 것은 결코 아니다. 내가 역겨워하는 것은 빗속에 질주하는 오토바이 바퀴이다. 그것은 사납게 내 저고리와 바지에 흙탕물을 튕기고, 심지어 입속에까지 그 좋은 맛을 받게 한다. 나는 자주 사무실에서 업무가 한가할 때 창 너머 희미한 허공 속의 빗줄기를 바라보다가, 동료들에게 이기적인 오토바이 바퀴에 대한 나의 원망을 끄집어낸다. 비 오는 날에는 돈 아낄 필요 없이 차를 타면 훨씬 편하지. 그들은 이렇게 내게 선의의 충고를 해준다. 그러나 나는 결코 그들의 호의에 선뜻 굽히지 않는다. 돈을 아끼기 위해서가 아니라, 후드득 떨어지는 빗소리 속에서 우산을 받쳐들고 돌아가는 것을 내가 좋아하기 때문이다. 나의 집은 사무실에서 아주 가까운지라 퇴근길에 전차를 탈 필요가 없다. 이밖에도 비 오는 날 전차 타기를 좋아하지 않는 또 다른 이유가 있는데, 그건 내게 아직도 비옷이 없기 때문이다. 흔히 비 오는 날 전차 안은 거의 모두가 비옷을 걸친 신사들과 부인들, 아가씨들인데, 비좁은 찻간에서 이리저리 밀치닥거리는 사람들의 몸이 온통 물에 젖어 있는지라, 내가 제아무리 좋은 우산을 가지고 있을지라도 온몸이 흥건히 젖어 귀가하지 않을 수 없다. 더욱이 기로등이 막 켜지는 저녁 무렵에 인도를 따라 잠시 한가한 마음으로 도시의 비 내리는 풍경을 바라보는 것은 비록 진흙과 물로 지저분하기는 해도 나만의 오락거리이다. 자욱한 안개 속에서 오가는 차와 사람들은 또렷한 윤곽을 잃어버린다. 드넓은 길 위에는 수많은 노란 등불이 되비치고, 간혹 경광등의 붉은색과 초록색이 행인의 눈에 번쩍거린다. 빗줄기가 굵어지면 가까이 있는 사람의 말소리는 음성이 클지라도 마치 허공에 떠 있는 것만 같다.

사람들은 늘 이런 나를 두고 고생을 벌어서 한다고 하지만, 그들은 내가 여기에서 얼마나 커다란 즐거움을 얻는지를 모른다. 어쩌다 오토바이 바퀴가 내게 흙탕물을 튕기고 갈지라도 나는 결코 이 때문에 나의 습관을 바꾸지는 않을 것이다. 습관이라 하기에는 뭔가 이상하긴 하지만, 이렇게 지낸 지 어느덧 서너 해가 되었다. 때로는 가끔 비옷을 한 벌 살까 하는 생각이 들 때도 있다. 그러면 비 오는 날 전차를 타도 괜찮을 테고, 혹 걷더라도 흙탕물에 옷이 젖는 일은 피할 수 있을 것이다. 하지만 지금까지 여전히 삶의 바람으로 마음속에 남겨두고 있다.

요즘 연일 큰비가 내리는 동안, 나는 여전히 아침 일찍 우산을 쓰고 사무실에 출근하였다가, 오후에 우산을 받고 집으로 돌아왔다. 날마다 이랬다.

어제 오후에는 업무가 아주 많이 쌓였다. 4시가 되어 밖을 내다보니 빗줄기가 여전히 거세기에, 사무실에 혼자 남아 아예 몇 가지 일을 처리하기로 했다. 첫째는 내일 업무의 부담을 덜기 위해서이고, 둘째는 이 핑계로 비를 피해 빗발이 약해지면 가기 위해서였다. 이러다 보니 결국 여섯 시까지 머물게 되었고, 비는 이미 그쳤다.

밖으로 나오니, 거리에는 온통 가로등이 켜져 있었다. 그렇지만 하늘빛은 오히려 환해졌다. 우산을 끌면서 처마의 낙숫물을 피해 느릿느릿 걸었다. 장시로(江西路)에서 쓰촨로(四川路) 다리까지 거의 삼십 분을 걸었다. 우체국의 큰 시계는 이미 6시 25분을 가리키고 있었다. 다리에 오르기도 전에 하늘빛이 벌써 무겁고 어두워졌지만, 나는 조금도 개의치 않았다. 왜냐하면 저녁 무렵이 되었음을 알았기 때문이다. 다리 꼭대기에 이르자 별안간 소나기가 먹구름 사이에서 쏟아졌다. 쏴쏴 요란스러운 소리가 일어났다. 아래를 내려다보니 베이쓰촨로(北四川路)와 쑤저우허(蘇州河) 양쪽 언덕의 사람들이 황망히 비를 피하고 있었다. 나의 마음도 조급해지는 듯했다. 저 사람들은 뭐가 저리 다급할까? 그들도 지금 내리는 것이 비이고, 자신들의 생명에 아무런 위험이 없다는 것을 분명히 알 텐데, 왜 저렇게 다급하게 피하려 하는 거지? 옷이 젖을까봐 그런다고 말하겠지만, 손에 우산을 들고 있는 사람이나 비옷을 걸친 사람들조차 허둥지둥 비를 피하는 것을 난 똑똑히 보았다. 내가 느끼기에 적어도 이것은 일종의 무의식적인 혼란이었다. 그러나 만약 내가 빗속에서 한가로이 산책하는 재미를 느끼지 못했다면, 나 또한 저 사람들과 마찬가지로 황급히 다리를 뛰어 내려갔을 것이다.

어차피 앞길에도 비가 오고 있는데, 꼭 이렇게 도망쳐야 하는가. 우산을 펴면서 이렇게 느긋한 생각이 들었다. 어느새 텐퉁로(天潼路) 어귀를 지났다. 한길 위에 기세 좋게 비가 쏟아지는데, 참으로 장관이었다. 드문드문 오토바이 몇 대가 빗속을 뚫고 나왔다가 다시 빗속으로 질주하는 것 외에 전차와 인력거는 전혀 보이지 않았다. 나는 이들이 어디로 숨어버렸는지 궁금하였다. 걸어가는 이들은 거의 보이지 않았지만, 가게의 처마 밑이나 차양 아래에 무리지어 모여 있는 게 보였다. 우산이 있는 사람과 없는 사람, 비옷이 있는 사람과 없는 사람 모두가 한데 모인 채 짜증스러운 눈으로 어찌해 볼 도리가 없는 비를 바라보고 있었다. 나는 그들이 어떤 날씨를 위해 우산이나 비옷을 샀는지 도무지 이해할 수 없었다.

난 어느덧 원젠스로(文監師路) 가까이까지 왔다. 나는 조금도 불편한 게 없었다. 좋은 우산이 있어서 얼굴은 비에 전혀 젖지 않았다. 발이 비록 조금 축축한 느낌이 들었으나 기껏해야 집에 돌아가서 양말을 갈아 신으면 그만이었다. 걸으면서 빗속의 베이쓰촨로를 구경하노라니, 흐릿한 가운데 제법 시적 운치가 느껴졌다. 그러나 여기에서 말하는 '느껴졌다'는 것은 사실 어떤 구체적인 생각이 결코 아니다. '난 여기서 꺾어야 하는데'라는 것 말고는 마음속에 아무것도 의식하고 있지 않았다.

인도에서 걸어 나와 고개를 내밀어 길 위에 오가는 차가 있는지 없는지 살폈다. 막 길을 건너 원젠스로로 돌아들려는 참인데, 조금 전까지 보이지 않던 전차가 이미 눈앞에 멈춰서 있었다. 나는 걸음을 멈추고 인도로 다시 돌아가 전봇대 옆에 서서 전차가 떠나기를 기다렸다. 전차가 서 있는 동안에 사실 안심하고 길을 건널 수 있었지만, 나는 그렇게 하지 않았다. 나는 상하이(上海)에서 거주한 지 아주 오래되었고 길을 건널 때의 규칙을 알고 있었지만, 길을 건널 수 있을 때 왜 건너편으로 건너가지 않았는지는 나도 모르겠다.

나는 일등칸에서 내리는 승객의 숫자를 세고 있었다. 왜 삼등칸에서 내리는 사람은 세지 않지? 이건 일부러 그런 것이 아니라, 일등칸이 차의 앞부분에 있고 내리는 승객들이 바로 내 앞이었기에 내가 똑똑히 볼 수 있었을 뿐이다. 첫 번째로 내린 사람은 빨간 비옷을 입은 러시아인이었다. 두 번째는 중년의 일본 부인이었다. 서둘러 차에서 내린 그녀는 손에 든 일본식 우산을 펼치더니 머리를 움츠린 채 생쥐마냥 차 앞으로 돌아 원젠스로로 들어갔다. 나는 그녀를 안다. 그녀는 과일가게 여주인이다. 세 번째와 네 번째는 닝포(寧波) 출신인 듯한 우리나라 상인이었다. 그들은 모두 녹색 비닐로 만든 중국식 비옷을 입었다. 다섯 번째로 내린 승객은 마지막인데, 아가씨였다. 그녀의 손에는 우산도 없고 몸에는 비옷도 걸치지 않았다. 아마 비가 그친 후에 전차를 탔는데, 불행하게도 목적지에 이르렀을 때 이렇게 큰비가 내리는 성싶었다. 나는 그녀가 틀림없이 아주 먼 곳에서 차를 탔으며, 적어도 카터로(卡德路)보다 몇 정거장 앞이었으리라 짐작했다.

차에서 내린 그녀는 어깨를 움츠렸다. 어깨는 앙상하긴 해도 뼈가 드러날 정도는 아니었다. 그녀가 난감해하면서 인도에 올라섰을 때, 나는 그녀의 아름다움에 주의를 기울이기 시작했다. 아름다움에는 여러 측면이 있다. 용모의 아름다움은 물론 중요한 요소이다. 그러나 분위기의 우아함, 신체의 균형, 심지어 저속하지 않으며 적어도 혐오감을 주지 않는 말투. 이런 것들도 아름다움의 요소이다. 빗속의 이 소녀는, 나중에 생각해보니, 이 몇 가지에 딱 들어맞았다.

그녀는 길 양쪽을 두리번거리다가 모퉁이로 걸어가 원젠스로를 바라보았다. 나는 그녀가 급히 인력거를 부른다는 것을 알았다. 그녀의 눈길을 따라 나도 살펴보았지만, 한길은 적막에 잠긴 채 오가는 인력거가 하나도 없었다. 비는 여전히 세차게 쏟아지고 있었다. 그녀는 곧장 몸을 돌려 목기점 처마 밑으로 피했다. 고민하는 눈치를 드러내더니 가늘고 긴 눈썹을 찡그렸다.

나 역시 처마 밑으로 들어갔다. 전차는 이미 출발하였고 길은 텅텅 비어서, 이치대로라면 나는 길을 건넜을 것이다. 그런데 나는 왜 길을 건너 집으로 돌아가지 않았는가! 이 아가씨에게 무슨 미련이 있어서인가? 결코 아니다. 미련과 같은 의식은 전혀 없었다. 그러나 내가 돌아오기를 기다려 함께 저녁 식사를 하려는 아내가 집에 있기 때문도 결코 아니다. 당시 나에게는 이미 아내가 있다는 생각조차 들지 않았다. 눈앞에 아름다움의 대상이 있는데, 더구나 곤경 속에서 홀로 외로이 영원히 내릴 것만 같은 장맛비를 멍하니 서서 바라보고 있다. 그저 이 때문에 나도 모르게 그녀 곁으로 발걸음을 옮겼던 것이다.

비록 처마 밑이고 굵은 낙숫물이 떨어지지는 않았지만, 바람이 불 때마다 차가운 빗줄기가 우리에게 불어왔다. 나는 우산을 들고서 중세 시대의 용감한 기사처럼 우산을 방패삼아 얼굴로 달려드는 빗줄기의 화살을 막았다. 하지만 아가씨의 몸은 간간이 비에 흠뻑 젖었다. 얇은 실크 옷의 검은색도 아무 소용없이, 양쪽 팔뚝은 이미 매끄러운 윤곽을 드러내고 말았다. 그녀는 여러 번 몸을 돌려 비스듬히 서서 점잖지 못한 빗방울이 자신의 앞가슴을 적시는 것을 피하려 했다. 팔뚝이 빗물에 젖고 옷이 살갗에 달라붙는 게 대단치 않은 일일까? 나는 문득 이런 생각이 들었다.

날이 맑을 때에는 한길에 흔한 게 성가실 정도로 손님을 부르는 인력거이다. 그런데 인력거가 절실한 지금 한 대도 보이지 않는다. 나는 인력거꾼들이 장사를 제대로 하지 못한다고 생각했다. 아니면 혹시 수요가 너무 많은데 공급이 딸리는지라 이렇게 번화한 거리에서도 인력거가 흔적조차 보이지 않을 수도 있다. 아니면 인력거꾼도 모두 비를 피하고 있을 것이다. 이렇게 큰비가 올 때는 그들도 피해야 하지 않겠는가? 인력거가 있고 없고에 별로 관심이 없었던 나조차도 문득 이런 생각을 하다 보니, 인력거꾼들이 원망스럽기까지 하였다. 왜 당신들은 인력거를 끌고 나와 영업을 하지 않는 거지? 이곳에 아리따운 아가씨가 빗속에서 딱하게도 당신들 중 한 명을 기다리고 있는데.

이런 생각에 잠겨있는 동안에도 인력거는 끝내 보이지 않았다. 하늘빛이 정말 어두워졌다. 멀리 건너편 가게 문 앞에 있던 짧은 옷차림의 사내 몇 명은 이미 더 이상 참을 수 없었는지, 비를 무릅쓴 채 흥건히 젖은 몸으로 빗속을 성큼성큼 뛰었다. 아가씨의 긴 눈썹이 더욱 찡그려지고 눈동자가 반짝이는 것이 보였다. 마음이 다급해진 성싶었다. 그녀의 걱정스러운 눈빛이 마침 나의 눈과 마주쳤다. 그녀의 눈에서 내가 이상해 보인다는 것을 나는 깨달았다. 당신은 왜 가지 않고 이곳에 서 있는 건가요? 우산도 가지고 있고 구두도 신고 있는데, 누굴 기다리나요? 비가 오는 날 길거리에서 누굴 기다리지요? 나를 쳐다보는 예리한 눈빛은 호의를 품고 있지 않았다. 그녀가 나의 몸을 주시하면서 나를 훑어보던 눈빛을 어두운 하늘로 옮기는 동작을 보면서, 나는 그녀가 이런 생각을 하고 있으리라 단정했다.

내게는 우산이 있다. 게다가 두 사람을 가려주기에 넉넉히 크다. 왜 이 생각을 진즉 하지 못했는지 나는 알 수가 없다. 하지만 이제 그런 생각이 들었다고 해서 무얼 하겠는가? 나는 나의 우산으로 이 궂은비를 막아줄 수 있고, 그녀와 함께 길을 걸어서 인력거를 잡을 수도 있으며, 만약 길이 멀지 않다면 그녀를 그녀의 집까지 데려다 줄 수도 있다. 길이 아무리 멀다 해도 안 될 게 뭔가? 내가 한 걸음 훌쩍 건너뛰어 나의 호의를 나타낼까? 호의를 달리 의심하지는 않겠지? 어쩌면 방금 내가 짐작한 대로 나를 오해했다면, 나를 거절할 거야. 설마 이렇게 그치지 않는 비바람 속의 차가운 저녁 길거리에서 혼자 늦도록 서 있으려 하진 않겠지? 그렇진 않겠지! 비는 머잖아 그치겠지. 이미 이렇게 쉬지 않고 내린 지 …… 한참이 되었으니까. 나는 시간이 빗물 속에 흘러갔음을 까맣게 잊고 있었다. 내가 시계를 꺼냈을 때는 7시 34분이었다. 한 시간 넘게 지났다. 늘 이렇게까지 내리지는 않았는데, 저기를 봐, 배수구로 빠지지 못한 물이 벌써 그 위에 쌓여 소용돌이치면서 제대로 흘러내리지 못하는데, 아무래도 머잖아 인도로 흘러넘칠 거야. 그럴 리 없어. 절대 그토록 오래 내리지는 않을 거야. 잠시 멈추면 그녀는 틀림없이 갈 수 있을 거야. 설사 비가 곧 멈추지 않을지라도 인력거가 한 대는 꼭 올 거야. 그녀는 아무리 비싼 값을 치르더라도 타고 가겠지. 그럼 나는 가야겠지? 당연히 가야지. 왜 가지 않겠어? ……

이렇게 또 10분이 지났다. 나는 여전히 가지 않았다. 비는 그치지 않았고 인력거 역시 그림자도 보이지 않는다. 그녀는 여전히 초조하게 서 있다. 나는 잔인한 호기심이 생겼다. 이렇게 곤란한 처지에서 그녀가 결국 자신을 어떻게 다스리는지 보고 싶었다. 난처해하는 그녀의 모습을 보면서, 연민과 방관의 심리가 내 몸속에서 절반씩을 차지한 것이다.

그녀는 다시 놀랍고 이상하다는 듯이 나를 쳐다보았다.

불현듯 나는 느꼈다. 왜 방금까지는 느끼지 못했지. 나는 이상한 생각이 들었다. 내가 내 우산으로 그녀를 씌워주고 바래다주기를, 꼭 집까지는 아니더라도 그녀가 원하는 곳까지 바래다주기를 그녀가 기다리는 것만 같았다. 당신은 우산이 있는데도 가지 않는군요. 우산의 반을 나누어 저를 씌워주고 싶긴 한데, 그래도 적당한 때를 기다리고 있나요? 그녀의 눈빛은 이렇게 내게 얘기하고 있었다.

나는 얼굴을 붉혔다. 하지만 고개를 숙이지는 않았다.

부끄러워 얼굴을 붉힌 채 아가씨의 눈길을 마주하는 일은 결혼 이후 나에게 자주 있는 일이 아니었다. 이건 나 자신도 금방 기이하다는 생각이 들었다. 내 얼굴이 붉어진 까닭을 어떻게 설명할까? 그럴 까닭이 없지! 그러나 곧 사나이의 용기가 솟아올랐다. 복수할 테다. 이렇게 말하고 보니 너무 심한지 모르겠지만, 적어도 그녀를 이기고 싶다는 마음이 내 몸속에서 불끈 치솟았던 것이었다.

결국 나는 이 아가씨에게 다가가 내 우산의 절반으로 그녀를 가렸다.

— 아가씨, 인력거는 금방 올 것 같지 않군요. 괜찮으시다면 제가 바래다드리겠습니다. 우산이 있으니까요.

나는 그녀를 집까지 바래다주겠노라고 말하고 싶었지만, 그녀가 꼭 귀가하는 길이 아닐 수도 있다는 생각이 들어 결국 이렇게 애매하게 말하였다. 이 말을 할 때에 나는 힘껏 태연한 척하였으나, 그녀는 틀림없이 이 부자연스러운 평온함 뒤에 감춰진 내 혈맥의 세찬 흐름을 알아차렸을 것이다.

그녀는 나를 바라보면서 슬며시 미소를 지었다. 이렇게 한참이 흘렀다. 그녀는 나의 이러한 행동의 동기를 재보고 있었다. 상하이는 험한 곳이다. 사람과 사람은 불신의 마음으로 교제하고 있다! 그녀는 아마 우물쭈물하며 마음을 정하지 못하고 있는 듯했다. 비가 정말 금방 멈추지 않을까? 인력거가 정말 한 대도 오지 않을까? 이 사람에게 우산을 빌려 잠시 걸어갈까? 어쩌면 모퉁이만 돌면 인력거가 있을 테니 거기까지 데려다 달라고 하자. 그래도 괜찮겠지? …… 괜찮아. 아는 사람을 만나면 의심하지 않을까? …… 하지만 날은 너무 늦었고 빗줄기는 조금도 가늘어질 것 같지 않아.

이리하여 그녀는 나에게 고개를 끄덕였다. 아주 살짝.

― 감사합니다. 붉은 입술을 열자, 그녀에게서 나긋나긋한 쑤저우(蘇州) 발음이 튀어나왔다.

서쪽 편의 윈젠스로로 돌아들었다. 빗소리가 울리는 우산 밑, 한 아가씨의 옆에서, 나는 나의 기이한 만남이 의아해지기 시작했다. 일이 이렇게까지 전개될 수도 있나? 그녀는 누구이길래 내 옆에서 함께 걸으며, 내가 우산을 받쳐주는가. 나의 아내를 제외하고 요 몇 년간 이런 경험을 해본 적이 없다. 나는 고개를 돌려 뒤를 비스듬히 바라보았다. 가게 안의 수많은 사람들이 일을 멈춘 채 나를, 혹은 우리를 바라보고 있었다. 비의 장막을 사이에 두고 나는 그들의 의혹에 찬 낯빛을 읽어낼 수 있었다. 나는 마음속으로 놀랐다. 여기에 내가 아는 사람이 있나? 혹은 그녀를 아는 사람이 있나? …… 다시 그녀를 돌아봤다. 그녀는 머리를 숙인 채 걸음에만 열중하고 있었다. 나의 코가 막 그녀의 머리카락에 가까워지자 향기가 났다. 만약 우리 중 한 사람을 아는 사람이 이렇게 우리가 함께 걷는 것을 본다면 어떻게 생각할까? …… 나는 우산을 약간 내려 우리의 이마를 가렸다. 사람들이 일부러 몸을 굽히지 않는 이상 우리의 얼굴을 볼 수 없을 것이다. 이러한 행동이 그녀의 마음에도 들었나보다.

나는 처음에 그녀 오른쪽에서 걸으면서 오른손으로 우산대를 잡았다. 그녀를 조금이라도 더 씌워주기 위해 팔이 자꾸 위로 올라갔다. 나는 팔목이 시큰거리는 것을 느꼈으나 결코 고통이라고 여기지는 않았다. 나는 곁눈으로 그녀를 보았다. 나는 우산대가 원망스러웠다. 그것이 나의 시선을 가리고 있었다. 옆에서 보니, 정면에서 보았을 때만큼 예쁘지는 않았다. 그러나 나는 이때 새로운 것을 발견하였다. 그녀가 누군가와 매우 닮았다는 것을. 누구지? 나는 찾고, 또 찾았다. 기억이 날 듯 말 듯하다. 어찌 그뿐이랴 …… 거의 매일 심중에 두고 있는, 내가 아는 여인. 지금 곁에서 함께 걷는 여인과 똑같은 몸매에 비슷한 얼굴. 그런데 어찌하여 지금 아무리 머리를 쥐어짜도 생각나지 않는 걸까? …… 아, 그래. 내가 왜 진즉 그 생각을 못했을까. 그럴 수는 없는 일인데! 나의 첫사랑의 소녀, 동창, 이웃. 걔가 이 아가씨와 똑 닮지 않았어? 이렇게 옆면에서 보니 말이야. 걔와 헤어진 지 여러 해가 되었구나. 우리가 함께 지냈던 마지막 날, 그녀는 겨우 열네 살이었지. ……1년……2년……7년이 지났구나. 나는 결혼하였고, 그녀를 다시 만난 적이 없었다. 더욱 이쁘게 자랐을 거야. …… 그러나 나는 성인이 된 그녀의 모습을 보지 않았던 것은 결코 아니다. 나의 머릿속에 그녀의 인상이 떠오를 때마다, 그녀는 결코 열네 살 소녀의 모습으로 남아있지 않았다. 나는 수시로 꿈속에서, 잠을 자면서 꾸든, 백일몽을 꾸든 성인이 된 그녀의 모습을 보았다. 나는 스스로 그녀를 아름답게 자란 스무 살 아가씨로 꾸미곤 했다. 그녀는 고운 목소리와 자태를 지니고 있었다. 어쩌다 서글퍼

질 때면, 그녀는 나의 환각 속에서 남의 부인이 되어 있거나 심지어 젊은 엄마가 되어 있기도 했다.

그런데 이 아가씨가 왜 이리 걔와 닮았지? 얼굴과 자태에 열네 살 적의 모습이 남아 있는데, 설마 걔는 아니겠지? 걔라고 상하이에 오지 말란 법이 있는가? 그래, 걔야! 세상에 이렇게 생김새가 똑같은 사람이 있다니? 걔가 나를 알아볼까 …… 나는 그녀에게 물어봐야만 했다.

― 아가씨는 쑤저우 사람이에요?

― 네.

확실히 걔야. 정말 드문 기회이군! 언제 상하이에 왔지? 집이 상하이로 이사 온 걸까? 아니면, 아, 설마, 상하이로 시집온 걸까? 이미 날 잊어버렸을 거야. 그렇지 않으면 내가 바래다주는 걸 마다했을 거야. …… 아마 내 모습이 바뀌어서 알아보지 못할 수 있지. 세월이 많이 흘렀으니까. …… 그런데 내가 이미 결혼했다는 걸 알고 있을까? 만약 모르는데 이제 날 알아보면, 어떻게 해야 하지? 내가 알려줘야 하나? 만약 그렇게 해야 할 필요가 있다면 어떻게 말해야하나? ……

무심코 길가 쪽을 바라보니, 한 여인이 상점 카운터에 기대선 채 우울한 눈빛으로 나를 바라보고 있었다. 어쩌면 그녀를 바라보고 있었을지도 모른다. 나는 별안간 그녀가 나의 아내임을 발견한 듯하였다. 그녀는 왜 여기에 있지? 나는 이상한 생각이 들었다.

우리는 어딘가를 걷고 있었다. 나는 유심히 살펴보았다. 조그마한 야채시장이었다. 그녀는 아마 거의 다 온 것 같았다. 나는 마땅히 이 기회를 놓쳐서는 안 된다. 나는 그녀에 대해 좀 더 알고 싶었다. 하지만 우리의 이미 끊어진 우정을 이어야 할까 말까. 그래, 적어도 우정은 되어야 하지. 아니면 지금처럼 그녀의 의식 속에 단지 여자를 도와주는 잘 모르는 선의의 사람으로만 남아 있을까? 나는 망설여졌다. 나는 어떻게 해야 좋을까.

나는 그녀가 어디로 가는지 알아야 할 것 같았다. 그녀가 꼭 귀가하는 것이 아닐 수도 있다. 집 — 만약 부모님 집이라도 괜찮다. 어렸을 적처럼 들어갈 수도 있다. 그러나 만약 그녀 자신의 집이라면? 그녀가 결혼했는지 어땠는지를 왜 물어보지 않았지. …… 어쩌면 자신의 집도 아니고 그녀 남편의 집일지도 모른다. 나는 고상하게 생긴 젊은 신사를 보았다. 나는 후회하기 시작했다. 오늘 왜 이리 들떠 집에서 가슴 졸이며 나를 기다릴 아내를 남겨둔 채 쓸데없이 남의 일에 신경 쓰고 있는가? 베이쓰촨로에는 마침내 인력거가 다니고 있을 것이다. 내가 이렇게 우산으로 그녀를 바래다주지 않았더라도, 그녀는 틀림없이 진즉 인력거를 잡아탔을 것이다. 만약 내가 쑥스럽게 말을 꺼내지 않았다면, 나는 이미 그녀를 빗속에 남겨놓고 떠났을 것이다.

그래도 다시 한 번 해보자.

— 아가씨는 성이 어떻게 되세요?

— 류(劉) 씨예요.

류씨? 거짓말임에 틀림없다. 그녀는 이미 나를 알아보았다. 그녀는 나에 관한 모든 일을 알고 있음에 틀림없다. 그녀가 나를 속이는 것이다. 그녀는 나를 다시 알고 싶지 않은 것이다. 우정조차도 잇고 싶지 않은 것이다. 여자 …… 그녀는 왜 성을 바꾸었지? …… 혹시 그녀 남편의 성일까? 류 …… 류 아무개?

이런 생각에 잠긴 독백은 결코 오랜 시간이 걸리지 않았다. 그 것들은 매우 신속하게 나의 마음속을 스쳐 지나갔다. 바로 이 매력적인 아가씨와 한길을 함께 걷는 몇 분 사이에. 내 눈은 그녀를 떠나지 않았다. 이제 빗줄기는 비가 내리는 줄 느끼지 못할 정도로 약해졌다. 눈앞에 오가는 사람들이 많아졌다. 인력거도 어렴풋이 몇 대 보였다. 그녀는 왜 잡아타지 않지? 아마도 그녀의 목적지에 다 온 모양이군. 그녀가 마음속으로는 이미 나를 알아보았음에도 차마 아는 체 할 수 없어서, 일부러 머뭇거리면서 나와 동행하는 것은 아닐까?

한 줄기 미풍이 그녀의 옷깃을 펄럭이고서 몸 뒤에서 나부꼈다. 그녀는 얼굴을 돌려 얼굴로 불어오는 바람을 피하면서 눈을 감았다. 꽤나 아름다웠다. 이것은 시적 흥취가 넘치는 자태였다. 나는 일본 화가인 스즈키 하루노부(鈴木春信)의 그림 〈비 내리는 밤 신사를 참배하는 미인의 그림

〈夜雨官詣美人圖〉〉을 떠올랐다. 등롱을 들고서 비바람에 찢겨진 우산에 몸을 가린 채 밤의 신사(神社) 앞을 거니는 여인이, 옷과 등불이 바람에 휘날리자 얼굴을 돌려 비바람의 위세를 피하고 있는 그림인데, 꽤나 탈속적인 느낌을 안겨준다. 이제 이 부분을 유심히 살펴보니, 그녀에게도 이러한 풍모가 있다. 난, 다른 사람들 눈에는 아마 그녀의 남편이나 애인쯤으로 보일 것이다. 나는 스스로를 비유한 이 가정에 우쭐한 느낌이 들었다. 맞아. 그녀를 어렸을 적 첫사랑의 여인임에 틀림없다고 여겼을 때, 정말로 그런 일이 있었던 양 나는 이 가정을 즐겼던 것이다. 그런데 그녀의 귀밑머리 옆의 뺨에서 축축한 바람에 불려온 분향기에서, 나는 나의 아내에게서 나는 똑같은 향기를 맡았다. …… 나는 곧장 '우산을 들고서 어여쁜 여인을 전송하다(擔簦親送綺羅人)'라는 옛사람의 시구를 떠올렸는데, 오늘 나의 뜻밖의 만남과 딱 들어맞았다. 스즈키 화백의 명화가 다시 한 번 떠올랐다. 하지만 스즈키가 그린 미인은 그녀와 닮지 않았지만, 내 아내의 입술은 그림 속 아가씨의 입술과 흡사했다. 나는 다시 그녀를 빤히 쳐다보았다. 이상하군. 그녀는 내가 방금 오해했던 첫사랑의 여인이 결코 아니라는 느낌이 들었다. 그녀는 전혀 상관없는 아가씨였다. 눈썹과 이마, 코, 광대뼈 …… 등이 비록 세월에 따라 변했을지라도 전혀 흔적을 찾아볼 수 없었다. 나는 특히 그녀의 입술이 싫었다. 옆에서 보니 너무 두터워보였다.

나는 불현듯 마음이 편해지고 숨도 시원하게 트였다. 의식적이든 무의식적이든 그녀를 위해 우산을 받쳐들고 있던 나는 팔목이 너무 시큰거리는 것 말고는 아무 느낌도 없었다. 내 옆의, 내가 바래다주는 이 알지 못하는 아가씨의 모습이 어느덧 내 마음의 속박으로부터 풀려난 듯하였다. 나는 그제야 날이 완전히 어두워졌으며, 우산 위로 희미한 빗소리조차 들리지 않음을 깨달았다.

— 감사합니다. 이젠 됐어요. 비가 이미 그쳤네요.

그녀가 나의 귓가에 이렇게 재잘거렸다.

나는 깜짝 놀라 손에 든 우산을 접었다. 가로등에 비친 그녀의 얼굴이 오렌지빛이 되었다. 다 온 걸까? 내가 그녀의 목적지까지 바래다주는 걸 원치 않아서 비가 그친 틈을 타 나에게 작별을 고하는 것일까? 그녀가 도대체 어디까지 가는지 알아볼 방법이 있을까? ……

— 아닙니다. 괜찮으시다면 제가 모셔다 드리겠습니다.

— 아니에요. 저 혼자서도 갈 수 있으니 그러실 필요 없어요. 시간도 이미 너무 늦었군요. 정말 죄송합니다.

보아하니 내가 바래다주는 것을 원하지 않는 것 같았다. 그러나 만약 아직도 비가 세차게 내린다면 어땠을까? …… 나는 무정한 하늘이 원망스러웠다. 삼십분만 더 비가 내렸으면 좋으련만. 그래, 삼십분이면 충분한데. 한순간 나를 바라보는 그녀의 눈길— 그것은 나의 대답을 기다리기 위함이었다. —에서 난 특별한 단아함을 읽어냈다. 나는 위엄을 느꼈다. 마치 빗속의 바람이 나의 어깨로 불어오는 듯했다. 내가 대답을 하려는데, 그녀는 더 이상 나를 기다려주지 않았다.

— 감사합니다. 이제 돌아가세요. 그럼 안녕 ……

그녀는 살짝 옆얼굴로 나에게 말하고서 앞으로 발걸음을 내딛더니 뒤도 돌아보지 않았다. 나는 길 가운데에 서서 그녀의 뒷모습이 금세 황혼 속으로 사라지는 것을 보았다. 나는 인력거꾼이 다가와 타지 않겠느냐고 말을 건넬 때까지 멍하니 서 있었다.

인력거 안의 나는, 깨어난 후 곧바로 잊어버린 꿈속을 나는 듯하였다. 나는 마치 무언가 마무리짓지 못한 일이 있는 양 마음이 찜찜했다. 그러나 그것이 똑똑히 의식된 적은 없었다. 나는 몇 번이고 손안의 우산을 펴고 싶었지만, 곧바로 저도 모르게 웃음이 툭 터져 나왔다. 그건 무의식적이었다. 비는 내리지 않고 날씨가 완전히 개었다. 하늘에는 드문드문 별이 보였다.

인력거에서 내려, 나는 문을 두드렸다.

— 누구세요?

그것은 내가 우산 아래 바래다주면서 함께 걸었던 아가씨의 음성이다! 이상도 하지. 그녀가 어떻게 또 우리 집에 있을까? …… 문이 열렸다. 집안에는 등불이 환히 밝혀져 있었다. 반쯤 열린 대문가에 불빛을 등지고 서 있는 사람은 그 아가씨가 아니었다. 흐릿한 가운데 카운터에 기댄 채 질투어린 눈길로 나를, 그리고 동행하던 아가씨를 바라보던 그 여인이란 걸 알아차렸다. 나는 얼떨떨한 채 대문을 들어섰다. 등불 밑에서 나는 기이한 느낌이 들었다. 왜 내 아내의 얼굴에서는 더 이상 그 여인의 환영을 찾을 수 없을까.

아내는 내게 왜 이렇게 늦게 돌아왔느냐고 물었다. 나는 친구

를 만나 사리원(沙利文)에서 간단히 먹었고, 비가 그치기를 기다리
느라고 오래 앉아 있었노라고 말했다. 나는 거짓말을 증명하느
라 저녁을 아주 조금만 먹었다.

수천은 헤이룽장성(黑龍江省) 아청현(阿城縣)에서 태어났다. 만주족이며, 원명은 리수탕(李書堂), 필명은 수천, 헤이런(黑人) 등이다.

1932년 공산당에 입당하고 1935년 좌익작가연맹에 가입하여 활동한 작가이자 혁명활동가이다. 주요 작품으로 단편소설집인 ≪조국이 없는 아이(沒有祖國的孩子)≫, ≪노병(老兵)≫, ≪비밀스러운 이야기(秘密的故事)≫ 등이 있다.

이 책에 실린 〈조국이 없는 아이〉는 1936년 5월 1일 ≪문학(文學)≫ 제6권 제5호에 발표되었다.

수췬
(舒群, 1913~1989)

조국이 없는 아이 沒有祖國的孩子

"귀리(果里)."

이곳에 거주하는 소련인들은 그를 이렇게 불렀다. 이 이국적인 이름을 누가 지어주었는지는 모르지만, 그가 말없이 받아들인 지도 이미 오래되었다. 그렇긴 해도 그는 검은 머리카락에 낮은 코를 지닌 영락없는 동양아이의 얼굴이었다. 하지만 그는 이방인에게 낯설다는 느낌을 별로 주지 않았다. 다만 외국어를 말하는 건 분명하거나 온전치 않았지만, 듣는 건 익숙해져 누구의 말이든 알아들었다.

차오양(朝陽)을 흘러내리는 마옌허(螞蜒河)는 빛을 반짝이는 거울처럼 눈이 부시도록 장백산(長白山)의 모퉁이 아래에서 굽이져 흘러내렸다. 귀리가 부는 나팔소리가 어느덧 드문드문한 푸른 숲을 뚫고 지나 나무판자들을 겹쳐 만든 뜨락을 따라 울려퍼졌다. 그리고 한 집 한 집 조그마한 나무판자문이 열리고 젖이 퉁퉁 불은 젖소들이 모습을 드러냈다.

"안녕, 쑤둬봐."

궈리가 소 주인에게 매일 입버릇처럼 건네는 말이었다.

"궈리, 한 달이 찼으니 품삯을 주마. 따로 네게 줄 옷도 있어, ―"

"스빠씨바(고맙다는 뜻의 러시아어), 쑤둬봐!"

아마도 궈리의 나팔소리에 이부자리에서 깨어난 젊은 아가씨일 터인데, 손을 흔들어 궈리에게 인사를 건넸다.

"귀여운 궈리, 돌아올 때 잊으면 안 돼!"

"아하, 알았어요, 붉고 귀여운 꽃!"

궈리는 그녀보다 훨씬 똑똑히 기억해두었다. 그런 다음 그녀는 밤에 채 다 먹지 못한 음식들을 궈리의 작은 냄비에 가득 채워주었다.

"야, 흐렙(빵을 뜻하는 러시아어), 야채수프, 스빠씨바."

이러고서 궈리는 다시 길을 나섰다. 그의 호주머니는 1원의 무게가 더 늘었고, 그의 입은 바빠지기 시작했다. 빵과 나팔이 교대로 그의 두 볼을 빵빵하게 부풀렸다. 우리 숙소를 지나칠 때, 그를 뒤따르는 소는 어느덧 떼를 이루고 있었다. 누렁이 소, 검둥이 소, 그 가운데 잡색의 소가 가장 많았고, 흰색은 딱 한 마리인데 등위에 두 개의 까만 반점이 동그랗게 나 있었다. 아주 작은 여린 뿔이 막 가죽을 뚫고 나온 송아지는 목을 길게 뻗어 어미소의 넓적다리에 주둥이를 갖다 댔다. 어미소는 꼬리를 흔들어 힘껏 송아지를 후려쳤다. 궈리의 자그마한 채찍이 땅바닥에서 또랑또랑한 소리를 울린 후, 귀리는 지휘관이 명령을 내리는 듯한 자세로 얼굴에 인상을 썼다. 소마다 그를 쳐다보았다. 소떼에는 즉시 엄숙한 기율이 생겨났다.

"귀리!"

금방 세수를 마친 우리는 툭 트인 창문 앞에 몰려들어 그를 외쳐 부르고 구긴 종이 뭉치를 소와 그에게 던졌다. 그러면 그는 고개를 치켜들고서 우리에게 큰 소리로 외쳤다.

"그러지 마! 소가 놀란단 말이야!"

우리는 들은 체 만 체 하였다. 마침내 귀리 소떼의 기강이 엉망이 되어 한 바탕 야단법석이 일어나고 소들끼리 뿔을 맞부딪쳤다. 이렇게 되면 귀리의 채찍 소리가 몇 차례 땅바닥 위에 울려퍼지지 않으면 안 되었다.

"쑤뒈봐에게 일러버릴 거야."

그는 짐짓 돌아가는 방향으로 돌아들어 두어 걸음을 성큼 내딛었다.

매일처럼 그는 우리 앞에서 여러 차례 쑤뒈봐를 들먹였다. 하지만 그도 알고 있었다. 쑤뒈봐가 우리의 여선생님이지만, 우리가 그녀를 두려워하지 않는다는 것을. 매일 이러면서도 금방 우리를 떠나지 않았는데, 왜 그럴까? 우리가 나누고 싶은 이야기를 아직 시작하지도 않았기 때문이다.

"내가 공부하러 가도 괜찮아? 커다란 건물에도 살고, 영화도 보고 말이야."

귀리가 다시 나에게 말했다.

궈리사(果里沙)는 늘 손짓으로 자신의 얼굴과 궈리의 얼굴을 가리켰다. 궈리에게 자신의 얼굴과 그의 얼굴이 혈통상으로 얼마나 다른가 보라는 뜻이었다.

그러더니 궈리사는 자신의 코끝을 가리키면서 거만하게 궈리에게 말했다.(이긴 그래도 처음이나.)

"우린 CCCP(소련의 약칭)야."

"아, 궈바레프(果瓦列夫), CCCP?"

궈리가 내 이름을 들먹였다. 궈리사는 난처해졌다. 궈리는 우리 모든 학우들을 향해 머리를 흔들었다.

"궈바레프는 중국인이어도 되는데, 조선인인 나는 왜 안 돼?"

궈리사는 휘파람을 휙휙 불고서 쑤둬바가 수업 시간에 짓던 표정을 흉내 내어 말했다.

"조선? 세상에 조선이란 나라는 이미 사라져버렸어요."

이 말에 궈리의 얼굴이 일그러졌다. 그는 얼굴이 주먹을 맞은 것보다 더 빨개지더니 한마디 말도 하지 않은 채 멋쩍은 듯 가버렸다. 소떼는 흩어져 있었지만, 땅바닥 위에 그의 채찍 소리는 울리지 않았다.

이후 궈리와 소떼는 우리 숙소 문 앞을 거쳐가지 않았다.

매일 아침과 저녁 소를 치는 벗이 사라지자, 너무나 심심하고 쓸쓸했다.

나와 궈리사는 창 앞에 기댄 채 마옌하 강변의 샛길을 바라고 있었다. 그곳은 질퍽거리는 진창으로, 크고 작은 물웅덩이가 가득 늘어있었다. 푸른 박테리아가 한 바퀴가 빙 둘러 있는 웅덩이도 있고, 푸른 박테리아로 잔뜩 덮여 있는 웅덩이도 있었다. 모기가 어떻게 날아다니는지 똑똑히 보이지 않을 지경인데, 높고 낮은 개구리 울음소리만이 끊임없이 들려왔다. 가을바람은 늘 고약한 냄새를 풍겨왔으며, 때로 숙소 지도원은 우리에게 창의 문짝을 닫으라고도 했다. 그래서 이 샛길에서는 사람의 자취를 거의 찾을 수 없었다. 유람선이나 고깃배가 지날 때가 있는데, 그쪽에 근접하면 빠른 속도로 스쳐지나갔다. 이곳은 오래도록 사람들의 미움을 받아 버려진 듯하였다.

그러나 귀리는 그 길을 다니는 데 익숙했다. 그의 허리를 넘치는 풀줄기에 소의 뱃가죽이 긁히고, 소의 커다란 젖꼭지는 보이지도 않았다. 숙소의 창문으로 자신을 바라보고 있는 우리를 발견할 때마다, 귀리는 고개를 외로 튼 채 곁눈으로 우리를 흘끔거렸다.

"너 다시는 귀리에게 그런 말 하지 마. 세상에 조선이란 나라는 이미 사라져버렸다고. 귀리가 우리 문 앞으로 지나가도록 해주자."

나는 귀리사에게 엄하게 훈계하듯 말했다.

"조선인이 얼마나 유약하다고! 유약하다니까. 그 사람들은 자신들의 나라를 잊은 지 이미 오래야. 그건 치욕이잖아?"

"그렇다면 안중근(安重根)은?"

나는 금세 기억이 났다. 그는 안중근이 얼마나 용감했는지 많은 이야기를 내게 들려주었다. 하지만 귀리사는 모른다. 아무것도 모른다. 그는 내 말을 믿지 않는다.

소의 애처로운 울부짖음이 들려왔다. 귀리가 물웅덩이에 넘어져 있는 게 보였다.

"귀리! 귀리!"

우리는 두 손을 나팔 모양으로 모아 귀리를 향해 외쳤다. 그는 똑똑히 들었을 텐데, 우릴 거들떠보지도, 눈길 한 번 주지도 않았다.

하지만 나는 귀리와의 사이를 호전시킬 기회를 늘 엿보고 있었다.

그날은 밤새 내내 비가 쏟아졌다. 물에 잠긴 샛길은 강물과 한데 섞여버렸다. 귀리가 이번만은 틀림없이 우리 숙소 문 앞을 지나 목초지로 가리라고 나는 생각했다. 마침 일요일이니 귀리와 함께 놀 수도 있을 터였다. 그러나 귀리는 여전히 그곳으로 가더니, 수면에 삐쭉 나온 풀줄기를 길의 표지로 삼았다. 소는 몸뚱아리의 절반이 물에 잠긴 채 고개를 이리저리 흔들었다. 마치 발굽을 진창에서 빼내려는 듯했다.

우리는 식사를 한 후 목초지로 달려갔다. 노란 민들레가 풀숲에서 한 무더기 한 무더기씩 고개를 내밀었다. 산과 강물이 목초지 삼면의 경계를 이루고, 다른 한 면은 끝없이 하늘과 땅이 맞닿아 있었다. 여기저기 흩어져 있는 소떼는 얼핏 보기에 하늘의 별처럼 쪼그마했다. 누워 있는 놈, 풀을 뜯고 있는 놈, 어미소를 따라다니는 놈 …… 귀리는 흙 언덕 위에 앉아 빵 껍질을 먹으면서도, 그의 눈은 소의 움직임, 소의 행방을 쫓고 있었다. 우리의 시선이 그에게 닿자, 그는 몹시 불안해보였다. 그에게 딸린 소떼가 없었더라면, 아마 달아나 우리를 피했을 것이다.

"귀리, 우리 때문에 화가 났구나?"

나는 무겁게 숙인 그의 머리를 받쳐들면서 그에게 물었다. 그는 힘껏 고개를 더욱 수그리면서 말했다.

"아냐. 절대 그런 게 아냐."

이렇게 아름다운, 상스럽지 않은 좋은 문장을, 아주 완벽하게 한 글자도 빠트리지 않고 말하는 건 어디에서 배웠는지 모른다. 하지만 그의 태도는 너무나 딱딱하고 어색하여, 마치 낯선 사람을 대하듯 친근감이 없었다.

귀리사는 원래 지니고 있는 성깔대로 숙소 꼭대기 위에 나부끼고 있는 깃발을 가리켰다. 그 깃발의 절반은 중국에, 그리고 절반은 소련에 속해 있었다. 이건 귀리에게 엄청난 치욕을 안겨주었다. 더 이상 참지 못한 귀리는 우리에게서 멀어져 소 발굽의 흙탕물을 닦아주러 갔다.

우리 모두 한참 동안 적막 속에 있다가, 나는 적당한 이야깃거리를 찾아 귀리에게 물었다.

"소 발굽이 너무 더러워졌는데, 더러워도 괜찮잖아? 뭐 하러 그걸 닦아주니?

"너무 더러우니까 닦아주어야지. 소 주인이 소 발굽을 더럽히지 말라고 했거든!"

"그렇다면 왜 소떼를 데리고 강가 쪽으로 다녀? 우리 숙소 문 앞은 아주 말끔하잖아?

나는 말을 마치자마자 괜한 말을 했다 싶어 후회스러웠다. 이건 귀리를 책망하는 게 아닌가? 귀리의 마음에 그의 고통을 가중

시킨 게 아닐까?

"난 너희들 숙소 문 앞을 다닐 자격이 없어."

그는 아주 빠르게 말했다. 그는 몹시 화가 나 있었다.

나는 많은 이야기를 나누면서 우리 숙소 문 앞으로 지나가라고 그를 설득했다. 실제로 우리는 이 소 치는 벗을 잃고 싶지 않았다. 그는 매일 우리에게 수많은 신선한 재미를 안겨줄 것이다. 그리고 우리 방 안의 여러 병에 꽂혀 있는 붉은색, 노란색 들꽃들은 죄다 그가 우리를 위해 꺾어온 것이다. 요 며칠간 그 꽃들은 모두 시들어 떨어지고 말았다. 우리는 병 안에 겨우 남아있는 꽃대를 바라보면서, 누구나 귀리를 떠올렸다. ― 귀리사도 마찬가지였다. 그런데도 귀리는 우리를 버린 채 더 이상 한 번도 우리 문 앞을 지나지 않았던 것이다.

마침내 귀리가 우리 문 앞으로 지나가겠노라고 승낙했을 때, 나는 너무 기뻐 하마터면 고함을 지를 뻔했다. 그러나 그가 집으로 돌아가는 나팔을 불기까지 나는 여전히 믿기지 않았다.

황혼녘의 소 발굽은 피곤에 지쳐 육중한 법이다. 오랜 세월에 익숙해진 소들은 이미 자기 집 문을 잘 찾아내 들어갔다. 남겨진 우리는 숙소로 돌아갔다. 숙소 모퉁이 곳곳마다 쥐죽은 듯 조용했다. 나는 모든 학우들이 클럽에 가거나 영화 보러 갔다는 게 기억났다. 시계를 보니 아직 20분의 짬이 남아 있기에 귀리를 불러 함께 가자고 했다. 그는 신이 나서 말했다.

"좋아. 영화 보러 가. 난 한 번도 본 적이 없어."

그런데 영화관 문 앞에서 아주 곤란한 문제가 발생했다. 문을 지키는 거구의 중국인이 궈리를 입장시킬 수 없다고 버텼던 것이다. 나는 그에게 사정 좀 보아달라고 중국어로 많은 이야기를 했다. 하지만 그는 그저 이 말만 입에 달고 있었다.

"저 녀석은 우리 둥톄(東鐵)학교 학생이 아니야."

"들여보내 주세요. 우리 선생님과 학생들 모두 아는 사람입니다."

"저 자식을 모르는 사람이 누가 있어. 한심한 조선놈을!"

궈리사는 중국말을 모르는지라 잠자코 서 있었다.

나는 갑자기 핏대가 올라 중국인 문지기에게 큰소리로 외쳤다.

"이 사람은 우리의 친구에요!"

중국인 문지기는 마치 아버지인 양 위엄 있게 말했다.

"네가 저 녀석과 친구라니 싹수가 노랗구나?"

등불 아래 나와 궈리는 마치 얼음저장고 안에 안치되어 있는 시신처럼 얼어붙었다. 바로 그때 궈리가 느닷없이 중국어를 한마디 내뱉었다.

"이 녀석, 두고 보자!"

이젠 나는 알고 있다. 궈리가 중국어를 알고 있었기에 그토록 분개했다는 것을! 그에게 중국어를 아느냐고 묻자, 그는 그 한마디만 할 줄 안다고 말했다. 그 한마디에 나 역시 기분이 좋아졌다. 마치 나를 위해 복수해준 것만 같았다.

그렇지만 나는 하룻밤도 평안히 잠을 이루지 못했다. 마치 엄청난 치욕이 나의 얼굴에 붙어 있는 것만 같았다. 아침에 침대 위에 누워 있던 나는 창문 앞을 지나 멀어지는 궈리의 나팔소리를 들었다. 나는 귀리를 보지 않았다.

교실에서 귀리사가 내게 말했다.

"귀리를 알고서부터 처음으로 오늘 녀석이 웃었어."

"무엇 때문에?"

"녀석이 곧 우리와 똑같은 학생이 된다나봐."

나는 귀리가 어젯밤에 받았던 굴욕 때문에 일부러 즐거운 척하나보다고 생각했다. 그런데 귀리사가 정말이라고 말했다. 나는 물었다.

"누구와 그렇게 하기로 매듭지었는데?"

"쑤둬봐."

이 말에 나는 믿게 되었다. 쑤둬봐는 우리 반 선생님이셨으니까.

"그럼 언제부터 학교에 나온대?"

"오늘 자기 형한테 이야기하고, 내일부터 나온대."

나는 생각에 잠겼다. 귀리가 오면 어디에 앉히지? 우리 교실에 빈자리가 딱 하나 있는데, 계집아이 류보(劉波) 옆자리이다. 걔는 평소 작은 눈을 똥그랗게 뜨고서 학우들에게 걸핏하면 핏대를 세우는 아이이다. 귀리가 걔 옆에 앉는다면 틀림없이 걔가 싫어할 텐데. 내일 교실에서 열일곱 살인 나를 빼면 귀리가 나이가 제일 많을 걸? 제법 나이 먹은 귀리사도 열서너 살밖에 되지 않으니. 게다가 모든 책상 가운데 나와 귀리사가 앉는 책상이 다른 책상보다 조금 높아. 귀리사를 다른 자리로 보내고 귀리를 내 옆에 앉혀야겠군.

수업을 마친 후 내가 숙소에서 귀리를 위해 침대를 정리하고 있을 때, 그가 왔다. 그런데 우울하고 슬픈 표정이었다. 나는 그에게 물었다. 곧 학생이 될 텐데 기쁘지 않아? 기쁜 소식에 왜 그렇게 우울한 얼굴이야? 내가 찬찬히 살펴보니, 그의 얼굴에 눈물자국이 있었다.

학우들이 금세 그를 에워쌌다.

내가 물었다.

"너 울었구나?"

그가 머리를 끄덕였다. 또다시 울음이 터져 나오려는 듯했다.

"너 내일 학교에 나오잖아? 근데 왜 울어?"

"내가 방금 밭으로 달려가 형에게 말했는데, 형이 안 된대." 그는 코끝을 두어 번 급하게 실룩거리더니 다시 말을 이었다. "네가 형하고 이야기 좀 해봐."

그래서 나는 귀리와 함께 집으로 갔다. 학우들은 흥미로운 소식을 기다리겠다면서 내게 어서 알려달라고 했다. 사실 귀리의 집은 결코 멀지 않았다. 우리 숙소의 담 모퉁이 하나를 돌아들어 열몇 걸음이면 그의 집에 들어갈 수 있을 정도였다. 오고가는 데 5분이면 사정을 분간할 수 있을 터였다. 하지만 뜻밖에도 귀리의 형은 밭에서 일하느라 아직 돌아와 있지 않았다.

시간은 덧없이 흘러 지났다. 하지만 나는 전혀 조급하지 않았다. 귀리의 집안 곳곳마다 기적이었기 때문이다. 방은 우리 숙소의 쓰레기상자만큼이나 작았다. 하지만 쓰레기상자 안의 쓰레기가 아마 귀리 방 안에 놓인 물건들보다 더 깨끗하고 더 값질 것이다.

담 모퉁이 아래에는 낡고 더러운 솜옷이 쌓여 있는데, 옷을 입으면 몸동작에 따라 접혀진 구김살이 펴진 후에 옷감 원래의 흰색이 생생하게 드러났다. 거기에는 ······

귀리는 지금껏 보관해온 물건들을 끄집어내 하나하나 내게 보여주었다. 그는 한데 모은 두 손을 나의 눈앞에 들어 올리고서 말했다.

"알아맞혀봐, 이게 무언지?"

그런 다음 그는 영리하게 내게 암시를 주었지만, 나는 도무지 알 수가 없었다. 그의 러시아가 너무 어지러워서 도저히 감을 잡을 수가 없었다. 마침내 그가 입을 열었다.

"여기엔 아빠하고 엄마가 있어."

사진에서 오려낸 두 사람의 얼굴이었다. 남자는 그의 아버지이고, 여자는 그의 어머니였다. 그런데 나는 금방 커다란 의문점을 발견하고서 그에게 물었다.

"엄마는 이렇게 늙으셨는데, 아빠는 왜 이리 젊으셔?"

"엄마는 지금도 살아계시는데, 아빠는 젊어서 돌아가셨거든."

"너무 일찍 돌아가셨구나!"

나는 귀리 아버지의 사진을 바라보면서 안타깝다는 뜻을 담아 말했다. 그런데 뜻밖에도 내 말에 귀리는 이를 악물더니 한참만에야 한숨을 푹 내쉬면서 말했다.

"아빠는 너무 참혹하게 돌아가셨어!"

나는 귀리의 얼굴 표정에서 그의 아빠가 평범한 죽음을 맞지 않은 게 틀림없다는 걸 알아차렸다.

"아빠는 지식인이었어. 이것 봐, 여기 멋진 머리카락이 아직 남아 있잖아? (그는 내게 사진을 가리켰다.) 아빠는 담이 크셨어. 그해 수천수만 명의 노동자를 이끌고 총독부로 쳐들어가 삼십여 명을 때려죽였지. 그때 아빠는 체포되셨어. 엄마는 석 달이 넘도록 날마다 찾아갔지만 한 번도 만날 수가 없었어. 엄마는 밥도 먹지 않고 잠도 자지 않았어. 벚꽃놀이 철에 남들은 벚꽃 구경을 갔지만, 엄마는 형을 데리고 아빠를 만나러 갔지. 그때 감옥 출입문에서 아빠를 만났어. 그런데 엄마는 아빠를 하마터면 알아보지 못할 뻔 했대. 아빠는 짧은 바지 차림에 어깨에 수건 한 장을 걸치고 있었는데, 앙상하게 드러난 갈비뼈에 피멍과 상처가 가득 했어. 엄마는 울기만 하고, 아빠도 아무 말이 없었어. 아빠가 차에 오를 때에야 소리쳐 불렀어 …… 벚꽃 구경 나온 사람이 차를 뒤쫓고 엄마도 차를 뒤쫓아 갔지 …… 들판에서 총을 든 병사가 엄마가 아빠에게 다가가지 못하도록 막았어. 아빠는 꽁꽁 묶인 채로 엄마에게 몇 걸음 껑충 뛰어와 엄마에게 말했어. ― 아이들 잘 키우고 절대 잊지 말라고, 아빠가 오늘 어떻게 ― 탕 하는 총소리와 함께 아빠는 풀썩 쓰러지셨어. …… 그때는 내가 태어나기도 전이야. 이건 엄마가 나중에 내게 들려주어 내가 기억하고 있는 이야기야."

그가 들려준 이야기는 너무 빠르고도 너무 많았다. 어떤 부분은 내가 알아듣지 못하고, 그가 제대로 알지 못한 부분도 있어서 온전하게 알 수는 없었다.

"그렇다면 엄마는?" 내가 물었다.

"엄마? 엄마는 조선에 아직 계셔."

"너희는 어떻게 여기 왔는데?"

"엄마 말씀이, 여기서 돼지처럼 살지 말래. 자유로운 곳을 찾아 가래! 자기는 늙어 죽어도 두렵지 않대. ─ 5년 전에 엄마는 이모네로 가 계셔. 우리가 중국에 왔을 때 내 나이 열 살이었어."

날이 저물어서야 그의 형이 돌아왔다. 그의 형은 중국어에 능통하여 이야기를 나누기에 아주 편했다. 그는 귀리가 우리 학교의 학생이 되는 걸 줄곧 반대했다. 그가 내거는 이유는 아주 많았다. ─

"농사짓는 게 너무 힘들어. 게다가 벌이도 시원찮구, 때로는 손해를 보기도 하지. 중국에 해마다 재해가 드는 걸 보지 못했어? 알고 있잖아?"

"우린 귀리가 소를 쳐서 번 돈으로 먹고 사는데, 겨울이 되면 일을 쉬어야 해서 여러 달 공칠 수밖에 없어."

"공부가 그에게 좋다는 거야 나도 잘 알지. 난 그 녀석 형이야. 동생이 잘 되길 바라지 않는 형이 어디 있겠어?"

"우리 두 사람뿐이라면야 학교에 다녀도 괜찮아. 나도 상관하지 않아. 하지만 집에는 어머니가 계셔. 매달 어머니께 몇 푼이라도 부쳐드려야 입에 풀칠을 하지."

"아이구, 그래도 나라가 있는 당신들 중국인과는 달라. 우린 집도 절도 없는 처지야."

나는 그의 형이 했던 말을 학우들에게 전해주었다. 학우들은 매우 실망했지만, 금방 잊고 말았다.

귀리의 나팔소리는 여전히 소떼를 불러 목초지로 향했다.

"그래도 나라가 있는 당신들 중국인과는 달라 ……"

나는 이 말을 잊지 않고 기억해두었다. 병영의 나팔소리가 울려 퍼졌다. 국기가 천천히 게양대 꼭대기까지 올라가는 것을 바라보았다. 나도 모르게 자긍심 같은 게 느껴졌다.

그러나 며칠 지나지 않아 국기는 게양대 꼭대기에서 급히 끌려내려왔다. 다시 게양된 국기는 다른 국기였다. 그것은 다른 나라의 국기였다. ─ 바로 9월 18일 이후 아홉째 날이었다.

이리하여 어지러운 전쟁이 소란스러워지고 곳곳을 위협하였다. 오래지 않아 이국의 국기, 이국의 병사가 모든 곳의 주인이 되었다. 공교롭게도 우리가 지내던 곳은 전쟁통의 대본영이 되었다. 철모를 뒤집어쓴 병사들이 한 무리 한 무리씩 진주해왔다. 원래 있던 병영은 사용하기에 충분치 않아 벌써 민가에까지 빽빽이 들어찼다. 귀리의 그 쓰레기상자 같았던 방조차도 병사가 묵었다.

우리는 평소처럼 수업을 진행했다. 그러나 귀리의 나팔소리는 울리지 않았다. 소떼는 진종일 자기 주인의 뜰 안에 묶인 채 마치 귀리를 부르듯 울부짖었다.

"귀리는?"

우리 누구도 귀리를 잊지 않았다. 목초지 쪽을 바라보았지만, 휩쓸고 지나가는 가을바람에 풀만 땅바닥에 나뒹굴 뿐이었다. 귀리가 평소 지겹도록 앉아 있었던 그 흙 언덕에는 바람에 흩날린 흙먼지가 뭉게뭉게 짙은 연기를 피어올리고 있었다. 우리는 귀리가 짙은 연기 속에 휘감겨 있나 생각했다. 그러나 짙은 연기가 말끔히 흩어진 후에도 그곳에는 궈리의 흔적 한 점 보이지 않았다. 우리는 그가 집에 있나보다고 생각했다. 그렇다면 집에서 뭘 하고 있는 거지? 아무도 없는 양 쥐죽은 듯 고요했다. 무언가를 보고서 우리 학우가 손으로 가리키면서 말했다.

"저기 봐! 살다트(병사를 뜻하는 러시아어)."

뒤이어 —

"살다트가 궈리를 죽였을까?"

"죽였어, 쥐새끼를 쳐죽이듯이!"

궈리사는 여전히 의기양양하여 궈리를 얕보았다. 나는 궈리가 쥐새끼처럼 나약하지 않다고 믿었다. 그러나 궈리사는 이렇게 말했다.

"조선놈들은 쥐새끼와 똑같아. 그렇지 않다면 세상에 어찌 조선이란 나라가 사라져버렸겠어?" 이것은 그가 입버릇처럼 들먹이는 말이었다. 그는 조그마한 주먹으로 자신의 가슴을 두어 번 치더니 다시 말을 이었다. "궈리 같은 아이는 정말 싫어. 그런 녀석과 친구가 되고 싶지 않아."

여러 날이 지났다. 어느 누구도 궈리에 대해 아무 이야기도 꺼내지 않았다. 게다가 날마다 클럽에 가서 강연을 듣느라고 시간적으로 한가한 틈이 없어진지 이미 오래였다. 그러던 차에 우리가 너무 지칠까 염려한 쑤둬바가 우리를 데리고 산으로 놀러갔다.

우리는 산위의 뱀과 벌레를 두려워했다. 언젠가 뱀과 벌레의 독에 우리 학우 여러 명이 다친 적이 있었다. 그래서 이번에 우리는 각자 체조용 나무 몽둥이를 한 자루씩 들고서, 삼십여 명이 한 줄로 늘어서 경계를 섰다.

가을산은 온통 흙과 모래알 투성이였다. 이미 여름에 왔을 적의 멋지고 사랑스러운 모습은 보이지 않은 채 아무것도 없었다. 오직 흙과 모래알만이 우리의 눈을 때리는지라 눈을 뜰 수가 없었다. 올라간 후에 두 다리가 욱신거리는 느낌만 들었을 뿐이었다. 끊임없이 불어오는 가을바람에 온몸이 으스스했다. 쑤뒤바는 우리의 흥미를 돋우기 위해 다른 쪽 산모퉁이의 꿈틀거리는 군중 쪽으로 우리를 데려갔다.

그곳에는 수염이 온통 허연 노인, 젊은이, 몸이 온전치 못한 장애인, 나이 어린 꼬맹이 등 수많은 사람들이 있었다. 그들은 호미, 가래, 낫 …… 등을 각자의 손에 쥐고 있었다. 산등성마루 사이에는 벌써 참호가 만들어져 있었다. 나는 참호 속에서 금방 귀리의 형을 발견해냈다.

"귀리는요?"

내가 그에게 묻고 싶은 순간, 귀리의 얼굴이 어느 사이 우리들의 눈앞에 나타났다. 그는 우리가 전에 알고 있던 소치기 귀리가 아니었다. 지금의 귀리는 어린 노동자였다. 우리는 하마터면 그를 알아보지 못할 뻔했다. 그는 맨발에 우리가 그에게 준 낡은 제복을 걸치고 있었다. 광대뼈가 툭 튀어나온 바람에 더욱 움푹 패인 눈망울은 땟국물과 먼지에 묻혀 있었다. 그는 자기 키만 한 높이의 참호 가에 기댄 채 온 힘을 다해 가래를 손에 쥐고서 모래흙을 참호 밖으로 퍼내고 있었다.

"귀리! 귀리!" 우리가 그를 외쳐 불렀다.

사실 그는 진즉 우리를 보았으나 일부러 피하고 있을 뿐이었다. 우리와 귀리의 거리는 고작해야 예닐곱 걸음밖에 되지 않아 그를 부르는 소리가 당연히 들릴 터였다. 그런데도 그는 우리를 쳐다보기는커녕 고개를 다른 방향으로 돌린 채 일에 더욱 열중하였다. 두어 걸음 다가간 나는 귀리가 나와 이야기하고 싶어한다는 것을 알아차렸다. 그가 하고 싶은 이야기는 그의 입가와 눈꼬리 사이에 묻혀 있었다. 그래서 나는 더욱 큰소리로 외쳤다.

"귀리, 우리 왔어."

"귀리, 뭐하고 있는 거야?"

"귀리, 오랜만이야."

귀리는 아무 말도 하지 않은 채 다만 동작으로 우리에게 오른쪽 커다란 바위 위쪽을 바라보라는 암시를 던질 뿐이었다. 거기에는 두 명의 병사가 한가로이 담배를 피우고 있었다. 하지만 우리는 개의치 않았다.

"이봐! 귀리."

"여기! 여기 보라니까 ……"

이상한 낌새를 눈치챈 병사 하나가 다가와 참호 가장자리에 섰다. 귀리는 정신이 나간 듯 낯이 창백해졌다. 그 병사는 발로 귀리의 머리를 걷어찼다. 귀리의 머리가 탄력 있게 두어 번 흔들거리더니, 코에서 피가 흘러내렸다. 갑자기 귀리가 가래를 높이 치켜들었다가 슬그머니 내려놓더니, 예전처럼 참호 밖으로 모래흙을 퍼냈다.

어쩌된 일인지 우리 모두의 나무 몽둥이가 그 병사를 겨누었다. 병사는 시위 삼아 우리에게 어깨에 비스듬히 맨 총을 보여주었다.

쑤돠봐가 우리를 데리고 돌아가려 할 때 귀리의 눈은 우리에게서 떠나지 않았지만, 끝내 한마디도 말하지 않았다. 우리는 그저 귀리가 다시는 어떤 불행도 당하지 않기만을 빌었다.

이튿날 아침.

"아이구 …… 아야 ……" 전해지는 날카로운 비명소리에 우리의 마음은 찢어지는 듯 아팠다.

퍽퍽 소리가 잇달아 울려퍼졌다. 귀리는 손발을 가지런히 하여 자신의 집문 앞에 누운 채 얼굴을 땅바닥에 붙이고 있었다. 먼지가 그의 입가에서 쉬지 않고 날아올랐다. 갓 빠갠 듯한 장작을 그 병사는 온 힘을 다해 장작더미 꼭대기로 옮겼다가 귀리의 넓적다리와 허리 사이에 떨어뜨렸다.

"아이구 …… 아이구 ……"

이 신음소리에 나는 장작이 내 몸에 떨어지는 것보다 더 큰 아픔을 느꼈다.

귀리사가 이를 갈면서 말했다.

"때려줘, 때려죽여도 좋아."

나는 그를 노려보았다. 그의 말에 대한 나의 분노를 드러내기 위해서였다. 그가 다시 입을 열었다.

"궈봐레프, 귀리를 좀 봐. 영락없이 쥐새끼 같잖아?"

이후로 귀리는 정말 쥐새끼마냥 칼을 찬 병사를 따라 늘 우리 숙소 앞을 오갔다. 귀리 혼자 있을 때는 거의 없었다. 이 일로 귀리사는 그를 더욱 경멸하고 욕하였으며, 그에게 돌멩이를 던지고 새끼손가락을 내밀어 그를 겨누었다. …… 귀리사는 온갖 방법으로 그를 모욕하였지만, 그는 개의치 않았다.

어느 날 우리가 막 잠자리에 들려 할 때 귀리가 뛰어왔다. 귀리사는 귀리가 들어오지 못하도록 손발로 문을 가로막았다.

"무슨 낯짝으로 이곳에 와? 들어오지 마." 귀리사가 말했다.

"귀봐레프를 만나러 온 거야!"

"귀봐레프가 널 창피하게 여길 텐데."

나는 귀리에게 무슨 절박한 일이 있음을 알아차렸다. 그렇지 않다면 그가 온몸을 어찌 벌벌 떨겠는가? 나는 그에게 빵 몇 조각을 가져다주었지만, 그는 먹지 않았다. 나는 그에게 요즘 며칠 간 어떻게 지냈느냐고 물었지만 역시 아무 말이 없더니, 마치 한순간의 여유도 없다는 듯 다급하게 말했다.

"칼 한 자루만 빌려줘요."

"뭘 하려고?"

"쓸데가 있으니 묻지 말고."

나는 호주머니에서 평소 연필을 깎을 때 사용하는 작은 칼을 꺼냈다. 그가 말했다.

"너무 작아!"

"얼마나 큰 걸 원해?"

그는 원하는 칼의 길이만큼 두 손을 벌렸다. 나는 빵을 자르는 칼을 그에게 주었다. 그는 칼날이 날카로운지 어떤지 손가락으로 만져보더니 흡족한 듯 말했다.

"됐어! 아주 좋아!"

그는 떠나면서 내게 알려주었다. ─

"저 '마귀'들은 내일 아침에 웨이사허(葦沙河)로 떠날 거야."

그의 말대로 병사들은 웨이사허로 떠났다. 궈리집 지붕의 용마루에 꽂혀 있던 깃발도 사라졌다. 한 무리 한 무리의 병사들이 말을 타거나 걸어서 산길을 따라 떠났다. 몇 척의 작은 배는 마옌하를 거슬러 올라갔으며, 배 위의 병사는 몇 명밖에 되지 않았다. 궈리는 작은 배 위에 타고 있었는데, 칼을 찬 병사를 위해 물통과 곡식자루를 등에 지고 있었다. 우리 문지기 노인은 해가 떠오르기 전에 일어나 이걸 보았으며, 이 이야기는 그 노인이 우리에게 들려준 것이다.

얼마 후 문지기 노인이 밖에서 돌아오더니 한숨을 푹 내쉬면서 이야기를 줄줄 늘어놓았는데, 궈리가 강물에 몸을 던졌다는 것이었다.

어떤 아이가 마옌하를 따라 떠내려오는 걸 제일 먼저 본 것은 외국인 사냥꾼이었다. 사냥꾼은 물속으로 뛰어들어 아이를 강가로 끌어올리고서 인공호흡으로 아이의 숨통을 터주었다. 그의 고함소리를 듣고 달려온 몇 사람 가운데 문지기 노인도 있었는데, 노인은 그 아이가 궈리란 것을 알아보았다.

우리가 달려갔을 때 쑤둬바도 그곳에 있고, 다른 반 학생들도 있었다. 궈리는 꼼짝도 하지 않은 채 누워 있었으며, 몸에 달라붙은 옷에서 방울방울 떨어진 물이 그의 몸 곁의 땅바닥을 넓게 적시고 있었다. 그는 이미 의식이 없었으나, 입으로 알 수 없는 말을 우물거렸다. 모두들 귀리가 강물에 몸을 던진 정황을 서로 캐물었다. 마침 울린 학교 종소리에 우리는 곧장 교실로 돌아가야 했다. 오직 쑤둬봐만 귀리 곁에 남아 있었다.

오늘 쑤둬봐가 우리 반에 새로 온 학생이 있다고 우리에게 알려주었다. 매번 새로 온 학생이 있을 때마다 쑤둬봐는 먼저 우리에게 알려주곤 했다. 그때마다 새로 온 학생이 진급한 학생인지, 낙제한 학생인지, 타지에서 온 학생인지 수소문할 수 있었다. 그런데 이번만은 예외였다. 새로 온 학생의 속사정을 우리 어느 누구도 알지 못했다.

수업이 시작하려면 아직 20분이나 남아 있었다. 우리는 제멋대로 상상의 나래를 폈다. 남학생들은 새로 온 학생이 예쁘장한 소녀이니 자기와 책상을 함께 쓰면 좋겠다고 했다. 여학생들은 새로 온 학생이 영특한 사람일 거라고 말했다. 이리하여 책상마다 와자지껄 떠들썩했다.

문이 별안간 열렸다. 교실 안은 일시에 조용해졌다. 우리는 살금살금 자기 자리로 돌아가 앉아 책을 정리하고 연필을 깎는 체했다. 우리가 너무 시끄럽게 떠든 바람에 쑤둬봐가 온 거라고 우리는 생각했다. 그런데 문을 열고 들어온 사람은 쑤둬봐가 아니었다. 우리 앞에 서 있는 사람은 귀리였다. 그는 검은 구두, 검은 바지, 검은 루바쓰카(러시아어의 옷 이름)의 우리와 똑같은 옷차림에, 가슴 앞에는 뭔가가 가득 담긴 두 개의 호주머니가 달려 있고, 책가방에는 새 책이 한 가득 들어있었다. 그는 입을 크게 벌린 채 우리에게 들려주고 싶은 말이 많은 듯하였지만, 한마디도 내뱉지 못했다.

점심시간에 우리는 얼른 식사를 마치고서 한데 모였다. 내가 그에 물었다.

"이제 기분 좋겠네?"

"솔직히 말해 별로 기쁘진 않아." 여전히 엄청난 공포와 고통이 그의 눈앞에 어른거리는 모양이었다. "쑤둬바가 정말 잘 대해주었어. 병을 치료해주고 날 학교에 보내주었어. 이것 봐!" 그는 자신의 몸에 있는 모든 것을 우리에게 가리켜 보여주었다.

우리가 그에게 왜 강물에 뛰어들었는지를 묻자, 그의 뇌리에 또 다시 죽음의 기억이 떠오르는 듯했다. 그리고서 그는 숙독한 책을 외우듯이 줄줄 이야기를 풀어놓았다.

"어느 날인지 잊었지만, '마귀'가 자기들이 떠날 거라고 내게 알려주었어. 그러면서 내 형도 가고 나도 따라가야 한다는 거야. 가보았자 좋을 리 없다는 걸 난 알고 있었지. 아버지가 '마귀'의 손에 돌아가셨다는 것도 생각났어. 어머니는 우리가 아버지처럼 될까봐 우릴 천리 너머 머나먼 곳으로 보내셨는데, 누가 알았겠어. 천리 멀리 이곳에서 '마귀'에게 붙잡힐 줄을. 밤마다 잠을 이루지 못한 채 형은 나를 보고, 나는 형을 보면서 이야기할 엄두도 내지 못했어 ……"

"쥐새끼 같은 놈!"

귀리사가 귀리의 이야기를 끊었다.

이때 귀리는 아이답지 않았다. 아이라면 그처럼 침착한 태도를 보이지 않았을 것이다. 그는 이야기를 계속했다.

"그날, 형이 따라가고, 나도 그 칼을 찬 '마귀'(그의 눈은 마치 자기가 말하는 그 칼을 찬 '마귀'를 본 적이 있는지를 우리에게 묻는 것 같았다. 우리는 고개를 끄덕였다.)를 따라갔어. 배 위에는 우리 두 사람 말고도 선원 한 명이 더 있었어. '마귀'가 연필로 무언가를 쓰고 있었는데, 내 가슴이 마구 요동치더군. — 너희들 내가 무얼 하고 싶었을 것 같아?"

"강물에 뛰어들고 싶었겠지!" 우리 모두가 이구동성으로 말했다.

그런데 귀리사가 느닷없이 책상으로 훌쩍 뛰어올라 우리 모두의 정신을 어지럽혔다. 귀리사가 재빠르게 말했다.

"너희들은 귀리가 강물에 뛰어들 생각이었다고 말하지만, 내가 보기엔 틀렸어. 너희들 알아? 강물 속에 쥐구멍이 있다구."

"강물에는 모두 세 척의 배가 있었어. 두 척은 앞쪽에 있고 우리는 뒤쪽에 있었지. 앞쪽의 배는 아주 빨리 달렸어! 3,4리 채 가지 않아 우리와는 반리 남짓 떨어졌지. 앞쪽의 배들이 라오산(老山) 산머리를 굽이돌 때 우리는 아직 산머리 이쪽 편에 남아 있었어. 나는 약간 저린 느낌만 들었을 뿐인데, 내 칼이 이미 '마귀'의 명치를 파고들었어. 그런 뒤로는 내가 발길질에 채인 바람에 아무것도 알지 못해." 그는 고개를 내쪽으로 돌리더니 물었다. "너 그 칼 알지? 내가 너에게 빌려갔잖아! 네 칼을!"

"멋져, 멋쟁이야!" 귀리사가 귀리를 껴안고서 말을 이었다.

"그 정도 담력이 있어야 내 친구지!"

귀리가 숙소로 옮겨왔지만, 쑤뒤바가 그에 준 모포 외에는 아무것도 없었다. 귀리사는 자신이 가진 모든 물건의 절반을 그에게 나누어주었다. 뿐만 아니라 매점에 가서 칫솔과 치약, 양말, 수건, 손수건 …… 따위를 사주고, 그 비용을 자신의 장부에 기입했다.

이후 귀리와 귀리사, 나 세 사람은 그림자처럼 붙어다녔다. 때로 한 사람이라도 보이지 않으면, 나머지 두 사람은 허전한 느낌이 들 정도였다. 우리는 매일 함께 하면서 강가나 클럽에 가기도 하고, 역의 매표소에 가기도 하고, 귀리가 이전에 키우던 여러 집의 소를 보러 가기도 했다. 그는 아직도 소의 이름이 무엇인지를 알고 있었다. 그는 소에게 어떤 습관이 있는지, 평소가 그 좋아했던 소는 어느 소이고 싫어한 소는 어느 소인지, 소떼에 관한 재미있는 이야기들을 우리에게 많이 들려주었다.

겨울이 되자 귀리는 스케이트 타는 것을 배웠으며, 스케이트 타기는 그의 취미가 되었다. 하지만 우리는 그가 스케이트장에 자주 가는 걸 말렸다. 당시 거리에는 귀리가 일컫는 '마귀'와 그들의 깃발로 가득 차 있었기 때문이다. 그렇지만 우리 학교에 내걸린 깃발은 여전히 전과 다름없이 절반은 중국의 국기이고 절반은 소련의 국기였다.

절반뿐이긴 했지만, 나는 중국의 국기를 사랑했다. 하지만 무엇 때문에 귀리도 우리 국기를 좋아했을까? 우리는 매일 국기를 바라보았다. 마치 국기 위에 꽃이 피어난 양. 하지만 꽃은 필경

지는 날이 닥치는 법이다. ─ 학교 소사가 우리에게 새로 만들어진 국기를 보여주었다. 국기의 절반은 소련 국기로, 노란색 낫과 망치, 오각형의 작은 별이 깃발의 정확한 위치에 한 치의 착오도 없이 그려져 있었다. 하지만 다른 절반은 중국의 국기가 아니었다. 그건 전혀 다른 새로운 것으로서, 지도와 만국기에서도 우리들은 이제껏 본 적이 없었다. 소사는 조용히 예전의 깃발을 끌어내리고 새 국기를 게양했다.

우리는 날마다 예전의 깃발이 게양되기를 바랐다. 일 년, 한 달, 하루, …… 단 한 순간이라도. 하지만 우리는 끝내 실망하고 말았다. 저장실 유리창으로 달려가 벽 모퉁이에 버려진 낡은 깃발을 바라볼 뿐이었다.

얼마 후 놀랄 만한 소식이 전해졌다. 우리 학교의 깃발이 곧 완전히 새로 바뀐다는 것이었다.

나는 두 시간의 외출을 허락받아 작은아버지 댁에 갔다가 늦게야 돌아왔다. 쑤둬봐가 우리들에게 뭔가를 이야기하던 중이었는데, 그녀가 이야기를 멈추고 왜 이리 늦었느냐고 내게 묻기에 대답했다.

"이곳이 불안해서 작은아버지가 할머니를 떠나 보내신다는데, 할머니가 만두를 먹고 가라고 붙잡는 바람에 늦었어요."

나의 대답에 쑤둬봐는 나를 전혀 꾸짖지 않았다. 이건 정말 의외였다. 그녀는 다시 하던 이야기를 계속하였다. 그녀는 각각의 소련 학생들에게 어디로 떠날 것인지를 묻는 중이었다. 학생들은 마치 구호를 외치듯이 말했다.

"조국으로 돌아갈 거예요!"

"꿰바레프, 너는?" 쑤돠봐가 내게 물었다.

"조국으로 가야지요!"

"어떻게 갈 거야?"

"작은아버지께서 절 데리러 오실 겁니다."

쑤돠봐는 교탁에서 내려와 귀리 곁으로 다가가 물었다.

"귀리!"

"네?"

"너는?"

"……"

귀리는 우물거리면서 아무 말도 하지 않았다. 그는 우두커니 벽에 걸린 세계지도를 바라볼 뿐이었다. 그 지도 위에는 바다 가까이의 모퉁이에 그의 조국이 있고, 여전히 조국의 국경이 색깔을 달리하여 칠해져 있었다. 그런데 그가 입을 열었다.

"귀리사를 따라갈 거예요! ……"

쑤돠봐는 아이처럼 묘한 표정을 짓더니 손가락으로 귀리의 머리를 슬쩍 어루만졌다. 귀리가 차츰 머리를 수그렸다. 그녀는 곧바로 엄숙하게 말했다.

"귀리, 넌 귀리사를 따라가선 안 돼. 장차 조선의 땅에 네 조국의 깃발을 꽂으렴. 그게 조선인의 사명이고 너의 임무야!"

내일의 작별을 위하여 소련 학우들은 나와 귀리에게 기념품으로 갖가지 자그마한 물건들을 나누어주었다.

"귀리는?" 학우가 물었다.

나는 뜨락에서 귀리를 찾아보았다. 그는 홀로 나무그늘 아래에서 천천히 거닐고 있었다. 달빛 어린 그의 얼굴에 눈물자국이 보였다. 귀리는 끊임없이 자신에게 묻고 있었다.

"어디로 가지?"

마침내 나는 그에게 밀했다.

"우리 둘이 함께 가자!"

그리하여 우리는 특별열차편으로 조국으로 떠나는 소련 학우들을 떠나보낸 후, 우리의 여정을 준비하였다. 비록 남행열차의 레일이 파괴되었다는 것은 이미 알고 있었지만(이 길은 반드시 작은아버지께서 거쳐야만 할 길이었다.), 우리는 문 앞에 기대어 우편배달부가 오기를 기다렸다. 그 많은 편지들 가운데 작은아버지의 편지는 없었으며, 죄다 학우들이 소련에서 보내온 편지들이었다. 학우들은 자기들이 모스크바에 도착하자 수많은 사람들이 나와 환영해주었으며, 나중에 또 자기들을 학교에 보내주었다고 우리에게 알려주었다.

십여 일이 지났지만, 작은아버지는 감감무소식이었다. 게다가 문지기가 날마다 우리에게 어서 떠나라고 채근하였다. 교문이 머잖아 봉쇄된다는 것이었다. 문지기는 우리에게 여비가 없다는 사실을 알고서 비밀스러운 방법을 알려주었다.

그리하여 하루 온종일 기관차를 탄 후, 우리는 다시 바다 위를 정처 없이 떠돌았다. 화물칸에 숨은 우리는 마대 틈새에 틀어박혀 지냈는데, 쉬지 않고 쥐들이 우리 머리꼭대기 위를 쏘다녔다. 하지만 끊임없이 울리는 엔진 소리는 우리에게 이렇게 말해주는 것 같았다.

"조국으로 떠나는 아이들아! 두려워하지 말고 배고프다 울지 말아라. 이 순간을 잘 견뎌야 한단다!"

나는 적이 마음이 놓였는데, 궈리가 물었다.

"언덕 위에서 검사를 당했는데, 배를 내려서도 검사를 받지 않을까?"

"검사가 두려울 게 뭐 있겠어!"

"너야 두려울 게 없겠지만, 난?"

우린 마치 우리가 외국인임을 잊은 양 러시아로 이야기를 나누고 있었다. 궈리의 안전을 위해 더 이상 러시아어를 쓰지 말고 중국어로 말해야 했다. 그래서 나는 중국어로 바꾸어 말을 건넸다.

"지금부터 우리 중국어로 말하자."

"누군가 내게 어느 나라 사람이냐고 물으면 어떻게 하지?" 궈리가 여전히 러시아어로 물었다.

"중국어로 말해. 당연히 중국인이라고 해야지."

"중국어를 잘 못하는데!"

난 그를 시험해보기로 했다.

"니스나궈런?(당신은 어느 나라 사람이에요?)"

"중궈런.(중국인입니다.)"

중국인 같지가 않았다. 그가 말할 때의 악센트는 '런(人)'에 놓여 있었다. 사실 내가 그에게 하는 중국어야 그가 알아듣긴 하지만, 그가 하는 중국어는 아주 귀에 거슬렸다.

"넌 중국인인 체하고 내 동생인 척해. 말은 내가 할 테니 넌 입 다물고 가만히 있어!"

그러나 배에서 내릴 때 경찰이 유독 귀리를 다그쳤다.

"너 왜 말을 안 해? 너 벙어리야?"

마침내 귀리는 조선인임이 들통나고 말았다. 귀리가 말하는 '마귀'는 이곳에도 있었다. 그리하여 귀리는 또 다시 '마귀'에게 붙잡혀갔다. 나까지 우악스러운 손에 옷깃이 붙잡히는 걸 보더니 귀리가 말했다.

"나는 조선인이지만, 저 사람은 아니에요."

돤무훙량은 랴오닝성(遼寧省) 창투현(昌圖縣)에서 태어났다. 만주족이며, 원명은 차오한원(曹漢文) 혹은 차오징핑(曹京平), 필명은 취안예(荃葉), 뤄쉬안(羅旋), 신런(辛人), 예즈린(葉之琳) 등이다.

1931년 만주사변 이후 유랑한 동북 작가군을 대표하는 작가로서, 1932년에 좌익작가연맹에 가입하였다. 주요 작품으로 장편소설 《컬친치초원(科爾沁旗草原)》과 《대지의 바다(大地的海)》, 장편역사소설 《조설근(曹雪芹)》, 단편소설 〈츠루호의 우울(鶿鷺湖的憂鬱)〉 등이 있다.

이 책에 실린 〈츠루호의 우울〉은 1936년 8월 1일 《문학(文學)》 제7권 제2호에 발표되었다.

단무훙량

(端木蕻良, 1912~1996)

츠루호의 우울 鴛鷺湖的憂鬱

　　울어 퉁퉁 부은 눈처럼 새빨간 달이 휘황한 구릿빛 안개 속에 떠올랐다. 안개는 벌겋게 붉은 빛을 번쩍이며, 마치 투명한 티끌인 양 어질어질 호수 수면을 뒤덮고 있었다.

　　해오라기 한 떼가 목을 길게 늘어뜨리고서 쏴쏴 날개를 치면서 밭두둑가의 떨기나무를 빙 돌아 날아갔다. 다시 정적이 찾아왔다. 짙푸른빛의 에메랄드처럼 반짝이는 조그마한 머리를 가진 잠자리가 한낮에는 지루한 줄 모르고 날개를 쉬지 않고 퍼덕이면서 수면 위를 오가며 마구 빙빙 돌더니, 지금은 한 마리도 보이지 않았다. 오직 붉은빛 물파리만이 축축하고 곰팡내 풍기는 땅바닥에 달라붙어 왱왱거리는 소리를 내고 있을 따름이었다. …… 호숫가에는 두 사람뿐이었다.

　　몸집이 큰 사람은 넓은 어깨를 드러낸 채 무릎을 꿇고서 호숫가 위에 자리를 깔기 시작했다. 저쪽의 약간 어린 말라깽이는 붉은 술이 달린 창을 안은 채 곁에 서서 멀리 바라보고 있었다. 마치

저 머나먼 혼탁함 속에서 경계를 정하려는 양.

"날씨 한 번 더럽게 끈적거리구만 ……" 그가 가볍게 한숨을 내뱉었다.

저쪽의 말라깽이는 아무 대꾸도 없이 자기 자리에 앉아 두 손으로 무릎깍지를 꼈다. 그리고서 몸을 약간 흔들더니 고개를 들어 달을 쳐다보았다.

"보름이 다 되었으니 오늘은 움막에서 자지 말고, 여기 자리 위에 누워. 달구경하기에도 좋구만."

"이번 달은 엄청 붉은데요!"

"불길한 조짐이야!"

"사람들은 전쟁이 터질 조짐이라던데요."

"음."

두 사람 사이에 잠시 침묵이 흘렀다. 호수 맞은편에서 새하얀 안개가 자욱이 밀려왔다. 깊은 골짜기 속 드문드문한 어린 박태기 나무에 둘러싸인 조그마한 흙 언덕 위에 등불이 이리저리 떠돌며 번쩍거리더니 도깨비불처럼 한 순간에 사라져버렸다.

"조심해. 아마 오늘 밤 도둑놈이 올 거야. 경계 잘 해. 낌새가 나니까." 몸집이 큰 사람이 말했다.

"그래서 어쩌려구요, 놀래켜 쫓아내면 그만이지. 오지 않은 날이 있었나요?"

"아냐, 오늘은 혼쭐을 내주어야 해. 곧 있으면 추석이야."

말라깽이가 코웃음을 치며 말했다. "사오빙(燒餅: 밀가루 반죽을 둥글납작하게 만들어 화덕에 붙여 구운 빵)으로 웨빙(月餅: 소를 넣어 구운 과자로 추석 때 먹는다.)을 대신할 수야 없지요."

"누가 그래? 적어도 우리 몫은 챙겨야지."

"……"

약간 어린 말라깽이가 술 달린 창을 내려놓더니 젖은 신발을 벗고서 자리 위로 올라왔다. "안개가 더욱 심해지는데." 그가 중얼거렸다. 마음속에 뭐라 말할 수 없는 공포가 자리잡고 있었다. 그 공포는 해소되지 않은 채 어둠 속에서 쑥 들어간 두 눈에 반짝거렸다.

이때 어느덧 달이 떠올랐다. 모든 사물들이 뚜렷이, 그리고 차츰 흐릿하고 덧없는 허무로 바뀌었다. 어둔 그림자는 갖가지 물건의 빈틈에 몰래 숨어 그들을 지켜보고 있었다. 밤의 수호신과 같은 커다란 박태기나무는 자기 몸통의 배나 되는 크기의 검은 그림자를 숨죽이듯 수면 위에 드리우고 있었다. 수면 위로 삐져나온 날카로운 바위는 거대한 어둠 속에서 희끄무레한 빛을 띠었다. 호수의 수면은 온통 끝없는 절망의 비애에 젖어 있었다.

"라이바오(來寶) 형, 올해 몇 살이에요?" 나이 어린 사람이 물었다.

"스물 셋. 이젠 꼬맹이가 아니지." 그가 치기 어린 대답을 했다.

"전 올해 열여섯인데, 내년이면 '반토막' 일당은 받지 않을 거라고 엄마가 말하던데 ……"

"너 말이야, 쉬엄쉬엄 일해라. 욕심 부리면 안 돼. 요즘 세상이 어떤 세상이냐. 뼈다귀가 말랑말랑한 네 몸으로 과로하다간 평생

폐병쟁이 신세가 될라."

"하지만 어떻게 해요, 아버지는 늙으셨는데. 작년에 활력강장제를 세 묶음이나 구해드렸는데도 차도가 없고 …… 일 년 머슴살이에 백 원을 달라고 해볼까요? 그러면 형편이 피려나."

"그게 통할 것 같아? 넌 말할 나위도 없고, 나를 봐. 요즘 와달라는 사람이 없는 판인데, 어느 집에서 백 원을 들여 사람을 쓸엄두를 내겠어. 가을에 양곡을 거둬 팔아도 백 원이 될까 말까 한데? …… 하물며 이렇게 삐쩍 말라가지고 ……"

"덜 쓰고 더 부지런히 일해야지요."

"어이구, 내일 일은 상관 말아라. 왜 걱정을 사서 한담! ……야, 몰래 술 좀 가져왔는데, 마실래? 죽여주는 술이지!" 그는 바지춤 아래를 한참 더듬더니 술 한 병과 말린 두부 한 줄을 끄집어냈다.

나이 어린 사람은 조용히 고개를 가로젓더니 그가 마시는 것을 바라보았다.

"참, 마나오(瑪瑙). 내가 알려주는 걸 깜빡 잊었는데, 상황이 곧나아진단다. ××가 머잖아 ○경으로 지원군을 출동시킨다고 하더라. 이번에는 사기 치는 게 아니고 정말이래. 의용군에게 밀령이 내려졌는데, 신발 밑창에 감추어져 있대. 그래서 관문을 넘어가면 지금은 몸 검사 대신에 신발 밑창을 검사한다더라. 의용군들을 먼저 전투에 내보낸다고 하던데 ……"

"라이바오 형, 우리도 의용군이 되는 게 어때요?"

"두 말 하면 잔소리지. 때가 되면 누구나 가야지. 우린 중국인이잖아?"

말라깽이 마나오는 깊은 생각에 빠졌다.

"그때가 되면 우리에게 땅이 생길까요?"

"땅이야 여전히 지주 것이겠지만, 곡식은 값이 오르고 고용해 줄 사람이 생기겠지!"

"뻔한 이야기죠 ―" 마나오가 다시 한숨을 쉬더니 말을 이었다. "우리야 좋을 게 뭐가 있어. 좋아지지도 않을 건데!"

"네 엄마가 색씨 얻어준다고 하지 않든?" 라이바오가 뜬금없는 이야기를 꺼냈다.

마나오는 얼굴을 붉힌 채 아무 대꾸도 하지 않았다.

"말린 두부 너 먹어라. 난 다 못 먹겠다. …… 마누라를 얻는 건 가축을 사는 것과 똑같아. 네 아버지도 일을 그만두고 편히 쉬어야지. 방금 전에 호숫가에서 보았는데, 아이구, 아주 허리가 구부정하게 꺾어지셨더구만."

"하지만 색실 구하는 데에도 돈이 들어요. 우리 엄마가 베를 두 필이나 주겠다고 하는데도 저쪽에서 아무 대꾸가 없어요. 요즘 여자 값이 올라서 어려서 정혼한 게 아니라면 지금은 보내고 싶지 않다는 거예요."

"하아, 요즘 정말 빌어먹을 세상이야. 전쟁으로 세상은 어수선하지, 시집 갈 아가씨들은 집구석에 자빠져 있지 …… 흥, 말린 두부, 너 다 먹어!"

"아버진 매일 밤 기침이 심해서 한밤중에 엄마가 일어나 물을 끓어야 해요. 끓인 물로 가라앉혀야 하거든요. ……"

"아 …… 잠이나 자자. 한밤에 일어나 도둑 잡아야 하니."

라이바오는 두 자루의 창을 두 사람 사이에 놓고서 낡은 이불 솜을 들추어 덮었다. "너 안 잘 거야?" 라이바오가 고개를 내밀고서 물었다.

말라깽이는 아무 말 없이 이불솜 한쪽 모퉁이로 파고들어 누웠다.

멀리 마을에서 개 짖는 소리가 요란스럽더니, 이내 조용해졌다.

안개가 이제 어느덧 자욱해졌다. 한 줄기 부연 우윳빛처럼 하얀 안개가 돌돌 말려 앞쪽 갈대를 휘감더니, 수면에서 싸늘하고 축축하고 굼뜨게 눈에 거의 보이지 않을 정도의 물방울로 맺혔다. 그런 다음 다시 끈끈한 한 겹의 안개로 늘어져 하얀 수증기를 띤 채 차츰 위층의 노란 안개와 한데 합쳐졌다. 스며든 달빛은 끝없이 아득히 휑뎅그렁한 빛을 반짝이고 있었다.

"라이바오 형. 군대가 출동하는 게 8월 15일이에요? 타타르족과의 전쟁에서처럼?"

"……"

"라이바오 형, 방금 전에 우리 아버지 봤어요? ……"

"……"

"잠들었어요? …… 세상모르고 자네 ……"

"……" 저쪽으로 사르륵 몸을 뒤척였다.

"라이바오 형 ……"

"……"

어둠 속에서 체념어린 두 눈이 하늘을 향해 부릅떠졌다.

안개가 더욱 짙어져 맞은편은 진즉 똑똑히 보이지 않았다.

호숫가의 두 사람은 곤한 잠에 빠져들었다. 그들의 몸 뒤쪽을 따라 밭두렁마다 콩대가 가득한데, 콩잎은 이미 생기가 다하고 콩꼬투리 안에 싸여진 콩알 역시 잘 익어 조용히 수확의 손길을 기다리고 있을 뿐이었다. '콩형'이라 불리는 귀뚜라미는 이런 달밤에는 귀뚤귀뚤 울지 못했다. 너무 높은 습기에 엷은 비단 같은 '목청'이 꽉 잠겨버리므로.

바짝 마른 콩잎은 사르륵사르륵 소리를 내다가 잠시 또 조용해졌다.

마나오는 꿈결에 잠꼬대를 했다. "때리지 마요 …… 다시는 안 그럴 게요 …… 아아 …… 허리 때리지 말아요 …… 안 돼 ……" 희끗희끗한 가시를 지니고 있는 고슴도치 한 마리가 무턱대고 그의 몸 가까이 와서 냄새를 맡다가 그의 외침소리에 놀라 몸을 움츠린 채 콩밭 속으로 도망쳤다.

콩잎의 바스락거리는 소리가 시시각각 커졌다. 방금 왔던 그 고슴도치는 이미 종적도 없이 사라져버렸다.

마침내 콩대를 베는 소리가 사사삭 전해졌다. 마나오는 재채기가 나오는 바람에 잠에서 깨어났다가 귀를 땅바닥에 대고 들어보았다. 낫질 소리, 콩대 떨어지는 소리, 쌓는 소리, 발걸음 소리 …… 그의 눈은 어둠 속에서 크게 떠졌다. 그는 지금 시각을 알아볼 요량인 듯 의혹에 찬 눈길로 달을 쳐다보았다.

그는 손으로 라이바오를 쿡 찔렀다. "누가 왔어요!" 음성은 거의 들리지 않을 만큼 작았다. 그는 다시 한 번 그를 찔렀다. 잠에 취한 채 일어나 앉은 라이바오는 그에게 손사래를 치더니, 귀를 땅바닥에 가져다 댔다. "모뉴디(抹牛地) 쪽이야!" 그는 교활하게 씩 웃었다. "혼쭐을 내주지!"

"붙잡을까?"

"붙잡아야지! 웨빙을 먹으려면 꼭!"

이리하여 두 사람은 가만가만 기어 모뉴디 쪽으로 포위해갔다. 두 사람은 곡식 도둑놈이 눈치를 채고 도망치지 않도록 등을 잔뜩 구부렸다. 마나오는 몸을 벌벌 떨면서도 콩밭 속을 뚫고 들어가면서 마음속으로 생각했다. "빌어먹을, 재수없는 도둑놈의 새끼! 명절맞이 기념으로 본때를 보여주지!" 그는 손에 붉은 술이 달린 창을 불끈 움켜쥐었다.

안개가 너무 심해서 두 사람은 자신의 동료가 어디 있는지조차 분간할 수가 없었다. 오직 콩잎의 미세한 움직임을 통해서만 서로를 알아차릴 뿐이었다. 라이바오는 노련한 경험에 의지하여 반듯이 곧장 모뉴디로 나아갔다. 그는 주먹을 불끈 움켜쥐었다. 마치 풀숲에 엎드려 사냥감이 다가오기를 기다리는 맹수처럼 두 눈을 부릅뜨고서 거의 움직이지 않은 채 붉은 안개 속을 바라보았다.

마나오는 마음속이 몹시 찝찝했다. 희뿌연 안개가 마치 엉킨 핏덩이처럼 자신에게 내던져지는 듯해 저도 모르게 진저리를 쳤다 ……

갑자기 "으윽 —"하는 비명소리와 함께 무언가가 둔탁하게 넘어졌다. 라이바오는 이미 그 사람과 뒤엉켜있었다.

"이 못된 자식! 여기가 어디라고!" 라이바오는 숨을 가쁘게 몰아쉬면서 두들겨 패고 욕설을 퍼부었다. "나쁜 놈의 새끼, 어디 악을 써봐라!" 그는 온 힘을 다해 곡식 도둑의 목을 움켜잡았다.

"아버지! 아버지!" 마나오의 미친 듯한 고함소리가 땅바닥 위를 뒹구는 두 사람의 몸에 쏟아졌다.

라이바오는 깜짝 놀라 눈을 비볐다. "아니 ……"

땅바닥에 누워있는 늙은이는 얼굴 위에 휘부연한 안개를 뒤집어쓴 채 목이 가래에 막혀 거칠게 숨을 몰아쉬고 있었다. 그의 얼굴 위로 지저분한 핏물이 줄줄 흘러내렸다.

두 젊은이는 놀라고 당황한 나머지 어찌해야 좋을지 몰랐다.

늙은이는 원망스러운 눈빛으로 그들을 바라보면서 힘겹게 일어섰다. 그의 허리는 더 이상 휠 수 없을 정도로 꺾어졌지만, 젊은 시절에는 아주 건장한 농부였으며, 적어도 삼십 년 전만 해도 으뜸가는 일꾼이었음에 틀림없다.

"마 어르신, 마 어르신 ……" 라이바오는 더듬거리는 입으로 무슨 말을 해야 좋을지 몰랐다.

늙은이는 앞으로 한 걸음 나서서 땅바닥에 흩어진 낫과 삼끈을 주워들었다. 그리고 고개를 돌려 매서운 눈으로 째려보더니 절룩절룩 걸어갔다.

두 사람은 말없이 호숫가로 돌아왔다.

"잠을 자둬. 난 졸립지 않아." 라이바오는 성을 내며 말하고서 다시 무릎깍지를 꼈다.

"제 아버지 우습지요?"

"쓸데없는 소리 말고, 어서 자!" 넓은 어깨가 움찔 움직였다.

"난 …… 아무짝에 쓸모가 없어. 돈을 더 많이 벌었더라면 ……"

"돈을 더 벌었으면 어떻게 할 건데? 가난뱅이를 몽땅 잘 살게 해줄 수 있어? ……" 라이바오가 업신여기듯 콧방귀를 뀌었다.

"아버지 …… 아아, 너무 늙으셨어!"

"늙었다구? 영감님이 대단하셔!"

"대단해요?"

"그거야 물론이지!" 라이바오는 다시 무언가를 중얼거렸다.

마나오는 무거운 마음으로 자리에 엎어졌다. 끝없는 서글픔이 그를 휘감았다. 피로에 지친 머리에 마비가 오기 시작했다. 자주적이고 유기적인 모든 힘이 몸에서 빠져나가고, 무릇 생명 있는 것 모두가 사라져버린 느낌이 들었다. 눈앞은 온통 황량함뿐, 희망도 없고 구원도 없었다. 귀가 아플 만큼 웅웅거리는 소리 속에 끊임없는 절망의 울부짖음이 들려왔다.

한참을 뒤척이던 그는 정신적 피로를 이기지 못해 한없는 고통과 수면이 뒤섞인 심연 속에서 흐리멍덩히 감각을 잃어버렸다.

정신이 들자 소곤거리는 소리가 들려왔다. 아주 멀리 떨어진 곳인 듯했다. 곡식을 훔치러 온 도둑이 또 있나보다고 그는 생각했다. 라이바오는 깨어 있지 않았나? 설마 불쌍한 아버지가 또 오신 건 아니겠지 …… 그는 얼른 정신을 차렸다. …… 라이바오는 그의 곁에 보이지 않았다.

달은 희미하게 일렁이는 뜨거운 불덩이처럼 서쪽 하늘가에 걸려 있었다. 아마 아침이 어느덧 멀지 않았으리라. …… 멀리서 유령 같은 수탉 울음소리가 들려왔다.

"이리와, 총각 …… 부끄러워? …… 이리와! ……"

마나오는 소리가 어디에서 나오는지 알아차릴 수가 없었다.

"때릴려구? 그래. 내 가슴을 때려 …… 아이구, 귀여워! 이제 금방 얼마나 기분이 짜릿한지 알게 될 거야. …… 자아, 저쪽으로 ……"

마나오는 멍하여 아무것도 알 수 없었다. 오직 잠재의식에 한 오라기 수치심과 더불어 알 수 없는 공포가 닥쳐올 뿐이었다. 방금 전에 들었던 것과 똑같은 낫질 소리, 콩대가 땅에 떨어지는 소리, 쌓는 소리, 발걸음 소리 ……똑같은 절박함, 똑같은 초조함이 또 다시 멀지 않은 땅바닥에 나타난 것이었다. 마나오가 두려움에 사로잡히는 건 당연했다. 그는 그저 라이바오가 이곳에 있었으면 좋겠다고 생각했다. 그는 마음을 단단히 먹었다. 본능적으로 손에 붉은 술이 달린 창을 움켜쥐고서 곡식 베는 소리가 들려오는 곳으로 달려갔다.

그는 움직임이 서툴고, 가슴은 두근두근 뛰었다. 앞쪽에서 덥수룩한 구렛나루의 건장한 사내가 번개 모양의 낫을 치켜들고 자신의 머리꼭지를 겨누어 달려들리라는 환상을 품었다. 그는 하마터면 고함을 지를 뻔했다. 그는 되돌아서서 라이바오를 찾으러 갈까 생각했지만, 라이바오는 보이지 않은 지 이미 오래였다. 뒤쪽 역시 온통 시커멓고 누르스름한 공허로 가득 차 있었다. ……

"거기 누구요!" 앞을 향해 크게 소리치는 마나오의 목소리에는 억누를 수 없는 떨림이 배어 있었다. 이 외침은 맞은편의 적을 놀래켜 물러나게 하려는 것이라기보다는 자신의 용기를 북돋우려는 것이었다.

눈앞의 연약한 소녀가 깜짝 놀라 뒷걸음쳤다. 한 손에 낫을 들고 있었다.

"너 어서 도망치지 않고 도둑질을 ……?" 그의 상대가 부들부들 떨고 있는 어린 짐승과 같은 어린애라는 것을 똑똑히 보게 되자, 마나오는 별안간 용기가 솟아올랐다. 다만 왜 얼른 도망치지 않았는지 참으로 기이했다.

"어린 녀석이 어디 감히 도둑질을! ……"

"엄마 ─ 엄마가 당신에게 ─ 말하지 않았어요? ……" 겁에 질린 아이는 잔뜩 움츠러든 채 여전히 손에 낫을 들고 있었다. 아이가 하는 말은 한 글자 한 글자 묵직한 답답함 속에 꽉 막혀 있었다. ……

마나오는 호기심 때문인지, 아니면 불쌍한 상대가 두려움을 느끼지 않도록 하기 위함인지 알 수 없었지만, 목소리가 저도 모르게 부드러워졌다.

"네 엄마 ─ 가 누군데?"

"우리 엄마, 보지 못했어요?" 어린 소녀는 온몸을 부들부들 떨면서 또 다시 격렬한 경련 속으로 빠져들었다. 엄마와 아무 이야기도 없었으니 모든 게 끝장이라고 생각하였던 것이다.

"으음 …… 우리가 두 사람이니, 네 엄만 아마 내 동료와 이야기를 나눈 모양이야. …… 애야, 겁내지 마. 난 몰라. 잠들어 있었으니까 ……"

소녀는 두려움에 떠는 병아리마냥 의혹에 찬 눈길로 그를 바라보더니 치켜들었던 낫을 느릿느릿 내려놓았다.

마나오는 무언가 이상하게도 견딜 수가 없었다. 그는 울음이 터져나올 것만 같았다.

소녀는 기계적으로 다시 몸을 돌려 콩대를 자르기 시작했다. 경계하는 눈빛을 눈초리에 담아 사내를 바라보면서.

"아빠는 있니?" 혼란에 빠진 마나오가 소녀에게 물었다. 그는 좀도둑을 어떻게 처리해야 할지 알 수가 없었다.

소녀는 고개를 가로젓고는 여전히 온 힘을 다해 콩대를 벴다. 그녀가 작은 손으로 콩대를 움켜쥐고서 힘들고 더디게, 어설프게 낫질을 계속 했다.

"아빠 있어?"

"아빠는 늘 기침을 해요. 할아버지 말로는 곧 죽을 거래요."

"기침을 해?"

"네, 밤이 되면 엄청 심해요."

"엄마가 밤에 일어나 끓인 물을 드리니?"

"끓인 물이요?"

"응, 끓인 물. 기침을 달래주거든."

"아니요. 엄만 그럴 틈이 없어요."

"엄만 뭐하느라 바쁜데?"

"콩대를 훔치느라고요."

"콩대를 훔치지 않으면?"

"그래도 바빠요." 소녀는 가볍게 한숨을 내쉬었다. 아마 자신의 무력함을 한탄하고 있을 게다. 한참 동안 베었는데도 어른의 낫질 한 번에 미치지 못하는 양이었다. 하지만 그녀는 조금도 지친 기색 없이 콩대를 벴다. 마치 베는 것만이 자신의 생명 모든 것인 양.

"네 엄만 지금 어디 있어?" 마나오는 풀리지 않는 번민 속에 빠져들었다.

소녀는 온몸을 약간 부르르 떨더니 목구멍에서 웅얼거리듯 말했다. "몰라요."

"그렇다면 너 혼자 훔치러 올 생각을 했단 말이야?"

"엄마가 기침을 하면 나보고 베라고 하던데. 그러면 된다고 했는데 ……"

"음 …… 네 엄마가 ……" 그는 깊은 생각에 빠져들었다. "너 무섭지 않아? 이 음산한 날씨에 맞은편엔 그림자도 보이지 않는데 ……"

"……" 소녀는 고개를 돌려 그를 바라보았다. 소녀의 눈 속에 검은 빛이 반짝이고, 온몸이 움츠러들었다.

"오빠 있어?"

소녀는 서글프게 고개를 가로저었다.

"동생은?"

소녀는 아무 말 없이 한숨을 내쉬었다.

마나오는 속절없이 사방을 훑어보았다. 달은 이미 서쪽으로 지고, 끝없이 하얀 안개는 코를 찌르는 매캐한 냄새를 띤 채 천천히 솜담요처럼 펼쳐지더니, 동틀 녘의 차가운 기운이 널리 번지자 엉겨붙기 시작했다. 작은 분자는 커다란 분자에 달라붙어 새끼꼴의 이슬방울을 이루더니 아래로 떨어졌다. 저 멀리 있는 갈대, 깊은 골짜기, 커다란 나무가 어렴풋한 안개 속에서 거칠고 불분명한 색깔의 커다란 덩어리와 무질서하고 불안한 윤곽선을 드러냈다. 닭 우는 소리가 또 들렸다. 마치 억울한 죽음을 당한 외로운 영혼의 힘없는 외침인 듯 ……

소녀의 손에 피가 흘렀다. 소녀는 옷옷에 쓰윽 문지르더니 다시 몸을 굽혀 벴다.

"집은 있어? ……"

"예 ……" 소녀가 허리를 꼿꼿이 펴더니 한숨을 돌렸다. 소녀의 갈비뼈가 어찌나 욱신거리던지 마디마디가 그녀의 조그마한 가슴에서 쩌억 갈라져 튀어나올 것만 같았다. "제발 이제 묻지 말아주세요. ……" 이 말에 그가 기분이 상했을까봐 그녀는 걱정스럽게 뒤쪽을 슬쩍 훔쳐보았다. "내가 벤 게 너무 적어요. 엄마가 곧 올 텐데 …… 틀림없이 절 때릴 거예요. ……" 그녀는 마지막 말을 가까스로 내뱉었다. 그 순간 소녀는 완전히 공포에 사로잡혔다. ……

마나오는 얼이 빠진 채 몸을 구부려 땅바닥에 떨어진 붉은 술이 달린 창을 주워들고서 멍하니 뒤로 물러섰다. …… 마음이 납처럼 무거웠다.

치명적인 독기처럼 참담한 대지 위에 떠 있는, 온통 답답하기 그지없이 질식시킬 것만 같은 안개 물결은 탁한 열기와 지독한 냄새를 풍기면서 쉬지 않고 일렁이고 있었다. 그 위쪽은 이미 안개가 옅어져 가없는 광활함을 드러낸 채 텅 비어 있었다.

달은 여전히 새빨갛지만, 벌써 생기 없이 창백해지고 있었다.

그는 홀로 쓸쓸히 앞으로 걸었다. 발아래 밟히는 것이 무엇인지 모른 채 …… 대략 스무 걸음을 걷고 난 후 그는 문득 걸음을 멈추었다. 그런 다음 성큼성큼 걸어 되돌아왔다. ……

그가 다가오는 모습에 소녀는 벼락에 맞은 양 흠칫 뒤로 물러나 초초하게 변명하였다. "제가 벤 게 많지 않아요. 정말 적다구요. …… 조금만 더 베게 해줘요. …… 엄마가 금방 올 거예요. ……"

마나오는 아무 말 없이 소녀의 손에서 우악스럽게 낫을 빼앗아 그녀 대신 베기 시작했다.

……

멀리서 분노에 떠는 닭 울음소리가 들려왔다. 동이 터오고 있었다.

……

중국 현대 단편소설선 2

초판 1쇄 발행일 2019년 2월 26일

지은이 장광츠·훙링페이·마오둔·예쯔·라오서·
　　　　러우스·류나어우·스저춘·수췬·돤무훙량
옮긴이 이주노
펴낸이 박영희
편집 박은지
디자인 원채현
마케팅 김유미
인쇄·제본 태광 인쇄
펴낸곳 도서출판 어문학사
　　　　서울특별시 도봉구 해등로 357 나너울카운티 1층
　　　　대표전화: 02-998-0094/편집부1: 02-998-2267, 편집부2: 02-998-2269
　　　　홈페이지: www.amhbook.com
　　　　트위터: @with_amhbook
　　　　페이스북: https://www.facebook.com/amhbook
　　　　블로그: 네이버 http://blog.naver.com/amhbook
　　　　　　다음 http://blog.daum.net/amhbook
　　　　e-mail: am@amhbook.com
　　　　등록: 2004년 7월 26일 제2009-2호

ISBN 978-89-6184-497-0 03820
정가 20,000원

이 도서의 국립중앙도서관 출판예정도서목록(CIP)은 e-CIP홈페이지(http://www.nl.go.kr/ecip)와
국가자료공동목록시스템(http://www.nl.go.kr/kolisnet)에서 이용하실 수 있습니다.
(CIP제어번호: CIP2019003543)